UM CASO PERDIDO

Obras da autora publicadas pela Editora Record:

Série **Slammed**
Métrica
Pausa
Essa garota

Série **Hopeless**
Um caso perdido
Sem esperança
Em busca de Cinderela

Série **Nunca, jamais**
Nunca, jamais
Nunca, jamais: parte 2
Nunca, jamais: parte 3

Série **Talvez**
Talvez um dia
Talvez agora

Série **É Assim que Acaba**
É assim que acaba
É assim que começa

O lado feio do amor
Novembro, 9
Confesse
Tarde demais
As mil partes do meu coração
Todas as suas (im)perfeições
Verity
Se não fosse você
Layla
Até o verão terminar
Uma segunda chance

COLLEEN HOOVER

UM CASO PERDIDO

Tradução de
Priscila Catão

29ª edição

— *Galera* —

RIO DE JANEIRO
2025

CIP-BRASIL. CATALOGAÇÃO NA PUBLICAÇÃO
SINDICATO NACIONAL DOS EDITORES DE LIVROS, RJ

H759c Hoover, Colleen, 1979-
　　　　Um caso perdido / Colleen Hoover; tradução Priscila
　　　　Catão. – 29ª. ed. – Rio de Janeiro: Galera Record, 2025.
　　　　(Hopeless; 1)

　　　　Tradução de: Hopeless
　　　　ISBN 978-65-59-81105-2

　　　　1. Ficção americana. I. Catão, Priscila. II. Título.
　　　　III. Série.

22-75559　　　　　　　　　　　　　　CDD: 813
　　　　　　　　　　　　　　　　　　CDU: 82-3(73)

Título original norte-americano:
Hopeless

Copyright © 2013 by Colleen Hoover

Editora-Executiva: Rafaella Machado
Coordenadora Editorial: Stella Carneiro

Equipe Editorial
Juliana de Oliveira • Isabel Rodrigues
Lígia Almeida • Manoela Alves

Revisão: Carlos Maurício da Silva Neto
Diagramação: Abreu's System
Capa: Carmell Louize
Design de capa: Letícia Quintilhano

Todos os direitos reservados.

Proibida a reprodução, no todo ou em parte, através de quaisquer meios.
Os direitos morais da autora foram assegurados.

Texto revisado segundo o novo Acordo Ortográfico da Língua Portuguesa.

Direitos exclusivos de publicação em língua portuguesa somente para o Brasil
adquiridos pela
EDITORA RECORD LTDA.
Rua Argentina, 171 - Rio de Janeiro, RJ - 20921-380 - Tel.: (21) 2585-2000,
que se reserva a propriedade literária desta tradução.

Impresso no Brasil

ISBN 978-65-5981-105-2

Seja um leitor preferencial Record
Cadastre-se e receba informações sobre nossos
lançamentos e nossas promoções.

Atendimento e venda direta ao leitor
sac@record.com.br

*Para Vance.
Alguns pais te dão a vida. Outros te ensinam a vivê-la.
Obrigada por me ensinar a viver.*

Domingo, 28 de outubro de 2012
19h29

Levanto e olho para a cama, prendendo a respiração com medo dos sons que estão surgindo do fundo de minha garganta.

Não vou chorar.

Não vou chorar.

Ajoelhando-me lentamente, apoio as mãos na beirada da cama e passo os dedos nas estrelas amarelas espalhadas pelo azul-escuro do edredom. Fico encarando as estrelas até começarem a desfocar por causa das lágrimas que embaçam minha visão.

Aperto os olhos e afundo a cabeça na cama, agarrando o cobertor. Meus ombros começam a tremer enquanto os soluços que tentava conter irrompem de mim violentamente. Com um movimento rápido, eu me levanto, grito e arranco o cobertor da cama, jogando-o do outro lado do quarto.

Cerro os punhos e olho ao redor freneticamente, procurando mais alguma outra coisa para atirar. Pego os travesseiros da cama e os arremesso no reflexo do espelho, na garota que não conheço mais. Fico observando a menina do espelho me encarar de volta, soluçando de forma patética. A fraqueza de suas lágrimas me deixa furiosa. Começamos a correr uma em direção à outra até nossos punhos colidirem no vidro, quebrando o espelho. Vejo-a se desfazer em um milhão de pedacinhos brilhantes sobre o carpete.

Agarro as bordas da cômoda e a empurro para o lado, soltando outro grito que estava preso há muito tempo. Após o móvel cair, abro uma das gavetas e arremesso o conteúdo pelo quarto, rodopiando, jogando e chutando tudo o que encontro pela frente. Agarro as cortinas azuis e as puxo até o suporte quebrar e estas caírem ao meu redor. Estendo o braço para as

caixas empilhadas no canto do quarto e, sem nem saber o que tem dentro delas, pego a que está no topo e a lanço na parede com tanta força quanto meu corpo de 1,60m consegue reunir.

— Odeio você! — grito. — Odeio você, odeio você, odeio você!

Estou jogando tudo o que encontro pela frente em cima de tudo o que está na minha frente. Toda vez que abro a boca para gritar, sinto o gosto de sal das lágrimas que me escorrem pelas bochechas.

De repente, os braços de Holder me seguram por trás e me prendem com tamanha firmeza que fico imobilizada. Eu me balanço, me viro e grito mais ainda até parar de pensar no que estou fazendo. Passo a reagir apenas.

— Pare — diz ele calmamente em meu ouvido, sem querer me soltar. Escuto o que ele diz, mas finjo que não ouvi. Ou simplesmente não me importo. Continuo me debatendo em seus braços, que me apertam mais.

— Não encoste em mim! — grito o mais alto que posso, arranhando seus braços. Mas Holder não liga para isso.

Não encoste em mim. Por favor, por favor, por favor.

A pequena voz ecoa na minha cabeça, e imediatamente amoleço o corpo em seu abraço. Fico mais fraca conforme minhas lágrimas se fortalecem e me consomem. Eu me transformo num mero recipiente para as lágrimas que não param de cair.

Sou fraca e estou deixando *ele* vencer.

O aperto de Holder fica mais fraco, e ele põe as mãos nos meus ombros. Em seguida, me vira para ele. Não consigo nem sequer encará-lo. Eu me derreto em seu peito de tanta exaustão e frustração, agarrando sua camisa enquanto soluço, a bochecha encostada em seu coração. Sua mão toca a parte de trás de minha cabeça, e ele leva a boca até meu ouvido.

— Sky. — A voz dele está calma, inabalada. — Você precisa sair daqui. Agora.

Sábado, 25 de agosto de 2012
23h50

Dois meses antes...

Gostaria de pensar que a maioria das decisões que tomei nesses meus 17 anos foi inteligente. Espero que a inteligência seja medida proporcionalmente e que minhas poucas decisões idiotas pesem menos que as inteligentes. Se for mesmo assim, amanhã vou precisar tomar várias decisões boas, pois deixar Grayson entrar escondido pela janela do meu quarto três vezes nesse mês pende bastante a balança para o lado das idiotices. No entanto, só é possível medir a estupidez de uma decisão com o tempo... então pelo jeito terei de esperar para ver se serei descoberta antes de julgar qualquer coisa.

Apesar do que está parecendo, *não* sou uma vagabunda. A não ser, é lógico, que o conceito de vagabunda se baseie no fato de que fico com várias pessoas, mesmo que não me sinta atraída por nenhuma. Considerando isso, é até possível argumentar.

— Vai logo — articula ele com os lábios, por trás da janela fechada, nitidamente irritado com minha lerdeza.

Destravo a janela e a deslizo para cima da forma mais silenciosa possível. Karen pode até ser uma mãe não muito convencional, mas, em relação a garotos entrarem escondidos pela janela do quarto à meia-noite, é a típica mãe repressora.

— Silêncio — sussurro.

Grayson ergue o corpo, joga uma perna por cima do beiral e entra no quarto. O fato de as janelas deste lado da casa estarem a 1 metro do chão ajuda bastante; é quase como se eu tivesse minha própria porta. E, na verdade, Six e eu provavelmente usamos mais as janelas que as portas para ir de uma casa à outra. Karen já está tão acostumada com isso que nem sequer comenta mais o fato de minha janela ficar aberta a maior parte do tempo.

Antes de fechar a cortina, olho para a janela do quarto de Six. Ela acena para mim com uma das mãos enquanto puxa o braço de Jaxon, que também está entrando no quarto dela, com a outra. Assim que ele entra, põe a cabeça para fora da janela.

— Me encontre em sua caminhonete daqui a uma hora — sussurra ele bem alto para Grayson, e depois fecha a janela e puxa as cortinas de Six.

Six e eu somos grudadas desde que ela se mudou para a casa ao lado quatro anos atrás. As janelas de nossos quartos são adjacentes, o que é extremamente conveniente. No início, as coisas eram bem inocentes. Quando tínhamos 14 anos, eu entrava escondida no quarto dela à noite, roubávamos sorvete do freezer e assistíamos a filmes. Com 15 anos, começamos a convidar garotos para entrarem escondidos em nossos quartos, tomar sorvete e ver filmes *com* a gente. Aos 16 anos, os garotos passaram a importar mais que filmes e sorvete. Agora, aos 17, só nos damos o trabalho de sair de nossos respectivos quartos *depois* que os garotos vão embora. É então que o sorvete e os filmes voltam a ser mais importantes.

Six troca de namorado com a mesma frequência com que troco os sabores do sorvete. O sabor do mês para ela é Jaxon. O meu é Rocky Road. Grayson e Jaxon são melhores amigos e foi por isso que eu e Grayson começamos a ficar. Quando o sabor do mês de Six tem um melhor amigo, ela tenta empurrá-lo sutilmente para mim. E Grayson é o maior gato. Tem um corpo incrível, cabelo perfeitamente desleixado, olhos escuros penetrantes... tudo nesse nível. A maioria das garotas que conheço se sentiria privilegiada só de estar no mesmo cômodo que ele.

Pena que *eu* não ache isso.

Fecho as cortinas e, ao me virar, vejo que Grayson está a centímetros de meu rosto, pronto para começar. Ele toca minhas bochechas e abre seu sorriso arranca-calcinha.

— Oi, linda.

Antes que eu possa responder, seus lábios cumprimentam os meus com um beijo molhado. E continua me beijando enquanto tira os sapatos, que ele descalça sem dificuldade alguma enquanto vamos em direção à minha cama, ainda com as bocas coladas. A facilidade com que ele faz as duas coisas simultaneamente é impressionante *e* perturbadora. Sem pressa, ele me acomoda na cama.

— Sua porta está trancada?
— Vá conferir — digo.

Ele me dá um beijo rápido nos lábios antes de saltar da cama para ver se a porta está mesmo trancada. Já estou com Karen há treze anos e jamais fiquei de castigo; não quero dar motivos para ela começar a fazer isso agora. Daqui a algumas semanas vou fazer 18 anos, mas duvido que ela mude a forma de me educar, não enquanto eu continuar morando na casa dela.

Não que a forma como tenta me educar seja algo ruim. É apenas... bem contraditória. Ela sempre foi rígida comigo. Nunca tivemos internet, celulares, nem mesmo televisão, porque ela acredita que a tecnologia é a origem de todos os males do mundo. No entanto, é extremamente leniente com outras coisas. Me deixa sair com Six sempre que quero e, contanto que eu avise onde estou, a hora em que chego em casa não importa. Mas jamais abusei muito dessa regra, então talvez tenha hora para chegar em casa e só não saiba disso ainda.

Ela não liga se solto um palavrão, apesar de eu raramente fazer isso. Às vezes, até me deixa beber vinho no jantar. Conversa comigo como se eu fosse mais uma amiga que uma filha (apesar de ter me adotado 13 anos atrás) e, de alguma maneira, consegue fazer com que eu seja (quase) totalmente sincera sobre tudo o que acontece na minha vida.

Não existe meio-termo com ela. Ou é extremamente leniente ou extremamente rígida. É uma liberal conservadora. Ou uma conservadora liberal. Seja lá o que for, é difícil entendê-la, e foi por isso que desisti há anos.

O único assunto que já nos fez discutir foi o ensino público. Estudei em casa a vida inteira (o ensino público é outra origem de todos os males do mundo) e venho implorando para frequentar um colégio desde que Six pôs essa ideia em minha cabeça. Tenho me candidatado para algumas universidades e acho que minhas chances aumentariam se pudesse acrescentar algumas atividades extracurriculares nas inscrições. Depois de meses de súplicas, minhas e de Six, Karen finalmente cedeu e deixou que eu me matriculasse para o último ano. Eu poderia conseguir os créditos de que preciso para completar meu programa de ensino domiciliar em apenas alguns meses, mas uma pequena parte de mim sempre quis a vida de uma adolescente normal.

É lógico que se eu soubesse que Six começaria um intercâmbio na mesma semana em que compartilharíamos nosso primeiro dia de aula juntas, eu nunca levaria a sério a ideia de estudar num colégio. No entanto, sou imperdoavelmente teimosa e prefiro enfiar um garfo na parte carnuda da mão do que dizer a Karen que mudei de ideia.

Tentei evitar o pensamento de que não vou ter Six comigo este ano. Sei o quanto ela queria o intercâmbio, mas meu lado egoísta estava torcendo para que não desse certo. Fico apavorada só de pensar em passar por aquelas portas sem ela. Contudo, sei que nossa separação é inevitável e que, mais cedo ou mais tarde, vou ser obrigada a fazer parte do mundo real onde existem outras pessoas além de Six e Karen.

Minha falta de acesso ao mundo real foi totalmente substituída por livros, e não deve ser muito saudável viver na terra dos finais felizes. Ler também me ensinou sobre os horrores (possivelmente exagerados) do ensino médio, dos primeiros dias de aula, das panelinhas, das garotas malvadas. E, segundo Six, já tenho uma certa reputação só por ser amiga dela, o que não ajuda em nada. Six não tem um passado muito comportado, e, pelo visto, alguns dos garotos com quem fiquei não costumam manter segredo. Juntando as duas coisas, imagino que meu primeiro dia de aula vai ser bem interessante.

Não que eu me importe com isso. Não me matriculei para fazer amizades nem para impressionar ninguém, então, contanto que minha reputação injustificada não interfira no meu objetivo principal, tudo vai ficar bem.

Assim espero.

Grayson volta para a cama após verificar que a porta está trancada e abre um sorriso sedutor para mim.

— Que tal um pequeno *strip-tease*?

Ele balança os quadris e levanta um pouco a camisa, deixando à mostra o abdômen sarado. Estou começando a perceber que ele mostra o abdômen sempre que pode. Grayson é basicamente o típico *bad boy* egocêntrico.

Rio quando ele gira a camisa acima da cabeça e a joga em mim. Ele desliza o corpo em cima do meu mais uma vez e põe a mão na minha nuca, ajustando minha boca de novo.

Faz pouco mais de um mês que Grayson entrou escondido no meu quarto pela primeira vez, e na mesma hora ele deixou óbvio que não queria nenhum relacionamento sério. E eu deixei óbvio que não queria nenhum relacionamento sério com *ele*, então nos demos bem desde o início. Claro que ele é uma das únicas pessoas que conheço no colégio, então me preocupo que isso talvez estrague essa coisa boa que está rolando entre nós — que é absolutamente nada.

Ele está aqui há menos de três minutos e já colocou a mão por dentro da minha camisa. Acho que ficou bem nítido que ele não está aqui pelo meu papo interessante. Seus lábios desgrudam dos meus e chegam até meu pescoço, então aproveito o intervalo para inalar profundamente e tentar sentir alguma coisa mais uma vez.

Qualquer coisa.

Fixo o olhar no teto, nas estrelas de plástico que brilham no escuro, percebendo vagamente os lábios que se aproximam dos meus seios. São setenta e seis. As estrelas, quero dizer. Sei disso porque nas últimas semanas tive tempo de sobra para contá-las durante esses momentos desagradáveis. Eu, deitada, imperceptivelmente indiferente enquanto Grayson explora meu rosto, pescoço e, às vezes, meus seios, com lábios curiosos e excitados demais.

Se não estou curtindo, por que deixo ele fazer isso?

Jamais senti alguma ligação emocional com os garotos com quem fico. Ou, melhor dizendo, com os garotos que ficam *comigo*. Infelizmente é algo bem unilateral. Apenas um garoto chegou perto de provocar alguma reação física ou emocional em mim, mas no fim das contas acabou sendo apenas uma ilusão autoinduzida. O nome dele era Matt, e saímos juntos por menos de um mês, até suas idiossincrasias começarem a me irritar. Por exemplo, ele só tomava água de garrafa com um canudo. E suas narinas se expandiam quando ele se aproximava para me beijar. E o fato de ele ter dito que me amava somente três semanas após decidirmos namorar.

Pois é. A última descoberta foi uma maravilha. Tchauzinho, Matty.

Six e eu já analisamos minha falta de reações físicas com garotos muitas vezes. Por um tempo, ela desconfiou que eu devia ser lésbica. Quando tínhamos 16 anos, após um beijo muito breve e constrangedor para "testar" essa teoria, chegamos à conclusão de que não era esse o caso. Não é que eu não goste de ficar com garotos. Gosto, sim — caso contrário, não ficaria com eles. Mas não gosto disso pelos mesmos motivos das outras garotas. Nunca fiquei caidinha por ninguém. Ninguém jamais me fez sentir frio na barriga. Na verdade, desconheço totalmente essa sensação de ficar encantada por alguém. A verdadeira razão pela qual gosto de ficar com garotos é a seguinte: me sinto completa e confortavelmente entorpecida. São em situações como esta em que estou agora com Grayson que gosto de desligar a mente. Ela se desliga por completo, e gosto disso.

Meus olhos estão focados nas 17 estrelas no quadrante direito superior da constelação no teto. De repente, volto bruscamente à realidade. As mãos de Grayson se aventuraram além do que deixei no passado; rapidamente percebo que ele desabotoou minha calça jeans e que seus dedos estão na borda de algodão da minha calcinha.

— Não, Grayson — sussurro, empurrando sua mão.

Ele retira a mão, geme e depois pressiona a testa no meu travesseiro.

— Qual é, Sky. — Ele está respirando forte em meu pescoço e apoia o peso no braço direito, olhando para mim, tentando me conquistar com seu sorriso.

Já mencionei que sou imune ao sorriso arranca-calcinha dele?

— Por quanto tempo vai ficar fazendo isso? — Ele desliza a mão pela minha barriga e aproxima as pontas dos dedos da minha calça mais uma vez.

Fico horrorizada.

— *Isso* o quê? — Tento sair de baixo dele.

Ele ergue o corpo, se apoiando nas mãos, e olha para mim como se eu fosse totalmente sem noção.

— Essa história de pagar de "santinha". Já não aguento mais, Sky. Vamos fazer isso de uma vez por todas.

O que me faz voltar a pensar que, ao contrário do que dizem por aí, *não* sou uma vagabunda. Nunca transei com nenhum dos garotos com quem fiquei, nem mesmo com Grayson, que está fazendo bico na minha frente neste exato momento. Sei que não reagir sexualmente poderia facilitar e me fazer transar com pessoas aleatórias. No entanto, também sei que é exatamente por isso que *não* devo transar. Sei que, no instante em que fizer isso, os boatos vão deixar de ser apenas boatos. Tudo vai passar a ser verdade. E a última coisa que quero é que as fofocas sobre mim se concretizem. Acho que posso creditar meus quase 18 anos de virgindade puramente à teimosia.

Pela primeira vez nesses dez minutos em que ele está aqui, percebo o cheiro de álcool.

— Você está bêbado.

Empurro seu peito.

— Eu disse para você não aparecer mais aqui bêbado.

Ele sai de cima de mim, e eu me levanto para abotoar a calça e ajeitar a camisa. Fico aliviada por ele estar bêbado. Estou mais do que querendo que vá embora.

Ele se senta na beirada da minha cama, agarra minha cintura e me puxa para perto. Em seguida, põe o braço ao meu redor e encosta a cabeça na minha barriga.

— Desculpe — diz ele. — É que eu quero tanto você que acho que não vou aguentar mais vir aqui se não puder tê-la toda para mim. — Ele abaixa as mãos e encosta na minha bunda, depois pressiona os lábios na pele entre minha calça e minha camisa.

— Então não venha mais aqui. — Reviro os olhos e me afasto dele. Em seguida, vou até a janela. Quando abro a cortina, vejo Jaxon saindo do quarto de Six. De alguma maneira, nós duas conseguimos condensar as visitas de uma hora para dez minutos. Olho para Six, e ela me lança um olhar de "hora de escolher um sabor novo".

Ela sai pela janela logo depois de Jaxon e se aproxima de mim.

— Grayson também está bêbado?

Confirmo com a cabeça.

— Terceiro strike. — Eu me viro e olho para Grayson, que está deitado na cama, sem perceber que já passou da hora de ir embora. Vou até a cama e pego sua camisa, arremessando-a no rosto dele. — Se manda — digo. Ele olha para mim e ergue a sobrancelha. Quando vê que estou falando sério, sai da cama de má vontade e calça os sapatos fazendo bico, como se fosse um menininho de 4 anos. Eu me afasto para que ele possa sair.

Six espera Grayson sair pela janela e depois sobe por ela enquanto um dos garotos murmura a palavra "*vagabas*". Já dentro do quarto, Six revira os olhos, vira-se e põe a cabeça do lado de fora.

— Engraçado, nós somos vagabas porque vocês *não* comeram ninguém. Canalhas.

Ela fecha a janela e vai até a cama, deixando-se cair no colchão e cruzando as mãos atrás da cabeça.

— E mais um já era.

Acho graça, mas minha risada é interrompida por uma forte batida na porta do quarto. Destranco-a na mesma hora e dou um passo para o lado para que Karen entre. Seus instintos maternais não me desapontam. Ela olha freneticamente ao redor do quarto até avistar Six na cama.

— Droga — diz ela, virando-se para ficar de frente para mim. Ela põe a mão nos quadris e franze a testa. — Jurava que tinha escutado algum garoto aqui dentro.

Vou até a cama e tento disfarçar o pânico total que se espalha pelo meu corpo.

— E está desapontada *porque*... — Às vezes não entendo mesmo as reações dela. Como já disse... é *contraditório*.

— Você vai fazer 18 anos daqui a um mês. O tempo que tenho para deixá-la de castigo pela primeira vez está se esgotando. Precisa começar a aprontar um pouco mais, menina.

Suspiro aliviada ao perceber que ela só está brincando. Quase me sinto culpada por ela não suspeitar de que a filha estava sendo apalpada cinco minutos antes neste mesmo quarto. Meu coração bate tão forte no peito que fico com medo de que possa escutar.

— Karen? — diz Six atrás da gente. — Se serve de consolo, dois caras bonitinhos estavam se agarrando com a gente ainda agora, mas nós os expulsamos logo antes de você chegar porque eles estavam bêbados.

Fico boquiaberta e me viro para lançar a Six um olhar que eu espero ser capaz de lhe dizer que o sarcasmo não tem muita graça quando o que se diz é *verdade*.

Mas Karen ri.

— Bem, talvez amanhã à noite vocês arranjem uns gatinhos *sóbrios*.

Não preciso mais me preocupar com a possibilidade de Karen escutar meu coração, pois ele parou de vez.

— Gatinhos sóbrios, é? Acho que posso providenciar isso — diz Six, piscando para mim.

— Você vai dormir aqui? — pergunta Karen a Six ao voltar para a porta.

Six dá de ombros.

— Acho que hoje vamos ficar lá em casa. É a última semana que tenho para curtir minha própria cama pelos próximos seis meses. Além disso, tem Channing Tatum na minha televisão.

Olho para Karen e vejo que vai começar.

— Não, mãe. — Começo a me aproximar dela, mas vejo seus olhos ficando lacrimosos. — Não, não, não. — Quando a alcanço, já é tarde demais. Ela está aos prantos. Se tem uma coisa que não suporto é gente chorando. Não porque fico emotiva, mas porque me irrita. E é constrangedor.

— Só mais um — diz ela, correndo para Six. Ela já a abraçou umas dez vezes hoje. Quase acho que ela está mais triste que eu por Six ir embora daqui a alguns dias. Six atende ao pedido de um décimo primeiro abraço e pisca para mim por cima do ombro de Karen. Praticamente tenho de separar as duas à força, para que Karen saia do meu quarto.

Ela anda até a porta e se vira mais uma vez.

— Espero que você conheça um italiano bem gato — diz ela para Six.

— Espero que eu conheça mais que um — comenta Six impassível.

Quando a porta se fecha após Karen sair, me viro, pulo na cama e dou um murro no braço de Six.

— Você é uma *vaca* — digo. — Não foi engraçado. Achei que ela havia acreditado.

Ela ri, segura minha mão e se levanta.

— Vamos. Tem Rocky Road lá em casa.

Ela não precisa pedir duas vezes.

segunda-feira, 27 de agosto de 2012
07h15

Fiquei em dúvida se devia correr esta manhã ou não, mas acabei decidindo dormir mais um pouco. Corro todos os dias, exceto aos domingos, mas parecia errado acordar mais cedo que o normal hoje. O primeiro dia de aula já é tortura suficiente, então decido adiar o treino para depois do colégio.

Felizmente, tenho meu próprio carro há cerca de um ano, então não preciso depender de ninguém para chegar ao colégio na hora. Não só chego pontualmente, mas 45 minutos adiantada. Meu carro é o terceiro a entrar no estacionamento, então, pelo menos, consigo uma boa vaga.

Uso o tempo extra para dar uma conferida na quadra de esportes ao lado. Se estou pensando em tentar entrar para o time de atletismo, preciso pelo menos saber onde ficam as coisas. Além disso, não posso simplesmente ficar sentada no carro por meia hora, contando os minutos.

Ao chegar na pista de atletismo, vejo um rapaz do outro lado, dando voltas, então vou para a arquibancada. Eu me sento no local mais alto e fico assimilando os novos arredores. Lá de cima, consigo ver o colégio inteiro. Não parece tão grande nem tão intimidador quanto eu imaginava. Six desenhou um mapa para mim e até escreveu algumas dicas, então tiro o papel da mochila para dar uma olhada nele pela primeira vez. Acho que ela se sente mal por ter me abandonado e está tentando compensar.

Olho para a área do colégio e depois para o mapa. Parece fácil. Aulas são no prédio à direita. Almoço à esquerda. Atletismo atrás do ginásio. A lista de dicas é bem longa, então começo a ler.

— *Nunca use o banheiro ao lado do laboratório de ciências. Nunca. Nunca mesmo.*

— *Pendure a alça da mochila só em um ombro. Nunca use nos dois ombros, isso é coisa de nerd.*

— *Sempre confira a data de validade do leite.*

— *Fique amiga de Stewart, o cara da manutenção. Vai ser bom para você.*

— *O refeitório. Evite-o a todo custo, mas se o clima estiver ruim é só fingir que não sabe o que está fazendo quando entrar ali. Eles conseguem sentir o cheiro do medo na pessoa.*

— *Se o Sr. Declare for seu professor de matemática, sente-se no fundo da sala e não faça nenhum contato visual. Ele adora colegiais, se entende o que quero dizer. Ou, melhor ainda, sente-se na frente. Vai conseguir um A superfácil.*

A lista continua, mas não consigo ler mais. Não paro de pensar no "*eles conseguem sentir o cheiro do medo na pessoa*". Em momentos como esse, eu queria ter um celular. Ligaria para Six agora mesmo e exigiria uma explicação. Dobro o papel e o guardo na bolsa, em seguida volto a prestar atenção no corredor solitário. Ele está sentado na pista, de costas para mim, alongando-se. Não sei se é um aluno ou um treinador, mas, se Grayson visse esse cara sem camisa, provavelmente seria bem mais modesto e não ergueria a sua com tanta rapidez.

O rapaz se levanta e segue em direção à arquibancada, sem erguer o olhar, portanto não me vê. Sai pelo portão e anda até um dos carros no estacionamento. Depois abre a porta, pega uma camisa no banco da frente e a veste. Entra no carro e vai embora, no exato momento em que o estacionamento começa a ficar cheio. E está ficando cheio bem rápido.

Ai, meu Deus.

Pego a mochila e coloco as duas alças nos ombros de propósito. Em seguida, desço a escada que leva até o Inferno.

Eu disse Inferno? Porque isso foi eufemismo. O colégio público é tão ruim como eu imaginava que poderia ser e ainda pior. As aulas não são tão ruins, mas eu precisei (por pura necessidade e desconhecimento da área) usar o banheiro ao lado do laboratório de ciências. E apesar de ter sobrevivido, vou ficar com sequelas para o resto da vida. Uma simples anotação de Six me dizendo que o banheiro está mais para bordel teria sido suficiente.

Agora estamos indo para a quarta aula do dia e já ouvi as palavras "vadia" e "puta" sendo sussurradas de maneira nada sutil por quase todas as garotas com quem cruzei nos corredores. E, por falar em sutilezas, a pilha de dinheiro que caiu do meu armário quando o abri, junto a um bilhete, foi uma bela prova de que não sou muito bem-vinda aqui. O bilhete havia sido assinado pelo diretor, mas não acreditei muito nisso por causa dos erros gramaticais e das últimas palavras: *Peço desculpa por seu armário não ter vindo com uma barra de pole dance, sua vagabunda.*

Fico encarando o bilhete nas mãos com um sorriso tenso, aceitando vergonhosamente os dois próximos semestres que eu mesma trouxe para minha vida. Cheguei a acreditar que as pessoas só se comportavam assim nos livros, mas estou testemunhando em primeira mão que gente idiota existe de verdade. Também espero que a maioria dessas brincadeirinhas de mau gosto siga na linha de me dar dinheiro como se eu fosse uma *stripper*. Que imbecil dá dinheiro quando quer insultar alguém? Imagino que alguma pessoa rica. Ou *pessoas* ricas.

Tenho certeza de que a panelinha de garotas rindo atrás de mim, com suas roupas caras que beiram à indecência, está esperando que eu largue minhas coisas no chão e saia chorando, correndo para o banheiro mais próximo. Suas expectativas vão se deparar com alguns problemas:

1. Eu não choro. Nunca.
2. Já entrei naquele banheiro e jamais volto lá.
3. Gosto de dinheiro. Quem sairia correndo por causa disso?

Deixo a mochila no chão do corredor e recolho o dinheiro. Há pelo menos vinte notas de 1 dólar espalhadas pelo chão, e mais de dez que ainda estão no meu armário. Pego todas e as enfio na mochila. Deixo uns livros e pego outros, fecho o armário, em seguida coloco as alças da mochila nos dois ombros e sorrio.

— Digam aos queridos pais de vocês que agradeço. — Passo pelo grupinho de meninas (que não está mais rindo) e ignoro os olhares fulminantes.

É hora do almoço, e, ao ver a quantidade de chuva inundando o pátio, fica nítido que esse clima de merda é alguma retaliação cármica. Contra quem, não faço ideia.

Posso fazer isso.

Coloco as mãos nas portas do refeitório, abrindo-as, meio que esperando ser recebida com fogo e enxofre.

Passo pela entrada, e não é com fogo e enxofre que me recebem. É com uma quantidade de decibéis que meus ouvidos nunca antes escutaram. Parece mais que cada pessoa dentro do refeitório está tentando falar mais alto do que todas as outras pessoas ali presentes. Acabei de me matricular num colégio em que todo mundo só se importa em superar o outro.

Faço meu melhor para fingir que estou confiante, sem querer atrair a atenção indesejada de ninguém. De garotos, panelinhas, párias *ou* de Grayson. Consigo chegar ilesa à metade da fila; e, então, alguém me puxa pelo braço.

— Estava esperando você — diz ele.

Nem consigo ver direito o rosto do garoto enquanto ele sai me guiando pelo refeitório, serpenteando entre as mesas. Até reclamaria daquele incômodo repentino, mas é a coisa mais empolgante que aconteceu comigo durante todo o dia. Ele afasta o braço do meu e pega minha mão, me puxando atrás dele com mais rapidez. Paro de resistir e me entrego ao fluxo.

Pelas costas dele, percebo que é estiloso, por mais estranho que seu estilo possa ser. Está usando uma camisa de flanela que tem a borda do mesmo tom rosa choque dos sapatos. A calça é preta, justa e cai muito bem no corpo de alguém... se esse alguém for uma garota. No caso dele, a calça só realça a magreza de sua silhueta. O cabelo castanho-escuro é curto nas laterais e um pouco mais comprido em cima. Os olhos dele estão... me encarando. Percebo que paramos e que ele não está mais segurando minha mão.

— Veja se não é a puta da Babilônia. — Ele sorri para mim. Apesar das palavras que acabaram de sair de sua boca, a expressão é de ternura. Ele se senta à mesa e balança a mão indicando para eu fazer o mesmo. Há duas bandejas na sua frente, mas *ele* é só um. Então empurra uma delas para o lugar vazio na minha frente. — Sente-se. Temos uma aliança a discutir.

Eu não me sento. Não faço nada por vários segundos, além de contemplar a situação que está diante de mim. Não faço ideia de quem seja esse garoto, e, mesmo assim, ele age como se estivesse esperando por mim. Sem mencionar que acabou de me chamar de puta. E, pelo jeito, comprou... meu almoço? Dou uma conferida de canto de olho, tentando entendê-lo, e, de repente, a mochila no lugar ao lado dele chama minha atenção.

— Você gosta de ler? — pergunto, apontando para o livro que aparece no topo da sua mochila. Não é um livro didático. É um livro-livro. Algo que eu pensava que essa geração de monstros da internet desconhecia. Estendo o braço, tiro o livro da mochila e me sento na frente dele. — É de que gênero? E, por favor, não diga ficção científica.

Ele recosta-se e sorri como se tivesse acabado de vencer alguma coisa. Droga, talvez ele tenha vencido mesmo. Acabei me sentando, não foi?

— Que importância tem o gênero, se o livro é bom? — pergunta ele.

Folheio as páginas, sem conseguir distinguir se é um romance ou não. Sou muito fã de romances e, pela expressão no rosto desse garoto à minha frente, ele também deve ser.

— E o livro é? — pergunto, folheando-o. — Bom?

— É, sim. Pode ficar com ele. Acabei de ler agorinha, durante a aula de informática.

Olho para ele, que ainda está contente com sua vitória. Guardo o livro na mochila, inclino-me para a frente e investigo o que tem na minha bandeja. A primeira coisa que faço é conferir a validade do leite. Está OK.

— E se eu fosse vegetariana? — pergunto, olhando para o peito de frango no meio da salada.

— É só comer a salada ao redor — responde ele.

Pego o garfo e corto um pedaço de frango, levando-o em seguida à boca.

— Bem, está com sorte, pois não sou.

Ele sorri, pega o próprio garfo e começa a comer.

— E vamos formar uma aliança contra quem? — Estou curiosa para saber por que ele me escolheu.

Ele dá uma olhada ao redor e ergue a mão no ar, girando-a em todas as direções.

— Idiotas. Atletas. Preconceituosos. Vacas.

Ele abaixa a mão, e noto as unhas pintadas de preto. Ele percebe que estou observando suas unhas, então olha para baixo e faz um bico.

— Escolhi preto porque é o que melhor representa meu humor de hoje. Talvez depois que você concordar em se juntar a mim nessa jornada, eu troque por uma cor um pouco mais alegre. Quem sabe amarelo.

Balanço a cabeça.

— Odeio amarelo. Fique com o preto, combina com seu coração.

Ele ri. Uma risada genuína e pura que me faz sorrir. Gostei de... deste garoto cujo nome nem sei.

— Qual é o seu nome? — pergunto.

— Breckin. E você é Sky. Pelo menos espero que sim. Acho que devia ter confirmado sua identidade antes de sair revelando os detalhes do meu plano malévolo e sádico de me apossar do colégio com essa nossa aliança de duas pessoas.

— Sou Sky. E não precisa se preocupar, pois você ainda nem me contou os detalhes do seu plano malévolo. Mas estou curiosa para saber como você descobriu quem sou. Conheço uns quatro ou cinco garotos desse colégio e fiquei com todos eles. Mas você não é um desses, então como descobriu?

Por uma fração de segundo, vejo nos olhos dele uma centelha do que parece ser pena. Mas ele tem sorte de ter sido apenas uma centelha.

Breckin dá de ombros.

— Sou novo aqui. E, se não deu para deduzir pelo meu estilo impecável, acho que posso afirmar que sou... — Ele se inclina para a frente e coloca as mãos em concha ao redor da boca, para revelar seu segredo. — Mórmon — sussurra ele.

Acho graça.

— E eu achando que você ia dizer *gay*.

— Isso também — diz ele, mexendo o punho. Ele dobra as mãos debaixo do queixo e se inclina alguns centímetros para a frente. — Mas falando sério, Sky. Vi você hoje na aula, e é óbvio que também é nova por aqui. E, depois de ver o dinheiro de *stripper* cair do seu armário antes da quarta aula e sua ausência de reação, percebi que fomos feitos um para o outro. Além disso, também imaginei que, se nos juntarmos, vamos evitar pelo menos dois suicídios desnecessários de adolescentes. E então, o que acha? Quer ser minha melhor amiga de todas do universo inteiro?

Eu rio. Como não rir com isso?

— Lógico. Mas se o livro for ruim vamos reavaliar essa amizade.

segunda-feira, 27 de agosto de 2012
15h55

No fim das contas, Breckin foi o que salvou meu dia... e ele é mórmon *de verdade*. Temos muitas coisas em comum, e mais coisas ainda que não são comuns, o que o torna bem mais interessante. Ele também é adotado, mas é bem próximo da família biológica. Breckin tem dois irmãos que não são adotados, e que não são gays, então os pais acham que sua gayzice (palavra dele, não minha) tem a ver com o fato de não terem nenhum parentesco biológico. Ele me disse que seus pais esperam que isso desapareça com preces e com a formatura do colégio, mas ele afirma que essa realidade só vai florescer mais.

Seu sonho é se tornar uma grande estrela da Broadway um dia, mas ele diz que não sabe cantar nem atuar, então vai parar de sonhar tão alto e quer estudar administração. Eu disse que queria me formar em escrita criativa e passar o dia sentada, com calça de yoga, somente escrevendo livros e tomando sorvete. Ele me perguntou que gênero de livro eu queria escrever e eu respondi:

— Não importa, contanto que seja bom, não é?

Acho que esse comentário selou nosso destino.

Agora estou a caminho de casa, decidindo se devo contar a Six os acontecimentos agridoces do dia ou se devo passar no mercado para comprar café e poder tomá-lo antes da minha corrida diária.

A cafeína fala mais alto, apesar da minha afeição por Six ser um pouco maior.

Minha contribuição familiar mínima é fazer as compras da semana. Na nossa casa é tudo sem açúcar, sem carboidrato e sem *sabor*, graças ao estilo vegano e não convencional de Karen, então realmente gosto de fazer as compras. Pego um pacote com seis refrigerantes e o maior saco de Snickers em miniatura que encontro e os coloco no carrinho. Tem um esconderijo ótimo no meu quarto para meu estoque secreto. A maioria dos adolescentes esconde cigarros e maconha — eu escondo alimentos com açúcar.

Ao chegar na fila, reconheço a garota do caixa. Ela faz aula de inglês no segundo horário, assim como eu. Tenho quase certeza de que o nome dela é Shayna, mas no seu crachá está escrito *Shayla*. Shayna/Shayla é tudo o que eu queria ser. Alta, voluptuosa e loura. Num dia bom, eu chego a ter 1,60m, e meu cabelo castanho sem graça está precisando de uma aparada — talvez até de algumas mechas. Que dariam um trabalho do cacete para manter considerando a quantidade de cabelo que tenho. Meu cabelo bate uns 15 centímetros abaixo do ombro, mas, na maior parte do tempo, fico com ele preso por causa da umidade da região sul.

— Você não está na mesma aula de ciências que eu? — pergunta Shayna/Shayla.

— Inglês — corrijo-a.

Ela lança um olhar condescendente para mim.

— Eu falei *sim* em inglês — argumenta ela defensivamente.

— Eu disse: você não está na mesma aula de ciências que eu?

Caraca. Talvez eu não queira ser *tão* loura assim.

— Não — respondo. — Eu disse inglês no sentido de "a gente não está na mesma aula de *ciências*, a gente está na mesma aula de *inglês*".

Ela olha para mim inexpressivamente por um instante e depois ri.

— Ah. — Pela expressão em seu rosto, ela parece enfim entender. Ela olha para a tela à sua frente e me diz o total. Coloco a mão no bolso de trás e pego o cartão de crédito, querendo ser rápida para evitar o que está prestes a se tornar uma conversa nada interessante.

— Ah, *meu Deus* — diz ela baixinho. — Veja só quem voltou.

Olho para cima e noto que ela está encarando alguém atrás de mim na fila do outro caixa.

Não, deixe-me corrigir. Ela está *salivando* por alguém atrás de mim na fila do outro caixa.

— Oi, Holder — cumprimenta ela sedutoramente, abrindo o maior sorriso.

Será que ela acabou de piscar para ele? Isso mesmo. Tenho certeza de que ela acabou de piscar para ele. Para ser sincera, achei que só se fazia isso nos desenhos animados.

Olho para trás para ver quem é o tal Holder que, por alguma razão, conseguiu fazer todo o amor próprio de Shayna/Shayla desaparecer. O rapaz olha para ela e balança a cabeça como resposta, aparentemente sem ter interesse algum.

— Oi... — Ele estreita os olhos na direção do crachá. — *Shayla.* — Ele se vira de volta para o caixa que o está atendendo.

Ele a está ignorando? Uma das garotas mais bonitas do colégio praticamente se joga em cima dele, e ele age como se aquilo fosse uma coisa chata? Será que é mesmo *humano*? Não é assim que os garotos que conheço reagiriam.

Ela bufa.

— Meu nome é *Shayna* — diz ela, irritada por ele não saber o nome dela. Eu me viro para Shayna e coloco o cartão na máquina.

— Desculpe — pede ele. — Mas você sabe que no seu crachá está escrito *Shayla*, não é?

Ela olha para baixo e levanta o crachá para poder ler.

— Hum — murmura ela, estreitando as sobrancelhas como se estivesse concentrada. Mas duvido que seja muito.

— Quando você chegou? — pergunta ela para Holder, ignorando-me completamente. Acabei de passar meu cartão e tenho quase certeza de que ela devia fazer alguma coisa, mas está ocupada demais planejando o casamento com este sujeito para se lembrar da cliente.

— Semana passada — responde ele secamente.

— Então vão deixar você voltar para o colégio? — pergunta ela.

De onde estou, consigo escutar ele suspirando.

— Não importa — responde ele entediado. — Não vou voltar.

A última frase faz Shayna/Shayla repensar o casamento na mesma hora. Ela revira os olhos e volta a prestar atenção em mim.

— Que pena que um corpo daquele não vem com cérebro — sussurra ela.

É óbvio que percebo a ironia contida nessa afirmação.

Quando ela finalmente começa a apertar as teclas da máquina para completar a transação, aproveito que está distraída para olhar para trás mais uma vez. Estou curiosa para dar outra olhada no sujeito que pareceu se irritar com a bonita menina loura. Ele está olhando para a própria carteira, rindo de algo que o caixa disse a ele. Assim que o vejo, percebo três coisas:

1. *Os dentes incrivelmente brancos escondidos por trás do torto sorriso sedutor.*
2. *As covinhas que se formam entre os cantos dos lábios e as bochechas quando sorri.*
3. *Tenho quase certeza de que estou sentindo uma onda de calor.*

Ou um frio na barriga.

Ou talvez esteja com algum vírus no estômago.

Essa sensação é tão nova para mim que nem sei direito *o que* é. Não sei o que ele tem de tão diferente a ponto de causar a primeira reação biológica que tive na vida em relação a outra pessoa. No entanto, acho que jamais havia visto alguém como *ele* antes. Ele é lindo. Não lindo do tipo garoto bonitinho. Nem do tipo garoto fortão. É uma mistura perfeita das duas coisas. Nem tão grande, nem tão magro. Nem tão rústico, nem tão perfeito. Ele está de calça jeans e camisa branca, nada de mais. O cabelo parece não ter sido penteado hoje e, provavelmente, está precisando de um bom corte, assim como o meu. Está tão comprido na frente que ele precisa afastá-lo do rosto ao olhar para cima e notar que o estou encarando completamente.

Merda.

Normalmente eu abaixaria o olhar assim que nossos olhos se encontrassem, mas tem alguma coisa estranha na maneira como ele reagiu ao olhar para mim que não me deixa desviar os olhos. Seu sorriso esvaece imediatamente, e ele inclina a cabeça. Um olhar de curiosidade surge e lentamente ele balança a cabeça, ou por incredulidade ou por... *repugnância*? Não dá para saber, mas com certeza não foi uma reação positiva. Olho ao redor, esperando que não tenha sido por minha causa que ele ficou tão incomodado. Quando me viro novamente, vejo que ainda mantém o olhar fixo.

Em *mim*.

Fico transtornada, para dizer o mínimo, então me viro depressa para Shayla. Ou Shayna. Sei lá qual é o maldito nome. Preciso me recuperar. Por alguma razão, durante sessenta segundos, este garoto conseguiu me deixar encantada e, depois, completamente apavorada. A mistura de sensações não faz bem para meu corpo sem cafeína. Seria melhor se tivesse me olhado com a mesma indiferença que usou com Shayna/Shayla do que ter lançado aquele olhar outra vez para mim. Pego a nota fiscal com a fulana de tal e a guardo no bolso.

— Oi — diz ele com uma voz grave, em um tom autoritário, me deixando sem ar no mesmo instante. Não sei se ele está falando comigo ou com a fulana de tal, então seguro as alças das sacolas do mercado, esperando ter tempo de chegar ao carro antes que ele termine de pagar.

— Acho que ele está falando com você — diz ela. Pego a última sacola e a ignoro, andando o mais rápido que consigo em direção à saída.

Ao chegar no carro, suspiro fundo ao abrir a porta de trás para guardar as compras. *O que diabos há de errado comigo?* Um cara bonito tenta chamar minha atenção, e eu *saio corren-*

do? Não fico constrangida perto de garotos. Na verdade, costumo ficar bem confiante. E, no único momento da minha vida em que chego a sentir uma possível atração por alguém, saio correndo.

Six vai me matar.

Mas aquele *olhar*. Havia algo tão perturbador na maneira como ele olhou para mim. Aquilo conseguiu me deixar constrangida, envergonhada e lisonjeada ao mesmo tempo. Não estou acostumada a sentir essas coisas de jeito algum, muito menos todas elas de uma só vez.

— Oi.

Fico paralisada. Agora com certeza ele está falando comigo.

Ainda não consigo saber se é frio na barriga ou vírus estomacal, mas, de qualquer maneira, não gosto do jeito como a voz dele penetra no meu estômago até o fundo. Mesmo tensa, me viro lentamente, percebendo, de repente, que minha antiga confiança ficou quase toda para trás.

Ele está segurando duas sacolas com uma das mãos ao lado do corpo e com a outra está massageando a nuca. Já eu queria que o clima estivesse péssimo e chuvoso para que ele não ficasse parado ali naquele momento. Ele fixa os olhos nos meus, e o olhar desdenhoso que lançou para mim no mercado agora virou um sorriso torto que parece um pouco forçado. Quando olho melhor para ele, fica evidente que meu desconforto estomacal não está sendo causado por nenhum vírus.

Está sendo causado *por ele*.

Por tudo que diz respeito a ele, desde o cabelo escuro despenteado, aos sérios olhos azuis, àquela... *covinha*, aos braços grossos que me fazem querer tocá-los.

Tocar? Sério, Sky? Controle-se!

Tudo nele faz meus pulmões pararem de funcionar e meu coração acelerar loucamente. Tenho a impressão de que se ele sorrisse para mim como Grayson tenta fazer, minha calcinha estaria no chão em tempo recorde.

Assim que paro de observar seu corpo e nossos olhares se encontram, ele afasta a mão do pescoço e passa a sacola para a mão esquerda.

— Meu nome é Holder — diz ele, estendendo a mão para mim.

Baixo o olhar para sua mão e dou um passo para trás, sem cumprimentá-lo. Toda aquela situação é constrangedora demais para que eu confie nessa apresentação inocente. Talvez se ele não tivesse lançado aquele olhar penetrante e intenso para mim no mercado, eu estivesse mais suscetível à sua perfeição física.

— O que você quer? — Tomo cuidado para olhá-lo com suspeita em vez de admiração.

A covinha dele reaparece junto a uma risada apressada, e ele balança a cabeça, desviando o olhar.

— Hum — diz ele com uma gagueira nervosa que não combina em nada com seu jeito confiante.

Seus olhos percorrem o estacionamento como se estivessem procurando uma maneira de escapar, e ele suspira antes de fixá-los em mim outra vez. Essas diferentes reações me deixam totalmente confusa. Num instante ele parece sentir certa repugnância à minha presença, no outro parece que não vai me deixar em paz. Costumo interpretar muito bem as pessoas, mas, se precisasse chegar a uma conclusão a respeito de Holder com base nos últimos dois minutos, seria obrigada a dizer que ele sofre de transtorno de múltiplas personalidades. As mudanças bruscas entre impertinência e intensidade são enervantes.

— Talvez isso soe ridículo — diz ele. — Mas você me parece bem familiar. Posso saber seu nome?

Fico tão desapontada no instante em que a cantada escapa de seus lábios. Ele é *esse* tipo de garoto, sabe. O tipo incrivelmente gato que pode ficar com qualquer pessoa onde e quando quiser, e sabe muito bem disso. O tipo que só precisa abrir um sorriso torto ou formar uma covinha e perguntar o nome da garota para ela se derreter toda até se ajoelhar na frente dele. O tipo que passa as noites de sábado entrando pelas janelas dos quartos.

Estou extremamente desapontada. Reviro os olhos e estendo o braço para trás, puxando a maçaneta do carro.

— Tenho namorado — minto. Eu me viro, abro a porta e entro. Estendo o braço para fechá-la, mas não consigo. Ergo o olhar e vejo a mão dele segurando a porta, mantendo-a aberta. Há um desespero firme em seus olhos que faz os pelos dos meus braços se arrepiarem.

Ele olha para mim, e eu fico *arrepiada*? Quem sou *eu*, afinal?

— Seu nome. É tudo o que quero.

Fico em dúvida se devo ou não explicar que saber meu nome não vai ajudá-lo em suas investigações. É mais que provável que eu seja a única americana de 17 anos sem acesso à internet. Ainda segurando a maçaneta, lanço meu olhar fulminante de advertência.

— Você se importa? — digo secamente, indicando a mão que está me impedindo de fechar a porta. Meu olhar percorre a mão dele até a tatuagem em letra cursiva no antebraço.

Hopeless

Não consigo deixar de rir por dentro. Está na cara que hoje o carma está no modo retaliação. Finalmente conheço o único garoto que acho atraente, e ele abandonou o colégio e traz *caso perdido* tatuado no braço.

Fico irritada. Puxo a porta mais uma vez, mas ele não se mexe.

— Seu nome. *Por favor.*

A expressão de desespero em seus olhos ao dizer *por favor* causa uma reação surpreendentemente complacente em mim, algo bastante inesperado.

— Sky — revelo de repente, sentindo uma compaixão repentina pelo sofrimento que com certeza existe por trás daqueles olhos azuis. A facilidade com que cedo ao pedido por causa de um olhar me deixa desapontada comigo mesma. Solto a porta e ligo o carro.

— Sky — repete ele para si mesmo. E fica pensando nisso por um segundo, balançando a cabeça como se eu tivesse respondido errado. — Tem certeza? — Ele inclina a cabeça na minha direção.

Se eu *tenho certeza*? Ele pensa que sou Shayna/Shayla e que não sei meu próprio nome, é? Reviro os olhos e mudo de posição no banco, pegando minha identidade no bolso. Estendo-a diante de seu rosto.

— É lógico que sei meu próprio nome.

Começo a puxar a identidade de volta, mas ele solta a porta e agarra o documento da minha mão, levando-o para perto de si para analisá-lo. Ele fica observando por alguns instantes, vira-o do outro lado e o devolve.

— Desculpe — Ele dá um passo para trás, se distanciando do carro. — Foi engano meu.

Agora ele está inexpressivo e sério, e fica me observando guardar a identidade no bolso. Encaro-o por um instante, esperando por algo mais, mas ele só move a mandíbula para a frente e para trás enquanto coloco o cinto de segurança.

Ele vai desistir de me convidar para sair assim tão fácil? Sério? Coloco os dedos na maçaneta da porta, esperando que ele a segure outra vez e venha com mais uma de suas cantadas ridículas. Mas nada acontece. Ele se afasta mais ainda enquanto fecho a porta, e alguma coisa estranha começa a me consumir. Se ele realmente não me seguiu até aqui para me convidar para sair, então o que diabos foi isso?

Ele passa a mão pelo cabelo e murmura algo para si mesmo, mas não consigo escutar o quê, por causa da janela fechada. Engato a ré e fico olhando para ele enquanto saio da vaga. O garoto continua imóvel, me encarando o tempo inteiro. Quando começo a ir na direção oposta, ajusto o retrovisor para lhe dar uma última olhada antes de passar pela saída. Vejo-o se virar e ir embora, esmurrando o capô de um carro.

Tomou a decisão certa, Sky. Ele é esquentadinho.

segunda-feira, 27 de agosto de 2012
16h47

Após guardar as compras, encho a mão com os chocolates que comprei, enfio-os no bolso e saio pela janela. Levanto a vidraça de Six e entro em seu quarto. São quase 17 horas, e ela está dormindo, então vou na ponta dos pés até sua cama e me ajoelho. Six está de viseira, e o cabelo louro-escuro grudou na bochecha, pois ela baba muito enquanto dorme. Eu me aproximo o máximo possível do rosto dela e grito:

— SIX! ACORDE!

Ela se levanta bruscamente e com tanta força que não tenho tempo de sair da sua frente. Seu cotovelo agitado acerta meu olho, e acabo caindo para trás. Na mesma hora, tapo com a mão a vista que está latejando e me espalho no chão do quarto de Six. Viro o olho ileso para ela e vejo que está sentada na cama segurando a própria cabeça, fazendo uma cara feia para mim.

— Você é uma vaca — diz ela gemendo. Six joga as cobertas para longe, sai da cama e vai direto para o banheiro.

— Acho que vou ficar com o olho roxo por sua causa — resmungo.

Ela deixa a porta do banheiro aberta e senta-se no vaso.

— Ótimo. Você merece. — Ela pega o papel higiênico e chuta a porta para fechá-la. — Acho bom que tenha me acordado por um motivo válido. Passei a noite inteira sem dormir arrumando as malas.

Six jamais gostou de acordar cedo e, pelo jeito, também não fica muito alegre de tarde. Para ser bem sincera, também não fica muito contente durante a noite. Se tivesse de adivinhar em qual horário Six fica mais agradável, eu diria que é quando está dormindo. Vai ver é por isso que ela odeia tanto acordar.

O senso de humor e a personalidade sincera de Six são fatores importantíssimos para nos darmos tão bem. Garotas empolgadas e falsas me irritam para caramba. Acho que *empolgação* nem faz parte do vocabulário de Six. Só faltam as roupas pretas para ela ser a típica adolescente melancólica. E falsa? Impossível ser mais direta que ela, independentemente se a pessoa está a fim de ouvir aquilo ou não. Six não tem nada de falso, além do nome.

Quando tinha 14 anos e seus pais decidiram se mudar do Maine para o Texas, ela se rebelou e passou a se recusar a atender pelo próprio nome. Seu verdadeiro nome é Seven Marie, por isso ela passou a responder somente quando a chamavam de *Six* para irritar os pais por a terem obrigado a se mudar. Eles ainda a chamam de Seven, mas todas as outras pessoas a chamam de Six. Isso mostra que ela é tão teimosa quanto eu, o que é um dos vários motivos pelos quais somos melhores amigas.

— Acho que vai ficar feliz por eu ter acordado você. — Saio do chão e vou para sua cama. — Hoje aconteceu algo monumental.

Six abre a porta do banheiro e volta para a cama. Ela se deita ao meu lado e puxa as cobertas por cima da cabeça. Depois, rola para longe de mim, afofando o travesseiro até ficar confortável.

— Deixe eu adivinhar... Karen assinou uma TV a cabo?

Giro para ficar de lado e me aproximo de Six, colocando o braço ao seu redor. Apoio a cabeça no seu travesseiro, e ficamos de conchinha.

— Tente de novo.

— Você conheceu alguém no colégio hoje, engravidou e vai se casar, mas não vou poder ser madrinha do seu casamento porque vou estar lá do outro lado dessa porcaria de mundo?

— Chegou perto, mas não. — Batuco com os dedos no seu ombro.

— Então o que *foi* que aconteceu? — pergunta ela, irritada.

Eu me deito de costas e suspiro fundo.

— Vi um garoto no mercado depois do colégio e, puta merda, Six. Ele era lindo. Assustador, mas lindo.

Six rola imediatamente para ficar de frente para mim, conseguindo bater com o cotovelo justo no mesmo olho que golpeou alguns minutos atrás.

— O quê?! — grita ela bem alto, ignorando que eu esteja com a mão no olho, gemendo mais uma vez. Ela se senta na cama e afasta minha mão do rosto. — O quê?! — grita ela outra vez. — Sério?

Continuo deitada de costas e tento mandar a dor do meu olho latejante para o fundo da mente.

— Pois é. Assim que olhei para ele, foi como se meu corpo inteiro tivesse derretido no chão. Ele era... uau.

— Você falou com ele? Pegou o telefone dele? Ele a convidou para sair?

Nunca vi Six tão entusiasmada. Está ficando animada demais para meu gosto, não sei se aprovo isso.

— *Caramba*, Six. Calma aí.

Ela baixa o olhar e franze a testa.

— Sky, faz quatro anos que me preocupo com você, achando que isso jamais aconteceria. Por mim não teria problema algum se você fosse lésbica. Nem se só gostasse de caras magros, baixinhos e nerds. Até se só se sentisse atraída por homens bem mais velhos e enrugados, com pênis ainda mais enrugados, eu não veria problema algum. Só me preocupava que você nunca experimentasse a luxúria. — Ela volta a se deitar, sorrindo. — Luxúria é o melhor dos pecados capitais.

Eu rio e balanço a cabeça.

— Discordo. Luxúria é um saco. Acho que você tem exagerado sua importância durante todos esses anos. Ainda considero a gula o melhor de todos. — Após dizer isso, tiro um pedaço de chocolate do bolso e o coloco na boca.

— Preciso saber os detalhes.

Chego mais para trás até encostar na cabeceira.

— Não sei como descrever. Depois que olhei para ele, não queria mais parar. Podia ter passado o dia inteiro o encarando. Mas aí, quando ele olhou para mim, fiquei apavorada. Ele me olhou como se estivesse furioso só por eu ter percebido sua presença. Em seguida, me seguiu até o carro e fez questão de saber meu nome. Parecia até que estava com raiva de mim. Como se eu o estivesse incomodando. Perdi a vontade de lamber suas covinhas e passei a querer sair em disparada para *longe* dele.

— Ele seguiu você? Até o carro? — pergunta ela ceticamente.

Confirmo com a cabeça e conto todos os últimos detalhes da minha ida ao mercado, inclusive o fato de ele ter esmurrado um carro.

— Caramba, que bizarro — comenta ela, quando termino de falar. Ela se senta e fica na mesma posição que eu, encostada na cabeceira. — Tem certeza de que ele não estava dando em cima de você? Tentando conseguir seu telefone? Fala sério, já vi como você fica perto dos garotos, Sky. Você sabe fazer o joguinho, mesmo quando *não* está interessada no cara. Sei que você sabe interpretar o que os garotos querem, mas acho que por ter ficado atraída por ele, talvez isso tenha atrapalhado sua intuição. Não acha?

Dou de ombros. Pode ser que Six tenha razão. Talvez eu tenha interpretado as ações dele da maneira errada, e minha própria reação negativa tenha feito com que desistisse de me convidar para sair.

— Pode ser. Mas independentemente do que era, se deteriorou com a mesma rapidez. Ele desistiu do colégio, é temperamental, esquentado e... simplesmente... é um *caso perdido*. Não sei qual é meu tipo de garoto, mas sei que não quero que Holder faça meu tipo.

Six aperta minhas bochechas, espremendo-as, e vira meu rosto para ela.

— Você acabou de dizer *Holder*? — pergunta ela, com a sobrancelha extremamente bem-feita arqueada de curiosidade.

Meus lábios estão esmagados, pois ela continua apertando minhas bochechas, então faço que sim com a cabeça em vez de responder com palavras.

— *Dean* Holder? Cabelo castanho bagunçado? Ardentes olhos azuis? Tão esquentado que parece saído do *Clube da luta*?

Dou de ombros.

— Parexe xer ele xim — digo, com as palavras praticamente inaudíveis graças ao aperto em meu rosto. Ela me solta, e repito o que tinha dito: — Parece ser ele sim. — Levo a mão à face e massageio as bochechas. — Você o conhece?

Ela se levanta e joga as mãos no ar.

— *Por que*, Sky? De todos os garotos que poderia achar atraentes, por que diabos *Dean Holder*?

Ela parece desapontada. Por que está tão desapontada? Nunca a ouvi falar de Holder, então não é porque já ficou com ele. Por que diabos parece que isso deixou de ser algo empolgante para se tornar algo... muito, muito ruim?

— Preciso saber os detalhes — digo.

Ela vira a cabeça e põe as pernas para fora da cama. Vai até o armário e pega uma calça jeans de uma caixa, em seguida a veste por cima da calcinha.

— É um canalha, Sky. Estudava no colégio, mas foi preso assim que as aulas começaram no ano passado. Não o conheço muito bem, mas conheço o suficiente para saber que ele não é para namorar.

Sua descrição de Holder não me surpreende. Gostaria de dizer que não fiquei desapontada, mas é mentira.

— E desde quando *alguém* é para namorar ou não? — Acho que Six nunca teve um namoro que durou mais de uma noite.

Ela olha para mim e dá de ombros.

— *Touché*. — Six veste uma camisa e vai até a pia do banheiro. Ela pega uma escova de dentes, espreme pasta por cima e volta para o quarto escovando os dentes.

— Por que ele foi preso? — pergunto, sem ter certeza se realmente quero saber a resposta.

Six tira a escova da boca.

— Eles o prenderam por causa de um crime de ódio... bateu num garoto gay do colégio. Tenho certeza de que tinha antecedentes, e isso foi a gota d'água. — Ela coloca a escova de volta na boca e vai até a pia para cuspir.

Um crime de ódio? Sério? Sinto o maior frio do estômago, mas dessa vez não de um jeito bom.

Six volta para o quarto após prender o cabelo num rabo de cavalo.

— Que merda — diz ela, mexendo em suas joias. — E se essa for a única vez em que você sentiu tesão por um cara e jamais experimentar isso de novo?

Faço uma careta devido à escolha de palavras dela.

— Não senti tesão por ele, Six.

Ela balança a mão no ar.

— Tesão. Atração. É tudo igual — diz ela de um jeito desaforado, voltando para a cama. Ela deixa um brinco no colo e põe o outro na orelha. — Acho que devíamos estar aliviadas por descobrirmos que ainda há esperança para seu caso. — Six estreita os olhos e se inclina na minha direção. Ela segura meu queixo, virando meu rosto para a esquerda. — O que diabos aconteceu com seu olho?

Rio e desço da cama, fugindo do perigo.

— *Você* aconteceu. — Vou para a janela. — Preciso espairecer um pouco. Vou correr. Quer vir comigo?

Six enruga o nariz.

— Hum... *não*. Divirta-se.

Estou com uma perna por cima do peitoril da janela quando ela me chama.

— Depois vou querer saber todos os detalhes do seu primeiro dia de aula. E tenho um presente para você. Mais tarde passo na sua casa.

segunda-feira, 27 de agosto de 2012
17h25

Meus pulmões estão doendo; meu corpo ficou dormente faz tempo, na Aspen Road. Deixei de inspirar e expirar ritmicamente e passei a soltar arfadas descontroladamente. Costuma ser esse o momento em que mais gosto na corrida. Quando todas as células do meu corpo trabalham para me fazer seguir em frente, permitindo que me concentre apenas no próximo passo e nada mais.

No próximo passo.

Nada mais.

Jamais corri até tão longe. Costumo parar quando sei que completei meus dois quilômetros e meio, o que foi há algumas quadras atrás, mas dessa vez não. Apesar do desespero familiar do meu corpo neste momento, não estou conseguindo fazer a mente se desligar. Continuo correndo na esperança de que isso aconteça, mas hoje está demorando bem mais que o normal. A única coisa que me faz decidir parar é o fato de que vou ter de correr exatamente a mesma distância na volta para casa. Minha água também está acabando.

Paro no início de um jardim e me apoio na caixa de correio, abrindo a tampa da garrafa de água. Enxugo o suor da testa com o dorso do braço e levo a garrafa aos lábios, conseguindo tomar umas quatro gotas antes de ela acabar. Já bebi uma garrafa inteira por causa do calor do Texas. Eu me repreendo silenciosamente por ter decidido não ir correr pela manhã. Sou a maior molenga no calor.

Temendo ficar desidratada, decido voltar para casa andando, e não correndo. Acho que me forçar e chegar ao ponto da exaustão física não deixaria Karen muito contente. Só por eu correr sozinha já a deixo nervosa.

Começo a andar quando ouço uma voz familiar atrás de mim.

— Oi, você.

Como se meu coração não estivesse acelerado o suficiente, me viro devagar e vejo Holder me encarando, sorrindo, com as covinhas aparecendo no canto da boca. Seu cabelo está molhado de suor, e é óbvio que ele também estava correndo.

Pisco duas vezes, quase acreditando que é uma miragem causada pelo cansaço. O instinto está me dizendo para gritar e sair correndo, mas meu corpo quer se jogar nos braços brilhantes e suados do garoto.

Meu corpo é um maldito traidor.

Por sorte, ainda não me recuperei do trecho que acabei de correr, então ele não vai perceber que minha respiração está inconstante porque o estou vendo de novo.

— Oi — digo, ofegante.

Faço meu melhor para continuar olhando para seu rosto, mas não consigo evitar que meus olhos se dirijam para abaixo de seu pescoço. Por isso, passo a observar somente meus próprios pés para evitar o fato de que ele só está de bermuda e tênis de corrida. A maneira como a bermuda cai no seu quadril é razão suficiente para eu perdoar todas as coisas negativas que descobri sobre ele. Desde que me lembro, nunca fui o tipo de garota que fica toda encantada por um menino devido à sua aparência. Estou me sentindo superficial. Ridícula. Babaca, até. E um pouco irritada comigo mesma por deixar ele me afetar assim.

— Você corre? — pergunta ele, apoiando o cotovelo na caixa de correio.

Faço que sim com a cabeça.

— Costumo correr de manhã. Não lembrava como era quente à tarde. — Tento olhar de volta para ele, levando a mão até os olhos para protegê-los do sol que brilha em cima de sua cabeça como se fosse uma auréola.

Que irônico.

Ele estende o braço, e eu me contorço antes de perceber que está apenas me entregando sua garrafa de água. A maneira como ele está pressionando os lábios, segurando-se para não sorrir, deixa na cara que notou o quanto estou nervosa por estar perto dele.

— Beba isso. — Ele inclina a garrafa pela metade para mim. — Você parece exausta.

Normalmente eu não aceitaria água de estranhos. Muito menos de pessoas que sei que são sinônimo de encrenca, mas estou com sede. Com *tanta* sede.

Pego a garrafa de suas mãos e inclino a cabeça para trás, dando três goles enormes. Estou morrendo de vontade de tomar o resto, mas não posso deixá-lo sem nada.

— Obrigada — digo, devolvendo a garrafa. Limpo a boca com a mão e olho para a calçada atrás de mim. — Bem, tenho mais dois quilômetros e meio de volta, então é melhor eu ir.

— Está mais para quatro quilômetros — diz ele, olhando para minha barriga.

Ele pressiona a boca na garrafa sem limpar a beirada, mantendo os olhos fixos em mim enquanto inclina a cabeça para trás e toma o resto da água. Não consigo deixar de ficar observando seus lábios cobrirem o gargalo da garrafa onde os meus acabaram de encostar. Estamos praticamente nos beijando.

Balanço a cabeça.

— Hã? — Não sei se ele falou algo em voz alta ou não. Estou mais concentrada no suor pingando no seu peito.

— Eu disse que está mais para quatro quilômetros. Você mora na Conroe, que fica a quase quatro quilômetros daqui. São quase oito quilômetros, ida e volta — diz ele, como se estivesse impressionado.

Lanço um olhar curioso para ele.

— Sabe em que rua eu moro?

— Sei.

Ele não entra em detalhes. Fico o encarando, em silêncio, esperando alguma explicação.

Holder percebe que não estou satisfeita com o "sei" e suspira.

— Linden Sky Davis, nascida em 29 de setembro. Conroe Street, 1455. 1,60m. Doadora.

Dou um passo para trás, subitamente vendo meu assassinato próximo se desenrolando pelas mãos do meu lindo perseguidor. Será que eu devia parar de proteger minha visão do sol para poder observá-lo melhor caso eu consiga fugir? Talvez precise descrevê-lo para um desenhista na polícia.

— Sua identidade — explica ele ao ver a mistura de terror e confusão no meu rosto. — Você me mostrou sua identidade mais cedo. No mercado.

Por alguma razão, essa justificativa não diminui minha apreensão.

— Você a olhou por dois segundos.

Ele dá de ombros.

— Tenho boa memória.

— E persegue as pessoas — digo inexpressivamente.

Ele ri.

— *Eu* persigo? É você que está na frente da minha casa. — E aponta por cima do ombro para a casa atrás dele.

Aquela casa é *dele*? Qual a probabilidade de isso acontecer?

Ele endireita a postura e tamborila os dedos nas letras na frente da caixa de correio.

Família Holder.

Sinto o sangue fluindo para as bochechas, mas isso não importa. Depois de uma corrida no meio da tarde, no calor do Texas e com pouca água, tenho certeza de que meu corpo inteiro está vermelho. Tento não olhar novamente para a casa dele, mas curiosidade é meu fraco. É uma casa simples, não muito chamativa. Combina com a vizinhança de classe média. Assim como o carro na entrada da garagem. Será que é o carro *dele*?

Pela conversa com a fulana de tal do mercado, dá para deduzir que ele é da minha idade, então deve morar com os pais. Mas como é que eu nunca o tinha visto antes? Como é que eu não sabia que morava a menos de 5 quilômetros do único garoto do planeta que consegue me provocar ondas de calor e frustração?

Limpo a garganta.

— Bem, obrigada pela água. — Não tem nada que eu queira mais no mundo que fugir desse constrangimento. Aceno brevemente e começo a correr.

— Espere aí — grita ele atrás de mim. Não desacelero, então ele passa por mim e se vira, correndo para trás contra o sol. — Deixe eu encher sua garrafa. — Ele estende o braço e pega a garrafa de minha mão esquerda, encostando sua mão em minha barriga. Congelo mais uma vez. — Já volto — diz dele, correndo para dentro de casa.

Estou perplexa. Que ato de bondade mais contraditório. Será que é mais um efeito do transtorno de múltiplas personalidades? É provável que ele seja um mutante, como o Hulk. Ou como em *O médico e o monstro*. Será que Dean é a personalidade boazinha e Holder, a assustadora? Com certeza foi Holder que vi no mercado mais cedo. Acho que gosto bem mais de Dean.

Fico um pouco constrangida de esperar, então volto para perto da casa dele, parando às vezes para olhar o caminho que vai dar na minha. Não faço ideia do que fazer. Sinto que qualquer decisão que eu tomar a essa altura vai para o lado da balança que mede as burrices.

Será que devo ficar?

Será que devo correr?

Será que devo me esconder nos arbustos antes que ele volte com algemas e uma faca?

Antes que eu tenha a oportunidade de sair correndo, a porta da casa se escancara, e ele aparece com a garrafa cheia. Dessa vez o sol está atrás de mim, por isso não tenho tanta dificuldade em enxergá-lo. O que também não é uma coisa boa, pois tudo o que quero fazer é ficar encarando o garoto.

Argh! Odeio muito a luxúria.

O-dei-o.

Cada célula sabe que ele não é uma boa pessoa, mas meu corpo parece não dar a mínima para isso.

Ele me entrega a garrafa, e, na mesma hora, tomo mais um gole. Já odeio o calor do Texas naturalmente, mas, combinado a Dean Holder, parece que estou nas profundezas do Inferno.

— Então... mais cedo... no mercado... — diz ele, fazendo uma pausa nervosa. — Se a deixei constrangida, peço desculpas.

Meus pulmões estão implorando por ar, mas, de alguma maneira, consigo dar um jeito de responder:

— Você não me deixou constrangida.

Você meio que me deixou apavorada.

Holder estreita os olhos para mim por alguns segundos, me observando. Hoje descobri que não gosto de ser observada... prefiro não ser percebida.

— Também não estava tentando dar em cima de você — afirma ele. — Só achei que fosse outra pessoa.

— Está tudo bem. — Forço um sorriso, mas *não* está tudo bem. Por que de repente estou sendo consumida pelo desapontamento de ele não ter tentado dar em cima de mim? Devia estar contente.

— O que não quer dizer que eu *não* daria em cima de você — acrescenta ele sorrindo. — Só não estava fazendo isso naquele momento.

Ah, obrigada, meu Deus. A explicação me faz sorrir, apesar de todos os meus esforços em contrário.

— Quer que eu corra com você? — pergunta ele, apontando com a cabeça em direção à calçada atrás de mim.

Sim, por favor.

— Não, está tudo bem.

Ele balança a cabeça.

— Bem, eu estava indo naquela direção de qualquer jeito. Corro duas vezes ao dia e ainda tenho alguns... — Ele para de falar no meio da frase e dá um passo para perto de mim rapidamente. Em seguida, segura meu queixo e inclina minha cabeça para trás. — Quem fez isso com você? — A mesma frieza que vi em seus olhos no mercado reaparece. — Seu olho não estava assim mais cedo.

Afasto meu queixo e rio.

— Foi um acidente. Jamais interrompa o cochilo de uma garota.

Ele não sorri. Em vez disso, se aproxima mais, me observa atentamente e passa o dedão embaixo do meu olho.

— Você contaria para alguém, não é? Se fizessem isso com você?

Quero responder. Quero mesmo. Mas *não consigo*. Ele está tocando meu rosto. Sua mão está na minha bochecha. Não consigo pensar, não consigo falar, não consigo *respirar*. A intensidade proveniente de toda sua existência suga o ar dos meus pulmões e a força dos meus joelhos. Balanço a cabeça de maneira não muito convincente. Ele franze a testa e afasta a mão.

— Vou correr com você — afirma ele, pondo as mãos nos meus ombros e me virando na direção oposta para me dar um leve empurrão. Ele entra no mesmo ritmo que eu, e passamos a correr em silêncio.

Quero conversar com ele. Quero perguntar sobre o ano que passou na prisão, por que desistiu do colégio, o porquê daquela tatuagem... mas tenho medo das respostas. Sem falar que estou completamente sem fôlego. Em vez disso, corremos em total silêncio até chegarmos a minha casa.

Ao nos aproximarmos da entrada, começamos a andar. Não faço ideia de como terminar isso. Ninguém jamais corre comigo, então não sei o que manda a etiqueta quando dois corredores se despedem. Eu me viro e dou um breve aceno para ele.

— Então até qualquer hora?

— Com certeza — diz ele, me encarando.

Sorrio constrangida e me viro. *Com certeza?* Fico pensando nisso enquanto cruzo a entrada. O que ele quis dizer com isso? Nem tentou pegar o número do meu telefone, apesar de não saber que não tenho um. Não perguntou se eu queria correr com ele de novo. Mas disse *com certeza* como se tivesse absoluta certeza, e eu meio que espero que isso seja *mesmo* verdade.

— Sky, espere. — A maneira como sua voz pronuncia meu nome me faz desejar que a única palavra de todo seu vocabulário fosse *Sky*. Eu me viro, rezando para que ele não mande mais uma daquelas cantadas bregas. Porque agora eu totalmente cairia.

— Pode me fazer um favor?

Qualquer coisa. Faço qualquer coisa que me pedir enquanto estiver sem camisa.

— Sim?

Ele joga sua garrafa de água para mim. Eu a pego e olho para a garrafa vazia, sentindo-me culpada por não ter me oferecido para enchê-la. Balanço-a no ar e faço que sim com a cabeça, em seguida subo os degraus correndo e entro em casa. Karen está enchendo o lava-louça quando irrompo na cozinha. Assim que a porta da frente se fecha atrás de mim, arfo para poder dar aos meus pulmões o ar pelo qual estavam implorando.

— Meu Deus, Sky. Parece até que vai desmaiar. Sente-se. — Ela pega a garrafa das minhas mãos e me obriga a sentar. Deixo que ela a encha enquanto inspiro pelo nariz e expiro pela boca. Ela se vira, entrega-a para mim, e fecho a tampa. Em seguida, me levanto e corro lá para fora até Holder.

— Obrigado — diz ele. Fico parada, observando-o pressionar aqueles mesmos lábios carnudos na boca da garrafa.

Estamos praticamente nos beijando de novo.

Não consigo distinguir o efeito da minha corrida de quase 8 quilômetros do efeito que Holder provoca em mim. As duas coisas fazem com que me sinta prestes a desmaiar por falta de oxigênio. Ele fecha a tampa da garrafa, e seus olhos percorrem meu corpo, parando por tempo demais em minha barriga à mostra antes de me olhar nos olhos.

— Você faz atletismo?

Cubro a barriga com o braço esquerdo e ponho as mãos na cintura.

— Não. Mas estou pensando em tentar entrar para a equipe.

— Devia mesmo. Mal consegue respirar e mesmo assim acabou de correr quase oito quilômetros — diz ele. — Você está no último ano?

Ele não faz ideia do esforço que estou precisando fazer para não desabar na calçada e ficar chiando por falta de ar. Jamais corri tanto de uma só vez e estou usando todas as minhas forças para aparentar que isso não foi nada de mais. Pelo jeito está dando certo.

— Já devia saber que estou no último ano, não? Suas habilidades de perseguidor estão deixando a desejar.

Quando as covinhas dele reaparecem, fico com vontade de cumprimentar a mim mesma.

— Bem, é meio difícil perseguir você — diz ele. — Não a encontrei nem no Facebook.

Ele acabou de admitir que me procurou no Facebook. Eu o conheci há menos de duas horas, então o fato de ele ter ido direto para casa e me procurado no Facebook me deixa um pouco lisonjeada. Um sorriso involuntário surge no meu rosto, e fico com vontade de esmurrar esse ridículo arremedo de garota que tomou conta do meu ser normalmente indiferente.

— Não estou no Facebook. Não uso internet — explico.

Holder lança um olhar para mim e abre um sorriso sarcástico, como se não estivesse acreditando em nada disso. Ele afasta o cabelo da testa.

— E seu celular? Não dá para usar internet no celular?

— Não tenho celular. Minha mãe não é fã dessas novas tecnologias. Também não tenho televisão.

— Caraca. — Ele ri. — Está falando sério? O que faz para se divertir?

Sorrio para ele e dou de ombros.

— Eu corro.

Holder me observa mais uma vez, focando a atenção por um breve instante na minha barriga. Vou repensar essa história de sair de top de ginástica.

— Bem, então por acaso você não saberia o horário em que uma certa pessoa se levanta para correr de manhã, saberia? — Ele me olha, e não consigo ver de jeito nenhum a pessoa que Six descreveu para mim. A única coisa que vejo é um garoto flertando com uma menina, o olhar um pouco nervoso e cativante.

— Não sei se você ia gostar de acordar tão cedo — digo. A maneira como ele está me olhando e o calor do Texas fazem minha vista se embaçar de repente, então respiro fundo, com o intuito de aparentar qualquer coisa diferente de exaustão e agitação.

Ele inclina a cabeça para perto da minha e estreita os olhos.

— Você não tem *ideia* do quanto eu quero acordar tão cedo assim. — Ele abre aquele sorriso com as covinhas, e eu desmaio.

Sim... literalmente. Desmaiei.

E, pela dor no meu ombro e o cascalho e terra grudados na minha bochecha, não foi uma queda bonita e graciosa. Apaguei e bati no chão antes mesmo que ele tivesse qualquer chance de me segurar. *Tão* diferente dos heróis nos livros.

Estou deitada no sofá, presumivelmente onde ele me deixou após ter me carregado para dentro de casa. Karen está parada ao meu lado com um copo de água, e Holder, atrás dela, observando o desenrolar do momento mais vergonhoso de minha vida.

— Sky, tome um pouco de água — diz Karen, erguendo minha nuca e me pressionando em direção ao copo. Bebo um gole, encosto no travesseiro e fecho os olhos, querendo mais que tudo desmaiar outra vez. — Vou pegar um pano úmido.

Abro os olhos, esperando que Holder tenha decidido ir embora despercebido depois que Karen saiu do cômodo, mas ele continua aqui. E agora está mais perto de mim. Ele se ajoelha no chão ao meu lado e estende a mão para meu cabelo, tirando o que imagino ser cascalho ou alguma sujeira.

— Tem certeza de que está bem? Você caiu bem feio. — Seus olhos estão cheios de preocupação, e ele limpa algo da minha bochecha com o polegar, depois apoia a mão ao meu lado no sofá.

— Ah, meu Deus — digo, cobrindo os olhos com o braço. — Mil desculpas. Estou morrendo de vergonha.

Holder segura meu punho e afasta meu braço do rosto.

— Shh. — A preocupação nos olhos dele diminui, e um sorriso brincalhão toma conta de suas feições. — Meio que estou curtindo isso.

Karen volta para a sala

— Aqui está o pano, querida. Quer algo para a dor? Está enjoada? — Em vez de entregá-lo para mim, ela o deixa com Holder e volta para a cozinha. — Devo ter um pouco de extrato de calêndula ou de bardana.

Ótimo. Como se eu já não estivesse morrendo de vergonha, ela está prestes a piorar ainda mais a situação me obrigando a tomar uma de suas misturas caseiras bem na frente dele.

— Estou bem, mãe. Não estou com dor alguma.

Delicadamente, Holder põe o pano na minha bochecha, limpando-a.

— Talvez não esteja sentindo dor agora, mas depois vai sentir, sim — diz ele, baixinho demais para que Karen escutasse. Ele para de examinar minha bochecha e olha nos meus olhos. — Você devia tomar alguma coisa, só para garantir.

Não sei por que a sugestão parece mais simpática quando sai de sua boca e não da de Karen, mas concordo com a cabeça.

E engulo em seco. E prendo a respiração. E aperto as coxas uma contra a outra. Também tento me sentar, porque ficar deitada no sofá com ele tão perto de mim está quase me fazendo desmaiar de novo.

Quando ele vê o esforço para me sentar, segura meu cotovelo e me ajuda. Karen volta para a sala e me entrega um pequeno copo de suco de laranja. Suas misturas são amargas demais, por isso tenho de tomar com suco para não acabar cuspindo tudo. Pego o copo da mão dela, bebendo tudo o mais rapidamente que já tomei algo na vida, e imediatamente o devolvo. Só quero que ela volte para a cozinha.

— Desculpe — diz ela, estendendo a mão para Holder. — Meu nome é Karen Davis.

Holder se levanta e aperta a mão dela.

— Dean Holder. Meus amigos me chamam de Holder.

Fico com inveja por ela estar tocando na mão dele. Quero pegar uma senha e entrar na fila.

— De onde você e Sky se conhecem? — pergunta ela.

Holder olha para mim na mesma hora em que ergo o olhar para ele. Seu lábio mal se curva, formando um sorriso, mas eu percebo.

— Na verdade, não nos conhecemos — diz ele, olhando para ela. — Acho que eu estava no lugar certo na hora certa, só isso.

— Bem, agradeço por tê-la ajudado. Não sei por que ela desmaiou. Ela nunca havia desmaiado. — Karen olha para mim. — Você comeu alguma coisa hoje?

— Um pedaço de frango no almoço — respondo, sem mencionar o Snickers que comi antes da corrida. — A comida do refeitório é um lixo.

Ela revira os olhos e ergue as mãos para o ar.

— Por que foi correr sem antes comer?

Dou de ombros.

— Esqueci. Não costumo correr à tarde.

Ela volta para a cozinha com o copo e suspira fundo.

— Não quero que corra mais, Sky. O que poderia ter acontecido se estivesse sozinha? Além disso, você corre demais.

Ela só pode estar brincando. Não posso parar de correr de jeito nenhum.

— Olhe — diz Holder, observando o resto de cor se esvair do meu rosto. Ele olha para Karen na cozinha. — Moro aqui perto, na Ricker, e passo correndo por aqui todas as tardes. — (Ele está mentindo. Eu teria percebido). — Se isso a deixar mais tranquila, seria ótimo correr com ela na próxima semana ou durante as manhãs. Costumo correr nas pistas do colégio, mas não tem problema. Só para garantir que isso não vai acontecer de novo.

Ah. Uma luzinha se acende em minha cabeça. Lógico que esse abdômen me pareceu familiar.

Karen volta para a sala e olha para mim, depois para ele. Ela sabe o quanto gosto de minhas corridas solitárias, mas dá para ver em seus olhos que ficaria mais tranquila se eu tivesse um parceiro de corrida.

— Por mim tudo bem — assegura ela, olhando para mim. — Se Sky gostar da ideia.

Sim, sim, gosto. Mas só se meu novo parceiro de corrida estiver sem camisa.

— Gosto — confirmo. Eu me levanto e, ao fazer isso, fico tonta mais uma vez. Acho que também fico pálida, pois Holder põe a mão no meu ombro em menos de um segundo, me fazendo voltar para o sofá.

— Calma — pede ele, e olha para Karen. — Você tem algum biscoito? Talvez ajude.

Karen vai até a cozinha, e Holder olha de novo para mim, os olhos cheios de preocupação.

— Tem certeza de que está bem? — Ele alisa minha bochecha com o dedo.

Estremeço.

Um sorriso diabólico surge em seu rosto ao perceber minha tentativa de cobrir os braços arrepiados. Ele olha para Karen na cozinha e depois volta a me encarar.

— Que horas você quer que eu venha persegui-la amanhã? — sussurra ele.

— 6h30? — digo baixinho, olhando para ele, impotente.

— 6h30 está ótimo.

— Holder, você não precisa fazer isso.

Os olhos azuis hipnotizantes ficam observando meu rosto por vários segundos, em silêncio, e não consigo deixar de encarar a boca igualmente hipnotizante enquanto ele fala.

— Sei que não preciso fazer isso, Sky. Faço o que quero fazer. — Ele se aproxima do meu ouvido e baixa a voz, passando a sussurrar. — E eu quero correr com você. — Ele se afasta e fica me observando. Devido a todo o caos em minha cabeça e estômago, não consigo responder.

Karen volta com os biscoitos.

— Coma — diz ela, colocando-os na minha mão.

Holder levanta-se, despede-se de Karen e depois se volta para mim.

— Se cuida. Vejo você de manhã?

Faço que sim com a cabeça e o observo enquanto ele se vira para ir embora. Não consigo tirar os olhos da porta depois que ele a fecha. Estou perdendo a cabeça. Perdi totalmente qualquer resquício de autocontrole. Então é isso que Six ama? Isso é *luxúria*?

Odeio a luxúria. Sem dúvida alguma. *Odeio* totalmente essa sensação linda e mágica.

— Ele é tão legal — diz Karen. — E bonito. — Ela se vira para mim. — Você não o conhece?

Dou de ombros.

— Já *ouvi falar* dele — digo. E é *tudo* o que revelo.

Se ela soubesse o quanto meu "parceiro de corrida" é um caso perdido, acabaria surtando. Quanto menos ela souber sobre Dean Holder, melhor para nós duas.

segunda-feira, 27 de agosto de 2012
19h10

— O que diabos aconteceu com seu rosto? — Jack solta meu queixo e passa por mim indo em direção à geladeira.

Jack está presente na vida de Karen há cerca de um ano e meio. Janta conosco algumas vezes por semana e, como hoje é o jantar de despedida de Six, ele nos deu a honra de sua presença. Por mais que goste de pegar no pé de Six, sei que também vai sentir sua falta.

— Briguei na rua hoje — respondo.

Ele ri.

— Então foi *isso* o que aconteceu com a rua.

Six escolhe uma fatia de pão e abre o pote de Nutella. Pego o prato e me sirvo com a mais recente invenção vegana de Karen. Sua culinária é uma coisa à qual é preciso se acostumar, algo que Six ainda não conseguiu depois de quatro anos. Jack, por outro lado, é o gêmeo encarnado de Karen, então não se incomoda com a comida. O menu de hoje é algo cujo nome nem consigo pronunciar, mas não tem nenhuma derivação animal, como sempre. Karen não me obriga a consumir apenas comidas vegana, então experimento o que quero quando não estou em casa.

Tudo o que Six come serve apenas como complemento ao seu prato principal — a Nutella. Hoje ela escolheu um sanduíche de queijo com Nutella. Não sei se eu seria capaz de me acostumar a isso.

— Então, quando vai se mudar para cá? — pergunto a Jack.

Ele e Karen têm discutido o próximo passo na relação, mas jamais conseguem concordar quanto à rigorosa regra antitecnologia dela. Bem, Jack não consegue aceitar isso. Já Karen está muito bem resolvida com esse assunto.

— Quando sua mãe ceder e assinar a ESPN — diz Jack.

Eles não discutem sobre isso. Acho que os dois estão satisfeitos com a situação atual, então nenhum deles está com muita pressa de sacrificar as opiniões divergentes em relação à tecnologia moderna.

— Sky desmaiou na rua hoje — diz Karen, mudando de assunto. — Um garotinho encantador carregou ela para dentro de casa.

Eu acho graça.

— Um cara, mãe. Por favor, não diga garotinho.

Do outro lado da mesa Six me fulmina com o olhar e percebo que não lhe contei da minha corrida essa tarde. Nem sobre meu primeiro dia de aula. Hoje foi um dia movimentado. Para quem será que vou confidenciar o que acontece comigo depois que ela for embora? Fico apavorada só de pensar que Six vai estar do outro lado do mundo daqui a dois dias. Espero que Breckin consiga ocupar o lugar dela. Bem, ele provavelmente adoraria isso.

— Você está bem? — pergunta Jack. — Deve ter caído bem feio para ficar com esse olho aí.

Estendo a mão até o rosto e faço uma careta. Tinha me esquecido completamente do olho roxo.

— Isso não foi por causa do desmaio. Six me deu uma cotovelada. Duas vezes.

Fico esperando que pelo menos um dos dois pergunte a Six por que ela me atacou, mas nenhum deles faz isso. O que mostra o quanto eles amam minha amiga. Nem se importam se ela bate em mim; provavelmente diriam que mereci.

— Você não fica irritada por seu nome ser um número? — pergunta Jack para ela. — Nunca entendi isso. É como quando os pais colocam no filho o nome de um dos dias da semana. — Ele faz uma pausa com o garfo no ar e olha para Karen. — Quando tivermos um filho, não vamos fazer isso com ele. Qualquer palavra que puder ser encontrada num calendário está proibida.

Karen o encara com uma expressão gélida. Se eu tivesse de adivinhar por sua reação, diria que é a primeira vez que Jack falou em ter filhos. Se eu tivesse de adivinhar pelo olhar em seu rosto, diria que ter filhos não é algo que ela esteja planejando para o futuro. Nem para nunca.

Jack volta sua atenção para Six.

— Seu verdadeiro nome não é Seven ou Thirteen ou algo assim? Não entendo por que escolheu Six. Acho que é o pior número que podia ter escolhido.

— Vou aceitar seus insultos — diz Six. — É só a maneira de disfarçar o quanto está arrasado com minha partida.

Jack ri.

— Pode aceitar. Terei mais deles quando você voltar daqui a seis meses.

Depois que Jack e Six vão embora, ajudo Karen na cozinha com os pratos. Desde que Jack falou sobre ter filhos, ela ficou quieta demais.

— Por que isso a enlouqueceu tanto? — pergunto a ela, entregando um prato para ela lavar.

— O quê?

— Quando ele fez aquele comentário sobre os filhos de vocês. Você tem trinta e poucos anos. As pessoas têm filhos o tempo todo nessa idade.

— Foi tão óbvio assim?

— Para mim, foi.

Ela pega outro prato para lavar e depois suspira.

— Amo Jack. Mas também amo eu e você. Gosto de como as coisas são entre nós duas e não sei se estou pronta para mudar isso, muito menos para inserir outro filho nessa história. Mas Jack quer tanto essas coisas.

Fecho a torneira e enxugo as mãos na toalha.

— Vou fazer 18 anos em algumas semanas, mãe. Por mais que você queira que as coisas entre nós continuem as mesmas... isso não vai acontecer. Vou me mudar para a faculdade depois do próximo semestre, e você vai ficar morando aqui sozinha. Talvez não seja tão ruim considerar a ideia de pelo menos deixar ele se mudar para cá.

Ela sorri para mim, mas é um sorriso aflito, o mesmo que aparece toda vez que toco no assunto da faculdade.

— Tenho considerado essa ideia, Sky. Pode acreditar. Só que esse é um passo importante que não pode ser desfeito depois que a decisão já foi tomada.

— Mas e se for um passo que você *não queira* que seja desfeito? E se for um passo que só vai fazer você ter mais vontade de dar outro passo, e depois mais outro, até acabar correndo em disparada?

Ela ri.

— É exatamente disso que tenho medo.

Enxugo o balcão e lavo o pano na pia.

— Às vezes não entendo você.

— E eu também não a entendo — diz ela, cutucando meu ombro. — Sou incapaz de entender por que quis tanto estudar num colégio. Sei que disse que foi até divertido, mas me conte o que realmente achou.

Dou de ombros.

— Foi legal — minto. Minha teimosia sempre fala mais alto. Jamais vou revelar a ela o quanto odiei ir à escola hoje, mesmo sabendo que ela nunca diria *"eu avisei"*.

Ela seca as mãos e sorri para mim.

— Que bom. Quem sabe quando eu perguntar de novo amanhã, você me conte a verdade.

Tiro da mochila o livro que Breckin me deu e o deixo em cima da cama. Leio apenas duas páginas antes de Six entrar pela janela.

— Colégio primeiro, presente depois — diz ela, se acomodando ao meu lado na cama enquanto coloco o livro na mesinha de cabeceira.

— O colégio foi um saco. Graças a você e sua inabilidade de simplesmente dizer não aos garotos, herdei sua péssima reputação. Mas por intervenção divina, fui resgatada por Breckin, o adotado mórmon gay que não sabe cantar nem atuar, mas ama ler e é meu melhor amigo no mundo inteiro.

Six faz beicinho.

— Nem fui embora ainda e você já me substituiu? Que cruel. E, só para constar, não sou incapaz de dizer não aos garotos. Apenas não entendo as consequências morais do sexo antes do casamento. De muito e muito sexo antes do casamento.

Ela põe uma caixa no meu colo. Uma caixa desembrulhada.

— Sei o que está pensando — diz ela. — Mas fique sabendo que a falta de embrulho não demonstra o que sinto por você. Foi só preguiça.

Pego a caixa e a balanço.

— É você que está indo embora, sabia? Eu que devia estar dando um presente para *você*.

— É, devia mesmo. Mas você é péssima em dar presentes e não acho que vá mudar só por minha causa.

Ela tem razão. Sou péssima em dar presentes, mas isso acontece principalmente porque odeio muito receber presentes. É quase tão constrangedor quanto pessoas chorando. Viro a caixa e encontro a aba. Levanto-a e, então, abro. Removo o papel crepom, e um celular cai na minha mão.

— Six — digo. — Sabe que não posso...

— Cale a boca. Jamais iria para o outro lado do mundo sem ter como me comunicar com você. Você não tem nem e-mail.

— Eu sei, mas não posso... não tenho emprego. Não tenho como pagar por isso. E Karen...

— Relaxe. É um celular pré-pago. Coloquei créditos que cobrem minutos suficientes para que a gente possa trocar uma mensagem por dia enquanto eu estiver longe. Não tenho dinheiro para fazer ligações internacionais, então quanto a isso você não deu sorte. E, só para não desobedecer os valores parentais cruéis e distorcidos de sua mãe, não tem nem internet nessa porcaria. Só dá para enviar mensagem de texto.

Ela pega o celular e liga o aparelho e, em seguida, coloca suas informações nos contatos.

— Se acabar arranjando um namorado gato enquanto eu estiver longe, pode muito bem acrescentar minutos a mais. Mas, se ele usar meus minutos, corto o saco dele fora.

Ela me devolve o celular, e pressiono o botão *home*. Seu nome nos contatos aparece como *Sua melhor, MELHOR amiga no mundo inteiro*.

Sou péssima em receber presentes e sou *muito* pior com despedidas. Guardo o telefone de volta na caixa e me curvo para pegar minha mochila. Tiro os livros, coloco-os no chão, me viro e balanço a mochila em cima de Sky, observando todas as notas caírem em seu colo.

— Aqui tem 37 dólares — digo. — Para você sobreviver até voltar. Feliz dia do intercâmbio.

Ela enche a mão com as notas e as joga no ar, e, em seguida, se joga na cama.

— Primeiro dia no colégio e as vacas já encheram seu armário? — Ela ri. — Impressionante.

Coloco em seu peito o cartão de despedida que escrevi, e apoio a cabeça em seu ombro.

— Achou *isso* impressionante? Devia ter visto meu pole dance no refeitório.

Ela pega o cartão e passa os dedos por ele, sorrindo. Não o abre, porque sabe que não gosto quando as coisas ficam constrangedoramente emotivas. Ela encosta o cartão no peito mais uma vez e apoia a cabeça no meu ombro.

— Você é a maior vagabunda — diz ela baixinho, tentando conter as lágrimas, pois somos teimosas demais para chorar.

— Pois é, foi o que me disseram.

Terça-feira, 28 de agosto de 2012
6h15

O alarme soa, e imediatamente penso em deixar para lá a corrida de hoje, até que lembro quem está me esperando lá fora. Eu me visto com a maior rapidez desde que aprendi a me vestir sozinha e vou até a janela. Há um cartão grudado na parte de dentro do vidro com a palavra "vagabunda" escrita com a letra de Six. Sorrio, tiro o cartão da janela e o jogo na minha cama antes de sair de casa.

Ele está sentado no meio-fio, alongando as pernas. Está de costas para mim, o que é bom. Caso contrário, teria me visto franzir a testa ao perceber que estava de camisa. Ao escutar meus passos, ele se vira na minha direção.

— Oi, você. — Ele sorri e se levanta. Ao fazer isso, percebo que sua camisa já está encharcada. Ele veio correndo até aqui. Correu mais de 3 quilômetros até aqui, está prestes a correr mais 5 comigo e depois mais 3 para voltar para casa. Não consigo entender por que está fazendo tudo isso. Ou por que estou permitindo. — Precisa se alongar primeiro? — pergunta ele.

— Já me alonguei.

Ele estende o braço e toca minha bochecha com o polegar.

— Não está tão ruim — diz ele. — Está sentindo dor?

Nego com a cabeça. Ele realmente espera que eu verbalize uma resposta enquanto seus dedos encostam em meu rosto? É muito difícil falar e prender a respiração ao mesmo tempo.

Ele afasta a mão e sorri.

— Ótimo. Está pronta?

Solto o ar.

— Estou.

E então nós corremos. Corremos lado a lado por um tempo até o caminho se estreitar e ele passar a correr atrás de mim, o que me deixa incrivelmente constrangida. Costumo me sentir bem solta quando corro, mas dessa vez estou atenta a todos os detalhes, como o cabelo, o comprimento do short, cada gota de suor que escorre pelas costas. Fico aliviada quando o caminho fica mais largo e ele volta para meu lado.

— Você devia mesmo tentar entrar para a equipe de atletismo. — A voz dele está normal e não parece de jeito algum que ele já correu 6,5 quilômetros naquela manhã. — Tem mais resistência que a maioria do pessoal da equipe do ano passado.

— Não sei se quero — digo, ofegante e nem um pouco atraente. — Não conheço ninguém no colégio. Pensei em tentar, mas até agora a maioria das pessoas foi meio... malvada. Não quero ficar sujeita a eles ainda mais tempo por causa de uma equipe.

— Você só teve um dia de aula na escola. Espere mais um pouco. Depois de passar a vida inteira estudando dentro de casa, não dá para esperar que chegue no colégio e faça vários amigos no primeiro dia.

Paro imediatamente. Ele dá mais alguns passos antes de perceber que não estou mais ao seu lado. Ao se virar e me ver parada na rua, corre para perto de mim e agarra meus ombros.

— Você está bem? Ficou tonta?

Balanço a cabeça e afasto as mãos dele dos ombros.

— Estou bem — digo, com uma irritação bem audível na voz.

Ele inclina a cabeça.

— Eu disse algo de errado?

Começo a andar na direção da minha casa, então ele me acompanha.

— Um pouco — respondo, dando uma olhada nele. — Estava meio que brincando com a história de estar me perseguindo ontem, mas você admitiu que me procurou no Facebook logo depois de me conhecer. E depois insistiu em correr comigo, apesar de não ser seu caminho. E agora descubro que de alguma maneira você sabe há quanto tempo estudo na escola? E que eu estudava em casa antes? Não vou mentir, é um pouco assustador.

Fico esperando uma explicação, mas tudo o que ele faz é estreitar os olhos e me observar. Ainda estamos andando para a frente, mas ele fica me olhando em silêncio até dobrarmos a próxima esquina. Quando finalmente fala alguma coisa, as palavras são antecedidas por um longo suspiro.

— Perguntei por aí — diz ele, por fim. — Moro aqui desde os 10 anos, então tenho muitos amigos. Estava curioso sobre você.

Fico olhando-o por mais alguns passos, em seguida desvio o olhar para a calçada. De repente não sou mais capaz de olhar para ele, pensando no que mais esses "amigos" disseram sobre mim. Sei que os boatos têm se espalhado desde que Six e eu nos tornamos próximas, mas é a primeira vez que me senti um pouco envergonhada ou na defensiva por causa disso. O fato de ele estar gastando tanta energia para correr comigo só pode significar uma coisa. Ficou sabendo dos boatos e está torcendo para que sejam verdade.

Ele percebe que estou constrangida, então agarra meu cotovelo e me faz parar.

— Sky.

Nós ficamos de frente um para o outro, mas meus olhos estão grudados no concreto. Hoje não estou só de top de ginástica, mas cruzo os braços por cima da camisa de qualquer jeito e me abraço. Não tem nada à mostra para ser coberto, mas por alguma razão estou me sentindo totalmente exposta.

— Acho que ontem começamos as coisas com o pé esquerdo no mercado — diz ele. — E aquele papo de perseguir você, juro que foi brincadeira. Não quero que fique constrangida perto de mim. Se sentiria melhor se soubesse mais sobre mim? Pergunte alguma coisa que eu respondo. Qualquer coisa.

Espero mesmo que ele esteja sendo sincero porque já consigo perceber que não é o tipo de cara pelo qual uma garota tem uma simples quedinha. É o tipo de cara pelo qual a gente se apaixona loucamente, e isso me deixa apavorada. Não quero de jeito algum me apaixonar loucamente por alguém, muito menos por alguém que só está perdendo seu tempo porque acha que sou fácil. Também não quero me apaixonar por alguém que já se considera um caso perdido. Porém estou curiosa. Tão curiosa.

— Se eu fizer uma pergunta, você vai ser sincero?

Ele inclina a cabeça para mim.

— Isso serei sempre.

A maneira como ele abaixa a voz ao falar faz minha cabeça rodopiar, e, por um segundo, fico com medo de acabar desmaiando outra vez se ele continuar falando assim. Por sorte, ele dá um passo para trás e fica esperando minha pergunta. Quero perguntar sobre seu passado. Quero saber por que foi preso, por que fez tudo aquilo e por que Six não confia nele. Mais uma vez, no entanto, ainda não sei se quero saber a verdade.

— Por que desistiu do colégio?

Holder suspira como se essa fosse uma das perguntas que estava querendo evitar. Ele começa a dar alguns passos para a frente, e, dessa vez, sou eu que vou atrás dele.

— Tecnicamente, ainda não desisti.

— Bem, é óbvio que faz mais de um ano você não aparece. Para mim isso é desistir.

Ele se vira e parece estar se sentindo dividido, como se quisesse me contar alguma coisa. Abre a boca, mas a fecha em seguida, após hesitar. Odeio não conseguir interpretá-lo. É fácil interpretar a maioria das pessoas. Elas são simples. Holder é todo confuso e complicado.

— Eu me mudei de volta para cá só faz alguns dias — diz ele. — O ano passado foi péssimo para minha mãe e eu, então fui morar por um tempo com meu pai em Austin. Estava estudando por lá, mas senti que era hora de voltar para casa. Então aqui estou.

O fato de ele não ter mencionado o tempo na prisão me faz questionar a capacidade dele de ser sincero. Entendo que esse provavelmente não é um assunto do qual queira falar, mas ele não devia afirmar que vai ser sempre sincero quando obviamente não é isso o que está fazendo.

— Nada disso explica por que você preferiu desistir em vez de pedir transferência para cá.

Ele dá de ombros.

— Não sei. Para falar a verdade, ainda estou decidindo o que quero fazer. Este ano tem sido foda. Sem falar que eu odeio a escola daqui. Cansei de todas as palhaçadas e às vezes penso que seria mais fácil fazer outra coisa.

Paro de andar e me viro para ele.

— Que desculpa de merda.

Ele ergue a sobrancelha para mim.

— É uma desculpa de merda eu odiar o colégio?

— Não. É uma desculpa de merda você deixar um ano ruim determinar o resto de sua vida. Faltam nove meses para a formatura e vai desistir? É só... é burrice.

Ele ri.

— Bem, se está explicando com tanta eloquência.

— Pode rir o quanto quiser. Sair do colégio é simplesmente desistir. Está dando razão a quem quer que tenha duvidado de você. — Olho para baixo e reparo na tatuagem em seu braço. — Vai desistir e mostrar ao mundo que é mesmo um caso perdido? Que maneira de enfrentá-los.

Ele acompanha meu olhar até a tatuagem e a encara por um instante, cerrando os dentes. Não queria ter mudado de assunto, mas não se importar com os estudos é um assunto delicado para mim. Culpo Karen pelos anos enfiando em minha cabeça que sou a única responsável pelo meu futuro.

Holder desvia o olhar da tatuagem que estamos encarando, olha para cima e indica minha casa com a cabeça.

— Chegamos — diz ele, sem expressão alguma. Ele se vira sem nem sequer sorrir ou acenar.

Fico parada na calçada, observando-o desaparecer ao dobrar a esquina sem olhar para trás nenhuma vez.

E eu achando que hoje conversaria com apenas *uma* das personalidades dele. Não mesmo.

Terça-feira, 28 de agosto de 2012
07h55

No primeiro horário, entro na sala de aula e Breckin está sentado mais no fundo com todo seu glamour rosa-choque. Realmente não entendo como não pude perceber esses sapatos rosa-choque e o garoto dentro deles antes do almoço de ontem.

— Oi, gatão — digo ao me sentar ao lado dele. Tiro o copo de café de suas mãos e tomo um gole. Ele aceita, pois ainda não me conhece tão bem para reclamar. Ou talvez esteja permitindo por saber as consequências de interromper uma viciada em cafeína.

— Ontem à noite descobri muita coisa a seu respeito — diz ele. — Pena que sua mãe não libera seu acesso à internet. É um lugar incrível para você descobrir coisas sobre si mesma que nem você sabia.

Eu rio.

— E será que quero saber? — Inclino a cabeça para trás, termino o café e devolvo o copo em seguida. Ele olha para o copo vazio e o deixa em cima da minha carteira.

— Bem — diz ele. — De acordo com minhas buscas no Facebook, alguém chamado Daniel Wesley foi para sua casa na sexta à noite, semeando o medo de uma possível gravidez. No sábado, você transou com alguém chamado Grayson e depois o expulsou. Ontem... — Ele tamborila os dedos no queixo. — Ontem você foi vista correndo com um cara chamado Dean Holder depois da aula. O que me preocupa um pouco, pois de acordo com os boatos... ele não é muito fã de *mórmons*.

Às vezes fico contente por não ter acesso à internet como as outras pessoas.

— Vejamos — digo, pensando na lista de boatos. — Nem sei quem é Daniel Wesley. No sábado, Grayson foi, *sim*, a minha casa, mas aquele pinguço mal me tocou antes que eu o expulsasse. E, sim, ontem corri com um cara chamado Holder, mas não faço ideia de quem ele é. Foi pura coincidência estarmos correndo na mesma hora, e ele não mora muito longe de mim, então...

Na mesma hora, me sinto culpada por ter minimizado a importância da corrida com Holder. É que ainda não entendi muito bem quem ele é, e não sei se já estou pronta para que alguém se infiltre na minha aliança de 24 horas com Breckin.

— Se isso serve de consolo, descobri por uma tal de Shayna que sou herdeiro de uma enorme fortuna — diz ele.

Acho graça.

— Ótimo. Assim você não vai ter problema em trazer café para mim todos os dias.

A porta da sala de aula se abre, e nós dois erguemos o olhar no instante em que Holder entra vestindo camisa branca casual e calça jeans escura, com o cabelo recém-lavado depois de nossa corrida. Assim que o vejo, o vírus estomacal/onda de calor/frio na minha barriga volta.

— Merda — murmuro.

Holder vai até a escrivaninha do Sr. Mulligan, deixa ali um formulário e segue para o fundo da sala, mexendo no celular o tempo inteiro. Ele se senta na carteira bem na frente de Breckin e nem nota minha presença. Depois, diminui o volume do celular e o guarda no bolso.

Estou chocada demais para falar com ele. Será que de alguma maneira consegui fazer com que mudasse de ideia sobre se matricular? Será que estou feliz por talvez ter feito ele mudar de ideia? Porque eu meio que só estou sentindo arrependimento.

O Sr. Mulligan entra na sala, deixa suas coisas na escrivaninha, segue para o quadro e escreve seu nome e a data. Não sei se ele realmente acha que já esquecemos quem é desde ontem, ou se simplesmente quer nos lembrar que nos considera burros.

— Dean — diz ele, ainda de frente para o quadro. Ele se vira e fixa o olhar em Holder. — Bem-vindo de volta, com um dia de atraso. Presumo que não vai causar confusão esse semestre?

Fico boquiaberta com o comentário condescendente tão imediato. Se é esse tipo de merda que Holder precisa aturar quando está aqui, não é de surpreender que ele não quisesse voltar. Pelo menos são só os alunos que pegam no meu pé. Professores jamais deveriam ser condescendentes, com aluno algum. Essa devia ser a primeira regra no manual dos professores. A segunda devia ser que os professores não têm permissão para escrever o nome no quadro depois da terceira série.

Holder muda de posição na cadeira e responde o comentário do Sr. Mulligan com o mesmo tom de provocação.

— Presumo que não vai dizer nada que me *faça* causar confusão esse semestre, Sr. Mulligan?

Tudo bem, obviamente o "não estou nem aí para essa merda" é uma via de mão dupla. Depois de convencê-lo a voltar ao colégio, talvez minha próxima lição deva ser ensinar a Holder um salutar respeito por autoridades.

O Sr. Mulligan inclina o queixo para trás e fulmina Holder com o olhar por cima da armação dos óculos.

— Dean. Por que não vem para a frente da sala e se apresenta aos seus colegas? Com certeza há novos rostos desde sua saída no ano passado.

Holder não reclama, o que com certeza era o que o Sr. Mulligan esperava que fizesse. Em vez disso, ele praticamente salta da cadeira e vai depressa até a frente da sala. O movimento brusco e cheio de energia faz o Sr. Mulligan dar um rápido passo para trás. Holder vira-se, ficando de frente para a sala, sem um pingo de insegurança ou hesitação.

— Com alegria — diz Holder, lançando um olhar para o Sr. Mulligan. — Meu nome é Dean Holder. As pessoas me chamam de Holder. — Ele desvia o olhar do Sr. Mulligan para a sala. — Estudo aqui desde o primeiro ano, com exceção de um semestre e meio de período sabático. E, de acordo com o Sr. Mulligan, gosto de causar confusão, então essa matéria vai ser bem divertida.

Vários alunos riem do comentário, mas não entendo qual foi a graça. Já estava duvidando dele por causa de tudo que ouvi, e agora ele está mostrando quem realmente é pela maneira como está agindo. Holder abre a boca para continuar sua apresentação, mas um sorriso surge em seu rosto assim que me vê no fundo da sala. Ele dá uma piscadela para mim, e imediatamente tenho vontade de me esconder debaixo da carteira. Dou um rápido sorriso tenso e fixo o olhar na minha mesa assim que os outros alunos começam a se virar para ver para quem ele está olhando.

Uma hora e meia atrás, ele se afastou de mim todo mal-humorado. Agora está sorrindo, como se tivesse acabado de ver sua melhor amiga pela primeira vez em anos.

Pois é. Ele tem problemas.

Breckin inclina-se por cima da carteira.

— O que diabos foi isso? — sussurra ele.

— Conto no almoço — digo.

— É essa sabedoria que quer compartilhar conosco hoje? — pergunta o Sr. Mulligan a Holder.

Holder concorda com a cabeça e volta para sua carteira, sem desviar o olhar do meu nem por um segundo. Ele se senta e vira o pescoço, ficando de frente para mim. O Sr. Mulligan começa a aula, e todo mundo volta a prestar atenção na frente da sala. Todo mundo menos Holder. Baixo o olhar para meu livro e o abro no capítulo em que estamos, esperando que ele faça o mesmo. Quando ergo novamente o olhar, vejo que ainda está me encarando.

— *O que foi?* — articulo com os lábios, erguendo as palmas no ar.

Ele estreita os olhos e fica me observando em silêncio por um instante.

— Nada — diz ele, por fim, virando-se na cadeira e abrindo o livro.

Breckin bate o lápis nas juntas dos meus dedos, olha para mim interrogativamente e volta a atenção para o livro. Se está esperando uma explicação para o que acabou de acontecer, vai ficar desapontado quando souber que não sou capaz de explicar nada. Nem *eu* sei o que foi que acabou de acontecer.

Durante a aula, lanço vários olhares para Holder, que passa o resto da aula sem se virar. Quando o sinal toca, Breckin salta da cadeira e tamborila os dedos na minha carteira.

— Eu. Você. Almoço — decreta ele, erguendo a sobrancelha para mim.

Ele sai da sala, e eu desvio o olhar para Holder, que está observando, com um olhar intenso, a porta da sala pela qual Breckin acabou de sair.

Pego minhas coisas e saio pela porta antes que Holder tenha a oportunidade de puxar papo. Estou feliz de verdade que ele tenha se rematriculado, mas fiquei perturbada com a maneira como me olhou, como se fôssemos melhores amigos. Não quero que Breckin nem ninguém ache que não vejo problema algum nas coisas que Holder faz. Prefiro simplesmente não manter nenhuma ligação, mas sinto que ele não vai aceitar isso muito bem.

Vou até o armário e troco os livros, pegando o de inglês. Fico me perguntando se Shayna/Shayla vai falar comigo na sala hoje. É mais provável que não, aquilo foi 24 horas atrás. Duvido que ela tenha células suficientes no cérebro para se lembrar de informações tão antigas.

— Oi, você.

Aperto os olhos apreensivamente, fechando-os, sem querer me virar e vê-lo parado com toda sua beleza.

— Você veio. — Ajeito os livros no armário e me viro para ele, que sorri e se apoia no armário ao lado do meu.

— Você fica bonita quando se arruma — diz ele, me olhando de cima a baixo. — Mas sua versão suada também não é nada mal.

Ele também fica bonito quando se arruma, mas eu é que não vou dizer isso a ele.

— Está aqui para me perseguir ou se rematriculou mesmo?

Ele sorri maliciosamente e tamborila os dedos no armário.

— Os dois.

Preciso mesmo parar com essas piadinhas de perseguição. Seria mais engraçado se eu não achasse que ele realmente é capaz de fazer isso.

Olho para o corredor que está se esvaziando.

— Bem, preciso ir — digo. — Bem-vindo de volta.

Ele estreita os olhos para mim, quase como se pudesse perceber meu constrangimento.

— Você está estranha.

Reviro os olhos com o julgamento. Como ele pode saber o jeito que estou me comportando? Nem sequer me conhece. Volto meu olhar para o armário e tento disfarçar os verdadeiros pensamentos que explicam minha "estranheza". Pensamentos como: por que seu passado não me assusta tanto quanto deveria? Por que ele é tão esquentado a ponto de fazer o que fez com aquele pobre garoto no ano passado? Por que está gastando tanta energia para correr comigo? Por que saiu perguntando por aí sobre mim? Em vez de admitir que essas perguntas estão na minha cabeça, dou de ombros e digo:

— Estou surpresa por ver você aqui, só isso.

Ele apoia o ombro no armário ao lado do meu e balança a cabeça.

— Não. É alguma outra coisa. O que há de errado?

Suspiro e encosto no armário.

— Quer que eu seja sincera?

— É tudo que sempre quero que seja.

Aperto os lábios, formando uma linha firme, e concordo com a cabeça.

— Tudo bem — digo. Viro o ombro, encostando no armário, e fico de frente para ele. — Não quero que fique com uma impressão errada das coisas. Você dá em cima de mim e diz coisas como se tivesse certas intenções comigo, só que eu não quero que a recíproca seja verdadeira. E você é... — Paro, procurando a palavra correta.

— Sou o *quê*? — diz ele, me analisando atentamente.

— Você é... *intenso*. Intenso demais. E instável. E um pouco assustador. E tem mais outra coisa — digo, sem revelar qual é. — Não quero que fique com uma impressão errada.

— Que outra coisa? — pergunta ele, como se soubesse exatamente a que estou me referindo, mas quisesse me desafiar a dizê-lo em voz alta.

Solto o ar e pressiono as costas no armário, encarando meus pés.

— Você sabe — digo, sem querer mencionar seu passado, assim como ele provavelmente também não quer.

Holder aproxima-se, põe a mão no armário ao lado da minha cabeça e se inclina para perto de mim. Ergo o olhar e vejo que ele está me encarando, a menos de 15 centímetros de meu rosto.

— Eu *não* sei, porque você está evitando falar qual é esse problema que tem comigo, como se tivesse medo demais de dizer o que é. Fale logo.

Ao olhar para Holder então, me sentindo encurralada, o mesmo pânico de quando ele foi embora, após a primeira vez que nos encontramos, reaparece em meu peito.

— Ouvi falar do que você fez — digo abruptamente. — Sei que bateu em um cara. Sei que foi preso. Sei que, nesses dois dias desde que nos conhecemos, me deixou bastante apavorada pelo menos três vezes. E, como estamos sendo sinceros, também sei que se andou perguntando por aí sobre mim, então é lógico que ouviu falar da minha reputação, assim é mais do que provável que só esteja gastando essa energia toda comigo por causa disso. Odeio ter de desapontá-lo, mas não vou transar com você. Não quero que fique achando que vai acontecer algo entre nós além do que já está acontecendo. Corremos juntos. Só isso.

Vejo que sua mandíbula está retesada, mas a expressão em seu rosto continua a mesma. Ele abaixa o braço e dá um passo para trás, dando espaço para que eu recupere o fôlego. Não entendo por que fico sem ar toda vez que ele entra no meu espaço pessoal. E entendo menos ainda por que gosto dessa sensação.

Pressiono os livros no peito e vou passando por ele, mas um braço cerca minha cintura e me puxa para longe de Holder. Olho para o lado e vejo Grayson observando Holder de cima a baixo, segurando minha cintura com mais força.

— Holder — diz Grayson friamente. — Não sabia que ia voltar.

Holder nem percebe a presença de Grayson. Ele continua me encarando por vários segundos, desviando o olhar apenas para a mão de Grayson agarrada à minha cintura. Ele balança um pouco a cabeça e sorri, como se tivesse acabado de perceber alguma coisa, e olha mais uma vez para mim.

— Pois é, estou de volta — diz ele secamente, sem olhar para Grayson.

O que diabos é isso? De onde foi que Grayson surgiu, e por que ele está com o braço em volta da minha cintura como se fosse seu direito?

Holder desvia o olhar e se vira, mas para de repente. Gira o corpo de volta e olha para mim.

— Os testes para a equipe de atletismo acontecem na quinta depois das aulas — diz ele. — Você devia ir.

E então ele vai embora.

Pena que Grayson não fez o mesmo.

— Tem alguma coisa para fazer no sábado? — diz Grayson no meu ouvido, puxando-me para ele.

Empurro seu peito e afasto meu pescoço.

— Pare — digo, irritada. — Acho que fui bastante clara no fim de semana passado.

Bato a porta do armário e vou embora, me perguntando como diabos escapei desses dramas a vida inteira para agora conseguir material para um livro inteiro em apenas dois dias.

Breckin senta-se na minha frente e me entrega um refrigerante.

— Não tinha café, mas consegui cafeína.

Sorrio.

— Obrigada, melhor amigo do mundo inteiro.

— Não me agradeça, trouxe isso com más intenções. Quero suborná-la para descobrir os podres de sua vida amorosa.

Rio e abro a latinha.

— Bem, vai ficar desapontado, pois minha vida amorosa é inexistente.

Ele abre o próprio refrigerante e sorri.

— Ah, duvido. Não com o *bad boy* ali encarando você daquele jeito. — Ele aponta com a cabeça para a direita.

Holder está a três mesas de distância, olhando para mim. Está sentado com vários garotos do time de futebol, que parecem animados por tê-lo de volta. Estão dando tapinhas em suas costas e falando ao seu redor, sem perceberem, nem por um instante, que Holder não está participando da conversa. Ele toma um gole de água, sem desviar os olhos de mim. Depois pousa a bebida de volta na mesa, exagerando um pouco na força, e aponta com a cabeça para a direita ao se levantar. Olho para a direita e vejo a saída do refeitório. Ele está indo para lá, esperando que eu o siga.

— Hum — digo, mais para mim do que para Breckin.

— Pois é. Hum. Vá ver o que diabos ele quer e depois venha me contar tudo o que aconteceu.

Tomo mais um gole de refrigerante e o coloco na mesa.

— Sim, senhor.

Meu corpo quer se levantar e ir atrás dele, mas deixo o coração na mesa. Tenho certeza de que ele pulou para fora do peito assim que vi Holder me chamando. Posso esconder isso tudo de Breckin o quanto quiser, mas, caramba, seria bom se eu fosse capaz de controlar meus órgãos; pelo menos um pouquinho.

Holder está vários metros a minha frente. Ele empurra as portas, que se fecham após sua passagem. Coloco a mão nas portas ao alcançá-las, e hesito por um instante antes de sair para o corredor. Acho que preferia cumprir uma suspensão a ter de ir conversar com ele. Meu estômago está tão embrulhado que mais parece um presente.

Olho para os dois lados, mas não o vejo. Dou alguns passos até chegar ao fim dos armários e dar a volta. Ele está encostado num deles, com o joelho dobrado e o pé apoiado na porta. Os braços estão cruzados no peito, e ele está olhando direto para mim. O tom azul-claro de seus olhos não tem nem a bondade de disfarçar a raiva que há por trás deles.

— Você está saindo com Grayson?

Reviro os olhos, vou até os armários na frente dele para me apoiar ali. Já estou cansando de suas variações de humor, e olha que acabei de conhecê-lo.

— Isso importa?

Estou curiosa para saber por que isso é da conta dele. Holder faz aquela pausa silenciosa que, pelo que percebi, antecede quase tudo o que ele diz.

— Ele é um babaca.

— Às vezes você também é — digo depressa, sem precisar de tanto tempo quanto ele para responder.

— Ele não vai fazer bem para você.

Solto uma risada exasperada.

— E *você* vai? — pergunto, devolvendo o argumento dele imediatamente. Se estivéssemos marcando a pontuação, diria que está dois a zero para mim.

Ele abaixa os braços e se vira para os armários, batendo num deles com a palma da mão. O som da pele contra o metal reverbera pelo corredor, vindo parar direto no meu estômago.

— Não me inclua nisso — diz ele, virando-se de volta. — Estou falando sobre Grayson, não sobre mim. Você não devia estar com ele. Não faz ideia do tipo de pessoa que ele é.

Eu rio. Não porque ele é engraçado... mas porque está falando *sério*. Esse cara que mal conheço está mesmo me dizendo com quem devo ou não sair? Encosto a cabeça no armário, sendo dominada pela frustração.

— Dois dias, Holder. Conheço você há apenas dois dias. — Eu me distancio dos armários e vou até ele. — Nesses dois dias, já vi cinco personalidades diferentes suas, e somente uma delas era agradável. O fato de você achar que tem o direito até mesmo de dar sua opinião sobre mim ou minhas decisões é um absurdo. É ridículo.

Holder cerra os dentes e fica me encarando, com os braços firmemente cruzados. Ele dá um passo desafiador em minha direção. Os olhos dele estão tão frios e intensos que estou começando a achar que o que estou vendo agora é uma sexta personalidade. Uma ainda mais furiosa, mais possessiva.

— Não gosto dele. E quando vejo coisas desse tipo? — Ele leva a mão até meu rosto e passa o dedo delicadamente embaixo do machucado chamativo em meu olho. — E depois o vejo com o braço a seu redor? Me desculpe se fico me comportando de uma maneira um pouco *ridícula*.

As pontas de seus dedos encostando em minha maçã do rosto me deixam sem ar. Preciso me esforçar bastante para não fechar os olhos e me inclinar em direção à palma da sua mão, mas continuo firme. Estou construindo uma certa imunidade contra esse garoto. Ou... pelo menos estou tentando. Enfim, essa é minha nova meta.

Dou um passo para longe até a mão dele deixar de encostar no meu rosto. Ele dobra os dedos, cerrando o punho, e deixa a mão ao lado do corpo.

— Você acha que devo ficar longe de Grayson porque tem medo de que ele seja esquentado? — Inclino a cabeça para o lado e estreito os olhos para ele. — Isso é um pouco hipócrita, não acha?

Após mais alguns segundos me observando, ele solta um breve suspiro e revira os olhos quase imperceptivelmente. Desvia o olhar e balança a cabeça, segurando a nuca. Depois fica parado nessa posição por vários segundos, de costas para mim. Após se virar devagar, não me olha nos olhos. Cruza os braços mais uma vez e olha para o chão.

— Ele bateu em você — diz ele, sem nenhuma inflexão na voz e com a cabeça ainda direcionada para o chão, mas olha para mim por entre os cílios. — Ele já bateu em você *alguma vez*?

Lá vai ele de novo, induzindo minha submissão com uma simples mudança de comportamento.

— Não — digo baixinho. — E não. Já disse... foi um acidente.

Ficamos nos encarando em total silêncio até o sinal para o segundo almoço tocar e o corredor se encher de alunos. Sou a primeira a desviar o olhar. Volto para o refeitório sem virar para trás.

Quarta-feira, 29 de agosto de 2012
6h15

Corro há quase três anos. Não lembro por que comecei nem por que passei a gostar tanto a ponto de me tornar tão disciplinada. Acho que tem muito a ver com o fato de eu ser tão frustrantemente protegida. Tento ficar otimista quanto a isso, mas é difícil ver as interações e os relacionamentos que os outros alunos têm no colégio, mas eu não. Não ter acesso à internet enquanto estivesse no ensino médio não seria algo tão relevante alguns anos atrás, mas agora é praticamente um suicídio social. Não que eu me importe com o que as pessoas pensam.

Não vou negar, tive uma vontade imensa de investigar Holder na internet. Antes, quando queria descobrir mais sobre alguma pessoa, eu e Six usávamos a conexão da casa dela. Mas agora Six está num voo transatlântico, então não posso pedir a ela. Em vez disso, fico sentada na cama, pensando no assunto. Será que ele é mesmo tão mau quanto sua reputação? Será que provoca em outras garotas o mesmo efeito que tem em mim? Quem serão os pais dele, será que tem irmãos, será que está namorando alguém? Por que quer ficar com raiva de mim o tempo inteiro se a gente acabou de se conhecer? Ele é sempre tão charmoso quando não está tão ocupado com a própria raiva? Odeio que ele seja sempre uma coisa ou outra, sem ter um meio-termo. Seria tão bom ver um lado seu mais calmo e relaxado. Será que ele *tem* esse meio-termo? Fico me perguntando essas coisas... porque é tudo o que posso fazer. Fazer essas perguntas para mim mesma em silêncio a respeito do caso perdido que de alguma maneira se entocou bem no meio dos meus pensamentos e que não quer sair de maneira alguma.

Saio do meu transe e termino de calçar o tênis de corrida. Pelo menos, nosso desentendimento da véspera, no corredor, não foi resolvido. Por causa daquilo, ele não vai correr comigo hoje, o que me deixa bastante aliviada. Preciso do meu tempo sozinha mais que nunca. Não sei por qual motivo, mas vou ficar o tempo inteiro imaginando coisas.

Sobre ele.

Abro a janela do quarto e saio. Está mais escuro que o normal para essa hora da manhã. Olho para cima e vejo que o céu está nublado, refletindo com perfeição meu humor. Observo a direção das nuvens e olho para o céu à esquerda, curiosa para ver se tenho tempo suficiente para correr antes da chuva torrencial começar.

— Você sempre sai pela janela ou estava apenas tentando me evitar?

Eu me viro ao ouvir sua voz. Ele está na beirada da calçada, de bermuda e tênis de corrida. E dessa vez sem camisa.

Droga.

— Se estivesse tentando evitá-lo, teria simplesmente ficado na cama. — Ando até ele com confiança, esperando disfarçar que vê-lo fez com que meu corpo inteiro entrasse em curto-circuito. Uma pequena parte de mim está desapontada por ele ter aparecido hoje, mas a maior parte está ridiculamente, pateticamente feliz. Passo por ele e me abaixo na calçada para me alongar. Abro as pernas e me inclino para a frente, me apoiando no tênis e enterrando a cabeça no joelho — em parte para alongar o músculo, mas também para evitar olhar para ele.

— Não sabia se você viria. — Ele se abaixa e fica na minha frente na calçada.

Eu me levanto e olho para ele.

— Por que eu não viria? Não sou eu a problemática. Além disso, nenhum de nós é dono da rua. — Eu praticamente vocifero com ele. Sem nem saber o motivo.

Mais uma vez ele faz aquilo de ficar me encarando e pensando, o olhar intenso me deixando sem reação. Repete tanto isso que quase fico com vontade de batizar esse hábito. É como se ele estivesse me prendendo com os olhos enquanto pensa em silêncio, sem trair nenhuma indicação de propósito na expressão. Nunca conheci ninguém que pensasse tanto nas próprias falas. A maneira como ele fica refletindo enquanto prepara sua resposta — parece até que as palavras são limitadas e que ele só quer usar as que forem de extrema necessidade.

Paro de me alongar e me viro para ele, sem vontade de ceder nessa disputa visual. Não vou deixar que faça seus truquezinhos mentais de Jedi comigo, não importa o quanto queira ser capaz de fazer algo assim com ele. Holder é completamente incompreensível e ainda mais imprevisível. Isso me deixa furiosa.

Ele alonga as pernas na minha frente.

— Me dê as mãos. Também preciso me alongar.

Ele está sentado com as mãos estendidas na minha frente como se fôssemos brincar de adoleta. Se alguém passar de carro, dá para imaginar os boatos surgindo. Só de pensar, começo a rir. Ponho as mãos nas suas, e ele me puxa para a frente, em sua direção, por vários segundos. Quando ele relaxa, também o puxo para a frente e ele se alonga, mas não olha para baixo. Em vez disso, continua com o olhar fixo e debilitante nos meus olhos.

— Só para constar — diz ele. — Ontem não fui eu o problemático.

Eu o puxo com força redobrada, mais por malícia que por desejo de ajudá-lo a se alongar.

— Está insinuando que *eu* sou a problemática?

— E não é?

— Explique melhor — digo. — Não gosto de coisas vagas.

Ele ri, mas é uma risada irritante.

— Sky, se tem uma coisa que deve saber sobre mim é que não sou vago. Já disse que vou ser sempre sincero com você, e, para mim, ser vago é a mesma coisa que ser desonesto. — Ele puxa minha mão mais para a frente e se inclina para trás.

— Acabou de me dar uma resposta bastante vaga — saliento.

— Você não me perguntou nada. Já disse que se quiser saber alguma coisa, é só me perguntar. Parece que você acha que me conhece, quando na verdade nunca me perguntou nada.

— Eu *não* conheço você.

Ele ri de novo, balança a cabeça e solta minhas mãos.

— Deixe para lá. — Ele se levanta e começa a se afastar.

— Espere. — Eu me levanto do concreto e vou atrás dele. Se alguém aqui tem o direito de estar com raiva, esse alguém sou eu. — O que foi que acabei de dizer? Que *não* conheço você. Por que está todo irritado comigo de novo?

Ele para de andar, vira-se e dá alguns passos em minha direção.

— Achei que depois de passar um tempo juntos nos últimos dias, você teria uma reação um pouco diferente no colégio. Já dei várias oportunidades para me perguntar o que quiser, mas, por algum motivo, prefere acreditar no que ouve por aí, apesar de não ter ouvido nada da *minha* boca. E, vindo de alguém que também é vítima de vários boatos, imaginei que não seria tão rápida em julgar.

Vítima de vários boatos? Se ele acha que vai ganhar pontos comigo por termos algo em comum, errou feio.

— Então é isso? Você achou que a periguete novata se identificaria com o babaca que bate em gays?

Ele solta um gemido e passa a mão pelo cabelo, frustrado.

— Não faça isso, Sky.

— Não fazer o quê? Chamar você de babaca que bate em gays? Está bem. Vamos colocar em prática essa sua sinceridade. Você deu ou não deu uma surra tão grande num aluno no ano passado e, por isso, acabou sendo preso?

Ele põe as mãos no quadril e balança a cabeça. Em seguida olha para mim com o que parece ser uma expressão de desapontamento.

— Quando eu disse *não faça isso*, não estava me referindo a me insultar. Estava me referindo a insultar *a si mesma*. — Ele dá um passo à frente, diminuindo a distância entre nós. — E sim. Bati tanto que por pouco ele não morreu, e, se aquele canalha aparecesse na minha frente agora, eu faria tudo de novo.

Seus olhos estão tomados pela raiva, e fico com medo demais para continuar falando sobre o assunto. Ele pode até ter dito que seria sincero... mas suas respostas me apavoram mais que a ideia de fazer mais perguntas. Dou um passo para trás, e ele faz o mesmo. Nós dois ficamos em silêncio, e me pergunto como chegamos a esse ponto.

— Não quero correr com você hoje — digo.

— Também não estou muito a fim de correr com você.

Com isso, nos viramos em direções opostas. Ele segue para sua casa, eu, em direção à minha janela. Não tenho nem vontade de correr sozinha.

Entro pela janela assim que a chuva começa a cair, e, por um instante, fico com pena por ele ter de correr até sua casa. Mas só por um instante, pois o carma não deixa nada passar e, com certeza, agora está retaliando Holder. Fecho a janela e vou até a cama. Meu coração está tão disparado que parece que acabei de correr os 5 quilômetros. Só que, em vez disso, está disparando porque estou incrivelmente furiosa.

Conheci esse garoto faz apenas uns dias, mas jamais discuti tanto com alguém na minha vida. Se eu somasse todas as discussões que Six e eu tivemos nos últimos quatro anos, o resultado não chegaria nem perto das últimas 48 horas com Holder. Não sei nem por que ele se importa. Acho que depois de hoje é provável que não se importe mais.

Pego o envelope na minha mesinha de cabeceira e o abro. Tiro a carta de Six, me encosto no travesseiro e a leio, querendo fugir do caos em minha cabeça.

Sky,

Espero que quando estiver lendo isso (pois sei que você não vai ler na mesma hora), eu já esteja loucamente apaixonada pelo meu namorado italiano gato e não esteja mais pensando em você nem por um segundo.

Mas sei que não é verdade, pois vou pensar em você o tempo inteiro.

Vou pensar em todas as noites que ficamos acordadas com nossos sorvetes, nossos filmes e nossos garotos. Mais que tudo, vou ficar pensando em você e em todas as razões pelas quais a amo.

Só para citar algumas: amo o fato de você ser péssima com despedidas, sentimentos e emoções, pois também sou assim. Amo como sempre pega a parte de morango e de baunilha do sorvete por saber o quanto amo a parte de chocolate, apesar de você também amar. Amo o fato de não ser estranha e desajeitada apesar de estar tão isolada da sociedade a ponto de fazer os Amish parecerem fashion.

Mais que tudo, amo o fato de você não me julgar. Amo que, nos últimos quatro anos, jamais questionou minhas escolhas (por mais que tenham sido ruins) nem os garotos com quem fiquei nem o fato de eu não acreditar em namoro. Eu poderia dizer que é fácil você não me julgar pois também é uma piranha safada. Mas nós duas sabemos que isso é mentira. Então obrigada por ser uma amiga livre de julgamentos. Obrigada por nunca ser condescendente nem me tratar como se você fosse melhor que eu (apesar de nós duas sabermos que você é). Por mais que eu consiga rir das coisas que as pessoas falam sobre nós pelas costas, fico arrasada por dizerem essas coisas sobre você também. E por isso peço desculpas. Mas nem tanto, pois sei que se você tivesse de escolher entre ser minha melhor amiga piranha ou a santinha, você daria para todos os caras do mundo. Pois *você me ama muito. E eu permitiria isso, porque também a amo tanto assim.*

E só mais uma coisa que amo em você antes de eu calar a boca, pois estou a apenas 2 metros de distância enquanto escrevo esta carta e está sendo bem difícil não sair pela minha janela e ir apertar você.

Amo sua indiferença. E o fato de você não estar nem aí para o que as pessoas pensam. Amo como você está focada no seu futuro e todo o resto que se dane. Amo o fato de que, quando contei que ia para a Itália depois de convencê-la a se matricular no meu colégio, você simplesmente sorriu e deu de ombros quando isso teria destruído a amizade de quase todas as melhores amigas. Deixei você na mão para ir atrás do meu sonho, e você não deixou que isso a chateasse. Nem pegou no meu pé por causa disso.

Amo que (última coisa, prometo) quando vimos Forças do Destino *e Sandra Bullock foi embora no final e eu fiquei gritando com a televisão por causa desse fim horroroso, você simplesmente deu de ombros e disse: "É realista, Six. Você não pode ficar com raiva de um final realista. Alguns são horrorosos mesmo. São os finais felizes superfalsos que deviam irritar você."*

Nunca vou me esquecer daquilo, pois você tinha razão. E sei que não estava tentando me ensinar uma lição, mas foi isso o que acabou acontecendo. Nem tudo vai dar certo no meu caminho e nem todo mundo ganha um final feliz. A vida é realista, e, às vezes, as coisas ficam feias e só nos resta aprender a lidar com elas. Vou aceitar isso com uma dose da sua indiferença e seguir em frente.

Então. Enfim. Já chega. Só queria dizer que vou sentir sua falta e avisar que é melhor esse seu novo melhor amigo do mundo inteiro cair fora quando eu voltar daqui a seis meses. Espero que perceba o quanto você é incrível, mas, caso não note, vou mandar todos os dias uma mensagem para que se lembre. Prepare-se para ser bombardeada nos próximos seis meses com mensagens irritantes e sem fim, contendo apenas elogios a Sky.

Amo você,
6

Dobro a carta e sorrio, mas não choro. Ela não esperaria que eu chorasse com a carta, não importa o quanto tenha me deixado com vontade de fazer isso. Estendo o braço até a mesinha de cabeceira e pego na gaveta o celular que ela me deu. Tenho duas mensagens que não vi.

Já disse o quanto você é incrível alguma vez recentemente? Saudades.

É o segundo dia, é melhor me responder. Preciso contar sobre Lorenzo. Além disso, você é inteligente de uma maneira repugnante.

Sorrio e respondo a mensagem. Preciso de umas cinco tentativas para descobrir como fazer isso. Tenho quase 18 anos e é a primeira mensagem que envio na vida? Isso precisa entrar para o Guinness.

Posso me acostumar com esses elogios diários. Não se esqueça de me lembrar o quanto sou bonita, o quanto meu gosto musical é impecável, e que sou a corredora mais rápida do mundo. (Só algumas ideias para começar). Saudades também. E não vejo a hora de saber mais sobre Lorenzo, sua piranha.

Sexta-feira, 31 de agosto de 2012
11h20

Os próximos dias no colégio são parecidos com os dois primeiros. Cheios de drama. Meu armário parece ter se tornado um centro de post-its e bilhetes grosseiros, apesar de eu jamais ver nada sendo colocado na porta ou dentro dele. Não consigo entender o que as pessoas ganham com isso se nem assumem a autoria. Como o bilhete que estava colado no meu armário hoje de manhã. Tudo o que dizia era: *"puta"*.

Sério? Cadê a criatividade? Não dava para justificar isso com uma história interessante? Talvez alguns detalhes da minha indiscrição? Se vou ler essa merda todo dia, o mínimo que podem fazer é tornar a situação mais interessante. Se eu fosse me rebaixar ao nível de deixar um bilhete injustificado no armário de alguém, pelo menos faria a gentileza de entreter quem vai lê-lo. Escreveria algo interessante como: *"Peguei você na cama com meu namorado ontem à noite. Não curti você ter passado óleo de massagem nos meus pepinos. Sua puta."*

Acho graça, e é estranho rir em voz alta de meus próprios pensamentos. Olho ao redor e vejo que não tem mais ninguém no corredor. Em vez de arrancar os post-its do armário, que provavelmente é o que eu devia fazer, pego minha caneta e os torno um pouco mais criativos. De nada, transeunte.

Breckin põe a bandeja na frente da minha. Agora cada um buscava sua própria bandeja, pois ele parece achar que só quero comer salada. Sorri para mim como se soubesse que vou querer saber do segredo que ele está guardando. Mas se for mais um boato, dispenso.

— Como foram os testes para entrar na equipe de atletismo ontem? — pergunta ele.

Dou de ombros.

— Não fui.

— Pois é, eu sei.

— Então por que perguntou?

Ele ri.

— Porque primeiro gosto de resolver as coisas com você antes de acreditar nelas. Por que não foi? — Dou de ombros mais uma vez. — E que história é essa de ficar dando de ombros? É tique nervoso?

Repito o dar de ombros.

— Só não estou a fim de fazer parte de uma equipe com as pessoas daqui. Perdi o interesse.

Ele franze a testa.

— Para começar, atletismo é um dos esportes mais individuais de todos. Segundo, achei que você tinha dito que estava aqui por causa das atividades extracurriculares.

— Não *sei* por que estou aqui — digo. — Talvez estivesse sentindo necessidade de testemunhar uma boa dose do pior da natureza humana antes de entrar no mundo real. Assim o choque não vai ser tão grande.

Ele aponta para um aipo e ergue a sobrancelha.

— É verdade. Uma introdução gradual aos perigos da sociedade vai ajudar a amortecer o choque. Não podemos soltá-la sozinha no meio do mato depois que passou a vida inteira sendo mimada num zoológico.

— Bela analogia.

Ele pisca para mim e morde o aipo.

— Por falar em analogias, o que é aquilo no seu armário? Ele estava coberto de analogias e metáforas sexuais.

Eu rio.

— Gostou? Demorei um tempinho, mas estava me sentindo criativa.

Ele concorda com a cabeça.

— Gostei especialmente do que dizia *"Você é tão puta que deu para Breckin, o mórmon."*

Balanço a cabeça.

— Esse daí não foi de minha autoria. Foi verdadeiro. Mas eles ficaram mais divertidos, não é? Agora que estão com mais sacanagem?

— Bem, eles *eram* divertidos. Não estão mais lá. Vi Holder rasgando-os ainda agora.

Olho imediatamente para ele, que está sorrindo com certa malícia mais uma vez. Acho que era esse o segredo que não estava conseguindo segurar.

— Que estranho.

Estou curiosa para saber por que Holder se daria o trabalho de fazer uma coisa dessas. Nós nem corremos juntos desde que nos falamos pela última vez. Na verdade, nem interagimos mais. Agora ele se senta do outro lado da sala na primeira aula, e eu não o vejo durante o resto do dia, só no almoço. E, mesmo assim, ele se senta do outro lado do refeitório, com os amigos. Pensei que depois do nosso impasse estávamos nos evitando e fim de história, mas pelo jeito estava errada.

— Posso perguntar uma coisa? — diz Breckin.

Dou de ombros novamente, mais para irritá-lo.

— Os boatos sobre ele são verdadeiros? Sobre ser esquentado? E sobre a irmã?

Tento não parecer surpresa com o comentário, mas é a primeira vez que ouço falar de uma irmã.

— Não faço ideia. Mas passei tempo suficiente com ele para saber que me assusta o bastante e, por isso, não quero mais passar tempo com ele.

Estou louca para perguntar sobre o comentário da irmã, mas não tenho voz ativa quando minha teimosia fala mais alto. Por alguma razão, investigar a vida de Dean Holder é um desses momentos.

— Oi — diz uma voz atrás de mim. Imediatamente sei que não é Holder, pois a voz não surtiu efeito algum em mim. Quando me viro, Grayson põe a perna ao meu lado no banco e se senta. — Tem planos para depois da escola?

Mergulho o aipo no molho *ranch* e dou uma mordida.

— Provavelmente.

Grayson balança a cabeça.

— Não gostei dessa resposta. Encontro você no seu carro depois da última aula.

Ele se levanta e vai embora antes que eu possa contestar. Breckin dá um sorriso sarcástico.

Eu só dou de ombros.

Nem imagino o que Grayson quer falar comigo, mas ele precisa de uma lobotomia se pensa que vai passar na minha casa amanhã à noite. Estou me sentindo mais que pronta a abdicar dos garotos pelo resto do ano. Especialmente se não tenho mais Six para tomar sorvete comigo depois que vão embora. O sorvete era a única parte boa de ficar com eles.

Pelo menos ele cumpre o que disse e está esperando no meu carro, encostado na porta do motorista, quando chego no estacionamento.

— Oi, princesa — diz ele.

Não sei se é o tom de voz ou o fato de ter acabado de me dar um apelido, mas suas palavras me fazem estremecer. Vou até lá e me apoio no carro ao seu lado.

— Nunca mais me chame de princesa.

Ele ri e desliza o corpo para minha frente, segurando minha cintura.

— Tudo bem. Que tal linda?

— Que tal Sky mesmo?

— Por que sempre está com raiva?

Ele estende as mãos para meu rosto, toca minhas bochechas e me beija. Tristemente, eu deixo ele fazer isso. Em boa parte porque acho que merece, após me aguentar por um mês inteiro. No entanto, não tem direito a tantos favores assim, então afasto meu rosto apenas alguns segundos depois.

— O que você quer?

Ele põe os braços ao redor da minha cintura e me puxa para perto.

— Você. — Ele começa a beijar meu pescoço, então o empurro, e ele se afasta. — *O que foi?*

— A ficha ainda não caiu? Eu disse que não vou dormir com você, Grayson. Não estou tentando fazer joguinhos nem querendo que fique correndo atrás de mim o tempo inteiro, como outras garotas doentias e esquisitas fazem. Você quer mais, e eu não, então acho que precisamos aceitar o impasse e seguir em frente.

Ele fica me encarando, suspira e me puxa para perto, me abraçando.

— Não preciso de nada mais, Sky. Está bom desse jeito mesmo. Não vou insistir de novo. É que gosto de ir para sua casa e gostaria de passar lá amanhã à noite. — Ele lança para mim aquele sorriso arranca-calcinha. — Agora pare de ficar com raiva de mim e venha aqui. — Ele puxa meu rosto para perto e me beija novamente.

Por mais irritada e furiosa que esteja, não deixo de sentir um alívio assim que seus lábios encontram os meus; é a irritação diminuindo por causa do entorpecimento que toma conta de mim. Só por esse motivo, deixo que ele continue me beijando. Ele me aperta contra o carro, passa a mão no meu cabelo e depois beija meu queixo e meu pescoço. Apoio a cabeça no carro e ergo o punho atrás dele para ver a hora no meu relógio. Karen vai viajar a trabalho, então preciso ir ao mercado comprar doces para todo o fim de semana. Não sei por quanto tempo ele vai continuar me apalpando, mas sorvete está começando a parecer algo tentador. Reviro os olhos e abaixo o braço. Na mesma hora, meu batimento cardíaco triplica e meu estômago se revira e sinto todas as coisas que uma garota deve sentir quando os lábios de um gato a estão beijando. Mas não estou reagindo ao cara bonito cujos lábios estão me beijando. E sim ao cara bonito que está me fulminando com o olhar do outro lado do estacionamento.

Holder está parado ao lado do carro dele, com o cotovelo apoiado na porta, nos observando. Imediatamente, empurro Grayson para longe de mim e me viro para entrar no carro.

— Então está combinado amanhã à noite? — pergunta ele.

Entro no carro, ligando o motor, e depois olho para ele.

— Não. A gente já era.

Fecho a porta e saio da vaga de ré, sem saber se estou furiosa, envergonhada ou apaixonada. Como ele é capaz de fazer isso? Como é que me faz sentir essas coisas lá do outro lado do estacionamento? Acho que estou precisando de uma intervenção.

Sexta-feira, 31 de agosto de 2012
16h50

— Jack vai com você? — Abro a porta do carro para Karen poder jogar a última mala no banco de trás.

— É, vai sim. Nós voltamos... *eu* volto para casa no domingo — diz ela, corrigindo-se. Fica aflita quando diz "nós" se referindo a Jack. Odeio que ela sinta isso, pois realmente gosto de Jack e sei que ele ama Karen, então não entendo sua preocupação. Ela teve alguns namorados nos últimos 12 anos, mas assim que começa a ficar sério, ela foge.

Karen fecha a porta e se vira para mim.

— Sabe que confio em você, mas por favor...

— Não engravide — interrompo. — Eu sei, eu sei. Você disse isso cada vez que viajou nos últimos dois anos. Não vou engravidar, mãe. Só vou ficar dopada e doidona.

Ela ri e me abraça.

— Boa garota. E bêbada. Não se esqueça de ficar bem bêbada.

— Não vou esquecer, prometo. E vou alugar uma televisão pelo fim de semana para poder me sentar, tomar sorvete e ver porcarias nos canais a cabo.

Ela para e me fulmina com o olhar.

— Já isso não é engraçado.

Eu rio e dou outro abraço nela.

— Divirta-se. Espero que venda muitas coisinhas de ervas, sabonetes e tinturas e sei lá o que mais você faz.

— Amo você. Se precisar de mim, sabe que pode usar o telefone da casa de Six.

Reviro os olhos ao ouvir as mesmas instruções que recebo toda vez que ela viaja.

— Tchau — digo.

Ela entra no carro e sai pela entrada da casa, deixando-me sem nenhum adulto por perto pelo fim de semana. A maioria dos adolescentes pegaria o telefone bem nesse momento e postaria um convite para a festa mais imperdível do ano. Mas eu não. Nada disso. Entro em casa e decido assar cookies, pois é a coisa mais rebelde que consigo pensar em fazer.

Adoro assar doces, mas não posso dizer que sou muito boa nisso. Normalmente acabo com mais farinha e chocolate no rosto e no cabelo que no próprio prato. Hoje não foi uma exceção. Já fiz uma fornada de cookies de chocolate, uma de brownies e outra de uma coisa que não sei exatamente o que é. Estou colocando farinha na mistura para preparar um bolo caseiro de chocolate alemão quando a campainha toca.

Tenho certeza de que era para eu saber o que fazer numa situação como essa. Campainhas tocam o tempo inteiro, não é? Mas não aqui em casa. Fico encarando a porta, sem entender o que estou esperando que ela faça. Quando a campainha toca pela segunda vez, deixo o copo de medidas no balcão, afasto o cabelo dos olhos e vou até a porta. Ao abri-la, nem fico surpresa ao ver Holder. Tudo bem, estou surpresa. Mas não muito.

— Oi — cumprimento. Não consigo pensar em mais nada para dizer. Mesmo se conseguisse pensar em alguma outra coisa, provavelmente não seria capaz porque mal estou *respirando*, porra!

Ele está no último degrau da entrada, com as mãos nos bolsos da calça jeans. O cabelo continua precisando de um corte, mas, depois que Holder ergue a mão e o afasta dos olhos, a ideia de ele cortar o cabelo começa a me parecer a pior do mundo.

— Oi.

Ele está sorrindo desajeitadamente, parece nervoso, e tudo é muito atraente. Também está de bom humor. Pelo menos por enquanto. Quem sabe quando ele vai ficar furioso e querer discutir mais uma vez.

— Hum — digo, constrangida.

Sei que o próximo passo é convidá-lo para entrar, mas só se eu realmente quisesse que ele entrasse na minha casa, e, para ser sincera, ainda não me decidi quanto a isso.

— Está ocupada? — pergunta ele.

Olho para a cozinha e para a bagunça impressionante que fiz.

— Mais ou menos. — Não é mentira. Estou meio que incrivelmente ocupada.

Ele desvia o olhar e balança a cabeça. Em seguida, aponta para seu carro mais atrás.

— OK. Acho que... vou embora. — Ele desce do último degrau.

— Não — digo, rápido demais e um decibel em excesso. É quase um *não* desesperado, e me contorço de vergonha. Por mais que eu não saiba por que ele está aqui ou por que continua se dando o trabalho de vir atrás de mim, minha curiosidade fala mais alto. Dou um passo para o lado e abro mais a porta. — Pode entrar, mas pode ser que precise me ajudar.

Holder hesita e sobe o degrau novamente. Ele entra, e fecho a porta atrás de nós. Antes que a situação fique mais constrangedora, vou até a cozinha, pego o copo de medidas e volto a cozinhar, como se não houvesse um cara gato e temperamental parado no meio da minha casa.

— Vai fazer doces para vender? — Ele dá a volta na bancada e avista a enorme quantidade de sobremesas no balcão.

— Minha mãe vai passar o fim de semana fora. Ela é contra o consumo de açúcar, então dou uma enlouquecida quando não está aqui.

Ele ri e pega um cookie, mas primeiro olha para mim pedindo permissão.

— Pode se servir — digo. — Mas vou logo avisando: só porque gosto de assar doces não significa que sejam bons. — Peneiro o resto da farinha e coloco na tigela.

— Então fica com a casa inteira para você e passa a noite de sexta cozinhando? Que adolescente mais típica — diz ele, zombando de mim.

— O que posso dizer? — Dou de ombros. — Sou uma rebelde.

Ele se vira, abre um armário, vê o que tem dentro e o fecha em seguida. À esquerda, abre outro armário e pega um copo.

— Tem leite? — pergunta ele indo até a geladeira. Paro de mexer e o observo tirar o leite do gelo e se servir como se estivesse em casa. Ele toma um gole, vira-se, vê que o estou encarando e sorri. — Não devia oferecer cookies sem leite, sabia? É uma péssima anfitriã. — Ele pega mais um cookie, vai com o leite até a bancada e se senta.

— Tento guardar a hospitalidade para as pessoas que foram *convidadas* — digo sarcasticamente, virando-me para a bancada.

— Essa doeu. — Ele ri.

Ligo o mixer entre a velocidade média e alta, conseguindo uma desculpa para não precisar falar com ele por três minutos. Tento me lembrar da minha própria aparência, sem que fique óbvio que estou procurando uma superfície refletora. Tenho certeza de que tem farinha por todo o meu corpo. Sei que meu cabelo está preso com um lápis e que estou vestindo a mesma calça de moletom pela quarta noite seguida. *Sem lavar*. Tento limpar casualmente quaisquer vestígios visíveis de farinha, mas sei que sou uma causa perdida. Bem, pelo menos é impossível eu estar pior do que quando estava deitada no sofá com cascalho grudado na bochecha.

Desligo o mixer e aperto o botão para soltar as lâminas. Levo uma até a boca e a lambo, depois levo a outra para onde ele está sentado.

— Quer? É chocolate alemão.

Ele pega a lâmina da minha mão e sorri.

— Quanta hospitalidade.

— Cale a boca e lamba, ou vou ficar com isso para mim. — Vou até o armário e pego minha própria xícara, mas me sirvo de água. — Quer um pouco de água ou prefere continuar fingindo que aguenta essa merda vegana?

Ele ri, enruga o nariz e empurra o copo pela bancada até mim.

— Estava tentando ser educado, mas não aguento nem mais um gole, seja lá o que isso for. Sim, água. *Por favor.*

Rio, lavo seu copo e lhe entrego um com água. Eu me sento na cadeira à sua frente e fico observando-o enquanto mordo um pedaço de brownie. Espero que explique por que está aqui, mas isso não acontece. Simplesmente fica sentado na minha frente, me observando comer. Não pergunto por que ele está aqui, porque eu meio que gosto do silêncio entre nós. As coisas funcionam melhor quando calamos a boca, pois todas as nossas conversas costumam acabar levando a discussão.

Holder levanta-se e vai até a sala sem dar maiores explicações. Olha ao redor com curiosidade, as fotos nas paredes chamando sua atenção. Ele se aproxima delas e analisa cada uma devagar. Eu me encosto na cadeira e fico observando ele dar uma de intrometido.

Ele nunca tem pressa com nada, e cada movimento parece ser cheio de segurança. É como se todos os seus pensamentos e ações fossem meticulosamente planejados com dias de antecedência. Consigo imaginá-lo no quarto dele, escrevendo as palavras que planeja usar no dia seguinte, pois é tão seletivo com elas.

— Sua mãe parece ser bem jovem — diz ele.

— Ela é.

— Você não se parece com ela. Se parece com seu pai? — Ele se vira para mim.

Dou de ombros.

— Não sei. Não me lembro da aparência dele.

Ele se vira de volta para as fotos e passa o dedo numa delas.

— Seu pai faleceu? — Ele fala de maneira tão franca que tenho quase certeza de que sabe que meu pai não está morto, caso contrário, não teria perguntado desse jeito. Tão sem tato.

— Não sei. Não o vejo desde que tinha 3 anos.

Ele volta para a cozinha e se senta à minha frente.

— É só isso? Não vai me contar nenhuma história?

— Ah, tenho uma história, sim. Só não estou a fim de contar. Tenho certeza de que há uma história... só não *sei* qual é. Karen não sabe nada sobre minha vida antes que me colocassem para adoção, e nunca tive motivos para tentar descobrir essas coisas. O que são alguns anos esquecidos quando se teve 13 anos maravilhosos?

Ele abre outro sorriso, mas é um sorriso cuidadoso, acompanhado de um olhar confuso.

— Seus cookies estavam bons — diz ele, mudando de assunto habilidosamente. — Não devia falar mal de sua habilidade culinária.

Ouço um *bip* e pulo da cadeira, correndo até o fogão. Eu o abro, mas o bolo não está nem perto de ficar pronto. Quando me viro, Holder está segurando meu celular.

— Você recebeu uma mensagem. — Ele ri. — Seu bolo está bem.

Jogo a luva de cozinha por cima do balcão e volto para meu lugar. Ele está vendo as mensagens do meu celular sem nenhum pingo de respeito pela minha privacidade. Mas não me importo nem um pouco, então deixo ele fazer isso.

— Achei que você não podia ter telefone — diz ele. — Ou foi só uma desculpa ridícula para não me dar seu número?

— Eu *não* posso. Minha melhor amiga me deu isso há alguns dias. Ele não faz nada, só manda e recebe mensagens de texto.

Ele vira a tela para mim.

— Que tipo de mensagens são essas? — Ele vira o telefone e lê uma delas. — *"Sky, você é linda. É bem possível que você seja a criatura mais encantadora de todo o universo e se alguma pessoa contestar isso, caio na porrada com ela."* — Ele ergue a sobrancelha e olha para mim, depois para o telefone. — Ai, meu Deus. São todas assim. Por favor, não me diga que você manda essas mensagens para si mesma como uma espécie de motivação diária.

Acho graça, estendo o braço por cima da bancada e pego o celular da mão dele.

— Pare. Você está acabando com a graça da brincadeira.

Ele inclina a cabeça para trás e ri.

— Meu Deus, é sério? Foi você mesma que mandou todas essas mensagens?

— Não! — digo na defensiva. — São de Six. Ela é minha melhor amiga e está do outro lado do mundo com saudades de mim. Não quer que eu fique triste, então me manda mensagens legais todos os dias. Acho meigo.

— Ah, não acha mesmo. Você acha irritante e provavelmente nem lê.

Como ele sabe disso?

Deixo o telefone na bancada e cruzo os braços.

— A intenção é boa — digo, ainda sem admitir que as mensagens estão me irritando para caramba.

— Elas vão arruinar você. Essas mensagens vão inflar tanto seu ego que você vai acabar explodindo. — Ele pega meu celular e tira o dele do bolso. Mexe nas telas dos dois e aperta alguns números no telefone dele. — Precisamos corrigir essa situação antes que você comece a ter ilusões de grandeza. — Ele me devolve o meu e digita alguma coisa no próprio celular, guardando-o no bolso em seguida. Meu telefone toca, indicando uma mensagem nova. Olho para a tela e rio.

Seus cookies são péssimos. E você não é tão bonita assim.

— Melhorou? — diz ele, brincando. — O ego desinflou o bastante?

Eu rio, deixo o celular na bancada e me levanto. — Você sabe mesmo dizer o que uma garota quer ouvir. — Vou até a sala e me viro para ele. — Quer conhecer o resto da casa?

Holder se levanta e me segue enquanto conto fatos entediantes e mostro bugigangas, cômodos e fotos, mas é lógico que está assimilando tudo com lentidão, sem pressa em momento algum. Ele precisa parar e analisar cada detalhezinho, sem fazer comentário algum.

Finalmente chegamos no meu quarto, e abro a porta.

— Meu quarto — digo, fazendo minha pose de Vanna White. — Pode entrar e dar uma olhada, mas, como não tem ninguém de 18 anos ou mais na casa, fique longe da cama. Não posso engravidar esse fim de semana.

Ele para enquanto passa pela porta e inclina a cabeça na minha direção.

— Só *nesse* fim de semana? Está planejando engravidar no próximo, é?

Entro no meu quarto depois dele.

— Que nada. Provavelmente vou esperar mais algumas semanas.

Ele inspeciona o quarto, virando-se devagar até ficar de frente para mim.

— Eu tenho 18 anos.

Inclino a cabeça para o lado, sem entender por que ele quis ressaltar esse fato aleatório.

— Que legal?

Ele lança um olhar para a cama e depois para mim.

— Você disse que eu precisava ficar longe de sua cama porque não tinha 18 anos. Só estou confirmando que tenho 18 anos.

Não gosto da maneira como meus pulmões se comprimiram quando ele olhou para minha cama.

— Ah. Bem, na verdade eu quis dizer 19.

Ele vira-se e anda devagar até a janela aberta. Depois se abaixa e põe a cabeça para fora, trazendo-a em seguida de volta para dentro do quarto.

— Então essa é a famosa janela, hein?

Ele não olha para mim, o que provavelmente é algo bom, pois, se olhares matassem, ele estaria morto. Por que diabos tinha de dizer uma coisa dessas? Estava até gostando da sua companhia dessa vez. Ele se vira para mim, e vejo que a expressão brincalhona desapareceu, sendo substituída por outra desafiadora, que já vi vezes demais.

Suspiro.

— O que você quer, Holder? — Ou ele explica por que está aqui ou então vai ter de ir embora. Ele cruza os braços por cima do peito e estreita os olhos para mim.

— Eu disse algo de errado, Sky? Ou alguma mentira? Talvez algo infundado? — Pelos comentários provocadores está na cara que ele sabia o que estava insinuando ao mencionar a janela. Não estou a fim de participar de seus joguinhos; tenho bolos para assar. E comer.

Vou até a porta e a seguro.

— Você sabe exatamente o que disse e conseguiu a reação que queria. Está contente? Agora pode ir embora.

Mas ele não vai. Abaixa os braços, vira-se e vai até a mesinha de cabeceira. Pega o livro que Breckin me deu e o analisa como se os últimos trinta segundos nunca tivessem acontecido.

— Holder, estou pedindo com o máximo de educação possível. Por favor, vá embora.

Ele põe o livro no lugar com delicadeza e, em seguida, deita-se na minha cama. Literalmente se deita na minha cama. Holder está na minha maldita cama.

Reviro os olhos, vou até ele e puxo suas pernas para fora da cama. Se for preciso removê-lo fisicamente de casa, farei isso. Quando seguro seus punhos e os levanto, ele me puxa num movimento rápido demais para que minha mente compreenda o que está acontecendo. Ele me vira, me fazendo ficar deitada, e prende meus braços no colchão. Foi tudo tão inesperado que nem tive tempo de me debater. E, ao erguer o olhar para ele agora, percebo que metade de mim não *quer* se debater. Não sei se devo gritar por ajuda ou arrancar minhas roupas.

Ele solta meus braços e leva uma das mãos até meu rosto. Depois passa o dedo pelo meu nariz e ri.

— Farinha — diz ele, limpando. — Estava me incomodando.

Ele se senta encostado na cabeceira e põe os pés na cama novamente. Ainda estou deitada no colchão, encarando as estrelas do teto. Pela primeira vez, sinto alguma coisa enquanto as observo, em vez de um nada.

Não posso nem me mexer porque tenho um pouco de medo de que ele seja louco. Estou querendo dizer literal e clinicamente insano. É a única explicação lógica para sua personalidade. E o fato de que continuo achando-o tão atraente só pode significar uma coisa: também sou insana.

— Não sabia que era gay.

Isso mesmo, ele é louco.

Eu me viro para ele, mas não digo nada. O que se deve dizer afinal para um maluco que literalmente se recusa a ir embora de sua casa e depois começa a falar besteiras aleatórias?

— Bati nele porque ele era um babaca. Não fazia ideia de que era gay.

Ele está apoiando os cotovelos nos joelhos e olhando fixo para mim, esperando uma reação minha. Ou uma resposta. Mas não vai obter nada disso por alguns segundos, pois preciso de tempo para assimilar o que ele disse.

Olho para as estrelas outra vez, ganhando tempo para analisar a situação. Se ele não é louco, então com certeza está tentando provar alguma coisa. Mas o quê? Ele vem até minha casa, sem ser convidado, para defender a própria reputação e insultar a minha? Por que ele perderia tempo com isso? Sou só uma pessoa, por que minha opinião importa?

A não ser, é lógico, que goste de mim. Esse pensamento literalmente me faz sorrir, e eu me sinto indecente e errada por querer que um lunático goste de mim. Mas isso já era previsto. Jamais devia ter deixado ele entrar aqui em casa estando sozinha. E agora ele sabe que vou passar o fim de semana inteiro assim. Se eu tivesse de pesar as decisões dessa noite, é provável que isso pendesse tanto para o lado das coisas erradas que a balança quebraria. Imagino que isso pode terminar de duas maneiras distintas. Ou vamos chegar a um acordo mútuo a respeito um do outro, ou ele vai me matar e cortar meu corpo em pedacinhos, e colocá-los para assar com os cookies. Seja como for, fico triste por toda a sobremesa que não está sendo comida agora.

— Bolo! — grito, pulando da cama.

Corro até a cozinha bem na hora de sentir o cheiro do meu último desastre. Pego a luva de cozinha, tiro o bolo do forno e o deixo no balcão, desapontada. Não está tão queimado assim. Provavelmente consigo salvá-lo se eu o afogar em calda.

Fecho o forno e decido que vou começar um hobby novo. Talvez possa fazer bijuterias. Não deve ser muito difícil. Pego mais dois cookies, volto para meu quarto e entrego um deles a Holder. Em seguida, me deito ao seu lado.

— Acho que chamar você de babaca que bate em gays foi precipitado de minha parte então, não é? Você não é um homofóbico preconceituoso que passou o último ano na cadeia, é?

Ele sorri, aproxima-se de mim na cama e olha para as estrelas.

— Não. De jeito algum. Passei o último ano inteiro morando com meu pai em Austin. Não sei nem de onde tiraram essa história de que fui preso.

— Por que não se defende dos boatos se eles não são verdadeiros?

Ele vira a cabeça para mim em cima do travesseiro.

— Por que *você* não faz isso?

Aperto os lábios e balanço a cabeça.

— *Touché*.

Nós dois ficamos sentados em silêncio na cama, comendo os cookies. Algumas das coisas que ele disse nos últimos dias estão passando a fazer sentido, e começo a me sentir cada vez mais como as pessoas que desprezo. Ele me disse diretamente que responderia a qualquer coisa que eu perguntasse, e, mesmo assim, preferi acreditar nos boatos. Não é de surpreender que estivesse tão irritado comigo. Eu o estava tratando da mesma maneira como todo mundo me trata.

— E seu comentário mais cedo sobre a janela? — digo. — Estava apenas querendo provar essa questão dos boatos? Não estava tentando ser malvado?

— Não sou malvado, Sky.

— Você é intenso. Disso eu sei.

— Posso ser intenso, mas malvado, não.

— Bem, e eu não sou uma puta.

— Não sou um babaca que bate em gays.

— Então agora tudo ficou resolvido?

Ele ri.

— É, acho que sim.

Inspiro fundo e depois expiro, me preparando para fazer algo que não faço com muita frequência. Pedir desculpas. Se não fosse tão teimosa, até admitiria que nessa semana exagerei no meu julgamento, de uma maneira completamente vergonhosa, e ele estava com toda a razão do mundo de sentir raiva de mim por ter sido tão ignorante. Mas em vez disso, meu pedido de desculpas é breve e meigo.

— Me desculpa, Holder — digo baixinho.

Ele suspira pesado.

— Eu sei, Sky. Eu sei.

E assim ficamos sentados em silêncio pelo que parece uma eternidade, mas também não parece tempo suficiente. Está ficando tarde, e estou com medo de que ele diga que precisa ir embora por não termos mais nada a dizer, mas não quero que vá. Estar aqui com ele agora me parece certo. Não sei por quê, simplesmente parece.

— Preciso perguntar uma coisa — diz ele, finalmente interrompendo o silêncio.

Não respondo, porque não parece que ele está esperando por isso. Está apenas aproveitando um de seus momentos para preparar o que quer que queira me perguntar. Ele inspira e rola para o lado, ficando de frente para mim. Então apoia a cabeça no cotovelo, e sinto que está olhando para mim, mas continuo encarando as estrelas. Holder está perto demais para que eu olhe para ele agora, e, a propósito, meu coração já está disparado no peito; tenho medo de que, se eu me aproximar mais, possa acabar morrendo. Não me parece possível que a luxúria seja capaz de fazer um coração bater tanto assim. É pior que correr.

— Por que deixou Grayson fazer aquilo com você no estacionamento?

Quero ir para debaixo das cobertas e me esconder. Tinha esperança de que não tocasse nesse assunto.

— Já disse. Ele não é meu namorado e não foi ele que me deixou com o olho roxo.

— Não estou perguntando por causa de nada disso. Estou perguntando porque vi como você reagiu. Estava irritada com ele. Até parecia um pouco entediada. Só queria saber por que deixa ele fazer essas coisas se está na cara que não quer que ele encoste em você.

Suas palavras me deixam confusa e, de repente, me sinto claustrofóbica e suada. Não fico à vontade falando sobre isso. Ele me interpretar tão bem me deixa inquieta, mas não sou capaz de captar nada a seu respeito.

— Minha falta de interesse era tão óbvia assim? — pergunto.

— Sim. E a 50 metros de distância. Só me surpreende ele não ter se ligado.

Eu me viro para ele sem pensar e apoio a cabeça no braço.

— É mesmo, não é? Eu o rejeitei tantas vezes, mas ele simplesmente não para. É muito ridículo. E nada atraente.

— Então por que deixa ele fazer isso? — pergunta ele, me olhando atento. Estamos numa posição comprometedora agora, um de frente para o outro na mesma cama. A maneira como está me encarando e direcionando o olhar para meus lábios me faz deitar de costas Não sei se ele está sentindo isso também, mas faz o mesmo.

— É complicado.

— Não precisa explicar — diz ele. — Só estava curioso. Mas não é da minha conta.

Coloco as mãos atrás da cabeça e olho para as estrelas que contei incontáveis vezes. Estou na cama com Holder há mais tempo que já estive com *qualquer* outro garoto, e percebo que em momento algum tive vontade de contar uma estrela sequer.

— Você já teve algum namoro sério?

— Já — responde ele. — Mas espero que não queira perguntar mais sobre isso, pois não toco nesse assunto.

Balanço a cabeça.

— Não é por isso que estou perguntando. — Paro por alguns segundos, querendo usar as palavras certas. — Quando você a beijava, o que sentia?

Ele faz uma breve pausa, provavelmente achando que é alguma pegadinha.

— Quer uma resposta sincera, não é? — pergunta ele.

— É tudo o que sempre vou querer.

Vejo-o sorrir pelo canto dos olhos.

— Tudo bem. Acho que me sentia... com tesão.

Tento parecer indiferente por ter ouvido aquelas duas últimas palavras saírem de sua boca, mas... *caramba*. Cruzo as pernas, esperando que isso minimize as ondas de calor que atravessam meu corpo.

— Então você sente frio na barriga, as palmas das mãos suadas, o coração acelerado e todas essas coisas?

Ele dá de ombros.

— Sinto. Não com todas as garotas com quem já fiquei, mas com a maioria.

Inclino a cabeça na sua direção, tentando não analisar a maneira como pronunciou a frase. Ele vira a cabeça para mim e sorri.

— Não foram *tantas* assim. — Ele sorri, e sua covinha é ainda mais charmosa de perto. Por um instante, me perco nela. — Onde quer chegar com isso?

Encontro seu olhar por um breve instante e viro o rosto para o teto mais uma vez.

— Estou querendo dizer que *não* sinto nada disso. Quando fico com garotos, não sinto absolutamente nada. Apenas apatia. Então, às vezes, deixo Grayson fazer essas coisas comigo não porque curto, mas porque gosto de não sentir absolutamente nada. — Ele não responde, e seu silêncio me deixa constrangida. Não posso deixar de pensar que deve estar *me* achando louca. — Sei que não faz sentido, e, não, não sou lésbica. É só que nunca me senti atraída por ninguém antes de você, e não sei explicar isso.

Assim que digo isso, ele vira a cabeça na minha direção no mesmo segundo em que aperto os olhos e tapo o rosto com o braço. Não acredito que acabei de admitir, em voz alta, que me sinto atraída por ele. Eu toparia morrer bem agora e mesmo assim já seria tarde demais.

Sinto a cama se mover, e ele segura meu pulso, tirando meu braço de cima dos olhos. Relutante, abro os olhos e vejo que ele está apoiado na mão, sorrindo para mim.

— Você se sente atraída por mim?

— Ai, meu Deus — digo, gemendo. — Essa é a última coisa que seu ego precisa ouvir.

— É verdade. — Ele ri. — É melhor me insultar logo, antes que meu ego fique tão grande quanto o seu.

— Está precisando cortar o cabelo — digo depressa. — Urgentemente. Ele fica caindo nos olhos, e você os aperta e também fica afastando a franja deles, como se fosse o Justin Bieber. Isso distrai muito a pessoa.

Ele passa a mão no cabelo e franze a testa, em seguida cai de volta na cama.

— Caramba. Isso me magoou mesmo. E, pelo visto, você está com isso na cabeça há um tempo.

— Só desde segunda — admito.

— Você me *conheceu* na segunda. Então tecnicamente tem pensado no quanto odeia meu cabelo desde que nos conhecemos?

— Não o tempo *inteiro*.

Ele fica quieto por um instante e depois abre um sorriso.

— Não acredito que você me acha atraente.

— Cale a boca.

— Você provavelmente fingiu que desmaiou naquele dia só para ser carregada nos meus lindos braços másculos e suados.

— Cale a boca.

— Aposto que fica fantasiando comigo durante a noite, bem aqui nesta cama.

— Cale a boca, Holder.

— Você já deve até...

Estendo o braço e tapo sua boca com a mão.

— Você é bem mais atraente quando não está falando.

Quando ele finalmente cala a boca, tiro a mão e a coloco atrás da cabeça mais uma vez. Ficamos de novo um tempo sem falar. Ele deve estar se gabando em silêncio do fato de eu ter admitido que me sinto atraída por ele enquanto fico me remoendo em silêncio por tê-lo deixado saber disso.

— Estou entediado — diz ele.

— Então vá para casa.

— Não quero. O que você faz quando fica entediada? Aqui não tem internet nem televisão. Passa o dia inteiro pensando no quanto sou gostoso?

Reviro os olhos.

— Eu leio — digo. — Muito. Às vezes cozinho. Outras vezes corro.

— Ler, cozinhar e correr. E fantasiar comigo. Que vida empolgante.

— Gosto dela.

— Eu também meio que gosto dela — diz ele, rolando para o lado para pegar o livro na mesinha de cabeceira. — Tome, leia isso.

Pego o livro de suas mãos e abro onde está marcado, na página dois. Até onde li.

— Quer que eu leia em voz alta? Está tão entediado assim?

— Entediado para caramba.

— É um romance — aviso.

— Já disse. Estou entediado para caramba. Leia.

Levanto o travesseiro, apoiando-o na cabeceira para ficar mais confortável, e começo a ler.

Pela manhã, se alguém tivesse me dito que eu leria um romance para Dean Holder à noite, eu o chamaria de louco. Mas, pensando bem, quem sou eu para chamar alguém de louco.

Quando abro os olhos, imediatamente deslizo a mão até o outro lado da cama, mas está vazio. Eu me sento e olho ao redor. A luz está apagada, e eu, coberta. O livro repousa, fechado, sobre a cabeceira, então o pego. O marcador está quase em três quartos do livro.

Li até pegar no sono? *Ah, não, peguei no sono.* Tiro as cobertas de cima de mim e vou até a cozinha. Acendo a luz e olho ao redor, chocada. A cozinha inteira parece impecável, e todos os cookies e brownies estão embrulhados em papel filme. Localizo meu telefone no balcão e vejo uma nova mensagem ao pegá-lo.

Você pegou no sono bem na hora em que ela estava quase descobrindo o segredo da mãe. Como se atreve a fazer isso? Volto amanhã à noite para você terminar de ler para mim. E, a propósito, seu hálito é péssimo, e você ronca alto demais.

Acho graça. Também estou sorrindo como uma idiota, mas por sorte ninguém está por perto para testemunhar a cena. Olho para o relógio no fogão e vejo que são duas e pouco da manhã, então volto para o quarto e me deito, esperando que ele realmente apareça à noite. Não sei como esse caso perdido conseguiu entrar na minha vida de forma tão astuta nessa semana, mas tenho certeza de que não quero que ele saia dela.

Sábado, 1º de setembro de 2012
17h05

Aprendi uma lição importantíssima sobre a luxúria: causa o dobro do trabalho. Tomei dois banhos hoje em vez de um. Troquei de roupa quatro vezes em vez das duas de sempre. Limpei a casa uma vez (o que já é uma a mais do que costumo fazer) e chequei a hora no relógio umas mil vezes. Devo ter conferido se tinha alguma mensagem nova no meu celular a mesma quantidade de vezes.

Infelizmente, na mensagem da véspera ele não disse a que horas chegaria, então às 17h estou sentada esperando. Não tenho muita coisa para fazer, pois já assei doces suficientes para o ano inteiro e corri nada menos que 6,5 quilômetros. Pensei em preparar um jantar para nós, mas não faço ideia da hora em que ele vai chegar, então não sei quando a comida teria de ficar pronta. Estou sentada no sofá, tamborilando com as unhas no assento, quando recebo uma mensagem dele.

Que horas posso ir praí? Não que esteja ansioso ou algo assim. Você é muito, muito chata.

Ele me mandou uma mensagem. Por que não pensei nisso? Devia ter mandado uma mensagem para ele algumas horas antes, perguntando a que horas chegaria. Teria me poupado toda essa inquietação desnecessária e ridícula.

Chegue às 19 horas. E traga alguma coisa para comer. Não vou cozinhar para você.

Deixo o telefone no sofá e fico olhando para ele. Faltam uma hora e quarenta e cinco minutos. E agora? Olho ao redor da sala de estar vazia, e, pela primeira vez na vida, o tédio começa a me afetar de forma negativa. Até semana passada estava bem contente com minha vida medíocre. Será que ter sido exposta às tentações da tecnologia me deixou querendo mais? Ou talvez ter sido exposta às tentações de Holder? Provavelmente os dois.

Estendo as pernas em cima da mesa de centro na minha frente. Estou de calça jeans e camiseta após finalmente decidir dar uma folga para o moletom. Também estou com o cabelo solto, mas só porque Holder sempre me viu de rabo de cavalo. Não que esteja tentando impressioná-lo.

É óbvio que estou tentando impressioná-lo.

Pego uma revista e a folheio, mas minha perna está tremendo e estou tão inquieta que não consigo me concentrar. Leio a mesma página três vezes seguidas, então jogo a revista de volta na mesa e encosto a cabeça no sofá. Fico encarando o teto. E depois a parede. Em seguida os dedos dos pés, e fico me perguntando se devo pintá-los outra vez.

Estou enlouquecendo.

Por fim, acabo soltando um gemido, pego meu celular e mando outra mensagem para ele.

Agora. Venha agora. Estou surtando de tanto tédio e, se você não vier agora mesmo, vou terminar de ler o livro sozinha antes de você chegar.

Fico segurando o telefone na mão e vejo a tela pular para cima e para baixo apoiada em meu joelho. Ele me responde na mesma hora.

Lol. Estou comprando comida para você, sua mandona. Chego em vinte minutos.

Lol? O que diabos significa isso? Lots of love ("muito amor")? Ai, meu Deus, espero que não. Assim vou expulsá-lo mais rápido que Matty. Mas, sério, o que isso significa?

Paro de pensar no assunto e me concentro nas últimas palavras. Vinte minutos. Ai, merda, de repente isso me parece rápido demais. Corro até o banheiro e checo o cabelo, as roupas, o hálito. Dou uma conferida em toda a casa, fazendo uma limpeza pela segunda vez. Quando a campainha finalmente toca, dessa vez sei o que fazer. Abrir a porta.

Ele está com os dois braços cheios de sacolas, parecendo bem domesticado. Olho para as compras de maneira suspeita. Ele ergue as sacolas e dá de ombros.

— Um de nós precisa cuidar da hospitalidade. — Ele passa por mim, vai até a cozinha e deixa as sacolas no balcão. — Espero que goste de espaguete com almôndegas, pois é isso o que vai comer. — Ele começa a tirar as compras das sacolas e utensílios de cozinha dos armários.

Fecho a porta da frente e vou até a bancada.

— Vai cozinhar para mim?

— Na verdade, vou cozinhar para *mim*, mas pode comer um pouco se quiser. — Ele me olha por cima do ombro e sorri.

— Você é sempre tão sarcástico? — pergunto.

Ele dá de ombros.

— *Você* é?

— Você sempre responde com outras perguntas?

— *Você* faz isso?

Pego uma toalha de mão na bancada e a arremesso nele. Holder desvia e vai até a geladeira.

— Quer beber alguma coisa? — pergunta ele.

Coloco os cotovelos na bancada e apoio o queixo nas mãos, observando-o.

— Está me oferecendo algo para beber na minha própria casa?

Ele dá uma olhada nas prateleiras da geladeira.

— Quer leite que tem gosto de bunda ou refrigerante?

— E temos refrigerante? — Tenho quase certeza de que bebi todos que comprei ontem.

Ele se afasta da geladeira e arqueia a sobrancelha.

— Será que não somos capazes de dizer alguma coisa que não seja uma pergunta?

Eu rio.

— Não sei, somos?

— Por quanto tempo acha que a gente consegue fazer isso? — Ele encontra um refrigerante e pega dois copos. — Quer gelo?

— *Você* vai querer gelo? — Não vou parar de fazer perguntas, até que ele pare. Sou extremamente competitiva.

Ele se aproxima de mim e põe os copos no balcão.

— Você *acha* que eu devia querer gelo? — pergunta ele, com um sorriso desafiador.

— Você *gosta* de gelo? — desafio-o de volta.

Ele faz que sim com a cabeça, impressionado por eu o estar acompanhando.

— Seu gelo é bom?

— Bem, você prefere gelo em cubo ou gelo esmagado?

Ele estreita os olhos para mim, percebendo que acabei de encurralá-lo. Não vai conseguir responder essa com uma pergunta. Ele abre a tampa e começa a me servir refrigerante.

— Você não vai ganhar gelo.

— Há! — exclamo. — Ganhei.

Ele ri e volta para o fogão.

— Deixei você ganhar porque fiquei com pena. Uma pessoa que ronca tanto quanto você merece um desconto de vez em quando.

Abro um sorriso sarcástico para ele.

— Sabe, os insultos só são engraçados quando cifrados. — Ergo o copo e tomo um gole. A bebida precisa mesmo de gelo. Vou até o freezer, pego alguns cubos e os coloco no meu copo.

Quando me viro, ele está bem na minha frente, me encarando. A expressão em seus olhos tem uma leve malícia, mas também tem seriedade suficiente para fazer meu coração palpitar. Ele dá um passo à frente, se aproximando até me encurralar contra a geladeira. Casualmente, ele ergue o braço e põe a mão na porta, ao lado da minha cabeça.

Não sei como não estou afundando no chão agora mesmo. Parece que meus joelhos estão prestes a ceder.

— Sabe que estou brincando, não é? — diz ele baixinho. Seus olhos estão observando meu rosto, e ele está sorrindo o mínimo necessário para que as covinhas apareçam.

Faço que sim com a cabeça e espero mesmo que ele se afaste de mim, pois estou prestes a ter um ataque de asma e isso porque nem tenho asma.

— Ótimo — diz ele, aproximando-se mais alguns centímetros. — Porque você *não* ronca. Na verdade, fica bem bonitinha dormindo.

Holder não devia mesmo dizer coisas desse tipo. Especialmente quando está assim tão perto de mim. Ele dobra o braço e, de repente, fica mais próximo ainda. Inclina-se para perto do meu ouvido, e inspiro com força.

— Sky — sussurra ele sedutoramente no meu ouvido. — Eu *preciso* de você... longe da porta da geladeira. Preciso abri-la.
— Ele se afasta devagar e continua olhando nos meus olhos, esperando minha reação. Um sorriso aparece nos cantos da sua boca, e ele tenta contê-lo, mas acaba caindo na gargalhada.

Empurro seu peito e passo por debaixo de seu braço.

— Você é um grande babaca!

Ele abre a geladeira, ainda rindo.

— Desculpa, mas caramba. Sua atração por mim é tanta que fica difícil não provocar você.

Sei que ele está brincando, mas fico morrendo de vergonha. Eu me sento de novo à bancada e apoio a cabeça nas mãos. Estou começando a odiar a garota em que estou me transformando por causa dele. Claro que seria muito mais fácil ficar perto de Holder se eu não tivesse confessado, sem querer, que me sinto atraída por ele. E também seria muito mais fácil se ele não fosse tão engraçado. E meigo, quando quer ser. Além de gostoso. Acho que é isso que torna a luxúria algo tão agridoce. O sentimento é lindo, mas o esforço necessário para negá-lo é grande demais.

— Quer saber de uma coisa? — pergunta ele. Ergo o olhar, e ele está encarando a panela à sua frente, mexendo.

— Provavelmente não.

Ele olha para mim por alguns segundos e depois baixa o olhar para a panela.

— Talvez faça você se sentir melhor.

— Duvido.

Ele lança um outro olhar para mim e o sorriso brincalhão desaparece de seus lábios. Ele estende a mão para um armário de onde pega uma panela, em seguida vai até a pia e a enche de água. Ele volta para o fogão e volta a mexer.

— Talvez eu também me sinta um pouco atraído por você — revela ele.

Inspiro de forma imperceptível e exalo lenta e controladamente, tentando não parecer tão surpresa com o comentário.

— Só um pouco? — pergunto, fazendo o que sei fazer melhor: encher momentos constrangedores com sarcasmo.

Ele sorri, mas mantém os olhos fixos na panela à sua frente. O cômodo fica em silêncio por vários minutos. Ele está focado na panela, e eu, nele. Observo-o se movimentar pela cozinha com muita naturalidade e fico impressionada ao ver o quanto ele está à vontade. Mesmo na minha casa, estou mais nervosa do que Holder. Não consigo parar de me mexer, inquieta, e queria que ele dissesse alguma coisa. Não parece estar incomodado com o silêncio, mas é algo que está se avultando no ar ao meu redor e preciso me livrar disso.

— O que significa *lol*?

Ele ri.

— Sério?

— É sério. Você digitou isso na mensagem mais cedo.

— Significa *laugh out loud*: "Rir em voz alta." — Usamos quando achamos alguma coisa engraçada.

Não consigo negar o alívio por não ser *lots of love*.

— Hum — digo. — Que idiotice.

— Pois é, é bem idiota. Mas é apenas costume, e as abreviações fazem a pessoa digitar bem mais rápido depois que se pega o jeito. Tipo PQP, ABÇS e BJS...

— Ai, meu Deus, pare com isso — digo, interrompendo-o antes que cite mais siglas. — Você falando de abreviações não é nada atraente.

Ele se vira para mim, me dá uma piscadela e vai até o forno.

— Então nunca mais vou fazer isso.

E então acontece de novo... o silêncio. Na véspera, o silêncio entre nós dois era aceitável, mas, por alguma razão, agora isso é incrivelmente constrangedor. Pelo menos para mim. Estou começando a achar que é só nervosismo em relação ao que vai acontecer no resto da noite. É claro que pela química entre nós, vamos acabar nos beijando em algum momento. Mas é muito difícil me concentrar no aqui e agora, e engatar uma conversa quando a única coisa na minha cabeça é esse beijo. Não suporto não saber quando é que ele vai fazer isso. Será que vai esperar até depois do jantar, quando meu hálito estiver fedendo a alho e cebola? Será que vai esperar até a hora de ir embora? Ou vai me beijar quando eu menos estiver esperando? Estou quase com vontade de me livrar logo disso. Ir direto ao ponto para que o inevitável seja deixado de lado e a gente possa seguir em frente com a noite.

— Você está bem? — pergunta ele. Volto a olhar para ele, que está do outro lado da bancada, na minha frente. — Onde você estava? Ficou distraída por um tempinho.

Balanço a cabeça e volto para a conversa.

— Estou bem.

Ele pega a faca e começa a fatiar um tomate. Até a habilidade para fatiar tomates é algo natural. Será que tem algo que esse garoto não faça bem? A faca ainda está em cima da tábua, e olho para ele. Está me encarando, sério.

— Onde você estava, Sky? — Ele fica me observando por alguns segundos, esperando minha resposta. Como não respondo, volta a olhar para a tábua de corte.

— Promete que não vai rir? — pergunto.

Ele estreita os olhos e fica pensando na minha pergunta para, em seguida, balançar a cabeça.

— Já disse que sempre serei sincero, então, não. Não posso prometer que não vou rir porque você é meio engraçada e assim vai acabar pegando mal para mim.

— Você é sempre tão difícil?

Ele abre um sorriso, mas não responde, e continua me olhando como se estivesse me desafiando a dizer o que está mesmo em minha cabeça. Infelizmente, não sou de fugir de desafios.

— Ok, tudo bem. — Endireito a postura na cadeira e respiro fundo, libertando todos os pensamentos de uma vez. — Não sou nada boa nisso de encontro, não sei nem se isso *é* um encontro, mas pelo menos sei que é mais que apenas dois amigos passando algum tempo juntos, e saber disso me faz pensar em mais tarde, na hora de você ir para casa, e se está planejando me beijar ou não, e sou o tipo de pessoa que odeia surpresas então não consigo deixar de ficar constrangida com isso porque *quero* que me beije e, talvez, esteja sendo presunçosa, mas acho que você também quer me beijar, então estava pensando o quanto seria mais fácil se nós simplesmente nos beijássemos logo para você poder continuar cozinhando e eu poder parar de mapear mentalmente como será o resto da noite. — Inspiro uma quantidade incrível de ar, como se não tivesse ar algum em meus pulmões.

Ele parou de fatiar no meio da minha fala, não sei muito bem em que momento. Está me olhando um pouco boquiaberto. Respiro fundo e exalo devagar, pensando que talvez eu tenha acabado de fazer o garoto querer sair correndo pela porta. E, tristemente, não o culparia se fizesse isso.

Holder pousa a faca com delicadeza em cima da tábua de corte e coloca as palmas no balcão na frente dele, sem desviar o olhar do meu. Apoio as mãos no colo e espero uma reação. É tudo o que posso fazer.

— Essa — diz ele enfaticamente — foi a frase mais longa que já ouvi na vida.

Reviro os olhos e me encosto na cadeira, cruzando os braços no peito. Praticamente implorei para que me beijasse, e ele critica minha gramática?

— Relaxe — diz ele sorrindo.

Ele desliza os tomates da tábua de corte para dentro da panela, levando-a em seguida para o fogão. Ajusta a temperatura de uma das bocas e põe a massa na água fervendo. Depois que tudo está pronto, seca as mãos na toalha e dá a volta na bancada para se aproximar de mim.

— Levante-se — instrui ele.

Olho para ele com cautela, mas obedeço. Lentamente. Quando já estou de pé, de frente para ele, Holder põe as mãos nos meus ombros e dá uma olhada ao redor.

— Hum — diz ele, pensando em voz alta. Olha para a cozinha, desliza a mão pelos meus ombros e segura meus punhos. — Eu meio que gostei de ter a geladeira como fundo. — Ele me leva até a cozinha e me posiciona de costas para a geladeira como se eu fosse uma marionete. Apoia as duas mãos na porta, nas laterais da minha cabeça, e olha para mim.

Não é a maneira mais romântica que o imaginei me beijando, mas acho que dá para o gasto. Só quero resolver isso logo. Especialmente agora que está fazendo a maior cena. Ele começa a se aproximar, então respiro fundo e fecho os olhos.

Fico esperando.

E esperando.

Mas nada acontece.

Abro os olhos, e ele está tão perto que me contorço, o que só o faz rir. No entanto, não se afasta, e seu hálito brinca com meus lábios como se fossem dedos. Ele cheira à menta e refrigerante; nunca pensei que os dois combinados fossem ter um bom resultado, mas têm sim.

— Sky? — diz ele baixinho. — Não estou querendo torturá-la nem nada do tipo, mas já me decidi antes de vir para cá. Não vou beijá-la hoje.

As palavras dele fazem meu estômago afundar devido ao peso do desapontamento. Minha autoconfiança acabou de escapar pela janela, e estou mesmo precisando de uma mensagem de Six elevando meu ego bem agora.

— Por que não?

Ele abaixa uma das mãos devagar e a leva até meu rosto, depois começa a passar os dedos pela minha bochecha. Tento não estremecer com seu toque, mas é necessário usar cada partícula de minha força de vontade para não parecer totalmente atordoada. Seus olhos acompanham a mão que desce sem pressa pelo meu queixo e meu pescoço, parando no meu ombro. Ele conduz o olhar de volta aos meus olhos, e há neles uma quantidade inegável de luxúria. Ver essa expressão em seus olhos ameniza um pouquinho meu desapontamento.

— Quero beijar você — diz ele. — Acredite em mim, quero mesmo. — Ele abaixa os olhos até meus lábios e leva a mão de volta a minha bochecha, cobrindo-a. Dessa vez eu me inclino de propósito para perto de sua palma. Praticamente deixei o controle nas suas mãos desde o instante em que ele entrou pela porta. Estou totalmente à sua mercê.

— Mas, se você quer, então por que não vai me beijar? — Estou apavorada achando que ele vai mandar uma desculpa para cima de mim, algo que tenha a palavra *namorada*.

Ele envolve meu rosto com ambas as mãos e o inclina para perto do seu. Acaricia minhas maçãs do rosto com os polegares, e consigo sentir seu peito descendo e subindo encostado ao meu.

— Porque — sussurra ele — tenho medo de que você não vá sentir.

Inspiro rapidamente e prendo a respiração. Eu me lembro da conversa que tivemos ontem na minha cama e percebo que nunca devia ter contado a ele nada daquilo. Jamais devia ter falado que só sinto apatia quando beijo as pessoas, pois ele é a exceção absoluta a essa regra. Levo minha mão até a dele em minha bochecha, cobrindo-a.

Eu vou sentir, Holder. Já sinto. Quero dizer essas palavras em voz alta, mas não consigo. Em vez disso, só balanço a cabeça.

Ele fecha os olhos, inspira e depois me afasta da geladeira, puxando-me para seu peito. Cerca minhas costas com um braço e apoia a outra mão em minha cabeça. Meus braços ainda estão caídos desajeitados nas laterais do corpo, então, com relutância, os levanto e os coloco ao redor de sua cintura. Ao fazer isso, ofego em silêncio com a paz que me consome ao estar envolta por seus braços. Nos aproximamos simultaneamente, e ele beija o topo de minha cabeça. Não é o beijo que eu estava esperando, mas com certeza adorei do mesmo jeito.

Estamos na mesma posição quando o timer do forno toca. Ele não me solta de imediato, o que me faz sorrir. Quando começa a soltar os braços, olho para o chão, sem conseguir encará-lo. De algum jeito, minha tentativa de corrigir o constrangimento do beijo só deixou as coisas ainda mais constrangedoras para mim.

Como se estivesse sentindo minha vergonha, ele segura minhas mãos e entrelaça nossos dedos.

— Olhe para mim. — Ergo os olhos, tentando disfarçar o desapontamento de ter percebido que nossa atração mútua está em níveis diferentes. — Sky, não vou beijá-la hoje porque, acredite em mim, jamais quis tanto beijar uma garota. Então pare de achar que não me sinto atraído porque você não faz ideia do quanto estou. Pode segurar minha mão, pode passar a mão pelo meu cabelo, pode ficar em cima de mim enquanto dou espaguete em sua boca, mas não vai ganhar um beijo hoje à noite. E provavelmente nem amanhã. Preciso disso. Preciso ter certeza de que está sentindo o mesmo que eu no instante em que meus lábios encostarem nos seus. Porque quero que seu primeiro beijo seja o melhor primeiro beijo na história dos primeiros beijos. — Ele leva minha mão até a boca e a beija. — Agora pare de ficar emburrada e me ajude com as almôndegas.

Sorrio, porque com certeza essa foi a melhor desculpa para ter sido rejeitada. Ele pode me rejeitar todos os dias pelo resto da minha vida, contanto que use essa desculpa.

Ele balança nossas mãos entre nós, olhando para mim.

— Tudo bem? — diz ele. — Isso é suficiente para você aguentar mais alguns encontros?

Faço que sim com a cabeça.

— É. Mas você está errado sobre uma coisa.

— Que coisa?

— Você disse que quer que meu primeiro beijo seja o melhor primeiro beijo de todos, mas esse não vai ser meu primeiro beijo. Sabe disso.

Ele estreita os olhos, afasta as mãos das minhas e segura meu rosto mais uma vez. Me empurra para a geladeira e aproxima perigosamente os lábios dos meus. O sorriso desapareceu de seus olhos e é substituído por uma expressão bem séria. Uma expressão tão intensa que me faz prender a respiração.

Ele se aproxima de uma maneira insuportavelmente lenta até seus lábios quase tocarem os meus, e a expectativa de senti-los já basta para me deixar paralisada. Não fecha os olhos, então também não faço isso. Holder me mantém nessa posição por um instante, deixando nossas respirações se misturarem. Nunca me senti tão impotente, sem conseguir me controlar, e, se ele não fizer algo nos próximos três segundos, é bem provável que me jogue em cima dele.

Ele olha para meus lábios, o que me leva a prender o lábio inferior com os dentes. Se não fizesse isso, acabaria mordendo o garoto.

— Vou lhe avisar uma coisa — diz ele baixinho. — Assim que meus lábios encostarem nos seus, vai ser, *sim*, seu primeiro beijo. Porque, se nunca sentiu nada enquanto alguém a beijava, então ninguém jamais a beijou de verdade. Não da maneira como *eu* planejo beijá-la.

Então solta as mãos e continua olhando para mim enquanto anda de costas até o fogão. Vira-se para conferir a massa, como se não tivesse acabado de me arruinar para todos os outros garotos pelo resto da minha vida.

Não consigo sentir minhas pernas, então faço a única coisa que posso. Deslizo, me arrastando na geladeira até a bunda encostar no chão, e inspiro.

Sábado, 1º de setembro de 2012
19h15

— Seu espaguete é péssimo. — Dou mais uma garfada e fecho os olhos, saboreando o que possivelmente é a melhor massa que já comi.

— Você está adorando e sabe muito bem disso — diz ele. Ele se levanta da mesa, pega dois guardanapos e me entrega um ao voltar. — Agora limpe o queixo. Tem molho do espaguete péssimo grudado em toda parte.

Depois do incidente na geladeira, a noite praticamente voltou ao normal. Ele me entregou um copo de água, me ajudou a levantar da mesa, me deu um tapa na bunda e me obrigou a ajudá-lo. Era tudo o que eu precisava para deixar o constrangimento de lado. Um belo tapa na bunda.

— Já brincou alguma vez de Questionário do Jantar? — pergunto para ele.

Ele balança a cabeça devagar.

— Será que quero brincar disso?

Faço que sim com a cabeça.

— É uma boa maneira de se conhecer. Depois do nosso próximo encontro, vamos passar a maior parte do tempo nos agarrando, então é melhor nos livrarmos logo de todas as perguntas.

Ele ri.

— Tudo bem. Como se brinca?

— Faço alguma pergunta bem pessoal e constrangedora, e você só pode beber ou comer algo depois que responder com sinceridade. E vice-versa.

— Parece fácil — diz ele. — E se a pessoa não responder?

— Ela morre de fome.

Ele tamborila os dedos na mesa e pousa o garfo.

— Topo.

Eu provavelmente já devia estar com as perguntas preparadas, mas, considerando que inventei esse jogo há trinta segundos, teria sido meio difícil. Tomo um gole do que sobrou do meu refrigerante com gelo derretido, e penso. Fico um pouco nervosa, com medo de ser curiosa demais, pois isso sempre acaba mal.

— Pronto, tenho uma pergunta. — Deixo o copo na mesa e me encosto na cadeira. — Por que me seguiu até o carro no mercado?

— Como já disse, achei que era outra pessoa.

— Eu sei, mas quem?

Constrangido, ele muda de posição e limpa a garganta. Sem pensar, estende o braço para pegar o copo, mas eu o interrompo.

— Nada de beber. Primeiro responda.

Ele suspira, mas depois cede.

— Não tinha certeza de quem você me lembrava, simplesmente parecia com alguém. Só depois percebi que era com minha irmã.

Enrugo o nariz.

— Eu o lembro de sua irmã? — Estremeço. — Isso é um pouco perturbador, Holder.

Ele ri, depois faz uma careta.

— Não, não desse jeito. Não desse jeito mesmo. Você é bem diferente dela. Mas tinha algo em você que me fez pensar nela. E não sei por que te segui. Foi tudo tão surreal. Toda aquela situação foi um pouco bizarra, e, depois, encontrá-la na frente da minha casa mais tarde... — Ele interrompe a frase e olha para a mão enquanto passa os dedos na borda do prato. — Foi como se fosse predestinado.

Respiro fundo e assimilo sua resposta, tomando um cuidado extra com a última frase. Ele ergue o olhar para mim com uma expressão nervosa, e percebo que está pensando que a resposta pode ter me assustado. Sorrio para tranquilizá-lo e aponto para seu copo.

— Pode beber agora — digo. — Sua vez de me fazer uma pergunta.

— Ah, essa é fácil — diz ele. — Quero saber quem foi que andei irritando. Recebi uma mensagem misteriosa hoje. Tudo que dizia era: "Se está saindo com minha menina, compre seus próprios minutos pré-pagos e pare de desperdiçar os meus, babaca."

Eu rio.

— Foi Six. A fonte das minhas doses diárias de elogios.

Ele balança a cabeça.

— Achei mesmo que fosse dizer isso. — Ele se inclina para a frente e estreita os olhos para mim. — Porque sou muito competitivo e, se tivesse sido enviada por um garoto, minha resposta não teria sido tão boazinha.

— Você respondeu? O que disse?

— É essa sua pergunta? Porque, se não for, vou dar outra mordida.

— Sossegue o facho e responda a pergunta — digo.

— Sim, respondi a mensagem. Eu disse: "Como compro mais minutos"?

Meu coração amoleceu completamente, e estou tentando não sorrir. É mesmo muito ridículo e triste. Balanço a cabeça.

— Estava brincando, essa não foi minha pergunta. Ainda é minha vez.

Ele apoia o garfo de novo e revira os olhos.

— Minha comida está esfriando.

Ponho os cotovelos na mesa e cruzo as mãos debaixo do queixo.

— Quero saber sobre sua irmã. E por que você se referiu a ela no passado.

Ele inclina a cabeça para trás e ergue o olhar, massageando o próprio rosto.

— Argh. Você pergunta mesmo sobre as coisas mais sérias, não é?

— Essa é a brincadeira. Não fui eu que inventei as regras.

Ele suspira outra vez e sorri para mim, mas há um pouco de tristeza em seu sorriso, o que imediatamente me faz querer voltar atrás na pergunta.

— Se lembra de quando contei que o ano passado foi foda para minha família?

Faço que sim com a cabeça.

Ele limpa a garganta e começa a passar os dedos na borda do prato novamente.

— Ela morreu 13 meses atrás. Ela se matou, apesar de minha mãe preferir usar o termo "overdose proposital".

Ele não desvia o olhar enquanto fala, então faço o mesmo para mostrar respeito, apesar de estar sendo bem difícil encará-lo agora. Não faço ideia do que dizer, mas é culpa minha por ter tocado no assunto.

— Qual era o nome dela?

— Lesslie. Eu a chamava de Less.

Ouvir o apelido faz uma tristeza surgir dentro de mim e, de repente, perco o apetite.

— Ela era mais velha que você?

Ele inclina-se para a frente e ergue o garfo, girando-o em seguida na tigela. Ele leva o talher cheio de espaguete até a boca.

— Éramos gêmeos — diz ele inexpressivamente, antes de pôr a comida na boca.

Meu Deus. Estendo o braço para pegar meu copo, mas ele o tira da minha mão e balança a cabeça.

— Minha vez — diz ele de boca cheia. Ele termina de mastigar, bebe um gole e limpa a boca com o guardanapo. — Quero saber sobre seu pai.

Dessa vez, sou eu que fico resmungando. Cruzo os braços em cima da mesa e aceito meu castigo.

— Como já disse, não o vejo desde que tinha 3 anos. Não tenho nenhuma lembrança dele. Pelo menos acho que não. Nem lembro como ele é.

— Sua mãe não tem nenhuma foto dele?

Quando faz essa pergunta, percebo que nem sabe que sou adotada.

— Lembra quando você comentou que minha mãe parecia bem jovem? Bem, é porque ela é mesmo. Ela me adotou.

Ser adotada nunca chegou a ser um estigma que precisei superar. Nunca me senti constrangida, nem tive vergonha nem senti necessidade de esconder isso. No entanto, pela maneira como Holder está me olhando agora, parece que acabei de dizer que nasci com um pênis. Está me encarando de uma maneira bem desconfortável, o que me deixa inquieta.

— *O que foi?* Jamais conheceu ninguém que tenha sido adotado?

Ele leva mais alguns segundos para se recuperar, mas então esconde a expressão confusa e a substitui por um sorriso.

— Você foi adotada quando tinha 3 anos? Por Karen?

Balanço a cabeça.

— Fui colocada com uma família de acolhimento temporário quando tinha 3 anos, depois que minha mãe biológica morreu. Meu pai não conseguia me criar sozinho. Ou não *queria* me criar sozinho. Seja como for, não ligo. Dei sorte de encontrar Karen e não tenho a mínima vontade de tentar entender isso tudo. Se ele quisesse saber onde estou, teria vindo atrás de mim.

Percebo que ele ainda tem mais perguntas pela expressão nos seus olhos, mas estou louca para comer e fazer minhas próprias perguntas.

Aponto para seu braço com o garfo.

— O que sua tatuagem significa?

Ele estende o braço, e eu passo os dedos por cima dela.

— É um lembrete. Fiz depois que Less morreu.

— Um lembrete de quê?

Ele ergue o copo e desvia o olhar do meu. É a única pergunta que não está conseguindo responder me olhando nos olhos.

— É para eu me lembrar das pessoas que desapontei na vida. — Ele toma um gole e põe o copo na mesa, ainda sem conseguir fazer contato visual.

— Essa brincadeira não é tão divertida, não é?
Ele ri baixinho.
— Não mesmo. É péssima. — Ele olha para mim e sorri.
— Mas a gente precisa continuar porque tenho mais perguntas. Você se lembra de alguma coisa antes de ser adotada?
Nego com a cabeça.
— Não muito. Uma ou outra coisa, mas chega um momento em que você simplesmente perde todas as lembranças quando não tem ninguém para validá-las. A única coisa que guardo de antes da adoção são algumas joias, e não faço ideia de onde vieram. Não sou capaz de distinguir o que era realidade, sonho ou algo que vi na televisão.
— Você se lembra de sua mãe?
Paro por um instante e fico pensando na pergunta. Não me lembro dela. De nada mesmo. É a única coisa do meu passado que me entristece.
— Karen é minha mãe — respondo secamente. — Minha vez. Última pergunta e partimos para a sobremesa.
— Você acha que temos sobremesa suficiente? — brinca ele.
Fulmino-o com o olhar e faço minha última pergunta.
— Por que você bateu nele?
Pela mudança em sua expressão, percebo que não precisa que eu detalhe mais a pergunta. Ele balança a cabeça e afasta a tigela de si.
— Essa resposta você não quer saber, Sky. Prefiro o castigo.
— Mas quero saber, sim.
Ele inclina a cabeça para o lado, leva a mão ao queixo e, em seguida, estala o pescoço. Mantém a mão no rosto e apoia o cotovelo na mesa.
— Já contei. Bati nele porque ele era um babaca.
Estreito os olhos.
— Essa resposta foi vaga. Você disse que não é vago.
Sua expressão não muda, e ele continua olhando bem nos meus olhos.

— Era minha primeira semana de volta ao colégio depois da morte de Less — conta ele. — Ela estudava lá também, então todo mundo sabia o que tinha acontecido. Escutei o cara falando alguma coisa sobre Less quando passei por ele no corredor. Discordei do que falou e demonstrei isso. Fui longe demais, e chegou um momento em que eu estava em cima dele e não me importava mais. Estava batendo nele, sem parar nem por um segundo, e nem ligava. A parte mais perturbadora é que o garoto provavelmente vai passar o resto da vida surdo do ouvido esquerdo e, mesmo assim, *continuo* não ligando.

Ele está me encarando, mas sem olhar para mim de verdade. É o olhar frio e intenso que já vi em seus olhos. Não gostei quando o vi da outra vez e não estou gostando agora... mas pelo menos consigo compreendê-lo melhor.

— O que ele disse sobre Less?

Ele se encosta na cadeira e foca os olhos num ponto vazio da mesa entre nós.

— Eu o escutei rindo, dizendo para o amigo que Less escolheu a saída mais fácil e egoísta. Disse que ela teria aguentado mais se não fosse tão covarde.

— Aguentado o quê?

Ele dá de ombros.

— A vida — responde ele, com indiferença.

— Você não acha que ela escolheu a saída mais fácil — digo, com o final da frase soando mais como uma afirmação do que como uma pergunta.

Holder inclina-se para a frente e estende o braço por cima da mesa, segurando minha mão entre as suas. Ele alisa minha palma com os polegares e inspira fundo, exalando depois.

— Less era a pessoa mais corajosa que já conheci, porra. Precisou de muita coragem para fazer o que fez. Acabar com tudo, sem saber o que ia acontecer em seguida? Sem saber se havia *alguma coisa* em seguida? É mais fácil viver a vida sem motivo algum para continuar vivendo que simplesmente ligar o "foda-se" e partir. Ela foi uma das poucas pessoas que disse "foda-se" e pronto. E aplaudo o que ela fez todos os dias de minha vida, porque morro de medo de fazer o mesmo.

Ele aperta minha mão entre as dele, e é só quando faz isso que percebo que estou tremendo. Ergo o olhar para ele e vejo que está me encarando. Não existem palavras para responder ao que ele acabou de dizer, então nem me arrisco. Ele beija o topo de minha cabeça, me solta e vai até a cozinha.

— Quer brownies ou cookies? — pergunta ele por cima do ombro, como se não tivesse acabado de me deixar perplexa demais para falar.

Ele olha de volta para mim, e eu ainda o estou encarando, chocada. Não sei nem o que dizer. Será que ele acabou de admitir que tem tendências suicidas? Será que estava apenas sendo metafórico? Melodramático? Não faço ideia do que fazer com essa bomba que ele acabou de jogar no meu colo.

Ele traz um prato com cookies e brownies para a mesa e se ajoelha na minha frente.

— Ei — diz ele com calma, segurando meu rosto. Está com uma expressão serena. — Não queria assustá-la. Não tenho tendências suicidas, se é isso que a está perturbando. Não sou ruim da cabeça. Não sou pirado. Não estou sofrendo de transtorno de estresse pós-traumático. Sou apenas um irmão que amava a irmã mais que a própria vida, então fico um pouco intenso quando penso nela. E eu lido melhor com isso se penso que o que ela fez foi algo nobre, apesar de não ter sido, então é só isso que estou fazendo. Apenas tentando lidar com a situação. — Ele está segurando meu rosto com firmeza, me olhando com desespero, querendo que eu entenda suas razões. — Porra, eu amava muito aquela menina, Sky. Preciso acreditar que o que fez era a única opção que restava para ela, pois, se isso não for verdade, nunca vou me perdoar por não tê-la ajudado a encontrar alguma outra solução. — Ele pressiona a testa na minha. — OK?

Balanço a cabeça e afasto suas mãos do meu rosto. Não posso deixar que me veja fazendo isso.

— Preciso ir ao banheiro.

Ele se afasta, corro para o banheiro e fecho a porta. Em seguida, faço algo que não fazia desde que tinha 5 anos. Eu choro.

Não choro desesperadamente. Não soluço e não faço barulho algum. Uma única lágrima escorre pela minha bochecha, o que já é demais, então a enxugo depressa. Pego um lenço e seco meus olhos tentando evitar que outras lágrimas se formem.

Ainda não sei o que dizer para ele, mas sinto como se tivesse encerrado o assunto e decido deixar isso para lá por enquanto. Balanço as mãos e inspiro fundo, depois abro a porta. Ele está em pé mais no início do corredor, os pés cruzados na altura dos tornozelos e as mãos no bolso. Ele endireita a postura e se aproxima de mim.

— Está tudo bem conosco? — pergunta ele.

Abro meu melhor sorriso e faço que sim com a cabeça, em seguida, inspiro fundo outra vez.

— Já disse que considero você bem intenso. Isso acaba de provar meu ponto.

Holder sorri e me dá um pequeno empurrão em direção ao quarto. Ele me abraça por trás e apoia o queixo no topo da minha cabeça enquanto andamos até meu quarto.

— Já pode engravidar?

Eu rio.

— Não. Não neste fim de semana. Além disso, é preciso beijar a garota antes de engravidá-la.

— Será que alguém não teve aula de educação sexual quando estudava em casa? — pergunta ele. — Porque é óbvio que posso engravidá-la sem dar um único beijo em você. Quer que mostre como?

Pulo na cama e pego o livro, abrindo-o onde paramos ontem.

— Não precisa, acredito em você. Além disso, acho que estamos prestes a ter uma boa dose de educação sexual antes de chegarmos à última página.

Holder deita na cama, e eu me deito ao lado dele. Ele põe o braço ao meu redor e me puxa para mais perto, então apoio a cabeça em seu peito e começo a ler.

Sei que ele não está fazendo de propósito, mas está me distraindo totalmente enquanto leio. Fica olhando para mim, observando minha boca enquanto leio, enrolando meu cabelo com as pontas dos dedos. Toda vez que viro uma página, olho para ele e vejo que sempre está com a mesma expressão concentrada. Uma expressão tão concentrada em minha boca que me diz que ele não está prestando a menor atenção em nenhuma das palavras que leio. Fecho o livro e o coloco em cima da barriga. Acho que ele nem percebeu que fiz isso.

— Por que parou de falar? — pergunta ele, sem mudar a expressão nem desviar o olhar de minha boca.

— De falar? — repito, curiosa. — Holder, eu estou *lendo*. Existe uma diferença entre essas duas coisas. E, pelo jeito, você não estava prestando a menor atenção.

Ele me olha nos olhos e sorri.

— Ah, eu estava prestando atenção, sim — afirma ele. — Na sua boca. Talvez não nas palavras que saíam dela, mas na sua boca com certeza.

Ele me tira de cima do seu peito e faz com que eu me deite, esticando-se ao meu lado em seguida. Sua expressão não mudou; ele está me encarando como se quisesse me devorar. E eu meio que queria que fizesse isso.

Holder leva os dedos até meus lábios e começa a percorrê-los lentamente. A sensação é tão incrível. Tenho medo de respirar porque não quero que pare. Juro que é como se seus dedos estivessem conectados com todas as áreas sensíveis do meu corpo.

— Você tem uma boca bonita — elogia ele. — Não consigo parar de olhar para ela.

— Devia sentir o gosto dela — digo. — É muito bom.

Ele aperta os olhos e solta um gemido, em seguida se aproxima e pressiona a cabeça em meu pescoço.

— Pare com isso, sua malvada.

Eu rio e balanço a cabeça.

— De jeito algum. Você criou essa regra idiota, por que eu deveria apoiá-la?

— Porque sabe que tenho razão. Não posso beijá-la hoje porque o beijo vai levar a outra coisa, que vai levar a outra, e, pela nossa velocidade, vamos ter todas as primeiras vezes no próximo fim de semana. Não quer que nossas primeiras vezes se estendam mais um pouco? — Ele afasta a cabeça do meu pescoço e olha para mim.

— Primeiras vezes? — pergunto. — Quantas primeiras vezes existem?

— Não muitas, e, por isso, precisamos espaçá-las. Já passamos por várias desde que nos conhecemos.

Inclino a cabeça para o lado para poder encará-lo.

— Quais primeiras vezes já tivemos?

— As mais fáceis. O primeiro abraço, o primeiro encontro, a primeira vez que dormimos juntos, apesar de eu não ter dormido. Agora não nos resta quase nada. O primeiro beijo. A primeira vez que dormimos juntos *os dois*, sem ninguém pegar no sono antes da hora. Que casamos. Que temos um filho. Depois disso já era. Nossas vidas vão ficar entediantes e sem graça e vou ter de me divorciar para me casar com uma mulher vinte anos mais jovem só para ter muitas outras primeiras vezes e vai sobrar para você criar nossos filhos. — Ele toca minha bochecha e sorri. — Então está vendo, querida? Só estou fazendo isso pelo seu bem. Quanto mais eu esperar para beijá-la, mais tempo vai demorar para que seja obrigado a abandoná-la.

Eu rio.

— Sua lógica me apavora. Meio que não me sinto mais atraída por você.

Ele desliza para cima de mim, apoiando o próprio peso nas mãos.

— Você *meio que* não se sente mais atraída por mim? Isso também significa que você meio que me *acha* atraente.

Balanço a cabeça.

— Não o acho nada atraente. Você é repugnante. Na verdade, acho bom nem me beijar, pois tenho certeza de que acabei de vomitar internamente.

Ele ri e passa a se apoiar em um braço só, ainda em cima de mim. Leva a boca até minha têmpora e pressiona os lábios em meu ouvido.

— Você é uma mentirosa — sussurra ele. — Você sente *muita* atração por mim, e vou provar isso agora mesmo.

Fecho os olhos e arfo no instante em que seus lábios encostam em meu pescoço. Ele me beija de leve, bem abaixo da orelha, e é como se o quarto inteiro começasse a rodopiar loucamente. Devagar, ele leva os lábios de volta ao meu ouvido e sussurra:

— Sentiu isso?

Nego com a cabeça, mas só um pouco.

— Quer que eu faça isso de novo?

Balanço a cabeça por teimosia, mas estou torcendo para que ele saiba telepatia e consiga escutar o que estou gritando dentro da cabeça, porque, caramba, gostei muito. Caramba, quero que faça isso de novo.

Ele ri quando balanço a cabeça, e aproxima os lábios de minha boca. Beija minha bochecha e continua dando beijos suaves até chegar ao meu ouvido, onde para e sussurra outra vez:

— E isso?

Ai, meu Deus, nunca me senti tão *não* entediada antes. Ele nem está me beijando e já é o melhor beijo da minha vida. Balanço a cabeça de novo e mantenho os olhos fechados, pois gosto de não saber o que vai acontecer em seguida. Como a mão que foi colocada na parte externa de minha coxa e que está subindo até minha cintura. Ele desliza a mão por debaixo da minha camisa até seus dedos encostarem bem de leve no cós de minha calça, e deixa a mão lá, movendo devagar o polegar para a frente e para trás na minha barriga. Estou percebendo tudo tão intensamente que nesse momento tenho quase certeza de que seria capaz de identificar sua impressão digital entre várias.

Holder percorre a linha de meu queixo com o nariz, e o fato de estar respirando tão pesado quanto eu prova que nunca vai conseguir esperar até outro dia para me beijar. Pelo menos é o que estou torcendo desesperadamente para que aconteça.

Ao alcançar meu ouvido, não fala nada. Em vez disso, ele o beija, e nenhuma terminação nervosa do meu corpo deixa de sentir esse beijo. Meu corpo inteiro grita da cabeça aos dedos dos pés, ansiando por sua boca.

Ponho a mão em seu pescoço, e, ao fazer isso, seus pelos se arrepiam. Aparentemente, esse único gesto derrete sua determinação por um instante, e, durante um rápido segundo, sua língua encosta em meu pescoço. Solto um gemido, e o som o faz delirar por completo.

Ele tira a mão de minha cintura e a coloca ao lado da minha cabeça, puxando meu pescoço para sua boca, sem se conter mais. Abro os olhos, chocada por perceber o quanto seu comportamento mudou tão depressa. Ele me beija, me lambe e provoca cada centímetro de meu pescoço, parando para respirar só quando é absolutamente necessário. Quando noto as estrelas acima da minha cabeça, não tenho tempo de contar nenhuma delas antes de revirar os olhos e sufocar os ruídos que tenho vergonha de emitir.

Ele leva os lábios para longe do meu pescoço, aproximando-se do meu peito. Se não tivéssemos uma quantidade tão limitada de primeiras vezes, arrancaria minha camisa agora mesmo e faria ele seguir em frente. Em vez disso, ele nem me dá essa opção. Vai percorrendo o caminho de volta com beijos até meu pescoço e meu queixo, e também beija de leve ao redor de toda minha boca, tomando cuidado para não tocar nos meus lábios uma única vez sequer. Meus olhos estão fechados, mas consigo sentir sua respiração em minha boca e sei que está se segurando para não me beijar. Abro os olhos e, ao olhá-lo, percebo que está encarando meus lábios mais uma vez.

— Eles são tão perfeitos — diz ele, ofegante. — Parecem corações. Eu poderia até passar dias encarando seus lábios sem ficar entediado.

— Não. Não faça isso. Se ficar só encarando, *eu* é que vou ficar entediada.

Ele faz uma careta, e está na cara que está achando muito, muito difícil não me beijar. Não sei o que tem de especial em ficar encarando meus lábios assim, mas com certeza é a coisa que mais mexe comigo em toda essa situação atual. Faço algo que provavelmente não devia fazer. Passo a língua nos lábios. Bem devagar.

Ele geme outra vez e pressiona sua testa na minha. Seu braço cede, e ele solta o peso em cima de mim, pressionando seu corpo contra o meu. Cada parte dele. Todo ele. Gememos simultaneamente no instante em que nossos corpos encontram essa conexão perfeita, e, de repente, tudo fica mais intenso. Estou agarrando sua camisa, e ele está de joelhos, me ajudando a tirá-la por cima da cabeça. Depois que a descartamos, ponho as pernas ao redor da sua cintura e o prendo, pois nada poderia ser pior que nos soltarmos agora.

Holder aproxima a testa da minha, e nossos corpos se juntam mais uma vez, fundindo-se como as duas últimas peças de um quebra-cabeça. Devagar, ele se balança apoiado em mim, e, toda vez que faz isso, seus lábios chegam cada vez mais perto, até roçarem de leve nos meus. Ele não fecha o espaço entre nossas bocas, apesar de eu estar necessitando demais disso. Nossos lábios estão simplesmente parados juntos, sem se beijar. Toda vez que se move encostando-se em mim, ele solta um suspiro que engulo, ávida, pois parece que preciso disso para sobreviver a esse momento.

Mantemos esse ritmo por vários minutos, porque nenhum de nós quer ser o primeiro a iniciar o beijo. É óbvio que nós dois queremos, mas também está claro que alguém é tão teimoso quanto eu.

Holder segura a lateral de minha cabeça e pressiona a testa na minha, mas afasta os lábios para poder lambê-los. Quando eles voltam a encostar nos meus, a sensação dos lábios molhados faz com que eu me afogue por completo, e duvido que eu seja capaz de voltar à superfície.

Ele muda de posição, e não sei o que acontece quando faz isso, mas, por alguma razão, jogo a cabeça para trás e as palavras "*Ai, meu Deus*" escapam de minha boca. Não queria me afastar de sua boca quando me inclinei para trás, pois estava adorando a posição, mas agora estou gostando mais ainda de onde estou indo parar. Coloco os braços ao redor de suas costas e encosto a cabeça em seu pescoço para ter alguma estabilidade, pois parece que a Terra inteira saiu do eixo e que Holder passou a ser o centro.

Percebo o que está prestes a acontecer e dentro de mim começo a entrar em pânico. Exceto por sua camisa, continuamos completamente vestidos e nem estamos nos beijando... mas o quarto está começando a girar devido ao efeito que os movimentos rítmicos de Holder estão provocando em meu corpo. Se não parar, vou me desfazer e derreter bem debaixo dele, o que provavelmente seria o momento mais vergonhoso de minha vida. Mas, se eu pedir para ele parar, ele vai me obedecer, e acredito que esse seria o momento mais *frustrante* da minha vida.

Tento acalmar minha respiração e minimizar os sons que escapam de meus lábios, mas perdi todo o autocontrole. É óbvio que meu corpo está gostando um pouco demais dessa fricção sem-beijo e que não tenho forças para parar. Vou tentar a segunda melhor opção. Vou pedir para *ele* parar.

— Holder — digo sem ar, sem querer que ele pare, mas esperando que se toque e pare mesmo assim. Preciso que pare. Tipo dois minutos atrás.

Mas ele não faz isso. Continua beijando meu pescoço e movendo o corpo em cima do meu de uma maneira que alguns garotos já fizeram comigo antes, mas dessa vez é diferente. É tão incrivelmente diferente e maravilhoso que me deixa bastante apavorada.

— Holder. — Tento dizer o nome dele mais alto, mas não tenho força suficiente.

Ele beija minha têmpora e desacelera, mas não para.

— Sky, se me pedir para parar, eu paro. Mas espero que não faça isso, porque realmente não quero parar, então, por favor. — Ele se afasta e me olha nos olhos, ainda movendo de leve o corpo sobre o meu. Seus olhos estão cheio de aflição e preocupação, e ele fala ofegante. — Não vamos fazer nada além disso, prometo. Mas, por favor, não me peça para interromper o que estamos fazendo agora. Preciso observar e escutar você, porque o fato de eu saber que está mesmo sentindo isso agora é tão incrível. É incrível sentir você, isso tudo e *por favor*. Só... *por favor*.

Leva a boca até a minha e me dá o selinho mais leve imaginável. É só uma prévia de como vai ser o beijo de verdade, e só de pensar nisso estremeço. Ele para de se mover sobre mim e se apoia nas próprias mãos, esperando que eu decida.

No instante em que se afasta de mim, sinto um peso no peito por causa de tamanho desapontamento e quase tenho vontade de chorar. Não porque ele parou nem porque não sei o que fazer em seguida... mas porque nunca imaginei que duas pessoas pudessem ter uma ligação tão íntima e que seria possível sentir o quanto isso é certo de uma maneira tão avassaladora. É como se o propósito de toda a humanidade estivesse centrado nesse momento; ao redor de nós dois. Tudo o que já aconteceu ou que acontecerá no mundo é simplesmente o cenário do que está acontecendo entre nós agora, e não quero que isso pare. Não quero. Balanço a cabeça, olhando para seus olhos suplicantes, e tudo que consigo fazer é sussurrar:

— Não. Faça qualquer coisa, mas não pare.

Ele desliza a mão para minha nuca e abaixa a cabeça, pressionando a testa na minha.

— *Obrigado* — diz ele baixinho, acomodando-se em cima de mim com delicadeza mais uma vez, recriando a conexão entre nós.

Ele beija os cantos da minha boca várias vezes, chegando perto dos meus lábios, descendo pelo queixo e alcançando meu pescoço. Quanto mais rápido ele respira, mais rápido *eu* respiro. Quanto mais rápido *eu* respiro, mais rápido ele beija todo o meu pescoço. Quanto mais rápido ele beija todo o meu pescoço, mais depressa nos movemos juntos — criando um ritmo hipnotizante que, de acordo com meu pulso, não vai durar tanto tempo mais.

Afundo os calcanhares na cama e as unhas em suas costas. Ele para de beijar meu pescoço e olha para mim com intensidade no olhar, me observando. Foca a atenção em minha boca mais uma vez, e, por mais que eu queira vê-lo me encarando desse jeito, não consigo manter os olhos abertos. Eles se fecham de forma involuntária assim que a primeira onda de arrepios se espalha pelo meu corpo, como se avisasse o que está por vir.

— Abra os olhos — diz ele com firmeza.

Eu abriria se pudesse, mas não consigo fazer absolutamente nada.

— *Por favor.*

É tudo que preciso ouvir para que meus olhos obedeçam. Ele está me encarando com um desejo tão intenso que é quase mais íntimo do que se estivéssemos realmente nos beijando agora. Por mais que seja difícil fazer isso, continuo com o olhar fixo no dele enquanto abaixo os braços, agarro os lençóis com ambos os punhos e agradeço ao carma por trazer esse caso perdido para minha vida. Porque até esse momento — até as primeiras ondas da mais pura compreensão tomarem conta de mim —, eu não fazia ideia do que estava perdendo.

Começo a estremecer debaixo dele, e Holder não desvia o olhar nem por um segundo. Não consigo mais manter os olhos abertos por mais que tente, então permito que se fechem. Sinto seus lábios deslizarem com delicadeza até os meus, mas ele ainda não me beija. Nossas bocas ficam teimosamente juntas enquanto ele mantém o mesmo ritmo, deixando meus últimos gemidos e arfadas, e talvez até uma parte do meu coração, saírem de mim para ele. Lenta e alegremente, volto para a Terra, e ele termina parando, deixando eu me recuperar de uma experiência que ele conseguiu fazer com que não fosse nada vergonhosa para mim

Quando estou bastante desgastada e drenada emocionalmente, com o corpo tremendo, ele continua beijando meu pescoço e meus ombros e todos os locais mais próximos do lugar onde eu mais queria ser beijada — minha boca.

Mas claro que ele prefere manter a determinação que ceder, pois ele desgruda os lábios do meu ombro, aproxima o rosto do meu e continua se recusando a me beijar. Ele ergue o braço e passa a mão pela minha testa, afastando um fio de cabelo.

— Você é incrível — sussurra ele, olhando apenas para meus olhos dessa vez, e não para minha boca. Suas palavras compensam a teimosia, e não consigo deixar de sorrir. Ele cai na cama ao meu lado, ainda ofegante, enquanto se esforça conscientemente para conter o desejo que sei que ainda percorre seu corpo.

Fecho os olhos e escuto o silêncio que surge entre nós à medida que nossas respirações ofegantes se transformam em respirações suaves e calmas. Está tudo quieto e tranquilo, e é bem possível que minha mente jamais tenha sentido tamanha paz.

Holder aproxima a mão de mim, deixando-a entre nós dois, e enrosca o dedo mindinho no meu como se não tivesse força para segurar minha mão inteira. Mas é gostoso, porque já ficamos de mãos dadas antes, mas não demos os dedos mindinhos... e percebo que foi mais uma primeira vez. E perceber isso não me deixa desapontada, pois sei que essa questão de primeira vez não importa com ele. Ele pode me beijar pela primeira vez, pela vigésima vez, pela milionésima vez... e não me importaria se fosse a primeira vez ou não, porque tenho certeza de que acabamos de quebrar o recorde de melhor primeiro beijo na história dos primeiros beijos — sem nem nos beijarmos.

Após um longo período de silêncio perfeito, ele respira fundo, senta-se na cama e olha para mim.

— Preciso ir. Não posso ficar nessa cama com você nem mais um segundo.

Inclino a cabeça para ele e o observo desanimada enquanto se levanta e veste a camisa. Holder sorri ao me ver fazendo bico e se curva para a frente até ficar com a cabeça em cima da minha, perigosamente perto dela.

— Quando eu disse que você não ia ser beijada hoje, estava falando sério. Mas *caramba*, Sky. Não imaginava o quanto você ia tornar isso difícil.

Ele põe a mão na minha nuca, e eu arfo baixinho, obrigando meu coração a continuar dentro do peito. Ele beija minha bochecha e sinto a hesitação conforme se afasta com relutância.

Dá um passo para trás em direção à janela, olhando para mim o tempo inteiro. Antes de sair, pega o celular, passa os dedos pela tela por alguns segundos e depois o guarda no bolso. Sorri para mim, sai pela janela e a fecha.

De alguma maneira, encontro forças para pular da cama e correr até a cozinha. Pego o telefone e claro que tem uma mensagem dele. Mas é só uma palavra.

Incrível.

Sorrio, porque foi mesmo. Foi absolutamente incrível.

Treze anos antes

— Oi.

Mantenho a cabeça enterrada nos braços. Não quero que ele me veja chorando outra vez. Sei que não vai rir de mim — nenhum deles jamais riria de mim. Mas nem sei por que estou chorando e queria que isso simplesmente parasse, mas não para, e não aguento e odeio isso, odeio, odeio.

Ele se senta na calçada ao meu lado, e ela se senta do meu outro lado. Continuo sem erguer o olhar e continuo triste, mas não quero vê-los indo embora porque é bom tê-los aqui.

— Talvez isso faça você se sentir melhor — diz ela. — Fiz uma para mim e uma para você na escola hoje. — Ela não pede para eu olhar para cima, então não faço isso, mas sinto quando ela coloca algo no meu joelho.

Não me mexo. Não gosto de ganhar presentes e não quero que ela me veja olhando para o que me deu.

Continuo de cabeça baixa, chorando e desejando saber o que há de errado comigo. Tem algo de errado comigo, caso contrário eu não ficaria assim toda vez que aquilo acontece. Porque é para aquilo acontecer. É o que meu papai me diz, pelo menos. Aquilo deve acontecer, e tenho de parar de chorar porque ele fica tão, tão triste quando choro.

Eles ficam sentados do meu lado por muito, muito tempo, mas não sei quanto tempo, pois não faço ideia se horas são mais longas que minutos. Ele inclina-se para perto de mim e sussurra no meu ouvido:

— Não se esqueça do que eu lhe disse. Você se lembra do que precisa fazer quando fica triste?

Faço que sim com a cabeça escondida no braço, mas não olho para ele. Tenho feito o que ele disse que eu devia fazer quando ficasse triste, mas, às vezes, continuo triste do mesmo jeito.

Eles ficam comigo por mais algumas horas ou minutos, mas então ela se levanta. Queria que ficassem por mais um minuto ou mais duas horas. Nunca me perguntam o que há de errado, e é por isso que gosto tanto deles e que queria que ficassem mais.

Ergo o cotovelo, dou uma olhada por debaixo dele e vejo os pés dela se afastando de mim. Pego o presente dela no meu joelho e passo os dedos nele. Ela fez uma pulseira para mim. É de elástico, roxa e tem a metade de um coração. Eu a coloco no pulso e sorrio, apesar de ainda estar chorando. Levanto a cabeça, e ele ainda está aqui, olhando para mim. Parece triste, e eu me sinto mal porque sei que sou eu que o deixo triste.

Ele se levanta e se vira para minha casa. Olha para ela por um bom tempo sem dizer nada. Sempre pensa muito e toda vez isso me deixa curiosa sobre seus pensamentos. Ele para de olhar para a casa e dirige o olhar para mim.

— *Não se preocupe* — *diz ele, tentando sorrir para mim.* — *Ele não vai viver para sempre.* — *Então se vira e volta para sua casa. Fecho os olhos e torno a encostar a cabeça nos braços.*

Não sei por que ele disse isso. Não quero que meu papai morra... só quero que pare de me chamar de Princesa.

segunda-feira, 3 de setembro de 2012
07h20

Não a pego com muita frequência, mas por alguma razão quero olhá-la hoje. Acho que falar sobre o passado com Holder, no sábado, me deixou um pouco nostálgica. Sei que disse a ele que jamais procuraria meu pai, mas, às vezes, ainda sinto certa curiosidade. Não consigo deixar de pensar em como um pai pode criar a filha por vários anos e depois, simplesmente, dar a criança. Nunca vou entender e talvez não precise fazer isso. É por isso que nunca forço nada. Nunca faço perguntas a Karen. Nunca tento separar as lembranças dos sonhos e não gosto de tocar no assunto... porque, afinal, não preciso falar dele.

Tiro a pulseira da caixa e a coloco no pulso. Não sei quem me deu isso, e não me importo. Tenho certeza de que ganhei muitas coisas dos meus amigos nos dois anos que vivi com uma família de acolhimento. Mas o que esse presente tem de diferente é que está relacionado com minha única lembrança daquela vida. A pulseira torna a lembrança algo verdadeiro. E saber que ela é verdadeira valida o fato de que eu era outra pessoa antes de ser eu mesma. Uma garota totalmente diferente de quem sou hoje.

Um dia vou jogar fora a pulseira porque é necessário. Mas hoje estou a fim de usá-la.

Ontem Holder e eu decidimos dar uma respirada um do outro. E digo uma respirada porque, depois da noite de sábado, ficamos um bom tempo na minha cama sem respirar. Além disso, Karen vai voltar para casa e a última coisa que quero é apresentá-la novamente ao meu novo... seja lá o que ele for. Não chegamos a definir o que está acontecendo entre nós. Parece que não o conheço há tempo suficiente para chamá-lo de namorado, considerando que nem nos beijamos ainda. Mas, caramba, como fico furiosa ao pensar em seus lábios beijando outra pessoa. Então, independente de estarmos saindo ou não, declaro que estamos namorando. É possível namorar sem nem beijar primeiro? E sair com a pessoa e namorar são coisas mutuamente exclusivas?

Às vezes rio em voz alta de minhas próprias bobagens. Ou seja, *lol*.

Quando acordei ontem de manhã, tinha recebido duas mensagens. Estou mesmo gostando dessa história de mensagens. Fico toda contente quando recebo uma e não consigo imaginar o quanto viciante devem ser os e-mails, o Facebook e todas as outras coisas relacionadas à tecnologia. Uma das mensagens era de Six, falando sem parar sobre minhas impecáveis habilidades culinárias e, depois, dando instruções rigorosas para eu ligar da casa dela no domingo à noite a fim de atualizá-la a respeito de tudo. Foi o que fiz. Conversamos por uma hora, e ela ficou tão chocada quanto eu por Holder não ser mesmo como esperávamos que fosse. Perguntei sobre Lorenzo, e ela nem sabia sobre quem estava me referindo, então ri e mudei de assunto. Sinto sua falta e odeio o fato de ela estar longe agora, mas como está se divertindo por lá, fico feliz.

A segunda mensagem que recebi foi de Holder. Tudo que dizia era: *A última coisa que quero é vê-la no colégio na segunda. Última mesmo.*

Correr costumava ser a melhor parte do meu dia, mas agora é receber as mensagens com insultos de Holder. E, por falar em correr e em Holder, não vamos mais fazer isso. Pelo menos juntos, não. Depois de trocarmos várias mensagens, decidimos que, provavelmente, é melhor se não corrermos juntos todos os dias, porque talvez seja cedo demais para tanta intensidade. Disse a ele que não queria nada estranho entre nós. Além disso, fico bem constrangida quando estou suada, arfando, com o nariz escorrendo e fedendo, então prefiro correr sozinha.

Agora estou encarando meu armário, numa espécie de transe, meio que enrolando porque não quero ir à aula. É a primeira aula, a única que tenho em comum com Holder, então estou bem nervosa para saber o que vai acontecer. Tiro o livro de Breckin, e os outros dois livros que trouxe para ele, da mochila e guardo o resto das coisas no armário. Entro na sala e vou para meu lugar, mas Breckin não chegou ainda, nem Holder. Eu me sento e fico olhando para o chão, sem saber por que estou tão nervosa. É só que é tão diferente vê-lo aqui e não em casa. O colégio público é... *público* demais.

A porta se abre e Holder entra, e, logo atrás, vem Breckin. Os dois começam a vir para o fundo da sala. Holder sorri para mim, andando por um corredor. Breckin também sorri para mim, vindo pelo outro corredor, segurando dois copos de café. Holder chega à carteira ao meu lado e começa a colocar ali a mochila na mesma hora em que Breckin a alcança e começa a pousar os cafés em cima dela. Olham um para o outro e, depois, olham para mim.

Que constrangedor.

Faço a única coisa que sei fazer em situações constrangedoras — encho-as de sarcasmo.

— Parece que temos um grande dilema aqui, meninos. — Sorrio para os dois e olho para o café nas mãos de Breckin. — Estou vendo que o mórmon trouxe sua oferenda de café para a rainha. Muito impressionante. — Olho para Holder e ergo a sobrancelha. — Você vai mostrar sua oferenda, garoto-caso-perdido, para que eu possa decidir quem irá me acompanhar no trono da sala de aula hoje?

Breckin olha para mim como se eu tivesse enlouquecido. Holder ri e tira a mochila da carteira.

— Pelo jeito alguém está precisando de uma mensagem para diminuir esse ego aí. — Ele leva a mochila para a carteira vazia na frente de Breckin e se senta.

Breckin ainda está parado, segurando os dois cafés com um olhar incrivelmente confuso no rosto. Estendo o braço e pego os copos.

— Parabéns, cavalheiro. Hoje você é o escolhido da rainha. Pode se sentar. O fim de semana foi bem movimentado.

Breckin começa a se sentar, coloca o café na carteira e tira a mochila do ombro, olhando-me de forma suspeita o tempo inteiro. Holder está sentado de lado, me encarando. Faço um gesto na direção de Holder.

— Breckin, esse é Holder. Holder não é meu namorado, mas, se eu o encontrar tentando quebrar o recorde de melhor primeiro beijo com outra garota, logo vai virar meu *não namorado morto*.

Holder ergue a sobrancelha, e um sutil sorriso aparece no canto de sua boca.

— Igualmente. — Suas covinhas estão me provocando, e tenho de me obrigar a olhar direto para seus olhos, caso contrário seria forçada a fazer algo que me faria ser suspensa.

Faço um gesto para Breckin.

— Holder, esse é Breckin. Breckin é meu novo melhor amigo de todos no mundo inteiro.

Breckin lança um olhar para Holder, que sorri de volta e estende a mão. Breckin aperta a mão de Holder relutantemente, a afasta e se vira para mim, estreitando os olhos.

— O seu *não namorado* sabe que sou mórmon?

Faço que sim com a cabeça.

— Na verdade, Holder não tem nenhum problema com mórmons. Só com babacas.

Breckin ri e se vira para Holder.

— Bem, nesse caso, bem-vindo à Aliança.

Holder dá um meio sorriso para ele, mas fica encarando o café na carteira de Breckin.

— Achava que mórmons não podiam tomar cafeína.

Breckin dá de ombros.

— Decidi desobedecer essa regra na manhã em que acordei gay.

Holder ri, e Breckin abre um sorriso, e tudo está bem no mundo. Ou pelo menos no mundo da primeira aula. Eu me encosto na cadeira e sorrio. Isso não vai ser nada difícil. Na verdade, acho que estou começando a adorar o colégio.

Holder me acompanha até o armário depois da aula. Não dizemos nada. Pego uns livros e deixo outros enquanto ele arranca mais insultos da porta. Havia apenas dois post-its depois da aula, o que me entristece um pouco. Estão desistindo tão facilmente, e é apenas a segunda semana de aula.

Ele esmaga os papéis e dá um peteleco neles. Fecho o armário e me viro para ele. Nós dois estamos encostados nos armários, de frente um para o outro.

— Você cortou o cabelo — digo, percebendo pela primeira vez.

Ele passa a mão pelos fios e sorri.

— Pois é. Uma garota aí não parava de reclamar dele. Estava ficando bem irritante.

— Eu gostei.

Ele sorri.

— Que bom.

Pressiono os lábios e fico me balançando para a frente e para trás nos calcanhares. Ele está sorrindo para mim com uma aparência encantadora. Se não estivéssemos num corredor com várias outras pessoas agora, agarraria sua camisa e o puxaria para perto de mim para poder demonstrar o quanto o estou achando encantador. Em vez disso, afasto essas imagens da cabeça e sorrio.

— Acho que temos de ir para a aula.

Ele balança a cabeça devagar.

— Pois é — diz ele, sem ir embora.

148

Ficamos parados por mais uns trinta segundos até que dou uma risada, desencosto do armário e começo a me afastar. Ele agarra meu braço e me puxa para trás tão depressa que me faz suspirar. Antes que perceba, estou colada ao armário, e ele está na minha frente, bloqueando-me com os braços. Ele lança um sorriso diabólico para mim e inclina meu rosto na direção do dele. Holder leva a mão direita até minha bochecha e a desliza por debaixo do meu queixo, me envolvendo o rosto. Delicadamente, acaricia meus lábios com o dedo, e preciso lembrar mais uma vez que estamos em público e que não posso agir com base em meus impulsos. Pressiono o corpo nos armários, tentando emprestar alguma solidez para compensar a falta de suporte de meus joelhos.

— Queria ter beijado você no sábado à noite — diz ele, baixando o olhar até meus lábios, o polegar ainda os acariciando. — Não consigo parar de pensar em como deve ser seu gosto. — Ele pressiona o polegar com firmeza no centro de meus lábios e depois, por um breve instante, encosta a boca na minha sem tirar o dedo da frente. Seus lábios somem, e o polegar some, e tudo acontece tão rápido que só percebo que *ele* sumiu quando o corredor para de girar e consigo endireitar a postura.

Não sei quanto tempo mais vou aguentar essa história. Eu me lembro da minha explicação nervosa no sábado, quando queria que ele simplesmente resolvesse logo o assunto e me beijasse na cozinha. E não fazia a menor ideia do que me aguardava.

— Como?

É apenas uma palavra, mas, assim que coloco a bandeja na frente de Breckin, sei exatamente tudo que engloba. Rio e decido vomitar todos os detalhes antes que Holder apareça na nossa mesa. *Se* ele aparecer na nossa mesa. Além de não discutirmos a definição do nosso relacionamento, também não discutimos onde vamos sentar na hora do almoço.

— Ele apareceu na minha casa na sexta, e, depois de vários mal-entendidos, acabamos concordando que tínhamos uma visão distorcida um do outro. Então assamos uns doces, li indecências para ele, que depois foi para casa. Voltou no sábado à noite e cozinhou para mim. Então fomos para meu quarto e...

Paro de falar quando Holder se senta ao meu lado.

— Pode continuar — diz Holder. — Adoraria ouvir o que fizemos em seguida.

Reviro os olhos e volto a me virar para Breckin.

— Em seguida, quebramos o recorde de melhor primeiro beijo da história dos primeiros beijos sem nem nos beijarmos.

Breckin concorda com a cabeça de forma cuidadosa, ainda me observando com olhos cheios de ceticismo. Ou curiosidade.

— Impressionante.

— Foi um fim de semana insuportavelmente entediante — diz Holder para Breckin.

Eu rio, mas Breckin olha para mim como se eu tivesse enlouquecido mais uma vez.

— Holder adora o tédio — asseguro-lhe. — O comentário foi algo positivo.

Breckin fica olhando para nós dois, balança a cabeça e se inclina para a frente, pegando o garfo.

— Poucas coisas me deixam confuso — diz ele, apontando o talher para nós. — Vocês dois são uma dessas coisas.

Balanço a cabeça, concordando totalmente.

Continuamos almoçando e nós três interagimos de uma maneira bastante normal e educada. Holder e Breckin começam a falar sobre o livro que ele me emprestou, e só o fato de Holder estar discutindo um romance já é divertido, mas estar conversando sobre o enredo com Breckin é nauseantemente encantador. De vez em quando, ele põe a mão na minha perna, massageia minhas costas ou beija minha têmpora, e faz essas coisas como por instinto, mas percebo cada uma delas.

Estou tentando processar a mudança da semana passada para a atual e não consigo deixar de lado a impressão de que talvez o que nós temos seja bom demais. O que quer que seja, o que quer que a gente esteja fazendo, parece bom demais, certo demais e perfeito demais, e assim fico pensando em todos os livros que li e em como, quando as coisas ficam boas demais, certas demais e perfeitas demais, é só porque alguma reviravolta horrorosa ainda não se infiltrou na situação maravilhosa e, de repente...

— Sky — diz Holder, estalando os dedos na minha frente. Olho para ele, que está me observando com atenção. — Onde você estava?

Balanço a cabeça e sorrio, sem saber o que foi que iniciou meu miniataque interno de pânico. Ele desliza a mão até embaixo da minha orelha e passa o polegar na maçã de meu rosto.

— Precisa parar de ficar viajando assim. Isso me deixa um pouco assustado.

— Desculpa — digo, dando de ombros. — É que me distraio fácil. — Ergo a mão e afasto a dele do meu pescoço, apertando seus dedos para tranquilizá-lo. — É sério, estou bem.

Ele olha para minha mão, torce-a e puxa minha manga. Depois fica virando meu pulso para cima e para baixo.

— Onde arranjou isso? — diz ele, olhando para meu pulso.

Olho para baixo para ver do que ele está falando, e percebo que ainda estou com a pulseira que coloquei de manhã. Ele olha para mim, e dou de ombros. Não estou muito a fim de explicar. É complicado, ele vai querer fazer perguntas, e o almoço está quase acabando.

— Onde arranjou isso? — repete ele, dessa vez de um jeito um pouco mais autoritário. Aperta meu pulso com mais força e fica me olhando friamente, esperando uma explicação. Afasto o braço, sem gostar do rumo que a conversa está tomando.

— Acha que foi um garoto que me deu? — pergunto, confusa com sua reação. Não achei que fizesse o tipo ciumento, mas isso não me parece ciúmes. E sim insanidade.

Ele não me responde. Continua me fulminando com o olhar como se eu tivesse uma grande confissão a fazer, e não quisesse. Não sei o que ele está esperando, mas o mais provável é que seu comportamento acabe me fazendo lhe dar um tapa em vez de uma explicação.

Breckin muda de posição no banco, constrangido, e limpa a garganta.

— Holder. Calma aí, cara.

A expressão de Holder não muda. Pelo contrário, se torna ainda mais fria. Ele se inclina para a frente alguns centímetros e abaixa o tom de voz ao falar.

— Quem lhe deu essa maldita pulseira, Sky?

As palavras dele se transformam num peso insuportável em cima do meu peito, e os mesmos sinais de alerta que apitaram na minha cabeça assim que o conheci começam a apitar outra vez, só que agora estão bem mais barulhentos. Fico boquiaberta, de olhos arregalados, mas me sinto aliviada por saber que a esperança não é algo concreto, pois senão todos ao meu redor veriam a minha se despedaçando.

Ele fecha os olhos e se vira para a frente, colocando os cotovelos na mesa. Pressiona as palmas na testa e respira fundo. Não sei se inspirou para se acalmar ou para se distrair e não gritar comigo. Ele passa a mão no cabelo e pressiona a nuca.

— Merda! — diz ele. Sua voz é rude, e me faz vacilar.

Ele se levanta e vai embora inesperadamente, deixando a bandeja na mesa. Meus olhos o acompanham pelo refeitório, e ele não se vira nenhuma vez. Espalma as portas do refeitório com ambas as mãos e desaparece. Não pisco nem respiro, até que as portas param de balançar e de se mexer.

Eu me volto para Breckin e só consigo imaginar a expressão de choque em meu rosto. Fico piscando, balançando a cabeça e relembrando os últimos dois minutos na minha cabeça. Breckin estende o braço por cima da mesa e segura minha mão sem dizer nada. Não há nada a ser dito. Ficamos sem palavras no instante em que Holder desapareceu por aquelas portas.

O sinal toca, e o refeitório vira um turbilhão de comoção, mas não consigo me mexer. Todos ao meu redor estão andando pelos cantos, esvaziando bandejas e limpando mesas, mas o mundo da nossa mesa continua paralisado. Breckin finalmente solta minha mão, recolhe nossas bandejas e depois volta para buscar a de Holder, esvaziando a mesa. Ele pega minha mochila e segura minha mão de novo, me levantando. Põe minha mochila por cima do ombro e me acompanha até sairmos do refeitório. Ele não me acompanha até meu armário nem até minha sala de aula. Em vez disso, segura minha mão e vai me puxando até deixarmos o colégio. Atravessamos o estacionamento, e ele abre a porta e me empurra para dentro de um carro desconhecido. Breckin se senta no banco do motorista, liga o carro e se vira na minha direção.

— Não vou nem contar minha opinião sobre o que acabou de acontecer lá dentro. Mas sei que foi uma merda e não entendo como não está chorando agora, mas sei que está magoada, talvez até com o orgulho ferido. Então foda-se o colégio. Vamos tomar sorvete. — Ele dá ré e sai da vaga.

Não sei como foi capaz de fazer isso, porque eu estava prestes a cair em prantos, soluçar e sujar todo seu carro, mas depois que essas palavras saíram de sua boca até esboço um sorriso.

— Adoro sorvete.

O sorvete ajudou, mas acho que não muito, pois Breckin acabou de me deixar no meu carro e estou sentada no banco do motorista, sem conseguir me mover. Estou triste, assustada, furiosa e sentindo todas as coisas que tenho direito de sentir depois do que acabou de acontecer, mas não estou chorando.

E não vou chorar.

Ao chegar em casa, faço a única coisa que sei que vai me ajudar. Corro. No entanto, quando volto e entro no chuveiro, percebo que, assim como o sorvete, a corrida também não ajudou muito.

Faço as mesmas coisas que faria em qualquer outra noite da semana. Ajudo Karen com a comida, janto com ela e Jack, faço o dever de casa, leio um livro. Tento me comportar como se aquilo não me chateasse nem um pouco, pois queria muito que isso fosse verdade, mas, no instante em que deito e apago a luz, minha mente começa a fazer algumas perguntas. Dessa vez ela não faz muitas perguntas — na verdade, é só uma coisa, uma única coisa. Por que diabos ele não pediu desculpas?

Eu meio que esperava que ele estivesse me aguardando no meu carro quando Breckin e eu voltamos da sorveteria, mas não. Quando cheguei em casa, esperava que estivesse ali na frente, pronto para se humilhar, implorar e me dar pelo menos uma simples explicação, mas não. Fiquei com o telefone escondido no bolso (porque Karen ainda não sabe que tenho um celular) e o conferi toda vez que pude, mas a única mensagem que recebi foi de Six, e ainda nem a li.

Então agora estou na minha cama, abraçando meu travesseiro, incrivelmente culpada por não sentir vontade de jogar ovos na casa dele nem de furar os pneus de seu carro ou de chutar seu saco. Pois sei que é o que eu queria estar sentindo. Queria estar furiosa, rancorosa e revoltada, porque seria bem melhor que me sentir desapontada por perceber que o Holder que esteve comigo no fim de semana... não era o Holder de jeito algum.

Terça-feira, 4 de setembro de 2012
06h15

Abro os olhos e só saio da cama após contar a estrela número 76 do teto. Tiro as cobertas e visto a roupa de corrida. Mas, ao sair pela janela, paro.

Ele está na calçada, de costas para mim. As mãos estão juntas no topo da cabeça, e consigo ver os músculos de suas costas se contraindo devido à respiração ofegante. Está no meio de uma corrida e não sei se está me esperando ou se decidiu descansar um pouco, então continuo parada na frente da janela, aguardando, torcendo para que ele volte a correr.

Mas isso não acontece.

Após alguns minutos, finalmente crio coragem para ir até o jardim. Ao ouvir meus passos, ele se vira. Paro de andar quando nossos olhares se encontram, e sustento o olhar. Não estou com raiva nem franzindo a testa, muito menos sorrindo. Estou apenas o encarando.

A expressão em seus olhos é nova para mim, e a única palavra que posso usar para descrevê-la é arrependimento. Mas ele não diz nada, o que significa que não pede desculpas, o que significa que não tenho tempo agora para tentar entender o que fez. Tudo que preciso é correr.

Passo por ele, indo até a calçada, e começo a correr. Após alguns passos, escuto-o correndo atrás de mim, mas continuo olhando para a frente. Ele não passa a correr ao meu lado, e faço questão de não desacelerar porque quero que continue atrás de mim. Em algum momento, começo a correr cada vez mais rápido até ficar a toda velocidade, mas ele segue meu ritmo, sempre algumas passadas atrás. Quando chegamos ao local onde costumo parar e voltar, faço questão de não olhar para ele. Eu me viro, passo por ele e volto para casa, e toda a segunda metade da corrida é exatamente como a primeira. Silenciosa.

Estamos a menos de duas quadras de minha casa. Sinto raiva só de ele ter aparecido aqui hoje e mais raiva ainda por ainda não ter me pedido desculpas. Começo a correr cada vez mais rápido, provavelmente o mais rápido que já corri na vida, e ele continua acompanhando minha velocidade, passo a passo. Isso me deixa ainda mais irritada, então, quando chegamos à minha rua, consigo de alguma maneira aumentar mais a velocidade e corro para casa o mais rápido possível, o que ainda não é rápido o suficiente, pois ele continua atrás de mim. Meus joelhos estão cedendo, e estou ficando tão exaurida que mal consigo respirar, mas faltam só uns 5 metros até minha janela.

Só consigo percorrer três.

Assim que meus tênis tocam a grama, caio de joelhos e respiro fundo várias vezes. Nunca, nem mesmo quando corria 6,5 quilômetros, fiquei tão exausta. Rolo para deitar de costas na grama ainda úmida de orvalho, mas é uma sensação gostosa na pele. Meus olhos estão fechados, e estou arfando tão alto que mal consigo ouvir a respiração de Holder. Mas consigo escutá-la, está por perto, e sei que está no relvado ao meu lado. Nós dois ficamos deitados, imóveis e ofegantes, e me lembro de algumas noites atrás, quando estávamos na mesma posição em minha cama, nos recuperando do que provocou em mim. Acho que ele também se lembra disso, pois sinto seu dedo mindinho entre nós, enroscando-se no meu. Mas dessa vez, quando ele faz isso, não sorrio. Estremeço.

Afasto a mão, rolo para o lado e me levanto. Ando os 3 metros restantes até minha casa, entro no quarto e fecho a janela.

Sexta-feira, 28 de setembro de 2012
12h05

Hoje completam quatro semanas. Ele nunca mais apareceu para correr comigo outra vez nem pediu desculpas. Não se senta perto de mim na sala de aula nem no refeitório. Não me manda mensagens com insultos nem aparece na minha casa no fim de semana como uma pessoa diferente. A única coisa que faz, ou pelo menos acho que é ele que faz, é remover os post-its do meu armário. Estão sempre amassados no chão do corredor, aos meus pés.

Continuo existindo, e ele continua existindo, mas não existimos juntos. Só que os dias se passam independentemente de com quem eu existo. E, quanto mais dias se passam entre o presente e aquele fim de semana com ele, as perguntas em minha cabeça só aumentam, mas sou teimosa demais para perguntar.

Quero saber por que ele perdeu a cabeça naquele dia. Quero saber por que ele não simplesmente deixou para lá em vez de sair furioso como fez. Quero saber por que ele nunca me pediu desculpas, porque tenho quase certeza de que eu teria dado a ele pelo menos mais uma chance. O que fez foi uma maluquice, algo estranho e um pouco possessivo, mas, se fosse para colocar aquilo numa balança junto com todas as coisas maravilhosas, sei que aquele incidente não teria tanta relevância.

Breckin nem tenta mais analisar o que aconteceu, e também tento não fazê-lo. Mas a verdade é que faço, sim, e o que mais me corrói é que tudo o que aconteceu entre nós está começando a parecer algo surreal, como se tivesse sido apenas um sonho. Às vezes me surpreendo pensando se aquele fim de semana realmente aconteceu ou não, ou se é apenas mais uma lembrança invalidada que talvez não tenha sido real.

Durante todo o mês, o que ocupou minha cabeça mais que tudo (e sei que isso é bastante ridículo) foi que nunca cheguei a beijá-lo. Estava com uma vontade tão grande de beijá-lo que saber que não vou me dá uma sensação de que há um buraco gigante em meu peito. A facilidade com que interagimos, a maneira como ele me tocou como se fosse o que devia fazer, os beijos que dava em meu cabelo — eram pequenas partes de algo tão maior. De algo grande o suficiente para merecer que ele admita que aconteceu, apesar de não termos nos beijado. Que mereça certo respeito. Ele trata o que quer que estivesse prestes a acontecer entre nós como algo errado, e isso me magoa. Porque sei que ele sentiu aquilo. *Sei* que sim. E se ele sentiu a mesma coisa que eu, sei que o sentimento *ainda* existe.

Não estou de coração partido e ainda não derramei uma lágrima sequer por causa de toda essa situação. Não consigo ficar de coração partido porque, por sorte, ainda não tinha dado a ele essa parte de mim. Mas não sou orgulhosa demais para admitir que estou um pouco triste com tudo isso, e sei que vou precisar de um tempo porque eu gostava muito, muito dele. Resumindo, estou bem. Um pouco triste e imensamente confusa, mas bem.

— O que é isso? — pergunto para Breckin, olhando para a mesa. Ele acabou de colocar uma caixa na minha frente. Uma caixa muito bem embrulhada.

— Apenas um pequeno lembrete.

Olho para ele com uma expressão interrogativa.

— De quê?

Ele ri e empurra a caixa para perto de mim.

— É um lembrete de que amanhã é seu aniversário. Agora abra.

Suspiro, reviro os olhos e empurro-a para o lado.

— Tinha esperança de que você pudesse esquecer.

Ele pega o presente e o empurra de volta para mim.

— Abra o maldito presente, Sky. Sei que odeia receber presentes, mas eu amo dar, então para de ser essa vaca depressiva e abra o presente, goste dele, me dê um abraço e me agradeça.

Curvo os ombros, empurro a bandeja vazia para o lado e puxo a caixa para minha frente.

— Você embrulha bem — comento. Desamarro a fita e abro um lado da caixa, em seguida tiro o papel. Olho para a imagem na caixa e ergo uma sobrancelha. — Você comprou uma televisão para mim?

Breckin ri e balança a cabeça, erguendo a caixa em seguida.

— Não é uma televisão, boba. É um *e-reader*.

— Ah — digo. — Não faço ideia do que seja um *e-reader*, mas tenho quase certeza de que não devia ter um. Aceitaria da mesma maneira que aceitei o celular que Six me deu, mas isso é grande demais para eu conseguir esconder no bolso.

— Está brincando, não é? — Ele se inclina para mim. — Não sabe o que é um *e-reader*?

Dou de ombros.

— Para mim parece uma televisão em miniatura.

Ele ri ainda mais alto e abre a caixa, tirando o *e-reader* de dentro. Ele o liga e o entrega para mim.

— É um aparelho eletrônico capaz de armazenar mais livros do que você jamais vai conseguir ler.

Ele aperta um botão e a tela se acende, em seguida ele desliza o dedo na frente, pressionando-o em alguns lugares até toda a tela se acender com dúzias de pequenas imagens de livros. Toco numa das imagens e a tela muda, e então a capa do livro enche a tela inteira. Ele desliza o dedo por cima dela fazendo com que a página vire virtualmente e, com isso, posso visualizar o capítulo um.

Na mesma hora, começo a tocar a tela e observo cada página passar sem nenhum esforço, uma após a outra. É com toda a certeza a coisa mais incrível que já vi. Aperto mais botões, clico em mais livros, passo por mais capítulos e, para ser sincera, não sei se já vi alguma invenção mais magnífica e prática.

— Uau — sussurro.

Continuo encarando o *e-reader*, na esperança de que não esteja tentando fazer alguma brincadeira cruel comigo, pois, se ele ameaçar tirar isso das minhas mãos, vou sair correndo.

— Gostou? — pergunta ele, orgulhoso. — Baixei cerca de duzentos livros gratuitos, então você tem o suficiente por um bom tempo.

Ergo o olhar para ele, que está com um sorriso de orelha a orelha. Coloco o *e-reader* na mesa, me jogo por cima dela e aperto seu pescoço. É o melhor presente que já ganhei e estou sorrindo e o apertando com tanta força que não estou nem ligando se sou péssima em receber presentes. Breckin retribuiu o abraço e me dá um beijo na bochecha. Quando solto seu pescoço e abro os olhos, olho involuntariamente na direção da mesa para a qual tenho evitado dirigir o olhar há quase quatro semanas.

Holder está virado, observando nós dois. Ele está sorrindo. Não é um sorriso louco, sedutor ou assustador. E sim um cativante, e, logo quando percebo isso, as ondas de tristeza se esmagam em meu âmago, e desvio o olhar de volta para Breckin.

E volto a me sentar e pego o *e-reader* de novo.

— Sabe, Breckin. Você é mesmo incrível.

Ele sorri e pisca para mim.

— É meu lado mórmon. Somos um povo fantástico.

Sexta-feira, 28 de setembro de 2012
23h50

É meu último dia com 17 anos. Karen está fora da cidade, trabalhando no mercado de pulgas mais uma vez. Ela tentou cancelar a viagem porque se sentia mal por estar longe no meu aniversário, mas não deixei que fizesse isso. Em vez disso, comemoramos meu aniversário ontem à noite. Ela me deu bons presentes, mas nada se compara ao *e-reader*. Nunca fiquei tão entusiasmada em passar um fim de semana sozinha.

Não assei tantos doces como da última vez em que Karen viajou. Não porque não estava com vontade de comê-los, mas porque tenho quase certeza de que meu vício por leitura atingiu um nível completamente novo. É quase meia-noite, e meus olhos não querem ficar abertos, mas já li quase dois livros inteiros e preciso terminar esse de qualquer jeito. Pego no sono, acordo de repente e tento ler mais um parágrafo. Breckin tem um ótimo gosto para literatura, e fico um pouco chateada por ter demorado um mês inteiro para me falar sobre esse. Sei que não sou muito fã de finais felizes, mas se os dois personagens desse livro não tiverem um, vou entrar no *e-reader* e trancá-los dentro da maldita garagem para sempre.

Minhas pálpebras se fecham devagar e continuo tentando forçá-las a ficarem abertas, mas as palavras estão começando a se embaralhar na tela e nada mais faz sentido. Por fim, desligo o *e-reader*, apago a luz e penso em como meu último dia com 17 anos devia ter sido tão melhor do que foi.

Meus olhos se abrem rapidamente, mas não me mexo. Ainda está escuro e continuo na mesma posição de antes, então sei que acabei de pegar no sono. Respiro de forma mais silenciosa e tento escutar o mesmo barulho que me acordou — o barulho da minha janela sendo aberta.

Escuto as cortinas roçando no suporte e alguém entrando. Sei que devia gritar, sair correndo para a porta, ou procurar algum objeto que possa usar como arma. Em vez disso, continuo paralisada porque, quem quer que seja, não está tentando de forma alguma entrar no meu quarto de maneira silenciosa, então sou obrigada a presumir que é Holder. Mas mesmo assim, meu coração está disparado e todos os músculos do meu corpo se retesam quando o colchão se move quando ele se deita. Quanto mais perto chega, mais certeza tenho de que é ele, pois nenhuma outra pessoa é capaz de fazer meu corpo reagir como está reagindo agora. Aperto os olhos e levo as mãos até o rosto ao sentir as cobertas serem erguidas. Estou totalmente apavorada. Estou apavorada porque não sei *qual* Holder está deitando em minha cama neste momento.

O braço dele desliza por baixo do meu travesseiro, e seu outro braço me envolve o corpo após encontrar minhas mãos. Ele me puxa para seu peito e entrelaça os dedos nos meus, enterrando em seguida a cabeça no meu pescoço. Estou bem ciente de que não estou vestindo nada além de uma regata e uma calcinha, mas tenho certeza de que ele não veio por causa disso. Ainda não sei *por que* ele está aqui, pois apesar de ele não falar nada, sabe que estou acordada. Sei que ele sabe que estou acordada porque, no instante em que seus braços me cercaram, arfei. Ele me abraça o mais forte que pode e, de vez em quando, encosta os lábios no meu cabelo e me beija.

Estou com raiva dele por vir aqui, mas fico com mais raiva ainda de mim mesma por querê-lo aqui. Não importa o quanto queira gritar com ele e obrigá-lo a ir embora; percebo que sempre quero que me aperte um pouco mais. Quero que tranque os braços ao meu redor e jogue a chave fora, pois aqui é seu lugar e tenho medo de que me solte de novo.

Odeio o fato de existirem tantos lados dele que não compreendo, e nem sei se quero continuar tentando entendê-los. Há partes dele que amo, partes que odeio, partes que me apavoram e partes que me impressionam. Mas há uma parte dele que só me decepciona... e com certeza essa é a mais difícil de aceitar.

Ficamos deitados sem dizer nada pelo que parece ser cerca de meia hora, mas não tenho certeza. Tudo que sei é que ele não me soltou nem um pouco nem tentou se explicar. Mas o que há de novo nisso? Nunca vou conseguir nada dele a não ser que comece a fazer minhas perguntas. Mas, nesse momento, não estou a fim de fazer nenhuma.

Ele solta meus dedos e leva a mão até o topo da minha cabeça. Pressiona os lábios no meu cabelo e dobra o braço que está debaixo do travesseiro. Holder fica me ninando, enterrando o rosto no meu cabelo. Seus braços começam a tremer, e ele está me apertando com tanta intensidade e desespero que é de partir o coração. Meu peito arqueja, minhas bochechas ardem, e a única coisa que impede as lágrimas de escorrerem pelo meu rosto é meus olhos estarem fechados com tanta firmeza que não as deixam escapar.

Não aguento mais o silêncio e, se eu não disser tudo o que considero totalmente necessário, posso até gritar. Sei que minha voz vai soar carregada de mágoa e tristeza, e que mal vou conseguir falar enquanto tento conter as lágrimas, mas respiro fundo de qualquer maneira e digo a coisa mais honesta de que sou capaz:

— Estou com muita raiva de você.

Como se fosse possível, ele consegue me apertar ainda mais forte e leva a boca até meu ouvido, beijando-o.

— Eu sei, Sky — sussurra ele. Sua mão desliza por debaixo da minha camiseta, e ele pressiona a palma aberta na minha barriga, puxando-me para mais perto. — Eu sei.

É incrível o que o som de uma voz que estamos loucos para ouvir faz com nosso coração. Ele acabou de dizer cinco palavras, mas, no tempo que levou para falar essas cinco palavras, meu coração foi despedaçado, moído e retornou ao meu peito, como se devesse saber como voltar a bater outra vez.

Deslizo os dedos pela mão que está firmemente apoiada em mim e a aperto, sem nem saber o que isso significa, mas cada parte do meu corpo quer tocá-lo, apertá-lo e confirmar que ele está mesmo aqui. Preciso saber que ele está aqui e que isso não é apenas mais um sonho vívido.

Ele encosta a boca em meu ombro e separa os lábios, beijando-me com delicadeza. A sensação de sua língua em minha pele faz com que um calor se espalhe imediatamente por mim, da barriga até as bochechas.

— Eu sei — sussurra ele outra vez, explorando sem pressa minha clavícula e meu pescoço com os lábios.

Fico de olhos fechados porque a aflição em sua voz e a ternura em seu toque estão fazendo minha cabeça rodar. Estendo o braço e passo a mão em seu cabelo, pressionando-o mais ainda no meu pescoço. O hálito quente em minha pele fica cada vez mais intenso, assim como os beijos. Nossa respiração acelera à medida que ele percorre cada centímetro do meu pescoço duas vezes.

Ele se apoia no braço e me deita de costas, em seguida leva a mão até meu rosto e me afasta o cabelo dos olhos. Vê-lo tão de perto faz todos os sentimentos que já nutri por esse garoto voltarem... os bons *e* os ruins. Não entendo como pode me fazer passar pelo que passei quando a mágoa em seus olhos é tão perceptível. Não sei se é porque não sei interpretá-lo nem um pouco ou se eu o interpreto bem demais, mas ao olhá-lo agora sei que está sentindo o mesmo que eu... o que torna suas atitudes ainda mais confusas.

— Sei que está com raiva de mim — diz ele, me olhando. Seus olhos e palavras estão cheios de remorso, mas mesmo assim não pede desculpas. — Preciso que fique com raiva de mim, Sky. Mas acho que preciso ainda mais que continue me querendo aqui.

Sinto um peso no peito ao ouvir essas palavras e preciso de um esforço extremo para continuar enchendo meus pulmões de ar. Balanço a cabeça de leve, porque sou capaz de concordar plenamente com ele. Estou furiosa, mas quero muito mais que ele fique aqui do que quero que *vá embora*. Holder encosta a testa na minha, e seguramos o rosto um do outro, um olhando desesperado nos olhos do outro. Não sei se ele está prestes a me beijar. Não sei nem se está prestes a se levantar e ir embora. A única coisa de que tenho certeza é que depois desse momento, nunca mais serei a mesma. Sei, pela maneira como sua existência é um ímã para meu coração, que se ele me magoar de novo algum dia, não vou ficar nada *bem*. Vou ficar acabada.

Nossos peitos sobem e descem como se fossem um só enquanto o silêncio e a tensão aumentam. Sinto em todas as partes do corpo a firmeza com que ele segura meu rosto, é quase como se estivesse me agarrando de dentro para fora. A intensidade do momento traz lágrimas aos meus olhos, e estou completamente surpresa com minhas emoções inesperadas.

— Estou *mesmo* com raiva de você, Holder — digo com uma voz trêmula, mas segura. — Mas, não importa o quanto fiquei irritada, nunca deixei de desejar que estivesse ao meu lado, nem por um segundo.

De alguma maneira, ele sorri e franze o rosto no mesmo momento que eu.

— *Caramba*, Sky. — O rosto dele passa um alívio incrível agora. — Senti tanto sua falta. — Imediatamente, ele abaixa a boca e pressiona os lábios nos meus. Já estava mais que na hora de sentirmos isso; não sobrou paciência em nenhum de nós. Reajo na mesma hora, separando os lábios e deixando ele me preencher com o gosto doce de menta e refrigerante. Ele é tudo o que sempre imaginei e mais um pouco. Delicado, firme, cuidadoso, egoísta. Nesse único beijo, sinto mais suas emoções do que em todas as palavras que ele já disse. Nossos lábios finalmente estão se entrelaçando pela primeira vez, pela vigésima ou pela milionésima vez. Não importa que vez é — qualquer que seja, é algo perfeito demais. É incrível, excelente e quase valeu a pena passar por tudo que passamos para chegar a esse momento.

Nossos lábios se movem de forma apaixonada enquanto tentamos nos aproximar mais, esperando encontrar entre nossos corpos a ligação perfeita que acabamos de encontrar com nossas bocas. Ele mexe a boca contra a minha delicadamente, mas com firmeza, e eu o acompanho em cada movimento. Solto vários gemidos, arquejo várias vezes e, em cada uma dessas vezes, ele inspira com a boca.

Nós nos beijamos sem parar em todas as posições possíveis, tentando nos conter até onde nosso desejo permitia. Nos beijamos até eu não conseguir mais sentir meus lábios e até ficar tão cansada e exaurida que nem sei se ainda estamos nos beijando quando ele pressiona sua cabeça na minha.

E é exatamente assim que pegamos no sono — com as testas grudadas e os corpos envoltos, em silêncio. Pois nada mais foi dito entre nós. Nem um pedido de desculpas.

Sábado, 29 de setembro de 2012
08h40

Eu me viro para investigar a cama, meio que pensando que os acontecimentos da noite passada foram um sonho. Holder não está aqui, mas em seu lugar há uma caixinha embrulhada. Eu me encosto na cabeceira e pego o presente. Fico encarando-o por um bom tempo antes de finalmente abrir a tampa e conferir o conteúdo. É algo que parece um cartão de crédito, então o pego e leio.

Ele comprou para mim um cartão de telefone com minutos para mensagens. Muitos minutos.

Sorrio, pois sei a importância desse cartão. É por causa da mensagem de Six. Ele está planejando roubar a menina dela, além de usar muitos de seus minutos. O presente me faz sorrir e na mesma hora estendo o braço até a mesinha de cabeceira para pegar o celular. Recebi uma mensagem de Holder.

Está com fome?

A mensagem é breve e simples, mas é sua maneira de me avisar que ainda está aqui. Em algum canto. Será que está preparando um café da manhã para mim? Vou ao banheiro antes de seguir para a cozinha e escovo os dentes. Tiro a regata, coloco um vestido de alcinha e prendo meu cabelo num rabo de cavalo. Olho meu reflexo no espelho e vejo uma menina desesperada para perdoar um garoto. Mas para isso ele vai ter de implorar muito primeiro.

Ao abrir a porta do quarto, sinto o cheiro de bacon e escuto o barulho da gordura chiando na frigideira. Vou até o corredor, dou a volta e paro. Fico encarando-o por um tempo. Ele está de costas para mim, mexendo no fogão, cantarolando sozinho.

Está descalço, vestindo uma calça jeans e uma camiseta branca. Mais uma vez, já está se sentindo em casa, e não sei muito bem o que acho disso.

— Saí cedo hoje de manhã — diz ele, ainda de costas para mim —, porque estava com medo de que sua mãe aparecesse e achasse que estou tentando engravidar você. Então, quando fui correr, passei pela sua casa outra vez e percebi que o carro dela nem estava na garagem e lembrei que você disse que ela tira esses fins de semana de venda no início do mês. Então decidi comprar comida porque queria fazer um café da manhã para você. Também quase comprei coisas para o almoço e jantar, mas achei que talvez fosse melhor se a gente pensasse em uma refeição de cada vez. — Ele se vira para mim e me olha lentamente dos pés à cabeça. — Feliz aniversário. Gostei muito desse vestido. Comprei leite de verdade, quer?

Vou até a bancada e fixo os olhos nele, tentando processar a pletora de palavras que acabou de sair da sua boca. Pego uma cadeira e me sento. Ele me serve um pouco de leite, apesar de eu não ter dito que queria, e desliza o copo para mim com um sorriso enorme no rosto. Antes que eu tome um gole, se aproxima e segura meu queixo.

— Preciso dar um beijo em você. Sua boca estava tão, mas tão perfeita ontem que fiquei com medo, achando que tudo tinha sido um sonho. — Ele leva a boca até a minha, e, assim que a língua dele acaricia a minha, percebo que isso vai ser um problema.

Os lábios, a língua e suas mãos são tão incrivelmente perfeitos que nunca vou ser capaz de ficar com raiva de Holder enquanto ele for capaz de usá-los contra mim dessa maneira. Agarro a sua camisa e pressiono minha boca na dele com mais força ainda. Ele geme e cerra os punhos no meu cabelo, depois me solta de forma abrupta e se afasta.

— Não — diz ele, sorrindo. — Não foi um sonho.

Ele volta para o fogão, desliga as bocas e transfere o bacon para um prato que já tem torrada e ovos. Ele o leva até a bancada e começa a encher o prato na minha frente com comida. Holder se senta e começa a comer. Fica sorrindo o tempo inteiro, e, de repente, percebo uma coisa.

Eu *sei*. Sei qual é seu problema. Sei por que ele fica feliz, irritado, temperamental e todo inconstante, e finalmente tudo faz todo o sentido.

— Podemos brincar de Questionário do Jantar, apesar de ser café da manhã? — pergunta ele.

Tomo um gole do leite e faço que sim com a cabeça.

— Só se eu puder fazer a primeira pergunta.

Ele apoia o garfo no prato e sorri.

— Estava pensando justamente em deixá-la fazer *todas* as perguntas.

— Só preciso saber a resposta de uma.

Ele suspira, encosta-se na cadeira e olha para as próprias mãos. Pela maneira como está evitando meu olhar, percebo que já sabe que eu sei. Ele reage como quem tem culpa. Eu me inclino para a frente na cadeira e o fulmino com o olhar.

— Há quanto tempo usa drogas, Holder?

Ele lança um olhar para mim, com uma expressão estoica. Fica me encarando por um tempo, e continuo firme, querendo que saiba que só vou parar quando ele contar a verdade. Holder aperta os lábios, formando uma linha fina, e volta a olhar para as mãos. Por um segundo, fico achando que está se preparando para sair correndo pela porta só para evitar falar do assunto, mas então vejo algo em seu rosto que não estava esperando encontrar de maneira alguma. Uma covinha.

Está fazendo uma careta, tentando manter a expressão séria, mas os cantos de sua boca cedem e o sorriso vira uma gargalhada.

Ele está gargalhando, gargalhando muito, o que me deixa bastante furiosa.

— *Drogas?* — pergunta ele durante o ataque de risos. — Acha que estou usando *drogas?* — Continua rindo até perceber que não estou achando nenhuma graça. Após um tempo ele para, inspira fundo, estende o braço por cima da mesa e segura minha mão. — Não uso drogas, Sky. Juro. Não sei de onde tirou isso, mas juro que não.

— Então o que diabos há de errado com você?

Sua expressão fica séria com a pergunta, e ele solta minha mão.

— Dá para ser um pouco menos vaga? — Ele encosta-se na cadeira e cruza os braços.

Dou de ombros.

— Claro. O que aconteceu entre nós e por que está agindo como se nada tivesse acontecido?

Seu cotovelo está apoiado na mesa, e ele baixa o olhar para o braço. Lentamente, percorre cada letra da tatuagem com os dedos, pensativo. Sei que o silêncio não é considerado um som, mas, nesse momento, o silêncio entre nós é o som mais alto do mundo. Ele tira o braço da mesa e olha para mim.

— Não queria desapontá-la, Sky. Desapontei todas as pessoas que me amaram na vida e, depois daquele dia no almoço, soube que também a tinha desapontado. Então... fui embora antes que pudesse começar a me amar. Senão qualquer esforço que fizesse para tentar não desapontá-la seria inútil.

As palavras estão cheias de desculpa, arrependimento e tristeza, mas ainda assim ele não é capaz de se desculpar. Ele exagerou, e o ciúme falou mais alto, mas se simplesmente tivesse dito duas palavras, isso teria nos poupado desse mês inteiro de sofrimento emocional. Estou balançando a cabeça, porque não consigo entender. Não entendo por que ele não foi capaz de dizer *me desculpe*.

— Por que você não conseguiu dizer, Holder? Por que não foi capaz de pedir desculpas?

Ele se inclina para a frente por cima da mesa e segura minha mão, olhando-me bem nos olhos.

— Não vou pedir desculpas... porque não quero que me perdoe.

A tristeza em seus olhos deve estar espelhando a minha, e não quero que ele a veja. Não quero que me veja triste, então fecho os olhos. Ele solta minha mão, e eu o escuto dar a volta na mesa até seus braços me envolverem e ele me levantar. Ele me põe em cima da bancada para nossos olhos ficarem no mesmo nível, afasta o cabelo do meu rosto e me faz abrir os olhos outra vez. Suas sobrancelhas estão unidas, e o sofrimento em seu rosto é franco, real e de partir o coração.

— Linda, fiz merda. Vacilei mais de uma vez, sei disso. Mas acredite em mim, o que aconteceu naquele dia no almoço não foi ciúme, raiva nem nada que deva assustar você. Queria poder contar o que aconteceu, mas não posso. Um dia vou lhe contar, mas agora não posso e preciso que aceite isso. Por favor. Não estou pedindo desculpas porque não quero que esqueça o que aconteceu, e você nunca deve me perdoar por aquilo. *Nunca.* Nunca arranje desculpas para o que faço, Sky.

Inclina-se e me dá um beijo breve, depois se afasta e continua falando:

— Disse a mim mesmo que devia ficar longe de você, que devia deixá-la com raiva de mim, pois tenho muitos problemas e ainda não estou pronto para compartilhá-los. E me esforcei ao máximo para ficar afastado, mas não consigo. Não tenho força suficiente para continuar negando seja lá o que existe entre nós. E ontem, no refeitório, quando você estava abraçando Breckin e rindo com ele? Foi tão bom vê-la feliz, Sky. Mas queria tanto que fosse eu que estivesse fazendo você rir daquela maneira. Fiquei arrasado por achar que estava pensando que não me importava conosco, ou que aquele fim de semana com você não foi o melhor da minha vida. Porque eu me importo *sim* e aquele foi *mesmo* o melhor fim de semana de todos. Porra, foi o melhor fim de semana na história de todos os finais de semana.

Meu coração está batendo loucamente, quase tão rápido quanto as palavras que saem de sua boca. Ele solta meu rosto e passa as mãos no meu cabelo, abaixando-as até minha nuca. Ele as mantém lá, acalma-se respirando fundo e prossegue:

— Isso está me matando, Sky — diz ele, com a voz bem mais calma e baixa. — Está me matando porque não quero passar mais nenhum dia sem que não saiba o que sinto por você. E não estou pronto para dizer que estou apaixonado por você, pois não estou. Ainda não. Mas seja lá o que for isso que estou sentindo... é bem mais que *gostar*. É *muito* mais. E nas últimas semanas venho tentando entender esse sentimento. Estava tentando entender porque não existe palavra alguma capaz de descrevê-lo. Quero que saiba exatamente o que sinto, mas não existe nenhuma maldita palavra no dicionário inteiro que descreva esse ponto entre *gostar* e *amar*, mas eu preciso dessa palavra. Preciso dela porque preciso que você me ouça dizê-la.

Ele puxa meu rosto para perto de si e me beija. São beijos rápidos, mais selinhos, só que ele me beija inúmeras vezes, afastando-se após cada beijo, esperando minha reação.

— Diga alguma coisa — implora ele.

Estou olhando fixo em seus olhos apavorados e pela primeira vez desde que nos conhecemos... acho que realmente o entendo. *Todo* ele. Ele não reage dessa forma porque tem cinco personalidades diferentes. Reage assim porque só existe *um* lado de Dean Holder.

O lado *apaixonado*.

Ele é apaixonado pela vida, pelo amor, por suas palavras, por Less. E não vou ficar fora dessa lista de jeito algum. A intensidade que ele transmite não é irritante... é *linda*. Passei tanto tempo tentando encontrar maneiras de me sentir apática toda vez que podia, mas ao ver o entusiasmo que há por trás de seus olhos agora... fico com vontade de sentir todas as coisas possíveis da vida. As boas, as ruins, as bonitas, as feias, o prazer, a dor. Eu *quero* isso. Quero começar a sentir a vida da mesma maneira que ele. E meu primeiro passo nessa direção vai ser com esse garoto desesperado na minha frente, que está abrindo o coração, em busca da palavra perfeita, querendo de todo jeito me ajudar a voltar a sentir alguma coisa.

A gamar.

E, de repente, a palavra surge na minha cabeça como se estivesse lá o tempo inteiro, guardada entre o gostar e o amar no dicionário.

— Gamar.

O desespero em seus olhos se ameniza um pouco, e ele solta uma risada breve e confusa.

— *O quê?* — Ele balança a cabeça, tentando entender minha resposta.

— Gamar. Se misturarmos as letras de gostar e amar, temos gamar. Você pode usar essa palavra.

Ele ri novamente, mas dessa vez é uma risada de alívio. Põe os braços ao meu redor e me beija com um alívio gigantesco.

— Eu gamo você, Sky — diz ele encostando em meus lábios. — Gamo tanto você.

sábado, 29 de setembro de 2012
09h20

Não tenho ideia de como ele fez isso, mas eu o perdoei completamente, passei a ficar encantada por ele e agora não consigo parar de beijá-lo, e tudo isso aconteceu em quinze minutos. Ele com certeza sabe usar bem as palavras. Estou começando a não me incomodar com o fato de ele demorar tanto tempo para pensar nelas. Ele se afasta da minha boca e sorri, passando as mãos ao redor da minha cintura.

— Então, o que quer fazer no seu aniversário? — pergunta ele, tirando-me do balcão. Ele me dá mais um selinho e vai até a sala onde estão sua carteira e chaves.

— Não precisamos fazer nada. Não precisa me entreter só porque é meu aniversário.

Ele põe as chaves no bolso da calça e olha para mim. Sua boca forma um sorriso malicioso e ele não para de me encarar.

— O que foi? — pergunto. — Parece culpado.

Ele ri e dá de ombros.

— Só estava pensando em todas as maneiras que poderia entreter você se a gente ficasse por aqui hoje. E é exatamente por isso que temos que sair daqui.

E é exatamente por isso que quero ficar aqui.

— Podemos ir ver minha mãe — sugiro.

— Sua mãe? — Ele olha para mim com cautela.

— É. Ela tem uma barraca de ervas no mercado de pulgas. É onde trabalha em alguns finais de semana. Nunca a acompanho porque ela passa ali umas 14 horas e eu ficaria entediada. Mas é um dos maiores mercados de pulga do mundo e eu sempre quis dar uma olhada. Fica a apenas uma hora e meia daqui. Lá tem bolo de funil — acrescento, tentando tornar a sugestão mais interessante.

Holder vem até mim e põe os braços ao meu redor.

— Se quer ir ao mercado de pulgas, então é para lá que vamos. Vou só passar em casa para trocar de roupa e fazer algo que preciso fazer. Posso vir buscá-la daqui a uma hora?

Concordo com a cabeça. Sei que é apenas um mercado de pulgas, mas estou animada. Não sei o que Karen vai achar de eu aparecer de surpresa com Holder. Não contei nada a ela sobre ele, então me sinto meio mal por surpreendê-la assim. Mas é culpa dela. Se não tivesse banido a tecnologia, eu poderia ligar para avisá-la.

Holder me dá mais um selinho e vai até a porta

— Ei — digo, quando ele está prestes a sair. Ele se vira e olha para mim. — É meu aniversário e os últimos dois beijos que me deu foram bem ridículos. Se espera que eu passe o dia com você, sugiro que comece a me beijar como um namorado beija a...

A palavra escapa da minha boca, e imediatamente interrompo a frase. Ainda nem discutimos definições de nada e, por termos acabado de fazer as pazes na última meia hora, meu uso casual da palavra *namorado* se torna algo que o coitado do Matty teria feito comigo.

— Quero dizer... — gaguejo, e depois acabo desistindo e calo a boca. Não dá para me recuperar depois dessa.

Ele está virado para mim, ainda parado perto da porta. Não está sorrindo. Em vez disso, me olha com aquela expressão outra vez, com os olhos fixos nos meus, sem falar. Ele inclina a cabeça para mim e ergue as sobrancelhas demonstrando curiosidade.

— Acabou de se referir a mim como seu namorado?

Ele não está sorrindo por eu ter acabado de me referir a ele como meu namorado, e, ao perceber isso, estremeço. Nossa, isso parece tão infantil.

— Não — respondo com teimosia, cruzando os braços. — Apenas garotas bregas de 14 anos fazem isso.

Ele dá alguns passos na minha direção sem alterar a expressão no rosto. Para a meio metro de mim e imita minha postura.

— Que pena. Porque quando achei que você tinha se referido a mim como seu namorado, fiquei morrendo de vontade de dar o maior beijão em você. — Ele estreita os olhos, e há um jeito brincalhão em seu olhar que ameniza na mesma hora o frio na minha barriga. Holder se vira e segue para a porta. — Vejo você daqui a uma hora. — Então abre a porta e se vira antes de sair, passando devagar por ela, provocando-me com seu sorriso brincalhão e suas covinhas lambíveis.

Suspiro e reviro os olhos.

Ele para e encosta-se orgulhosamente no batente.

— Acho bom você dar um beijo de despedida na sua namorada — digo, sentindo-me tão brega quanto o que acabei de falar.

Seu rosto é tomado pela vitória, e ele volta para a sala. Leva a mão até minha lombar e me puxa para perto de si. É nosso primeiro beijo sem nada perto da gente, e amo como ele está me protegendo com o braço apoiado em minhas costas. Os dedos alisam minha bochecha e chegam ao meu cabelo, e ele leva os lábios para perto dos meus. No entanto, não está encarando minha boca. Está olhando bem nos meus olhos, e os seus estão cheios de alguma coisa que não sei identificar. Não é luxúria desta vez; está mais para um olhar de gratidão.

Continua me encarando sem fechar o espaço que há entre nossas bocas. Não está me provocando nem tentando fazer com que o beije primeiro. Está apenas me olhando com gratidão e afeto, o que faz meu coração derreter feito manteiga. Minhas mãos estão nos ombros dele, então bem devagar as levo até seu pescoço e seu cabelo, curtindo o que quer que seja esse momento silencioso acontecendo entre nós. O peito dele sobe e desce, desafiando o ritmo do meu, e seus olhos começam a observar meu rosto, analisando todas as feições. A maneira como me olha deixa todo o meu corpo mais fraco, e me sinto grata por saber que seu braço continua na minha cintura.

Ele abaixa a testa até tocar a minha e solta um longo suspiro, olhando para mim com uma expressão que logo se transforma em algo que parece sofrimento. Isso me faz deslizar a mão até seu rosto, e o acaricio com os dedos, querendo que seja lá o que estiver por trás desses olhos desapareça.

— Sky — diz ele, concentrando-se em mim atentamente. Ele fala isso como se depois fosse declarar algo profundo, mas meu nome acaba sendo a única coisa que articula.

Sem pressa, aproxima a boca da minha, e nossos lábios se encontram. Ele respira fundo enquanto pressiona os lábios fechados nos meus, inspirando-me para dentro de si. Holder se afasta e olha outra vez para meus olhos por mais vários segundos, alisando minha bochecha. Nunca fui tão saboreada assim, é algo absolutamente lindo.

Ele abaixa a cabeça de novo e apoia os lábios nos meus, deixando meu lábio superior entre os dele. Ele me beija com o máximo de delicadeza possível, tratando minha boca como se ela pudesse se quebrar. Abro os lábios e permito que deixe o beijo mais intenso, o que ele faz, mas mesmo assim continua sendo delicado. É um beijo cheio de afeto, suave, e ele fica com a mão na minha nuca e a outra no meu quadril enquanto sente e provoca devagar todas as partes da minha boca. O beijo é exatamente como ele — analisado e sem pressa alguma.

Depois que minha mente sucumbiu ao fato de eu estar toda cercada por ele, seus lábios param, e ele se afasta aos poucos. Meus olhos pestanejam e solto um suspiro que talvez tenha saído junto com as palavras:

— Meu Deus.

Ver minha reação ofegante o faz abrir um sorriso convencido.

— Esse foi nosso primeiro beijo oficial como um casal.

Fico esperando o pânico surgir, mas ele não vem.

— Casal — repito, baixinho.

— Isso aí. — Ele ainda está com a mão na minha lombar e continua me apertando, enquanto observo seus olhos focados em mim. — E não se preocupe — acrescenta ele. — Eu mesmo aviso a Grayson. Se eu o vir tentando encostar em você daquele jeito, vai ter outra conversinha com meu punho.

Sua mão deixa minhas costas e vai até minha bochecha.

— Agora vou mesmo embora. Vejo você daqui a uma hora. Gamo você. — Ele me dá um breve selinho nos lábios, afasta-se e segue em direção à porta.

— Holder? — digo assim que inspiro o suficiente para conseguir falar. — Como assim *outra conversinha*? Você e Grayson já brigaram antes?

Holder fica inexpressivo, apertando os lábios, e faz que sim com a cabeça de forma bem sutil.

— Já lhe disse. Ele não é boa pessoa. — A porta se fecha quando ele sai e me deixa com mais perguntas ainda. Mas o que há de novo nisso?

Decido não tomar banho para poder ligar para Six. Tenho muitas coisas para contar. Corro até meu quarto e saio pela janela, deslizando em seguida pela dela, e entro em seu quarto. Pego o telefone ao lado da cama e meu celular para ver a mensagem que ela enviou do número internacional. Quando começo a discar, recebo uma mensagem de Holder.

Não estou com a menor vontade de passar o dia com você. Acho que não vai ser nada divertido. E também esse seu vestido fica horroroso em você, mas em hipótese alguma deve trocar de roupa.

Sorrio. Droga, realmente gamo esse caso perdido.

Disco o número de Six e deito em sua cama. Ela responde meio grogue no terceiro toque.

— Oi — digo. — Estava dormindo?

Consigo escutá-la bocejando.

— Claro que não. Mas você precisa começar a levar em consideração o fuso horário.

Eu rio.

— Six? Está de tarde aí. Mesmo se eu *levasse* em consideração o fuso, isso não ia fazer diferença para você.

— Tive uma manhã difícil — diz ela na defensiva. — Sinto falta da sua cara. O que aconteceu?

— Não muita coisa.

— Está mentindo. Parece irritantemente feliz. Aposto que você e Holder já se resolveram em relação ao que aconteceu naquele dia no colégio, não é?

— Pois é. E você é a primeira a saber que eu, Linden Sky Davis, sou agora uma mulher comprometida.

Ela solta um gemido.

— Não entendo por que alguém se submeteria a esse tipo de sofrimento. Mas fico feliz por você.

— Obri... — Estava prestes a dizer obrigada, mas minhas palavras foram interrompidas por um:

— *Meu Deus!* — disse Six bem alto.

— *O que foi?*

— Eu me esqueci. É seu aniversário, caramba, e eu me esqueci! Feliz aniversário, Sky, e, puta merda, sou a pior melhor amiga do mundo.

— Tudo bem. — Eu rio. — Fico até feliz que tenha esquecido. Você sabe que odeio presentes, surpresas e tudo o que tem a ver com aniversários.

— Ah, espere. Acabei de lembrar o quanto sou incrivelmente legal. Dê uma olhada atrás de sua cômoda.

Reviro os olhos.

— Era de se imaginar.

— E diga para seu novo namorado comprar os minutos dele, porra.

— Pode deixar. Tenho de ir, sua mãe vai surtar quando chegar a conta telefônica.

— Pois é. não é... Ela devia ser mais conectada à Terra como sua mãe.

Acho graça.

— Amo você, Six. Cuide-se, OK?

— Também amo você. E, Sky?

— Oi?

— Você parece feliz. Fico feliz por você estar feliz.

Sorrio, e a ligação chega ao fim. Volto para meu quarto e, por mais que odeie presentes, sou humana e curiosa por natureza. Vou logo até minha cômoda e olho atrás dela. No chão há uma caixa embrulhada, então me abaixo e a pego. Vou até a cama, me sento e abro a tampa. É uma caixa cheia de Snickers.

Caramba, como eu amo Six.

Sábado, 29 de setembro de 2012
10h25

Estou em pé perto da janela, esperando impaciente, quando Holder finalmente para o carro em frente à minha casa. Saio pela porta e a tranco, me virando em seguida para o veículo e acabo ficando paralisada. Ele não está sozinho. A porta do carona se abre, e um cara sai lá de dentro. Quando ele se vira, tenho certeza de que a expressão no meu rosto é algo entre OMG e PQP. *Estou aprendendo.*

Breckin está segurando a porta do carona com um sorriso enorme no rosto.

— Espero que não se incomode se eu ficar de vela hoje. Meu segundo melhor amigo do mundo inteiro me convidou para vir.

Chego até a porta do carona, confusa pra caramba. Breckin espera até eu entrar, abre a porta de trás e entra também. Eu me inclino para a frente e viro a cabeça para Holder, que está gargalhando como se tivesse acabado de contar o final de uma piada muito engraçada. Uma piada que não escutei.

— Será que um de vocês pode me explicar o que diabos está acontecendo? — pergunto.

Holder segura minha mão e a leva até seus lábios, beijando os nós dos dedos.

— Vou deixar Breckin explicar. Ele fala mais rápido, afinal de contas.

Eu me viro no banco enquanto Holder começa a dar ré. Ergo a sobrancelha para Breckin.

Ele me lança um olhar nítido de culpa.

— Eu meio que estava mantendo uma aliança dupla nessas duas últimas semanas — diz ele um pouco encabulado.

Balanço a cabeça, tentando assimilar sua confissão. Fico olhando de um para o outro.

— Duas semanas? Vocês têm conversado há *duas semanas*? Sem mim? Por que não me contaram?

— Eu tive de prometer que não ia contar nada — revela Breckin.

— Mas...

— Vire-se e ponha o cinto — diz Holder para mim.

Fulmino-o com o olhar.

— Espere um pouco. Estou tentando entender por que você fez as pazes com Breckin duas semanas atrás e esperou até hoje para ficar de bem comigo.

Ele olha para mim e depois dirige o olhar para a rua à sua frente.

— Breckin merecia um pedido de desculpas. Agi feito um babaca naquele dia.

— E *eu* não merecia um?

Ele olha para mim imediatamente desta vez.

— Não — diz ele firme, voltando a olhar para a rua. — Você não merece palavras, Sky. Merece ações.

Fico encarando-o, imaginando quanto tempo ele ficou acordado durante a noite para formar essa frase perfeita. Ele olha de volta para mim, solta minha mão e faz cócegas na parte da frente da minha coxa.

— Deixe de ser tão séria. Seu namorado e seu melhor amigo do mundo inteiro estão levando você para um mercado de pulgas.

Eu rio e dou um tapa para afastar sua mão.

— Como posso ficar feliz se se infiltraram na minha aliança? Vocês dois vão ter de me bajular pra caramba hoje.

Breckin apoia o queixo no topo do encosto do meu banco e olha para mim.

— Acho que fui eu quem mais sofreu com essa experiência terrível. Seu namorado arruinou minhas duas últimas sextas se lamentando e reclamando sobre o quanto queria você, mas como não queria desapontá-la e blá-blá-blá. Foi difícil não reclamar com você sobre isso todos os dias no almoço.

Holder volta a cabeça para Breckin.

— Bem, agora vocês dois podem reclamar o quanto quiserem de mim. A vida voltou a ser como devia. — Ele desliza os dedos entre os meus e aperta minha mão. Sinto um formigamento na pele e não sei se é por causa do toque ou das palavras dele.

— Ainda acho que mereço ser mimada hoje — digo para os dois. — Quero que comprem para mim tudo o que eu quiser no mercado de pulgas. Não me importo com o preço nem com o tamanho ou com o peso.

— Isso aí — diz Breckin.

Solto um gemido.

— Ai, meu Deus, Holder já está contagiando você.

Breckin ri, estende o braço por cima do meu banco, segura minhas mãos e depois me puxa na direção dele.

— Deve ser mesmo, pois estou louco para me aconchegar com você aqui no banco de trás — diz Breckin.

— Não estou contagiando você tanto assim se acha que tudo o que eu faria é me *aconchegar* com ela no banco de trás — afirma Holder. Ele dá um tapa no meu bumbum logo antes de eu cair no banco de trás com Breckin.

— Não pode estar falando sério — diz Holder, segurando o saleiro que acabei de colocar nas mãos dele.

Estamos andando pelo mercado de pulgas há mais de uma hora e continuo firme com meu plano. Eles estão comprando tudo que peço. Fui enganada e vou precisar de muitas compras aleatórias para me sentir melhor.

Olho para a estatueta em suas mãos e balanço a cabeça.

— Tem razão. Eu devia comprar o conjunto.

Pego o pimenteiro e o entrego a ele. Não que eu realmente queira essas coisas. Não entendo como *qualquer pessoa* pode querer isso. Quem é que faz pimenteiros e saleiros de cerâmica no formato de intestinos delgado e grosso?

— Aposto que pertenciam a algum médico — diz Breckin, admirando-os comigo. Enfio a mão no bolso de Holder, tiro a carteira dele e me viro para o homem atrás da mesa.

— Quanto custa?

Ele dá de ombros.

— Não sei — responde ele sem entusiasmo. — Um dólar cada um?

— Que tal um dólar pelos dois? — pergunto. Ele pega o dólar das minhas mãos e concorda com a cabeça.

— Bela barganha — diz Holder, balançando a cabeça. — Acho bom ver isso na mesa da sua cozinha da próxima vez que visitá-la.

— Eca, não — digo. — Quem é que vai querer olhar para intestinos durante a refeição?

Desvendamos mais alguns pavilhões até chegarmos ao de Karen e Jack. Quando alcançamos a barraca, Karen fica espantada, observando Breckin e Holder.

— Oi — digo, estendendo as mãos. — Surpresa!

Jack levanta-se em um salto e dá a volta na barraca, me dando um breve abraço. Karen faz o mesmo e fica me encarando com cautela o tempo inteiro.

— Relaxe — digo, após perceber que está olhando preocupada para Holder e Breckin. — Nenhum dos dois vai me engravidar esse fim de semana.

Ela ri e finalmente me abraça.

— Feliz aniversário. — Ela se afasta e seus instintos maternais vêm à tona com quinze segundos de atraso. — Espere. Por que está aqui? Está tudo bem? Você está bem? A casa está bem?

— Está tudo bem. Estou bem. Só fiquei entediada e convidei Holder para vir fazer compras comigo.

Holder está atrás de mim, apresentando-se para Jack. Breckin passa por mim e abraça Karen.

— Eu me chamo Breckin — diz ele. — Estou numa aliança com sua filha para dominar o sistema do colégio público e todos os seus lacaios.

— Estava — acrescento, olhando para ele. — *Estava* numa aliança comigo.

— Já gostei de você — diz Karen, sorrindo para Breckin. Ela olha para Holder e aperta sua mão. — Holder — cumprimenta ela com educação. — Como vai?

— Bem — responde ele, com cautela.

Olho para ele, que parece constrangido ao extremo. Não sei se é pelo pimenteiro e saleiro que está segurando ou porque encontrar Karen agora é diferente pois está namorando a filha dela. Tento disfarçar me virando e perguntando a Karen se ela tem alguma sacola que possamos usar para guardar nossas coisas. Ela enfia o braço debaixo da mesa e estende uma sacola para Holder. Ele coloca o pimenteiro e o saleiro ali dentro enquanto Karen olha para a bolsa e depois para mim, interrogativamente.

— Nem pergunte — digo.

Pego a sacola com ela e a abro para que Breckin possa guardar a outra compra. É uma imagem da palavra "derretido", escrita com caneta preta em um papel branco, numa moldura de madeira. Custou 25 centavos e não faz o menor sentido, então claro que tive de comprar.

Alguns clientes aproximam-se da mesa, então Jack e Karen a circundam e passam a ajudá-los. Eu me viro e vejo que Holder está encarando os dois com um olhar intenso. Não o vejo com essa expressão desde aquele dia no refeitório. Fico um pouco aborrecida com isso, então ando até ele e deslizo um braço pelas suas costas, querendo desesperadamente que aquele olhar desapareça.

— Ei — digo, fazendo-o prestar atenção em mim. — Você está bem?

Ele faz que sim com a cabeça e beija minha testa.

— Estou bem — responde ele, pondo um braço ao redor da minha cintura e abrindo um sorriso para me tranquilizar. — Você me prometeu bolo de funil — diz ele, acariciando minha bochecha.

Faço que sim com a cabeça, aliviada por ver que ele está bem. Não quero mesmo que Holder tenha um de seus momentos intensos logo agora, bem na frente de Karen. Não sei se ela vai compreender sua maneira apaixonada de viver; ainda estou começando a entender.

— Bolo de funil? — pergunta Breckin. — Alguém falou em bolo de funil?

Eu me viro, e o cliente de Karen foi embora. Ela está imóvel ao lado da mesa, observando o braço de Holder ao redor da minha cintura. Parece estar pálida.

Por que todo mundo está com esses olhares estranhos hoje, hein?

— Você está bem? — pergunto a ela. Não é como se ela nunca tivesse me visto com um namorado antes. Matt praticamente morou na nossa casa durante todo o mês em que namoramos.

Ela olha para mim e lança um rápido olhar para Holder.

— Só não sabia que estavam namorando.

— Pois é. Sobre isso... — digo. — Até teria contado para você, mas só começamos a namorar há quatro horas.

— Ah — diz ela. — Bem... formam um belo casal. Será que posso conversar com você? — Ela aponta a cabeça para trás, indicando que quer privacidade. Afasto o braço de Holder e a acompanho até uma distância onde ninguém nos escute. Ela se vira e balança a cabeça.

— Não sei o que pensar sobre isso — sussurra ela.

— Pensar sobre quê? Tenho 18 anos e estou namorando. Não é nada de mais.

Ela suspira.

— Eu sei, é que... e o que vai acontecer hoje à noite? Quando eu não estiver em casa? Como vou saber que ele não vai passar a noite toda com você?

Dou de ombros.

— Não tem como saber. Precisa confiar em mim — digo, me sentindo culpada imediatamente pela mentira. Se ela soubesse que ele já passou a véspera comigo, acho que meu namorado não estaria mais *vivo*.

— É que é estranho, Sky. Nunca chegamos a discutir as regras para os garotos quando não estou presente. — Ela parece estar muito nervosa, então faço o que posso para tranquilizá-la.

— Mãe? Confie em mim. Nós literalmente acabamos de decidir que estamos namorando faz só algumas horas. De jeito algum vai acontecer alguma coisa entre nós que você tem medo de que aconteça. Ele vai embora à meia-noite, prometo.

Ela balança a cabeça de maneira não muito convincente.

— É só que... não sei, não. Ver vocês dois abraçados agora? A maneira como estavam interagindo? Não é como um casal recente se olha, Sky. Fiquei surpresa porque achei que estava saindo com ele há um tempo e só não tinha me contado. Quero que seja capaz de conversar comigo sobre qualquer coisa.

Seguro a mão dela e a aperto.

— Eu sei, mãe. E, acredite em mim, se hoje não tivéssemos vindo para cá juntos, amanhã eu teria lhe contado tudo sobre ele. Contaria tudo até você se cansar de ouvir. Não estou escondendo nada, OK?

Ela sorri e me dá um breve abraço.

— Ainda quero que me conte tudo amanhã, até me cansar de ouvir.

Sábado, 29 de setembro de 2012
22h15

— Sky, acorde.

Ergo a cabeça do braço de Breckin e enxugo a baba na lateral de minha bochecha. Ele olha para a camisa molhada e faz uma careta.

— Foi mal. — Eu rio. — Não devia ter ficado tão confortável.

Chegamos à sua casa após passarmos oito horas andando e olhando tranqueiras. Holder e Breckin acabaram participando da brincadeira, e todos nós ficamos um pouco competitivos vendo quem conseguia encontrar o objeto mais sem sentido. Acho que meu pimenteiro e saleiro em forma de intestino ainda ganham, mas Breckin chegou perto com o quadro de veludo de um cachorrinho montado nas costas de um unicórnio.

— Não se esqueça do seu quadro — digo, quando ele sai do carro. Ele se curva, pega o quadro no chão e beija minha bochecha.

— Até segunda — diz ele para mim, e então olha para Holder. — Nem pense em se sentar na minha carteira na primeira aula só porque ela é sua namorada.

Holder ri.

— Não sou eu que levo café para ela todo dia. Ela nunca me deixaria destituir você.

Breckin fecha a porta, e Holder espera ele entrar em casa antes de ir embora.

— O que acha que está fazendo aí atrás? — pergunta ele, sorrindo para mim pelo retrovisor. — Venha para cá.

Balanço a cabeça e continuo parada.

— Meio que gosto de ter um chofer.

Ele para o carro, solta o cinto e se vira.

— Venha aqui — diz ele, alcançando meus braços. Ele segura meus pulsos e me puxa para a frente até nossos rostos ficarem a apenas centímetros de distância. Então leva a mão até meu rosto e belisca minhas bochechas como se eu fosse uma criança. E dá um selinho barulhento nos meus lábios distorcidos. — Eu me diverti hoje. Você é meio estranha.

Ergo a sobrancelha, sem saber se foi um elogio ou não.

— *Valeu?*

— Gosto de estranheza. Agora venha logo para a frente antes que eu decida ir para o banco de trás e não me aconchegar com você. — Ele puxa meu braço, vou para o banco da frente e coloco o cinto.

— O que vamos fazer agora? Vamos para sua casa? — pergunto.

Ele balança a cabeça.

— Não. Temos mais uma parada.

— Minha casa?

Ele balança a cabeça novamente.

— Você vai ver.

Vamos dirigindo até os arredores da cidade. Reconheço que estamos no aeroporto local quando para o carro no acostamento. Ele sai sem dizer nada e dá a volta para abrir minha porta.

— Chegamos — diz ele, acenando a mão para a pista no campo à nossa frente.

— Holder, esse é o menor aeroporto num raio de 300 quilômetros. Se está querendo ver um avião pousar, vamos ter de passar dois dias aqui.

Ele puxa minha mão e me conduz por uma pequena colina

— Não estamos aqui para ver os aviões. — Ele continua andando até chegar à grade que cerca o aeroporto. Ele a balança para conferir se está firme e segura minha mão outra vez.

— Tire os sapatos, assim fica mais fácil — diz ele. Olho para a grade e depois para ele.

— Está achando que vou subir nessa coisa?

— Bem — diz ele, olhando para a grade. — Posso muito bem erguê-la e jogá-la por cima dela, mas talvez isso doa um pouco mais.

— Estou de vestido! Você não me avisou que íamos pular grades hoje. Além do mais, isso é ilegal.

Holder mexe a cabeça e me empurra para a grade.

— Não é ilegal quando meu padrasto administra o aeroporto. E não, não contei que íamos pular grades porque não queria que trocasse o vestido.

Seguro na grade e começo a testá-la quando, com um único movimento rápido, ele põe as mãos na minha cintura e me ergue, já me fazendo passar por cima dela.

— Caramba, Holder! — grito, pulando do outro lado.

— Eu sei. Fui rápido demais. Eu me esqueci de dar uma apalpada. — Ele ergue-se na grade, passa a perna por cima e salta. — Venha — diz ele, segurando minha mão e me puxando para a frente.

Andamos até a pista. Paro e dou uma olhada no comprimento gigante. Nunca andei de avião e só de pensar nisso eu meio que fico apavorada. Especialmente quando vejo que tem um lago no fim da pista.

— Algum avião já pousou naquele lago?

— Só um — afirma ele, me puxando. — Mas era um pequeno Cessna, e o piloto estava drogado. Ele ficou bem, mas o avião continua no fundo do lago. — Ele se senta na pista e puxa minha mão, querendo que eu faça o mesmo.

— O que vamos fazer? — pergunto, ajeitando o vestido e tirando os sapatos.

— Shh — diz ele. — Deite-se e olhe para cima.

Encosto a cabeça no chão e ergo o olhar, em seguida solto uma arfada. Em cima de mim, em todas as direções, há um cobertor com as estrelas mais brilhantes que já vi na vida.

— Uau — digo. — No meu quintal elas não são assim.

— Eu sei. Por isso trouxe você aqui. — Ele põe o braço entre nós e enrosca o dedo mindinho no meu.

Ficamos sentados por um bom tempo sem falar nada, mas é um silêncio confortável. De vez em quando, ele ergue o mindinho e alisa a lateral da minha mão, mas isso é tudo. Ficamos lado a lado, e meu vestido é de acesso razoavelmente fácil, mas ele nem sequer tenta me beijar. Fica claro que não me trouxe aqui para o meio do nada só para se agarrar comigo. Ele me trouxe aqui para compartilhar essa experiência comigo. Mais uma coisa pela qual é apaixonado.

Tem tanta coisa sobre Holder que me surpreende, especialmente as coisas das últimas 24 horas. Ainda não sei direito o que o chateou tanto no refeitório naquele dia, mas ele parece saber muito bem o que fez e que aquilo nunca mais vai se repetir. E tudo que posso fazer agora é confiar e deixar a situação em suas mãos. Só espero que ele saiba que é toda a confiança que me restou. Tenho certeza absoluta de que, se me magoar outra vez como já aconteceu, vai ser a última vez que me magoa na vida.

Inclino a cabeça em sua direção e fico observando-o encarar o céu. Suas sobrancelhas estão unidas, e é óbvio que está pensando em algo. Parece que ele sempre está pensando em alguma coisa, e fico curiosa para saber se algum dia serei capaz de atravessar essa barreira. Ainda há tantas coisas que quero saber sobre seu passado, sua irmã, sua família. Mas mencionar isso enquanto ele está tão concentrado o tiraria de onde quer que sua mente esteja agora. E não quero fazer isso. Sei o local exato onde está e o que está fazendo enquanto olha para o espaço ao seu redor. Sei porque é exatamente o que faço quando fico olhando para as estrelas no teto do meu quarto.

Fico observando-o por um bom tempo, depois desvio o olhar de volta para o céu e começo a me entregar a meus próprios pensamentos. Então nesse momento ele interrompe o silêncio com uma pergunta que surge do nada.

— Você teve uma vida boa? — pergunta ele baixinho.

Fico pensando na pergunta, mas em boa parte por querer saber no que ele estava pensando ao me perguntar isso. Será que estava mesmo pensando na minha vida ou será que era na dele?

— Sim — respondo com honestidade. — Tive, sim.

Ele suspira pesadamente e segura toda a minha mão.

— Que bom.

Não falamos mais nada até meia hora depois, quando diz que está pronto para ir embora.

Chegamos à minha casa alguns minutos antes da meia-noite. Nós dois saímos do carro, ele pega as sacolas com as compras aleatórias e me acompanha até a porta. Mas então para e põe as bolsas no chão.

— Não vou entrar — afirma ele, pondo as mãos nos bolsos.

— Por que não? Você é um vampiro? Precisa de permissão para entrar?

Ele sorri.

— Só acho que não devia ficar.

Vou até ele, coloco os braços ao seu redor e lhe dou um beijo no queixo.

— Por que não? Está cansado? Podemos nos deitar, sei que mal dormiu ontem. — Não quero mesmo que vá embora. Dormi melhor em seus braços que em qualquer outra noite.

Ele reage ao meu abraço pondo os braços ao redor dos meus ombros e me puxando para seu peito.

— Não posso — diz ele. — São várias coisas, na verdade. O fato de que minha mãe vai me encher de perguntas quando eu chegar em casa, querendo saber por onde ando desde ontem à noite. Porque ouvi você prometer à sua mãe que eu iria embora antes da meia-noite. E também porque passei o dia inteiro vendo você andando por aí com esse vestido e não consegui parar de pensar no que tem embaixo dele.

Ele leva a mão até meu rosto e fica encarando minha boca. Suas pálpebras ficam pesadas, e ele começa a sussurrar:

— Sem falar nesses lábios — diz ele. — Você não tem ideia do quanto foi difícil prestar atenção em cada palavra que você disse hoje, pois eu só conseguia pensar no quanto são macios. No quanto o gosto é incrível. No quanto se encaixam com perfeição nos meus. — Ele se inclina, me beija de leve e se afasta no instante em que começo a me derreter em cima dele. — E esse vestido — continua ele, passando a mão pelas minhas costas e deslizando-a delicadamente por cima do meu quadril e pela parte da frente da minha coxa. Estremeço debaixo das pontas dos dedos dele. — Esse vestido é o principal motivo pelo qual não vou entrar nessa casa.

Pela maneira como meu corpo está reagindo, concordo de imediato com sua decisão de ir embora. Por mais que eu adore ficar com ele e adore beijá-lo, já consigo perceber que eu realmente não conseguiria me conter, e acho que ainda não estou pronta para termos essa primeira vez.

Suspiro, mas tenho vontade de gemer. Por mais que concorde com o que ele está dizendo, meu corpo está totalmente furioso por eu não estar implorando para ele ficar. É estranho como passar o dia com Holder só aumentou minha necessidade de ficar perto dele o tempo todo.

— Isso é normal? — pergunto, olhando-o nos olhos, que estão cheios de desejo de uma maneira que nunca vi. Sei por que ele está indo embora, pois está claro que também está desejando essa primeira vez.

— O *que* é normal?

Pressiono a cabeça em seu peito para evitar ter de olhar para ele enquanto falo. Às vezes digo coisas que me deixam envergonhada, mas preciso dizê-las mesmo assim.

— O que nós sentimos um pelo outro é normal? Não nos conhecemos há tanto tempo assim. A maior parte desse tempo passamos nos evitando. Mas não sei, é que parece diferente com

você. Acho que quando a maioria das pessoas namora, os primeiros meses servem para construir uma ligação entre o casal.
— Ergo a cabeça do peito dele para olhá-lo. — Sinto como se eu tivesse isso com você desde o instante em que nos conhecemos. Com a gente tudo é tão natural. Parece que já chegamos a esse nível, e que agora estamos tentando cumprir com esses passos que vêm antes. Como se estivéssemos tentando nos conhecer *novamente*, fazendo tudo mais devagar. Não acha estranho?

Ele afasta o cabelo do meu rosto e olha para mim com uma expressão muito diferente. A luxúria e o desejo foram substituídos por uma angústia, e, ao ver isso, sinto um aperto no coração.

— Seja lá o que isso for, não quero ficar analisando. Também não quero que fique fazendo isso, está bem? Vamos apenas agradecer por eu finalmente ter encontrado você.

Acho graça da última frase.

— Você diz isso como se estivesse me procurando antes.

Ele franze a testa, unindo as sobrancelhas, e põe as mãos nas laterais da minha cabeça, inclinando meu rosto para mais perto do dele.

— Passei a vida inteira procurando você.

Sua expressão está firme e determinada, e ele une nossas bocas assim que termina de dizer a frase. Ele me beija com força e com mais paixão do que fez o dia inteiro. Estou prestes a puxá-lo para dentro de casa comigo, mas ele me solta e se afasta quando seguro seu cabelo.

— Gamo você — diz ele, forçando-se a descer os degraus.
— Até segunda.
— Gamo você também.

Não pergunto por que não vou vê-lo amanhã, pois sei que vai ser bom ter um tempo para processar as últimas 24 horas. Vai ser bom para Karen também, porque estou mesmo precisando atualizá-la sobre minha nova vida amorosa. Ou melhor, minha nova vida *gamorosa*.

segunda-feira, 22 de outubro de 2012
12h05

Faz quase um mês que eu e Holder assumimos o namoro. Até o momento, não descobri nele nenhuma idiossincrasia que me irrite. Pelo contrário, seus pequenos hábitos só me deixam ainda mais encantada. Feito a maneira que ele me olha, como se estivesse me estudando, e a forma como estala a mandíbula quando está irritado, e como lambe os lábios toda vez que ri. Na verdade, isso é até um pouco sensual. E não vou nem mencionar as covinhas.

Por sorte, estou com o mesmo Holder desde a noite em que ele entrou pela janela e se deitou em minha cama. Não vi nem sombra do Holder temperamental e instável desde então. Estamos até ficando cada vez mais sintonizados conforme passamos mais tempo juntos, e sinto que agora sei interpretá-lo quase tão bem quanto ele me interpreta.

Com Karen em casa todos os finais de semana, não ficamos muito a sós. Passamos a maior parte do nosso tempo juntos no colégio ou em encontros nos fins de semana. Por alguma razão, ele não se sente à vontade em ir ao meu quarto se Karen está em casa, e sempre inventa desculpas quando sugiro que a gente vá para sua casa. Então temos assistido a muitos filmes. Também saímos algumas vezes com Breckin e o novo namorado, Max.

Holder e eu temos nos divertido muito juntos, mas não temos nos *divertido* tanto juntos. Estamos começando a ficar um pouco frustrados com a falta de lugares decentes para nos agarrar. O carro dele é meio pequeno, mas demos um jeito. Acho que tanto eu quanto ele estamos contando as horas para Karen viajar no próximo fim de semana.

Eu me sento à mesa com Breckin e Max, esperando que Holder chegue com nossas bandejas. Max e Breckin se conheceram numa galeria de arte local há umas duas semanas, sem nem saber que estudavam no mesmo colégio. Fico feliz por Breckin porque começava a ter a impressão de que ele estava achando que só ficava de vela, quando na verdade não era nada disso. Adoro a companhia dele, mas vê-lo focar a atenção no próprio namoro facilitou muito as coisas.

— Você e Holder já têm planos para esse sábado? — pergunta Max, quando me sento.

— Acho que não. Por quê?

— Tem uma galeria de arte no centro que vai expor um dos meus quadros na exposição de arte local. Quero vocês dois lá.

— Parece legal — diz Holder, sentando-se ao meu lado. — Que quadro vai expor?

Max dá de ombros.

— Ainda não sei. Estou tentando decidir entre dois.

Breckin revira os olhos.

— Sabe qual quadro deve escolher e não é nenhum desses dois.

Max olha para Breckin.

— Moramos no leste do Texas. Duvido que um quadro gay vá ser bem recebido por aqui.

Holder olha de um para o outro.

— E quem é que se importa com o que as pessoas daqui pensam?

O sorriso de Max desaparece, e ele ergue o garfo.

— Meus pais — responde ele.

— Seus pais sabem que você é gay? — pergunto.

Ele faz que sim com a cabeça.

— Sabem. Eles me apoiam bastante, sim, mas continuam torcendo para que nenhum amigo da igreja descubra. Não querem que as pessoas sintam pena por eles terem um filho que está condenado ao Inferno.

Balanço a cabeça.

— Se Deus é o tipo de cara que condenaria alguém ao Inferno só por amar alguém, então não quero passar a eternidade com ele.

Breckin ri.

— Aposto que tem bolo de funil no Inferno.

— Que horas vai ser no sábado? — pergunta Holder. — Nós vamos, mas Sky e eu temos planos para depois.

— Acaba às 21 horas — diz Breckin.

Olho para Holder.

— Nós temos planos? O que vamos fazer?

Ele sorri para mim, põe o braço ao redor do meu ombro e suspira no meu ouvido.

— Minha mãe vai sair no sábado à noite. Quero mostrar meu quarto para você.

Os pelos do meu braço ficam arrepiados, e, de repente, começo a imaginar coisas que são impróprias demais para o refeitório do colégio.

— Não quero nem saber o que ele disse para fazer você corar assim — diz Breckin, rindo.

Holder afasta o braço e põe a mão na minha perna. Dou uma mordida na comida e olho para Max.

— Como devemos nos vestir para a exposição? Estava pensando em usar um vestido, mas não é muito formal. — Holder aperta minha coxa, e eu sorrio, sabendo exatamente o tipo de pensamento que acabei de colocar em sua cabeça.

Max está começando a me responder quando um garoto numa mesa atrás da nossa diz algo para Holder que não consigo escutar. Seja lá o que ele falou, foi algo que chamou de imediato a atenção de Holder, fazendo-o se virar por completo, ficando de frente para o garoto.

— Pode repetir o que disse? — pergunta Holder, fulminando-o com o olhar.

Não me viro. Prefiro não ver quem é o garoto responsável por trazer o Holder temperamental de volta em menos de dois segundos.

— Talvez precise falar mais claramente — diz o garoto, erguendo a voz. — Eu disse que se não é capaz de espancá-los *até* a morte, então é melhor se juntar a eles.

Holder não reage de imediato, o que é bom. Assim tenho tempo de segurar seu rosto e prender sua atenção em mim.

— Holder — digo, firme. — Ignore. *Por favor*.

— Isso aí, ignore — diz Breckin. — Ele só está tentando encher seu saco. Max e eu ouvimos essas merdas o tempo inteiro, já estamos acostumados.

Holder tensiona o queixo, inspirando devagar pelo nariz. A expressão em seus olhos se acalma aos poucos, e ele segura minha mão. Ele se vira sem olhar de novo para o rapaz.

— Estou bem — diz ele, querendo mais convencer a si próprio do que a nós. — Estou bem.

Assim que Holder se vira para a frente, as risadas da mesa atrás de nós se espalham pelo refeitório. Os ombros de Holder se retesam, então ponho a mão na sua perna e a aperto, desejando que continue calmo.

— Que legal — diz o cara atrás de nós. — Deixe a vagabunda convencê-lo a não defender seus novos amigos. Acho que não são tão importantes para você quanto Lesslie era, caso contrário eu estaria tão ferrado quanto Jake depois da surra que você deu nele no ano passado.

Preciso de toda a minha força para não pular do banco e bater no garoto com minhas próprias mãos, então sei que o autocontrole de Holder já se esgotou por completo. Ele começa a se virar com o rosto inexpressivo. Nunca o vi tão sério — é apavorante. Sei que algo terrível está prestes a acontecer, e não faço ideia de como evitar. Antes que ele seja capaz de pular para o outro lado da mesa e encher o cara de porrada, faço algo que choca até a mim mesma. Dou o maior tapão na cara de Holder.

Na mesma hora, ele leva a mão à bochecha e olha para mim, completamente perplexo. Mas está olhando para mim, o que é bom.

— Corredor — digo com determinação, assim que consigo sua atenção. Eu o empurro até ele sair do banco e mantenho as mãos em suas costas, em seguida continuo até que comece a andar em direção à saída do refeitório. Quando chegamos ao corredor, ele esmurra o armário mais próximo, me fazendo soltar o ar bem alto. A força de seu punho deixa a porta bem amassada, e fico aliviada por não ter sido o garoto do refeitório o alvo dessa força.

Holder está enfurecido. Seu rosto está vermelho, e nunca o vi tão transtornado antes. Ele começa a andar de um lado para o outro no corredor, parando para encarar as portas do refeitório. Não estou convencida de que ele não vai voltar, então decido levá-lo para ainda mais longe.

— Vamos para seu carro.

Empurro-o em direção à saída, e ele me deixa fazer isso. Andamos até o carro, e ele passa o tempo inteiro fumegando em silêncio. Ele se senta no banco do motorista, e eu, no do carona. Nós dois fechamos as portas. Não sei se ainda está prestes a voltar correndo para o colégio para terminar a briga que aquele babaca estava tentando começar, mas vou fazer tudo o que puder para mantê-lo longe até se acalmar.

O que acontece em seguida não é nada do que eu estava esperando. Ele estende o braço, me puxa para perto de si com firmeza e começa a estremecer incontrolavelmente. Seus ombros estão tremendo, e ele está me apertando, enterrando a cabeça no meu pescoço.

Está chorando.

Coloco os braços ao seu redor e deixo ele me abraçar enquanto põe para fora o que quer que estivesse reprimindo. Ele me desliza para seu colo e me aperta forte. Ajeito as pernas até ficarem do seu lado e o beijo de leve na têmpora, várias vezes. Ele quase não está fazendo barulho, e o pouco que faz é abafado pelo meu ombro. Não faço ideia do que fez com que se descontrolasse, mas nunca vi nada que partisse tanto meu coração. Continuo beijando o lado da sua cabeça, subindo e descendo as mãos pelas suas costas. Faço isso por vários minutos até ele finalmente ficar em silêncio, apesar de ainda estar me segurando forte.

— Quer conversar sobre isso? — sussurro, alisando seu cabelo.

Eu me afasto, ele encosta a cabeça no apoio do assento e olha para mim. Seus olhos estão vermelhos e repletos de mágoa, e por isso preciso beijá-los. Beijo cada pálpebra delicadamente, em seguida me afasto mais uma vez e espero ele falar.

— Eu menti — diz ele. Suas palavras perfuram meu coração, e fico morrendo de medo do que ele vai dizer. — Disse que repetiria o que fiz. Disse que daria a maior surra em Jake de novo se tivesse a oportunidade. — Ele toca minhas bochechas com as palmas das mãos e olha para mim desesperado. — Não faria isso. Ele não mereceu o que fiz com ele, Sky. E aquele garoto lá dentro? É o irmão mais novo de Jake. Ele me odeia pelo que fiz e tem todo o direito de sentir isso. Tem todo o direito de dizer qualquer merda que quiser para mim, pois eu mereço. Mereço, sim. Era essa a única razão pela qual não queria voltar para o colégio, porque sabia que mereceria ouvir qualquer coisa que alguém dissesse para mim. Mas não posso permitir que ele fale sobre você e Breckin daquele jeito. Pode dizer a merda que quiser sobre mim ou Less, porque nós merecemos, mas vocês, não. — Seus olhos estão desfocados mais uma vez, e ele está sofrendo imensamente, segurando meu rosto.

— Está tudo bem, Holder. Não precisa defender ninguém. E você *não* merece isso. Jake não devia ter dito aquilo sobre sua irmã no ano passado, e o irmão dele não devia ter dito o que disse hoje.

Ele balança a cabeça, discordando.

— Jake tinha razão. Sei que ele não devia ter dito aquilo, e tenho certeza de que eu não devia ter encostado nenhum dedo nele, mas ele tinha razão. O que Less fez não foi corajoso nem nobre ou valente. O que ela fez foi algo egoísta. Ela nem *tentou* superar. Não pensou em mim, não pensou nos meus pais. Só estava pensando em si mesma e não deu a mínima para nós. E eu a odeio por isso. Porra, a odeio por isso e estou cansado de odiá-la, Sky. Estou tão cansado de odiá-la porque isso está acabando comigo e me transformando numa pessoa que não quero ser. Ela não merece ser odiada. É minha culpa ela ter feito tudo aquilo. Devia ter ajudado, mas não ajudei. Não sabia. Eu amava aquela garota mais do que já amei qualquer pessoa e não fazia ideia do quanto ela estava mal.

Enxugo sua lágrima com o dedo e faço a única coisa em que consigo pensar, pois não tenho ideia do que dizer. Eu o beijo. Eu o beijo desesperadamente e tento acabar com o sofrimento da única maneira que sei. Nunca tive de encarar a morte de ninguém assim, então nem tento entender pelo que está passando. Ele põe as mãos no meu cabelo e me beija com tanta força que quase chego a sentir dor. Nós nos beijamos por vários minutos até a tensão ir diminuindo aos poucos.

Afasto meus lábios dos dele e olho bem em seus olhos.

— Holder, você tem todo o direito de odiar sua irmã pelo que ela fez. Mas também tem todo o direito de amá-la apesar disso. A única coisa que não tem o direito de fazer é se culpar. Nunca vai entender por que ela fez isso, então precisa parar de se recriminar por não ter todas as respostas. Ela escolheu o que achava ser melhor, apesar de ter feito a escolha errada. Mas é isso que precisa lembrar... foi *ela* que escolheu. Não você. E não pode se culpar por não descobrir o que ela não lhe contou.

— Eu dou um beijo em sua testa e ergo meu olhar até o dele.

— Você precisa se livrar disso. Pode manter o ódio, o amor e até a amargura, mas *precisa* se livrar da culpa. É isso que está acabando com você.

Ele fecha os olhos e puxa minha cabeça até seu ombro, expirando trêmulo. Sinto-o balançar a cabeça, se acalmando. Ele beija meu cabelo, e ficamos abraçados em silêncio. Toda a proximidade que pensávamos ter... não se compara a esse momento. Independentemente do que acontecer conosco nessa vida, esse momento acabou de unir parte de nossas almas. É algo que sempre teremos, e, de certa maneira, é reconfortante saber disso.

Holder olha para mim e ergue a sobrancelha.

— Afinal, por que você me deu um tapa na cara?

Eu rio e beijo a bochecha que levou o tapa. Mal dá para ver as marcas dos meus dedos agora, mas ainda estão lá.

— Desculpe. É que precisava tirar você dali, e não consegui pensar em mais nada que pudesse fazer.

Ele sorri.

— Funcionou. Não sei se qualquer outra pessoa teria sido capaz de dizer ou fazer alguma coisa para me afastar daquilo. Obrigado por saber exatamente como lidar comigo, pois às vezes nem eu sei direito.

Dou um beijo delicado nele.

— Acredite em mim. Não faço ideia de como lidar com você, Holder. Vou levando uma cena de cada vez.

Sexta-feira, 26 de outubro de 2012
15h40

— Que horas acha que vai estar de volta? — pergunto.

Holder está com os braços ao meu redor, e estamos encostados no meu carro. Não conseguimos passar muito tempo juntos desde o que aconteceu no carro dele durante o almoço na segunda-feira. Ainda bem que o cara que tentou começar a confusão não falou mais nada. Foi uma semana razoavelmente pacífica, considerando o início dramático.

— Só vamos voltar bem tarde. As festas de Halloween da empresa deles costumam durar bastante. Mas amanhã você vai me ver. Se quiser, posso buscá-la na hora do almoço e assim ficamos juntos o dia inteiro antes de irmos para a exposição.

Balanço a cabeça.

— Não posso. É aniversário de Jack, e vamos sair para almoçar porque à noite ele trabalha. Então vá me buscar às 18 horas mesmo.

— Sim, senhora — diz ele.

Em seguida, me beija e abre a porta para eu entrar. Dou tchau enquanto ele se afasta, e pego o celular na mochila. Recebi uma mensagem de Six, o que me deixa feliz. Não tenho recebido minhas mensagens diárias como ela havia prometido. Não achei que fosse sentir falta delas, mas agora, que só recebo uma a cada três dias, fico um pouco triste.

Agradeça a seu namorado por finalmente ter colocado mais minutos no seu telefone. Já transou com ele? Saudades.

Rio da franqueza dela e respondo:

Não, ainda não transamos. Mas já fizemos quase todo o resto, então tenho certeza de que sua paciência vai se esgotar logo. Faça de novo essa pergunta depois de amanhã, talvez a resposta seja diferente. Muitas saudades.

Aperto enviar e fico encarando o telefone. Não pensei se estou pronta ou não para ter essa primeira vez, mas acho que acabei de admitir para mim mesma que sim. Será que Holder não me convidou para a casa dele para descobrir exatamente isso: se estou pronta?

Dou ré, e meu telefone apita. Eu o pego, e é uma mensagem de Holder.

Não vá embora. Estou voltando para seu carro.

Paro o carro na vaga outra vez e abaixo a janela quando ele se aproxima.

— Oi — diz ele, inclinando-se para dentro de minha janela. Ele evita meu olhar e fica admirando, nervoso, o interior do carro. Odeio essa sua expressão de constrangimento, pois isso sempre significa que está prestes a dizer algo que não quero ouvir.
— Hum... — Ele volta a olhar para mim, e o sol está brilhando bem atrás dele, destacando todas as suas belas feições. Os olhos estão bem claros e olham para os meus como se nunca mais quisessem olhar para outro lugar. — Você, hum... você acabou de me mandar uma mensagem que tenho certeza que era para Six.

Ai, meu Deus, não. Na mesma hora, pego meu celular para ver se ele está falando a verdade. Infelizmente, está. Jogo o telefone no banco do passageiro e cruzo os braços em cima do volante, enterrando o rosto nos cotovelos.

— Ai, meu Deus — digo gemendo.
— Olhe pra mim, Sky — instrui ele. Ignoro-o e fico esperando que um buraco de minhoca apareça e me sugue de todas

essas situações vergonhosas em que me meto. Sinto sua mão na minha bochecha, e ele puxa meu rosto para perto. Está olhando para mim com bastante sinceridade. — Se for amanhã ou no ano que vem, posso prometer que vai ser a melhor noite da minha vida. Mas garanta que vai tomar essa decisão só por sua causa e não por mais ninguém, OK? Sempre vou querer você, mas só vou me permitir ficar com você quando tiver 100% de certeza de que me quer da mesma maneira. E não diga nada agora. Vou me virar e voltar para meu carro, e podemos fingir que essa conversa nunca aconteceu. Senão acho que suas bochechas vão ficar coradas para sempre. — Ele se inclina janela adentro e me dá um beijo rápido. — Você é linda pra cacete, sabia disso? Mas precisa mesmo aprender a mexer nesse telefone. — Ele pisca para mim e vai embora. Encosto a cabeça no apoio do assento e me xingo em silêncio.

Odeio a tecnologia.

Passo o resto da noite fazendo o meu melhor para tirar a mensagem vergonhosa da cabeça. Ajudo Karen a empacotar as coisas para o próximo mercado de pulgas e depois me deito com meu *e-reader*. Assim que o ligo, meu celular acende na mesinha de cabeceira.

> **Estou indo para sua casa agora. Sei que é tarde e que sua mãe está em casa, mas não consigo esperar até amanhã para dar mais um beijo em você. Confira se a janela está destrancada.**

Quando termino de ler a mensagem, pulo da cama e tranco a porta do quarto, feliz por Karen ter ido dormir cedo, há umas duas horas. Imediatamente, vou até o banheiro, escovo os dentes e o cabelo, desligo as luzes e volto para a cama. Já passa da meia-noite, e ele nunca entrou escondido aqui com Karen em casa. Estou nervosa, mas é um nervosismo empolgante. Como não me sinto nem um pouco culpada por ele estar a caminho, tenho isso como prova de que vou para o Inferno. Sou a pior filha de todas.

Vários minutos depois, minha janela é levantada, e eu o escuto entrar. Fico tão entusiasmada ao vê-lo que corro até a janela, ponho os braços ao redor de seu pescoço e pulo, fazendo com que me segure enquanto o beijo. Suas mãos seguram firme minha bunda, e ele anda até a cama, onde me solta com delicadeza.

— Bem, oi para você também — diz ele, com um sorriso enorme.

Ele cambaleia um pouco, cai em cima de mim e leva os lábios até os meus. Está tentando tirar os sapatos, mas não consegue e começa a rir.

— Você está bêbado? — pergunto.

Ele pressiona os dedos nos meus lábios e tenta parar de rir, mas não consegue.

— Não. Sim.

— Muito bêbado?

Ele leva a cabeça até meu pescoço e passa a boca suavemente pela minha clavícula, fazendo uma onda de calor atravessar meu corpo.

— Bêbado o suficiente para querer fazer coisas imorais com você, mas não bêbado o bastante para fazer isso bêbado — afirma ele. — Mas bêbado o suficiente para conseguir lembrar amanhã caso fizesse *mesmo* isso.

Eu rio, confusa demais com a resposta, mas ao mesmo tempo excitada demais com ela.

— É por isso que veio andando até aqui? Por que bebeu?

Ele balança a cabeça.

— Andei até aqui porque queria um beijo de boa-noite e, felizmente, não achei minhas chaves. Mas queria muito um beijo seu, linda. Senti tanto sua falta hoje. — Ele me beija, e sua boca tem gosto de limonada.

— Por que está com gosto de limonada?

Ele ri.

— Tudo que tinham lá eram umas bebidas frutadas cheias de frufru. Acho que me embebedei com bebidas frutadas cheias de frufru, feitas para mulheres. É muito triste e nada atraente, eu sei.

— Bem, está com um gosto ótimo — digo, puxando sua boca para a minha, fazendo-o gemer. Ele pressiona seu corpo contra o meu, afundando mais a língua na minha boca. Assim que nossos corpos se encontram na cama, ele se afasta e se levanta, deixando-me ofegante e sozinha no colchão.

— Hora de ir — diz ele. — Já consigo ver que isso está tomando um rumo que não devia por causa da bebida. Vejo você amanhã à noite.

Pulo da cama e corro até ele, bloqueando a janela antes que ele possa ir embora. Holder para na minha frente e cruza os braços.

— Fique aqui — peço. — Por favor. Só fique deitado na cama ao meu lado. Podemos fazer uma barreira de travesseiros, e prometo não tentar seduzir você, porque, afinal, está bêbado. Fique só uma horinha, não quero que vá embora ainda.

Na mesma hora, ele se vira e volta para a cama.

— Tudo bem — diz ele simplesmente, se jogando no colchão e tirando as cobertas de baixo dele.

Isso foi fácil.

Volto para a cama e me deito ao seu lado. Nenhum de nós faz o muro de travesseiros. Em vez disso, jogo o braço por cima de seu peito e entrelaço minhas pernas nas dele.

— Boa noite — diz ele, jogando meu cabelo para trás.

Ele beija minha testa e fecha os olhos. Acomodo a cabeça em seu peito e escuto seu coração bater. Após alguns minutos, a respiração e o coração dele se acalmam, e ele dorme. Não consigo sentir mais meu braço, então o removo com delicadeza de baixo dele e me viro em silêncio. Assim que me ajeito no travesseiro, ele desliza o braço por cima da minha cintura e apoia as pernas em cima das minhas.

— Amo você, Hope — murmura ele.

Hum...
Respire, Sky.
Apenas respire.
Não é tão difícil.
Respire.

Aperto os olhos e tento me convencer de que não acabei de ouvir o que acho que ouvi. Mas ele falou com muita clareza. E, para ser sincera, não sei o que mais parte meu coração — se é o fato de ele ter chamado o nome de outra pessoa, ou de ele ter dito *amar* em vez de *gamar*.

Tento me convencer a não rolar para longe e esmurrar seu maldito rosto. Ele está bêbado e estava meio que adormecido quando disse aquilo. Não posso presumir que significou alguma coisa para ele quando pode muito bem ter sido só um sonho. Mas... quem diabos é Hope? E por que ele a ama?

Treze anos antes

Estou suando porque está quente debaixo das cobertas, mas não quero tirá-las de cima da cabeça. Sei que se a porta se abrir, não vai fazer diferença se estou ou não embaixo das cobertas, mas me sinto mais segura assim. Ponho os dedos para fora e levanto a parte da coberta que está na frente dos meus olhos. Olho para a maçaneta como faço todas as noites.

Não gire. Não gire. Por favor, não gire.

Meu quarto é sempre muito silencioso, e odeio isso. Às vezes, ouço coisas, acho que é a maçaneta girando, e meu coração começa a bater bem forte e bem rápido. Agora, só de olhar para a maçaneta, meu coração já está batendo bem forte e bem rápido, mas não consigo desviar o olhar. Não quero que ela gire. Não quero que a porta abra, não quero.

Está tudo tão quieto.

Tão quieto.

A maçaneta não gira.

Meu coração para de bater tão rápido porque a maçaneta nunca gira.

Meus olhos ficam bem pesados, e finalmente os fecho.

Estou tão feliz por essa não ser uma das noites em que a maçaneta gira.

Está tudo tão quieto.

Tão quieto.

E, de repente, não está mais, pois a maçaneta gira.

Sábado, 27 de outubro de 2012
Algum momento no meio da madrugada

— Sky.

Estou me sentindo tão pesada. Tudo está tão pesado. Não gosto dessa sensação. Não tem nada físico em cima do meu peito, mas sinto uma pressão diferente que nunca senti antes. E uma tristeza. Uma tristeza avassaladora está me consumindo, e não faço ideia do motivo. Meus ombros tremem e ouço soluços vindo de algum lugar do quarto. Quem está chorando?

Sou *eu* que estou chorando?

— Sky, acorde.

Sinto seu braço ao meu redor. Ele está pressionando a bochecha na minha e está atrás de mim, apertando firme meu peito. Seguro seu pulso e afasto seu braço de cima de mim. Eu me sento na cama e dou uma olhada ao redor. Lá fora está escuro. Não entendo. Estou chorando.

Ele se senta ao meu lado e me vira para ele, passando os dedos pelos meus olhos.

— Você está me assustando, linda. — Ele está olhando para mim, preocupado.

Aperto os olhos e tento recuperar o controle, pois não faço ideia do que está acontecendo e não consigo respirar. Consigo me escutar chorando, mas não sou capaz de inspirar por causa disso.

Olho para o relógio na cabeceira, que marca três horas da manhã. As coisas começam a ganhar foco, mas... por que estou chorando?

— Por que está chorando? — pergunta Holder. Ele me puxa para perto, e eu o deixo fazer isso. Eu me sinto segura com ele. Eu me sinto em casa quando estamos abraçados. Ele me abraça e massageia minhas costas, beijando a minha têmpora de vez em quando. Fica repetindo o tempo inteiro: — Não se preocupe. — E me abraça pelo que parece uma eternidade.

Aos poucos, o peso vai saindo do meu peito, a tristeza se dissipa, e, após um tempo, não estou mais chorando.

Porém, estou assustada, pois é a primeira vez que algo assim acontece comigo. Nunca na minha vida senti uma tristeza tão insuportável, então como é que consegui sentir isso de forma tão real num sonho?

— Você está bem? — sussurra ele.

Faço que sim apoiada em seu peito.

— O que aconteceu?

Balanço a cabeça.

— Não sei. Acho que tive um pesadelo.

— Quer conversar sobre isso? — Ele acaricia meu cabelo com as mãos.

Nego com um gesto.

— Não. Não quero lembrar.

Ele me abraça por um bom tempo e beija minha testa.

— Não quero deixá-la sozinha, mas preciso ir embora. Não quero criar problemas para você.

Concordo com a cabeça, mas não o solto. Sinto vontade de implorar para ele não me deixar sozinha, mas não quero parecer desesperada e apavorada. As pessoas têm pesadelos o tempo inteiro; não sei por que estou reagindo assim.

— Volte a dormir, Sky. Está tudo bem, foi só um pesadelo.

Eu me deito novamente e fecho os olhos. Sinto seus lábios tocarem minha testa, e depois ele vai embora.

Sábado, 27 de outubro de 2012
20h20

Abraço Breckin e Max no estacionamento da galeria. A exposição acabou, e Holder e eu vamos voltar para a casa dele. Sei que devia estar nervosa pelo que pode acontecer entre nós, mas não estou nem um pouco. Com ele, tudo parece certo. Bem, tudo menos a frase que fica se repetindo na minha cabeça.

Amo você, Hope.

Quero perguntar o que foi isso, mas não consigo encontrar o momento adequado. Claro que não dava para mencionar o assunto durante a exposição. Agora parece ser uma boa hora, mas toda vez que abro a boca acabo fechando-a logo em seguida. Acho que tenho mais medo de saber quem ela é e qual sua importância na vida dele do que de criar coragem para falar sobre isso. Quanto mais adio, mais tempo tenho antes de ser obrigada a descobrir a verdade.

— Quer parar e comer alguma coisa? — pergunta ele, saindo do estacionamento.

— Quero — digo depressa, aliviada por ele ter interrompido meus pensamentos. — Um cheeseburger parece ótimo. E fritas com queijo. E quero também um milk-shake de chocolate.

Ele ri e segura minha mão.

— Não está sendo um pouco exigente, princesa?

Solto sua mão e me viro para ele.

— Não me chame assim — exclamo.

Ele olha para mim e é mais do que provável que esteja conseguindo ver a raiva no meu rosto, mesmo no escuro.

— Ei — diz ele para me acalmar, segurando minha mão de novo. — Não a acho exigente, Sky. Foi uma piada.

Balanço a cabeça.

— Exigente, não. Não me chame de princesa. Odeio essa palavra.

Ele me lança um olhar de soslaio e volta a prestar atenção na rua.

— Tudo bem.

Fico olhando para a janela, tentando tirar a palavra da cabeça. Não sei por que odeio tanto apelidos, só sei que é assim. E sei que minha reação agora foi exagerada, mas ele não pode me chamar disso nunca mais. Também não deve me chamar pelo nome de nenhuma ex-namorada. Ele devia me chamar somente de Sky... É bem mais seguro.

Dirigimos em silêncio, e fico cada vez mais arrependida por ter agido daquele forma. Acho até que devia estar mais chateada por ele ter me chamado do nome de outra garota do que de princesa. É quase como se eu estivesse depositando minha raiva em outra coisa por ter muito medo de mencionar o que realmente está me incomodando. Para ser sincera, tudo que quero hoje é uma noite sem drama algum. Vou ter tempo de sobra para perguntar sobre Hope algum outro dia.

— Me desculpa, Holder.

Ele aperta minha mão e a põe no colo, sem dizer mais nada.

Quando chegamos na entrada da casa dele, saio do carro. Não paramos para comer, mas nem estou a fim de mencionar isso agora. Ele me encontra perto da porta do carona, me abraça, e eu retribuo. Ele anda comigo até eu me encostar no carro, e pressiono a cabeça em seu ombro, inspirando seu cheiro. O constrangimento do caminho até aqui ainda está entre nós, então tento relaxar meu corpo encostado no dele para que saiba que não estou mais pensando naquilo. Ele está passando os dedos nos meus braços delicadamente, me deixando toda arrepiada.

— Posso perguntar uma coisa? — diz ele.

— Sempre.

Ele suspira, afasta-se e olha para mim.

— Eu a assustei demais na segunda? No meu carro? Pois, se assustei, peço desculpas. Não sei o que aconteceu comigo. Não sou um mariquinha, juro. Não choro desde que Less morreu, e nunca queria ter feito isso na sua frente.

Inclino a cabeça no peito dele e o abraço com mais força.

— Sabe ontem à noite, quando acordei com o pesadelo?

— Sei.

— Foi a segunda vez que chorei desde que tinha 5 anos. A única outra vez foi quando você me contou o que aconteceu com sua irmã. Chorei enquanto estava no banheiro. Foi só uma lágrima, mas já conta. Vai ver que quando estamos juntos nossas emoções ficam um pouco avassaladoras demais e nós *dois* viramos mariquinhas.

Ele ri e beija o topo da minha cabeça.

— Tenho a impressão de que em breve vou parar de gamar você. — Ele me dá outro beijo rápido e pega minha mão. — Está pronta para o grande tour?

Sigo ele até a casa, mas não consigo parar de pensar que ele acabou de dizer que em breve vai parar de me gamar. Se parar de me gamar, significa que vai começar a me amar. Ele acabou de confessar que está se apaixonando por mim sem dizer isso com todas as palavras. E o mais chocante nessa confissão é que eu a adorei.

Entramos na casa, que não é nada como eu imaginava. Não parece muito grande de fora, mas tem um vestíbulo. Casas normais não têm vestíbulos. À direita, uma arcada leva à sala de estar. Todas as paredes estão cobertas de livros e nada mais, e sinto como se eu tivesse morrido e ido para o céu.

— Uau — digo, olhando para as estantes da sala. Os livros estão agrupados em prateleiras do chão ao teto, em cada uma das paredes.

— Pois é — diz ele. — Minha mãe ficou furiosa quando inventaram o *e-reader*.

Eu rio.

— Acho que já estou gostando da sua mãe. Quando vou poder conhecê-la?

Ele balança a cabeça.

— Não apresento garotas à minha mãe. — A voz dele está tão inexpressiva quanto suas palavras, e, assim que acaba de falar, ele percebe que acabou me magoando. — Não, não. Não é isso que quis dizer. Não estou dizendo que você é como as outras garotas que namorei. Eu me expressei errado.

Tudo bem, mas estamos namorando há um certo tempo e, ainda assim, ele não está convencido de que o que temos é real o bastante para me apresentar à mãe? Será que vai *mesmo* chegar o dia em que isso entre nós vai ser real o bastante para que me apresente à mãe?

— Hope a conheceu? — Sei que não devia ter dito isso, mas não consegui mais me segurar. Especialmente agora, quando o escutei falar sobre "outras garotas". Não sou maluca; sei que ele namorou outras pessoas antes de me conhecer. Só não gosto de ouvi-lo falando sobre isso. Muito menos que me chame pelo nome de alguma delas.

— *O quê?* — pergunta ele, abaixando as mãos. Está se afastando de mim. — Por que disse isso? — Ele está ficando pálido, e me arrependo imediatamente do que disse.

— Deixe para lá. Não é nada. Não preciso conhecer sua mãe. — Só quero que isso acabe logo. Sabia que não ia estar muito a fim de conversar sobre isso hoje. Quero voltar ao tour da casa e esquecer que essa conversa aconteceu.

Ele segura minha mão e repete:

— Por que disse isso, Sky? Por que disse esse nome?

Balanço a cabeça.

— Não é nada de mais. Você estava bêbado.

Ele estreita os olhos para mim, e fica evidente que não vou ter como escapar dessa conversa. Suspiro e cedo relutante, limpando a garganta antes de falar.

— Ontem à noite, quando você estava pegando no sono... disse que me amava. Mas me chamou de Hope, então não era *comigo* que estava falando de verdade. Você tinha bebido e estava meio que adormecido, então não preciso de uma explicação. Não sei nem se realmente quero saber por que disse aquilo.

Ele leva as mãos até o cabelo e geme.

— Sky. — Ele se aproxima de mim, me abraçando. — Me desculpa, de verdade. Deve ter sido algum sonho idiota. Eu nem conheço ninguém que se chame assim e, com certeza, nunca tive uma ex-namorada com esse nome, se é isso que estava pensando. Desculpe por isso ter acontecido. Nunca devia ter ido bêbado para sua casa. — Ele olha para mim, e, por mais que meus instintos digam que está mentindo, seus olhos parecem totalmente sinceros. — Precisa acreditar em mim. Vou ficar arrasado se você pensar por um segundo sequer que sinto alguma coisa por outra pessoa. Nunca senti isso por ninguém.

Todas as palavras que saem de sua boca estão cheias de sinceridade e honestidade. Considerando que nem lembro por que acordei chorando, é possível que o que ele falou dormindo tenha sido causado por um sonho aleatório. E escutar tudo o que acabou de dizer mostra o quanto as coisas estão ficando sérias entre nós.

Olho para ele, tentando preparar alguma espécie de resposta para tudo que confessou. Separo os lábios e espero as palavras saírem, mas isso não acontece. De repente sou eu que preciso de mais tempo para processar meus pensamentos.

Ele está com as mãos no meu rosto, esperando que eu interrompa o silêncio entre nós. A proximidade de nossas bocas sabota sua paciência.

— Preciso dar um beijo em você — diz ele como se pedisse desculpas, puxando meu rosto para perto.

Ainda estamos no vestíbulo, mas ele me ergue sem esforço algum e me põe na escada que vai dar nos quartos do primeiro andar. Eu me inclino para trás, ele volta a tocar meus lábios com os seus e põe as mãos nos degraus de madeira ao lado da minha cabeça.

Devido à nossa posição, ele é obrigado a abaixar o joelho entre minhas coxas. Não é nada de mais, a não ser que se leve em consideração o vestido que estou usando. Seria muito fácil ele me ter bem aqui na escada, mas espero que a gente pelo menos chegue ao seu quarto primeiro, antes que ele comece a tentar. Eu me pergunto se ele está esperando mesmo alguma coisa, especialmente depois da mensagem que enviei por acidente. Ele é um garoto, então é óbvio que está esperando alguma coisa. Eu me pergunto se sabe que sou virgem. Será que devia contar? Acho que sim. Mas é provável que já tenha percebido.

— Sou virgem — digo sem pensar, encostada em sua boca. Imediatamente me pergunto o que diabos estou fazendo ao falar isso em voz alta bem agora. Não devia ter permissão de falar nunca mais na minha vida. Alguém devia me privar da voz, porque é óbvio que não sei controlá-la quando minha defesa sexual está inativa.

Na mesma hora, ele para de me beijar e afasta o rosto lentamente, olhando nos meus olhos.

— Sky — começa ele, sendo direto. — Estou beijando você porque, às vezes, não consigo *não* beijá-la. Você sabe o quanto sua boca mexe comigo. Não estou esperando nada além disso, ok? Enquanto puder beijá-la, as outras coisas podem esperar. — Ele põe meu cabelo atrás das orelhas e olha para mim com sinceridade.

— Só achei que você devia saber. Acho que devia ter escolhido um momento melhor para contar isso, mas, às vezes, simplesmente falo as coisas sem pensar. É um hábito péssimo e que eu odeio porque costuma surgir nos momentos mais inoportunos e é sempre vergonhoso. Como agora.

Ele ri e balança a cabeça.

— Não, não pare de fazer isso. Adoro quando você fala as coisas sem pensar. E também quando solta tiradas longas, nervosas e ridículas. É meio sensual.

Eu coro. Ser chamada de sensual é mesmo... sensual.

— Sabe o que mais é sensual? — pergunta ele, inclinando-se para perto de mim mais uma vez.

O jeito brincalhão em sua expressão faz minha vergonha desaparecer.

— O quê?

Ele sorri.

— A gente tentar não se agarrar enquanto vemos um filme. — Ele se levanta, me ajuda a me levantar e me leva até o quarto lá em cima.

Ele abre a porta e entra primeiro. Depois se vira e pede para eu fechar os olhos. Em vez disso, eu os reviro.

— Não gosto de surpresas — digo.

— Você também não gosta de presentes e de certos termos comuns que só demonstram carinho. Estou aprendendo. Mas queria lhe mostrar uma coisa legal... não é nenhum presente. Então dê um jeito e feche os olhos.

Obedeço, e ele me puxa para dentro do quarto. Já estou adorando esse lugar porque tem o mesmo cheiro que ele. Holder me acompanha por alguns passos e põe as mãos nos meus ombros.

— Sente-se — diz ele, empurrando-me para baixo. Eu me sento no que parece ser uma cama, mas de repente estou deitada e ele está levantando meus pés. — Continue de olhos fechados.

Sinto-o colocar meus pés na cama e me encostar num travesseiro. Sua mão segura a bainha do meu vestido, e ele o puxa para baixo, garantindo que vai ficar no lugar.

— Tenho de deixar você coberta. Não pode ficar me mostrando a coxa quando está deitada assim.

Eu rio, mas continuo de olhos fechados. De repente, ele começa a engatinhar do meu lado, tomando cuidado para não me dar uma joelhada. Sinto-o se acomodar ao meu lado no travesseiro.

— Pronto. Abra os olhos e prepare-se para ficar impressionada.

Estou com medo. Lentamente, abro os olhos. Hesito em adivinhar o que estou vendo, pois quase acho que é uma televisão. Mas normalmente as televisões não ocupam 2 metros da parede. Essa coisa é gigantesca. Ele aponta o controle remoto, e a tela se acende.

— Uau — digo, impressionada. — Mas que coisa enorme.

— É o que *todas* dizem.

Dou-lhe uma cotovelada na lateral do corpo, fazendo-o rir. Ele aponta o controle para a tela.

— Qual seu filme preferido de todos? Tenho *Netflix*.

Inclino a cabeça em sua direção.

— Net *o quê*?

Ele ri e balança a cabeça, desapontado.

— Sempre esqueço que você tem deficiências tecnológicas. É parecido com um *e-reader*, mas com filmes e programas de televisão em vez de livros. Dá para assistir praticamente qualquer coisa, é só apertar os botões.

— Tem comercial?

— Não — diz ele orgulhoso. — Então, o que vai ser?

— Você tem *O panaca*? Adoro esse filme.

Ele põe o braço em cima do peito, aperta um botão no controle e desliga a televisão. Ele fica em silêncio por vários longos segundos e depois suspira energicamente. Se vira para o lado, deixa o controle na mesinha de cabeceira e rola, ficando de frente para mim. — Não quero mais ver televisão.

Ele está fazendo bico? O que foi que eu disse de errado?

— Tudo bem. Não precisamos ver *O panaca*. Pode escolher outra coisa, bebezão. — Eu rio.

Ele fica um tempo sem responder e continua me encarando sem expressão. Depois levanta a mão, passando-a por minha barriga e cercando minha cintura. Em seguida, me segura com força e me puxa para ele.

— Sabe — diz ele, estreitando os olhos enquanto eles percorrem meu corpo meticulosamente. Holder contorna a estampa do meu vestido com o dedo, alisando com delicadeza minha barriga. — Posso lidar com o que esse vestido provoca em mim.

— Olha da minha barriga até minha boca. — Posso lidar até com ter de olhar para seus lábios o tempo inteiro, mesmo quando não posso beijá-los. Consigo lidar com o som da sua risada e com o quanto ela me dá vontade de cobrir sua boca com a minha e inspirar tudo.

Sua boca está se aproximando da minha, e a maneira como baixou o tom de voz, ficando numa espécie de oitava lírica e divina faz meu coração martelar dentro do peito. Ele leva os lábios até minha bochecha e a beija de leve, o hálito quente colidindo com minha pele quando ele fala:

— Sei lidar até com as milhões de vezes em que relembrei nosso primeiro beijo nesse último mês. Como você se sentiu. Como foi *escutar* você. Como me olhou logo antes de meus lábios encostarem nos seus.

Ele rola para cima de mim e põe meus braços acima da minha cabeça, segurando-os com as mãos. Estou prestando atenção em cada palavra que diz, sem querer perder um único segundo do que quer que esteja fazendo agora. Ele se senta em cima da minha cintura, apoiando-se nos joelhos.

— Mas sabe com o que não sei lidar, Sky? Sabe o que me deixa louco e me dá vontade de colocar as mãos e a boca em todos os centímetros do seu corpo? Você ter acabado de dizer que *O panaca* é seu filme preferido de todos. *Isso?* — Ele leva a boca até a minha, e nossos lábios se tocam. — Isso sim é incrivelmente sensual, e tenho certeza de que a gente precisa se agarrar agora.

Seu jeito brincalhão me faz rir, e sussurro de forma sedutora contra seus lábios.

— Ele odeia essas latas.

Ele geme, me beija e depois se afasta.

— De novo. Por favor. Ouvir você falar frases de filme é tão mais sensual que beijá-la.

Eu rio e falo outra frase.

— Fique longe das latas!

Ele geme no meu ouvido de uma maneira brincalhona.

— Essa é minha garota. Mais uma vez. Outra frase.

— É tudo de que preciso — digo brincando. — O cinzeiro, a raquete e o controle remoto e o abajur... e é *tudo* de que preciso. Não preciso de nenhuma outra coisa, nenhuma.

Agora ele está rindo em voz alta. Six e eu vimos esse filme inúmeras vezes, então ele vai ficar surpreso quando descobrir que sei várias outras frases.

— É *tudo* de que precisa? — diz ele espirituosamente. — Tem certeza, Sky? — A voz dele está calma e sedutora, e, se eu estivesse em pé, com certeza minha calcinha estaria no chão.

Balanço a cabeça, e meu sorriso desaparece.

— E você — sussurro. — Preciso do abajur, do cinzeiro, da raquete, do controle remoto... e de *você*. É tudo de que preciso.

Ele ri, mas sua risada some assim que olha para minha boca mais uma vez. Ele a fica observando, mais do que provavelmente planejando o que vai fazer com ela pela próxima hora.

— Preciso beijá-la agora. — Sua boca colide com a minha, e, neste momento, ele é *mesmo* tudo de que preciso.

Ele está de quatro, beijando-me com intensidade, mas preciso que fique em cima de mim. Minhas mãos ainda estão acima da cabeça, e minha boca não consegue formar palavras quando está sendo provocada assim. A única coisa que consigo fazer é erguer o pé e chutar seu joelho para que ele caia em cima de mim, então é o que faço.

No instante em que sinto seu corpo no meu, solto o ar. Fazendo barulho. Não tinha considerado que, ao levantar a perna, a bainha do meu vestido subiria. Bastante. Isso somado ao tecido áspero da calça jeans fariam qualquer um arfar.

— Puta merda, Sky — diz ele entre os instantes sem ar em que extasia minha boca com a dele. Já está sem fôlego, e não estamos fazendo isso há mais de um minuto. — Nossa, como é incrível sentir você. Obrigado por usar esse vestido. — Ele está me beijando, murmurando esporadicamente dentro de minha boca. — Eu gosto... — Ele beija minha boca e baixa os lábios para meu queixo até chegar no meio do meu pescoço. — Gosto mesmo dele. Do vestido.

Está tão ofegante que mal consigo entender seus sussurros. Ele desce um pouco mais na cama para que seus lábios fiquem na altura do meu pescoço. Inclino a cabeça para trás para dar-lhe acesso total, pois agora seus lábios são muito bem-vindos em qualquer parte do meu corpo. Ele solta minhas mãos para poder levar a boca mais para perto do meu peito. Uma de suas mãos chega até minha coxa, mas ele sobe com ela devagar, afastando o que restou do vestido de cima das minhas pernas. Ao alcançar o topo da minha coxa, sua mão para, e ele aperta forte, como se estivesse obrigando os próprios dedos a não irem mais além.

Contorço o corpo debaixo dele, esperando que entenda a indireta de que sua mão pode ir aonde quiser. Não quero que duvide do que está fazendo nem que pense que estou relutando em seguir em frente, nem por um segundo. Só quero que faça o que quiser, pois preciso que continue. Preciso que conquiste quantas primeiras vezes puder hoje, pois, de repente, estou me sentindo gananciosa e quero que passemos por todas elas.

Holder entende minhas indiretas físicas e aproxima a mão da parte interna da minha coxa. Só a expectativa de ele encostar em mim faz todos os músculos abaixo de minha cintura se contorcerem. Seus lábios finalmente descem da base do meu pescoço e chegam ao meu peito. Sinto que seu próximo passo vai ser remover meu vestido de uma vez para poder tocar o que está embaixo do tecido, mas, para isso, ele precisaria usar a outra mão, e estou gostando muito do lugar onde ela está agora. Preferiria se ela estivesse alguns centímetros além, mas não quero de jeito algum que ela se afaste.

Levo as mãos até seu rosto e o obrigo a me beijar com mais força, em seguida toco suas costas.

Ele ainda está de camisa.

Isso não é nada bom.

Ponho a mão na barriga dele e puxo a camisa por cima de sua cabeça, mas não percebo que, fazendo isso, ele é obrigado a afastar a mão da minha coxa. Pode ser que eu tenha resmungado um pouco, pois ele sorri e beija o canto da minha boca.

Ficamos nos olhando, e, delicadamente, ele alisa meu rosto com as pontas dos dedos, percorrendo todas as partes. Ele não desvia o olhar em instante algum e mantém os olhos grudados nos meus, mesmo quando abaixa a cabeça para beijar os cantos dos meus lábios. A maneira como me olha me faz sentir... tento procurar um adjetivo para completar esse pensamento, mas não encontro nenhum. Ele simplesmente me faz *sentir*. É o único garoto que já se importou se eu estava ou não sentindo alguma coisa, e, só por isso, deixo ele roubar mais um pedacinho do meu coração. Mas não parece o bastante, pois de repente quero dar meu coração *inteiro* para ele.

— Holder — digo baixinho. Ele sobe a mão pela minha cintura e se aproxima mais.

— Sky — diz ele, com o mesmo tom de voz.

Sua boca encosta nos meus lábios, e ele enfia a língua no meio deles. Ela é doce e quente, e sei que não faz muito tempo que senti esse gosto, mas estava com saudade. Suas mãos estão nas laterais da minha cabeça, mas ele está tomando cuidado para não encostar em mim com as mãos nem com o corpo. Apenas com a boca.

— Holder — murmuro, me afastando. Levo a mão até a bochecha dele. — Eu quero. Hoje. Agora.

Sua expressão não muda. Ele fica me encarando como se não tivesse me escutado. Talvez *não* tenha me escutado, pois com certeza não está concordando com minha sugestão.

— Sky... — A voz está cheia de hesitação. — Não precisamos. Quero ter certeza absoluta de que é o que você quer. Está certo? — Ele começa a acariciar minha bochecha. — Não quero apressá-la.

— Sei disso. Mas estou dizendo que quero fazer isso. Jamais quis com ninguém, mas com você, sim.

Ele está com os olhos fixos nos meus, assimilando cada palavra que eu disse. Ou está em estado de negação ou em choque, e nenhum desses dois casos é bom para mim. Levo as mãos até seu rosto, aproximando em seguida seus lábios dos meus.

— Isso não sou eu dizendo *sim*, Holder. Sou eu dizendo *por favor*.

Com isso, ele esmaga os lábios nos meus e geme. Escutar esse som vindo lá do fundo do peito dele me dá mais certeza ainda sobre minha decisão. Preciso dele e preciso agora.

— Vamos mesmo fazer isso? — pergunta ele dentro da minha boca, ainda me beijando empolgado.

— É. Vamos mesmo fazer isso. Nunca tive tanta certeza de algo na vida.

Sua mão sobe pela minha coxa, em seguida ele a desliza entre meu quadril e minha calcinha, e começa a tirá-la.

— Só preciso que me prometa uma coisa primeiro — digo.

Ele me beija suavemente, afasta a mão da minha calcinha (droga) e concorda com a cabeça.

— Qualquer coisa.

Seguro a mão dele e a coloco bem onde estava antes, no meu quadril.

— Quero fazer isso, mas só se me prometer que vamos quebrar o recorde de melhor primeira vez na história das primeiras vezes.

Ele sorri para mim.

— Quando se trata de nós dois, Sky... não tem como ser diferente.

Ele serpenteia o braço por debaixo das minhas costas e me ergue com ele. Suas mãos chegam nos meus braços, e ele põe os dedos por baixo das alças finas do meu vestido, afastando-as dos meus ombros. Fecho os olhos com firmeza e pressiono a bochecha na dele, agarrando seu cabelo. Sinto sua respiração no ombro e, depois, seus lábios. Ele mal o beija, mas é como se tivesse ligado todas as partes do meu corpo de dentro para fora com esse único beijo.

— Vou tirar isso — informa ele.

Meus olhos continuam fechados, e não sei se ele está me avisando ou pedindo minha permissão para tirar meu vestido, mas balanço a cabeça de todo jeito. Ele levanta o vestido e o puxa por cima da minha cabeça — minha pele nua formigando debaixo de seu toque. Ele me encosta com delicadeza no travesseiro, e abro os olhos, encarando-o, admirando sua beleza incrível. Depois de me olhar intensamente por vários segundos, ele fita a mão que está ao redor da minha cintura.

Sem pressa, observa meu corpo inteiro.

— Puta merda, Sky. — Ele passa as mãos pela minha barriga, inclina-se e dá um beijo suave nela. — Você é incrível.

Nunca fiquei tão exposta na frente de alguém antes, mas a maneira como ele está me admirando só me dá mais *vontade* de ficar tão exposta assim. Ele desliza a mão até meu sutiã e passa o polegar bem embaixo dele, separando meus lábios e fazendo meus olhos se fecharem outra vez.

Meu Deus, como eu o desejo. Muito, muito mesmo. Seguro seu rosto e o puxo para perto, prendendo minhas pernas ao redor de seu quadril. Ele geme, afasta a mão do meu sutiã para colocá-la na minha cintura outra vez. Holder desce minha calcinha, me obrigando a desvencilhar as pernas para que possa tirá-la de vez. Meu sutiã também é descartado logo depois, e, assim que todas as minhas roupas são removidas, ele afasta as pernas de cima da cama e meio que se levanta, inclinando-se por cima de mim. Ainda estou segurando-lhe o rosto, e continuamos nos beijando loucamente enquanto ele tira a calça e volta para a cama, abaixando-se em cima de mim. Agora estamos sentindo a pele um do outro pela primeira vez, tão perto que nem o ar passaria entre nós, e, ainda assim, não parece próximo o suficiente. Ele estende o braço, e sua mão mexe em alguma coisa na cabeceira. Tira uma camisinha da gaveta e a deixa na cama, abaixando-se em cima de mim mais uma vez. A rigidez e o peso dele fazem minhas pernas se abrirem mais. Estremeço ao perceber que a expectativa em minha barriga de repente começa a se transformar em pavor.

E náusea.

E medo.

Meu coração está acelerado, e minha respiração se transforma em curtas arfadas. Lágrimas brotam em meus olhos enquanto a mão dele se move ao nosso lado, procurando a camisinha. Ele a encontra, e eu o escuto abrindo o envelope, mas estou apertando os olhos. Consigo senti-lo se afastar e ficar de joelhos. Sei que ele a está colocando e sei o que vem em seguida. Conheço a sensação, sei o quanto dói e que isso vai me fazer chorar quando acabar.

Mas como sei disso? Como sei se nunca fiz isso antes?

Meus lábios começam a tremer quando ele se coloca entre minhas pernas outra vez. Tento pensar em alguma coisa para afastar o medo, então visualizo o céu, as estrelas e o quanto são bonitos, tentando diminuir o pânico. Se eu me lembrar de que o céu sempre é bonito e focar nesse pensamento, posso esquecer o quanto *isso* é feio. Não quero abrir os olhos, então começo a contar em silêncio dentro da cabeça. Visualizo as estrelas em cima da minha cama, começo com as que ficam mais embaixo e vou subindo.

1, 2, 3...

Eu conto e conto e conto.

22, 23, 24...

Prendo a respiração e me concentro mais e mais nas estrelas.

57, 58, 59...

Quero que ele acabe logo. Só quero que saia de cima de mim.

71, 72, 7...

— Que droga, Sky! — grita Holder.

Ele está afastando meu braço dos olhos. Não quero que me obrigue a olhar, então continuo segurando o braço em cima do rosto com firmeza, para que tudo fique escuro e eu possa continuar contando em silêncio.

De repente, minhas costas estão sendo erguidas, e não estou mais encostada no travesseiro. Meus braços estão moles, e os dele estão me abraçando com firmeza, mas não consigo me mover. Meus braços estão fracos demais, e estou soluçando muito. Estou chorando tanto, e Holder está me movendo, mas não entendo o motivo e, então, abro os olhos. Estou indo para a frente e para trás e para a frente e para trás, e, por um segundo, fico em pânico e aperto os olhos, achando que ainda não acabou. Mas consigo sentir as cobertas ao meu redor e seu braço apertando minhas costas, além de estar tocando meu cabelo e sussurrando em meu ouvido.

— Linda, está tudo bem. — Ele está pressionando os lábios em meu cabelo, balançando-me para a frente e para trás com ele. Volto a abrir os olhos, e as lágrimas embaçam minha visão. — Me desculpa, Sky. Desculpa de verdade.

Ele está beijando minha têmpora várias vezes seguidas enquanto me balança, pedindo desculpas. Está se desculpando por alguma coisa. Alguma coisa pela qual ele quer que eu o perdoe dessa vez.

Ele se afasta e vê que meus olhos estão abertos. Os dele estão vermelhos, mas não vejo nenhuma lágrima. Contudo, está tremendo. Ou talvez seja eu que estou tremendo. Acho que na verdade somos nós dois.

Ele está me olhando nos olhos, procurando alguma coisa. *Me* procurando. Começo a relaxar nos seus braços, pois quando estão ao meu redor não sinto como se estivesse despencando da face da Terra.

— O que aconteceu? — pergunto para ele. Não entendo de onde isso surgiu.

Ele balança a cabeça, com os olhos cheios de arrependimento, medo e aflição.

— Não sei. De repente você começou a contar, a chorar e a tremer, e fiquei tentando fazê-la parar, Sky. Mas você não parava. Estava apavorada. O que foi que eu fiz? Pode me dizer, porque estou muito arrependido. Estou tão, tão arrependido. Que merda eu fiz?

Balanço a cabeça, pois não tenho uma resposta.

Ele faz uma careta e encosta a testa na minha.

— Desculpa. Não devia ter deixado as coisas chegarem tão longe. Não sei o que diabos aconteceu, mas você ainda não está pronta, ok?

Ainda não estou pronta?

— Então a gente não... a gente não transou?

Ele me liberta de seu abraço, e sinto todo o seu comportamento mudar. A expressão em seus olhos é de frustração e confusão. As sobrancelhas se separam, e ele franze o rosto, segurando minhas bochechas.

— Onde você estava, Sky?

Balanço a cabeça, confusa.

— Bem aqui. Estou ouvindo.

— Não, quero dizer antes. Onde você estava? Comigo não era, pois, não, nada aconteceu. Dava para ver no seu rosto que tinha algo de errado, então não fiz nada. Mas agora precisa pensar bastante para descobrir em onde estava dentro dessa sua cabeça, porque você ficou em pânico. Estava histérica, e preciso saber o motivo para garantir que isso nunca mais aconteça.

Holder beija minha testa e solta minhas costas. Ele se levanta, veste a calça jeans e pega meu vestido. Ele o sacode, vira do avesso e o desliza pelas mãos. Em seguida, se aproxima de mim e o coloca por cima da minha cabeça. Ergue meus braços e me ajuda a colocá-los dentro do vestido, puxando-o depois para baixo, me cobrindo.

— Vou pegar um pouco de água para você. Já volto.

Ele me beija com relutância, quase como se estivesse com medo de encostar em mim. Após sair do quarto, encosto a cabeça na parede e fecho os olhos.

Não faço ideia do que acabou de acontecer, mas o medo de perdê-lo por causa disso é justificável. Acabei de transformar uma das coisas mais íntimas imagináveis num desastre. Fiz com que ele se sentisse um nada, como se tivesse feito algo de errado, e agora ele está se sentindo mal por causa disso. Provavelmente quer que eu vá embora, e não o culpo. Não o culpo nem um pouco. Também quero fugir de mim mesma.

Afasto as cobertas e me levanto, abaixando o vestido em seguida. Nem me dou o trabalho de procurar a calcinha e o sutiã. Preciso encontrar o banheiro e me recompor para que ele possa me levar para casa. É a segunda vez nesse fim de semana que caio em prantos sem nem saber o porquê — e nas duas vezes ele precisou me resgatar. Não vou fazer isso com ele de novo.

Quando passo pela escada procurando o banheiro, olho para a cozinha por cima do corrimão e o vejo inclinado para a frente com os cotovelos na bancada, o rosto enterrado nas mãos. Está simplesmente parado, parecendo arrasado e chateado. Não consigo mais olhá-lo, então abro a primeira porta à minha direita, presumindo que seja o banheiro.

Mas não é.

É o quarto de Lesslie. Começo a fechar a porta, mas desisto. Em vez disso, eu a abro mais, entro e a fecho. Não importa se estou num banheiro, quarto ou closet... só preciso de paz e silêncio. Tempo para me recompor do que diabos está acontecendo comigo. Estou começando a achar que talvez seja *mesmo* louca. Nunca perdi a noção das coisas de forma tão grave, e isso me apavora. Minhas mãos ainda tremem, então eu uno ambas à frente do corpo e tento me concentrar em alguma outra coisa para me acalmar.

Dou uma olhada ao redor e acho o quarto um tanto perturbador. A cama não está feita, o que me parece estranho. A casa inteira de Holder é impecável, mas a cama de Lesslie não está arrumada. Há duas calças jeans no meio do chão, e parece que ela acabou de tirá-las. Fico observando ao redor, e esse é um quarto típico de uma adolescente. Maquiagem na cômoda, iPod na cabeceira. Parece que ainda mora aqui. Pela aparência do quarto, não parece de jeito nenhum que ela se foi. Está na cara que ninguém encostou aqui desde que ela morreu. As fotos ainda estão penduradas nas paredes e coladas no espelho. Todas as roupas ainda estão no closet, algumas empilhadas no chão. Segundo ele, já faz mais de um ano que ela faleceu, e aposto que ninguém da família aceitou isso.

É estranho estar aqui dentro, mas assim minha mente não pensa no que está acontecendo. Vou até a cama e olho para as fotos penduradas na parede. A maioria é de Lesslie com seus amigos, e, só em algumas, ela aparece com Holder. É muito parecida com o irmão, tem olhos azul-claros e intensos, e cabelo castanho-escuro. O que mais me surpreende é o quanto parece feliz. Parece tão alegre e cheia de vida em todas as fotos que é difícil imaginar o que estava realmente se passando por sua cabeça. Não surpreende que Holder não fizesse ideia do quanto ela se sentia desolada. É mais que provável que não tenha deixado ninguém saber disso.

Pego uma foto abandonada na mesinha de cabeceira. Ao virá-la para mim, fico boquiaberta. Na foto, ela aparece beijando Grayson na bochecha, e os dois estão abraçados. A foto me deixa perplexa e preciso me sentar na cama para me recompor. É por isso que Holder o odeia tanto? É por isso que ele não queria que Grayson encostasse em mim? Fico me perguntando se ele não culpa Grayson pelo que Less fez.

Estou segurando a foto, ainda sentada na cama, quando a porta do quarto se abre. Holder aparece no vão.

— O que está fazendo? — Ele não parece bravo comigo por estar ali. No entanto, parece constrangido, provavelmente por causa do que fiz ele sentir há pouco.

— Estava procurando o banheiro — respondo baixinho. — Desculpe. Só precisava de um minuto sozinha.

Ele se encosta no batente e cruza os braços enquanto os olhos percorrem o quarto. Está assimilando tudo, assim como eu. É como se para ele tudo fosse novo.

— Ninguém entrou aqui? Desde que ela...

— Não — diz ele apressado. — De que adiantaria? Ela se foi.

Balanço a cabeça e deixo a foto de Lesslie e Grayson de volta na cabeceira, virada para baixo assim como a garota a havia deixado.

— Estavam namorando?

Ele dá um passo hesitante para dentro do quarto e se aproxima da cama. Ele se senta ao meu lado e apoia os cotovelos nos joelhos, unindo as mãos na frente do corpo. Lentamente, dá uma olhada no quarto, sem responder minha pergunta de imediato. Olha para mim, põe o braço ao redor do meu ombro e me puxa para perto. O fato de estar sentado aqui comigo agora, ainda querendo me abraçar, me dá vontade de chorar.

— Terminou com ela na véspera de ela ter feito isso — diz ele baixinho.

Tento não soltar uma arfada, mas suas palavras me deixam chocada.

— Acha que foi por causa dele que ela fez isso? É por isso que o odeia tanto?

Ele balança a cabeça.

— Já o odiava antes de Grayson terminar com ela. Ele a fez passar por muita merda, Sky. E não, não acho que foi por causa dele. Talvez tenha sido a gota d'água para ela tomar uma decisão que estava querendo há muito tempo. Less tinha seus problemas bem antes de Grayson aparecer. Então não, não o culpo. Nunca o culpei. — Ele se levanta e segura minha mão. — Vamos. Não quero mais ficar aqui.

Dou uma última olhada no quarto e me levanto para segui-lo. No entanto, paro antes de chegar à porta. Ele se vira e me flagra analisando as fotos na cômoda dela. Há uma de Holder e Lesslie num porta-retratos, de quando os dois eram crianças. Pego-a para observá-la mais de perto. Vê-lo tão novinho me faz sorrir por alguma razão. Ver os dois tão novos... é revigorante. É como se houvesse uma inocência neles, antes que as realidades feias da vida os atingisse. Estão na frente de uma casa de estrutura branca, e Holder colocou o braço ao redor do pescoço dela, apertando-a. Ela está com os braços ao redor da cintura dele, e os dois sorriem para a câmera.

Meus olhos vão dos rostos dos dois para a casa atrás deles. É uma casa branca com detalhes amarelos, e, se desse para ver o interior, a sala apareceria pintada de dois tons diferentes de verde.

Fecho os olhos no mesmo instante. *Como sei disso? Como sei a cor da sala?*

Minhas mãos começam a tremer e tento inspirar, mas não consigo. Como conheço essa casa? Mas conheço a casa como se conhecesse as crianças da foto. Como sei que tem um balanço verde e branco nos fundos? E a 3 metros do balanço há um poço seco que precisa ficar coberto porque o gato de Lesslie caiu ali uma vez.

— Você está bem? — pergunta Holder. Ele tenta tirar a foto de minhas mãos, mas eu a agarro e olho para ele. Seu olhar transmite preocupação, e ele dá um passo para mais perto de mim. Dou um passo para trás.

De onde eu o conheço?

De onde conheço Lesslie?

Por que sinto como se tivesse *saudade* deles? Balanço a cabeça, olhando para a foto, em seguida para Holder, e depois outra vez para a foto. E agora o pulso de Lesslie chama minha atenção. Ela está usando uma pulseira. Uma pulseira idêntica à minha.

Quero perguntar sobre a pulseira mas não consigo. Tento, mas não emito palavra alguma, então só ergo a foto. Ele balança a cabeça, e o rosto fica sério, como se seu coração estivesse se partindo.

— Sky, não — diz ele, implorando.

— Como? — Minha voz falha, e mal dá para escutá-la. Olho outra vez para a foto em minhas mãos. — Há um balanço. E um poço. E... seu gato. Ficou preso no poço. — Lanço um olhar para ele, e os pensamentos surgem um atrás do outro. — Holder, conheço aquela sala de estar. É verde, e a cozinha tem um balcão que era alto demais para nós e... sua mãe. O nome dela é Beth. — Faço uma pausa e tento respirar, pois as lembranças não param. Elas não param de surgir, e não consigo respirar. — Holder... o nome de sua mãe é Beth?

Holder franze o rosto e passa a mão pelo cabelo.

— Sky... — diz ele, mas não consegue nem olhar para mim. A expressão está dividida e confusa, e ele... ele tem *mentido* para mim. Está escondendo alguma coisa e tem medo de me contar seja o que for.

Ele me *conhece*. Mas afinal como me conhece e por que não me contou?

De repente, me sinto nauseada. Passo correndo por ele e abro a porta do outro lado do corredor, que por acaso é um banheiro, graças a Deus. Tranco a porta, jogo o porta-retratos na bancada e caio direto no chão.

As imagens e lembranças começam a inundar minha mente como se tivessem rompido os diques. Lembranças dele, dela, de nós três juntos. Lembranças de nós três brincando, eu jantando na casa deles, eu e Lesslie inseparáveis. Eu a amava. Eu era tão nova e tão pequena, e nem sei como os conhecia, mas eu os amava. Os dois. A lembrança surge junto com o luto por saber que a Lesslie que eu conhecia e amava quando criança se foi. De repente fico triste e depressiva por ela ter morrido, mas não por minha causa. Não por Sky. Fico triste pela garotinha que fui, e, de alguma forma, o luto pela perda de Lesslie está surgindo dentro de mim.

Como é que eu não sabia? Como não me lembrei dele na primeira vez que o vi?

— Sky, abra a porta, por favor.

Eu me encosto na parede. É demais. As lembranças, as emoções e o luto... é coisa demais para assimilar de uma só vez.

— Linda, por favor. Precisamos conversar, e não posso fazer isso daqui de fora. Por favor, abra a porta.

Ele *sabia*. Sabia desde a primeira vez que me viu no mercado. E quando viu minha pulseira... sabia que eu a tinha ganhado de Lesslie. Ele me viu usando, e sabia disso.

Meu luto e minha confusão logo se transformam em raiva, e eu me levanto do chão e vou rapidamente até a porta do banheiro, que destranco e escancaro. As mãos dele estão nos dois lados do caixilho, e ele está olhando fixo para mim, mas sinto como se nem sequer soubesse quem ele é. Não sei mais o que é real entre nós e o que não é. Não sei quais sentimentos são por causa de sua vida comigo agora, nem quais são por causa da vida que tinha com a garotinha que eu era.

Preciso saber. Preciso saber quem ela era. Quem *eu* era. Engulo o medo e faço a pergunta cuja resposta temo já saber.

— Quem é Hope?

Sua expressão insensível não muda, então pergunto de novo, mais alto dessa vez:

— Quem diabos é Hope?

Ele mantém o olhar fixo no meu, e as mãos firmes no batente, mas não responde. Por alguma razão, não quer que eu saiba. Ele não quer que eu lembre quem eu era. Respiro fundo e tento conter as lágrimas. Estou com muito medo de dizer o que acho, porque não quero saber a resposta.

— Sou eu? — pergunto, com a voz trêmula e cheia de trepidação. — Holder... eu sou Hope?

Ele expira rapidamente ao olhar para o teto, quase como se estivesse se segurando para não chorar. Fecha os olhos e encosta a testa no braço, depois inspira fundo antes de olhar de volta para mim.

— É.

O ar ao meu redor fica espesso. Denso demais para ser inspirado. Fico parada, bem na frente dele, incapaz de me mexer. Tudo fica quieto, exceto dentro da minha cabeça. Há tantos pensamentos, perguntas, lembranças e tudo tenta ficar em primeiro plano ao mesmo tempo, e não sei se preciso chorar, gritar, correr ou dormir.

Preciso sair. Sinto como se Holder, o banheiro e toda essa maldita casa estivessem me sufocando, então preciso sair daqui para ter espaço para que tudo dentro de minha cabeça possa sair. Quero que tudo escape.

Empurro-o para trás, e ele tenta segurar meu braço, mas eu o empurro.

— Sky, espere — grita ele atrás de mim. Continuo correndo até alcançar a escada e desço o mais rápido que posso, dois degraus por vez. Escuto-o me seguindo, então acelero, e meu pé vai mais para a frente do que eu pretendia. Solto o corrimão e caio para a frente, aterrissando na base da escada. — Sky! — berra ele.

Antes que possa tentar me levantar, ele me alcança e fica de joelhos com os braços ao meu redor. Dou um safanão, querendo que ele me solte para que eu simplesmente possa sair da casa. Mas ele não se mexe.

— Lá fora — digo, ofegante e fraca. — Só preciso ir lá para fora. Por favor, Holder.

Sinto-o se debatendo interiormente, sem querer me soltar. Relutante, me afasta de seu peito e olha para mim, procurando meus olhos.

— Não corra, Sky. Saia, mas, por favor, não vá embora. Precisamos conversar.

Concordo com a cabeça, ele me solta e me ajuda a levantar. Quando saio da casa e piso na grama, uno as mãos por trás da cabeça e inspiro fundo o ar frio. Inclino a cabeça para trás e olho para as estrelas, desejando mais que tudo estar lá em cima e não aqui em baixo. Não quero que as lembranças continuem voltando, porque cada lembrança confusa vem junto com uma pergunta ainda mais confusa. Não entendo como o conheço. Não entendo por que escondeu isso de mim. Não compreendo como meu nome pode ter sido Hope se só me lembro de ser chamada de Sky. Não sei por que Karen me diria que Sky é meu nome de nascença se isso não é verdade. Tudo que eu achava que entendia após todos esses anos está se desemaranhando, revelando coisas que nem quero saber. Estão mentindo para mim, e estou morrendo de medo de descobrir o que é que as pessoas estão escondendo.

Fico lá fora pelo que parece uma eternidade, tentando compreender isso sozinha sendo que nem faço ideia do que estou tentando compreender. Preciso conversar com Holder para descobrir o que sabe, mas estou magoada. Não quero vê-lo após compreender que, durante todo esse tempo, ele estava guardando esse segredo. Isso faz com que tudo o que achei que estava acontecendo entre nós não passe de uma ilusão.

Estou exaurida emocionalmente e tive todas as descobertas que aguento em uma só noite. Tudo que quero é ir para casa e me deitar. Preciso dormir antes que comecemos a discutir por que ele não me contou que me conhecia quando criança. Não entendo por que isso era algo que achou que devia esconder de mim.

Eu me viro e vou andando de volta para a casa. Ele está na entrada, me observando e se afasta para eu passar. Vou até a cozinha e abro a geladeira. Pego uma garrafa de água, abro-a e tomo vários goles. Minha boca está seca, e ele acabou não trazendo para mim a água que disse que ia buscar.

Deixo a garrafa na bancada e olho para ele.

— Me leve para casa.

Ele não protesta. Holder se vira, pega a chave na mesa do hall e gesticula para que o siga. Deixo a água na bancada e o acompanho em silêncio até o carro. Depois que entro, ele dá ré e segue para a rua sem dizer nada.

Passamos pelo meu entroncamento, e fica na cara que ele não tem a menor intenção de me levar para casa. Olho para ele, que está concentrado na rua.

— Me leve para casa — repito.

Ele olha para mim com uma expressão determinada.

— Precisamos conversar, Sky. Tem perguntas para fazer, sei que tem.

Tenho. Tenho um milhão de perguntas, mas tinha esperança de que ele fosse me deixar dormir para que pudesse tentar compreendê-las e responder sozinha quantas conseguisse. Mas está na cara que a essa altura ele não se importa com o que prefiro. Relutante, tiro o cinto e me viro no banco, encostando na porta para ficar de frente para ele. Se não quer me dar tempo para assimilar melhor tudo isso, vou jogar todas as perguntas de uma só vez. Mas vou fazer isso depressa pois quero que me leve para casa.

— Está bem — concordo por teimosia. — Vamos resolver logo isso. Por que passou esses dois meses mentindo para mim? Por que minha pulseira o deixou tão furioso a ponto de não conseguir falar comigo por semanas? Ou por que não me disse quem achava que eu realmente era no dia em que nos encontramos no mercado? Porque você sabia, Holder. Você sabia quem eu era, e, por alguma razão, achou que seria engraçado ficar me iludindo até que eu descobrisse a verdade. Você sequer *gosta* de mim? Valeu a pena me magoar, mais do que já fui magoada a vida inteira, só por causa desse joguinho que está fazendo? Pois foi isso que aconteceu — digo, tão furiosa que chego a tremer.

Finalmente me rendo às lágrimas porque essa é só mais uma coisa que está tentando sair de mim e cansei de lutar contra elas. Enxugo-as com o dorso da mão e abaixo o tom de voz.

— Você me magoou, Holder. Tanto. Prometeu que sempre seria sincero comigo. — Não estou mais erguendo a voz. Na verdade, estou falando tão baixinho que nem sei se ele consegue me escutar.

Ele continua encarando a rua como o babaca que é. Aperto os olhos, cruzo os braços e volto a me sentar direito no banco. Fico olhando pela janela do carona e xingo o carma. Xingo o carma por ter trazido esse caso perdido para minha vida só para que ele a arruinasse.

Quando ele continua dirigindo sem responder a nenhuma palavra que fiz, tudo que sou capaz de fazer é soltar uma pequena risada ridícula.

— Você é mesmo um caso perdido — murmuro.

Treze anos antes

— Preciso fazer xixi — diz ela, rindo.

Estamos agachadas debaixo do pórtico, esperando que Dean nos encontre. Gosto de brincar de pique esconde, mas gosto de me esconder. Não quero que saibam que ainda não sei contar, e sempre me pedem para fazer isso. Dean sempre diz para eu contar até vinte quando vão se esconder, mas não sei fazer isso. Então só fico de olhos fechados fingindo que estou contando. Os dois já estão na escola, e eu só vou entrar ano que vem, então não sei contar tão bem quanto eles.

— Ele está vindo — avisa ela, engatinhando um pouco para trás.

A terra debaixo do pórtico está fria, então tento evitar encostar ali com as mãos como ela está fazendo, mas minhas pernas estão doendo.

— Less! — grita ele. Ele se aproxima do pórtico e segue direto para os degraus. Estamos nos escondendo há um bom tempo, e parece que ele se cansou de nos procurar. Ele se senta nos degraus, que estão quase bem na frente da gente. Quando inclino a cabeça, consigo ver seu rosto. — Cansei de procurar!

Eu me viro e olho para Lesslie para ver se está preparada para sair correndo. Ela balança a cabeça e leva o dedo aos lábios.

— Hope! — grita ele, ainda sentado nos degraus. — Desisto!

Ele dá uma olhada no pátio e suspira em silêncio. Depois murmura e chuta o cascalho, o que me faz rir. Lesslie me dá um murro no braço, me dizendo para ficar quieta.

Ele começa a rir, e na hora acho que é porque está ouvindo a gente, mas depois percebo que está apenas falando sozinho.

— Hope e Less — *diz ele baixinho.* — Hopeless. — *Ele ri de novo e se levanta.* — Estão me ouvindo? — *grita ele, pondo as mãos ao redor da boca.* — Vocês duas juntas são um caso perdido [hopeless]!

Escutá-lo fazer essa brincadeira com nossos nomes faz Lesslie rir, e ela sai de baixo do pórtico. Vou atrás dela e me levanto no instante em que Dean se vira e a vê. Ele sorri e olha para nós duas, que estamos com os joelhos cobertos de terra e temos teias de aranha no cabelo. Ele balança a cabeça e repete:

— Um caso perdido.

Sábado, 27 de outubro de 2012
23h20

A lembrança é tão vívida; não entendo por que só agora está surgindo. Como fui capaz de ver sua tatuagem tantas vezes, ouvi-lo me chamar de Hope e falar sobre Less e mesmo assim não lembrar? Estendo a mão, agarro seu braço e levanto a manga da camisa. Sei que está ali. Sei o que diz. Mas é a primeira vez que olho para ela sabendo seu verdadeiro significado.

— Por que fez essa tatuagem? — Ele já me contou, mas agora quero saber o motivo real. Ele desvia o olhar da rua e o direciona para mim.

—Já disse. Quero me lembrar das pessoas que decepcionei na vida.

Fecho os olhos e me endireito no banco, balançando a cabeça. Ele me disse que não é vago, mas não consigo pensar em uma explicação mais vaga que essa. Como pode ter me desapontado? O fato de achar que me desapontou de alguma maneira quando eu era tão novinha nem faz sentido. E ele se arrepender tanto a ponto de transformar isso numa tatuagem críptica é algo muito além de qualquer suposição que sou capaz de imaginar neste momento. Não sei mais o que dizer ou fazer para ele me levar de volta para casa. Não respondeu nenhuma pergunta minha e agora voltou com esses joguinhos psicológicos, dizendo apenas coisas em códigos que não são respostas. Só quero ir para casa.

Ele para o carro, e espero que dê a volta. Em vez disso, desliga o motor e abre a porta. Olho pela janela e percebo que estamos no aeroporto outra vez. Fico irritada. Não quero ficar aqui observando-o encarar as estrelas novamente enquanto pensa. Quero respostas ou então prefiro ir para casa.

Escancaro a porta do carro e o sigo relutantemente até a grade, esperando que me dê alguma explicação rápida se eu fizer o que ele quer pela última vez. Ele me ajuda a passar pela grade outra vez, nós dois voltamos para nossos lugares no meio da pista e nos deitamos.

Olho para cima na esperança de ver alguma estrela cadente. Estou mesmo precisando fazer um ou dois desejos agora. Desejaria voltar dois meses no tempo e não entrar no mercado naquele dia.

— Está pronta para as respostas? — pergunta Holder.

Viro a cabeça para ele.

— Só se você estiver planejando ser sincero de verdade dessa vez.

Ele se apoia no braço e se vira para o lado, me olhando. Faz aquela coisa de novo, de ficar me encarando em silêncio. Está mais escuro que da última vez que estivemos aqui, então é difícil identificar a expressão em seu rosto. No entanto, dá para ver que está triste. Seus olhos jamais conseguem esconder a tristeza. Ele inclina-se para a frente e ergue a mão, levando-a até minha bochecha.

— Preciso beijar você.

Quase caio na gargalhada, mas tenho medo de que, se eu fizer isso, vou dar uma gargalhada insana, o que me deixa apavorada, pois já acho que estou enlouquecendo. Balanço a cabeça, chocada por ele sequer pensar que o deixaria me dar um beijo agora. Não depois de descobrir que passou os dois últimos meses mentindo para mim.

— Não — afirmo.

Ele mantém o rosto perto do meu e a mão em minha bochecha. Odeio o fato de que, apesar de toda a minha raiva ter sido causada por suas mentiras, meu corpo ainda reage ao seu toque. É uma batalha interna um tanto estranha quando a pessoa não consegue decidir se quer esmurrar a boca a 10 centímetros de seu rosto ou sentir o gosto dela.

— Preciso beijar você — repete ele, soando desesperado dessa vez. — Por favor, Sky. Tenho medo de que depois do que vou contar... nunca poderei beijar você de novo. — Ele chega mais perto de mim e acaricia minha bochecha com o polegar, sem desviar os olhos dos meus nem por um segundo. — *Por favor*.

Faço que sim com a cabeça ligeiramente, sem saber por que minha fraqueza está falando mais alto. Ele abaixa a boca até a minha e me beija. Fecho os olhos e me permito senti-lo, pois grande parte de mim também está com medo de que essa seja a última vez em que vou sentir sua boca na minha. Tenho medo de que essa seja a última vez que vou sentir *alguma coisa*, pois foi só com Holder que quis sentir algo.

Ele se ajeita até ficar de joelhos, segurando meu rosto com uma das mãos e apoiando a outra no concreto ao lado da minha cabeça. Ergo a mão e a passo em seu cabelo, puxando-o para minha boca com urgência. Sentir-lhe o gosto e o hálito se misturando com o meu momentaneamente me faz não pensar em nada do que aconteceu essa noite. Nesse momento, estou concentrada nele, no meu coração e em como este está acelerando e se partindo ao mesmo tempo. Quando penso que o que sinto por ele não é justificável nem verdadeiro, sinto dor. Sinto dor em toda parte. Na cabeça, na barriga, no peito, no coração, na alma. Antes, achava que o beijo dele era capaz de me curar. Agora parece que seu beijo está criando uma angústia terminal dentro de mim.

Ele sente que estou ficando frustrada conforme os soluços começam a sair da minha garganta. Ele leva os lábios até minha bochecha e depois até a orelha.

— Desculpa — diz ele, me abraçando. — Desculpa, de verdade. Não queria que soubesse.

Fecho os olhos e o afasto de mim, depois me sento e respiro fundo. Enxugo as lágrimas com o dorso da mão e puxo as pernas para cima, abraçando-as com força. Enterro o rosto nos joelhos para não ter de olhar para ele mais uma vez.

— Só quero que fale logo, Holder. Perguntei tudo que queria no caminho para cá. Preciso que me responda agora para que eu possa voltar para casa logo. — Minha voz soa frustrada e saturada.

Sua mão toca a parte de trás da minha cabeça, e ele fica passando os dedos ali enquanto pensa numa resposta. Em seguida, limpa a garganta.

— Não tinha certeza de que era mesmo Hope na primeira vez que a vi. Estava tão acostumado a vê-la no rosto de todas as desconhecidas da nossa idade que há alguns anos tinha desistido de tentar encontrá-la. Mas, quando a vi no mercado e olhei nos seus olhos, tive a sensação de que era mesmo ela. Quando me mostrou a identidade e percebi que estava errado, fiquei me sentindo ridículo. Como se esse tivesse sido o alerta final de que precisava para finalmente deixar a lembrança dela para trás.

Ele para de falar, passa a mão devagar pelo meu cabelo e a apoia nas minhas costas, onde faz pequenos círculos com o dedo. Tenho vontade de afastar a mão, mas quero ainda mais que fique onde está.

— Fomos vizinhos de você e seu pai por um ano. Você, eu e Less... nós éramos melhores amigos. Mas é tão difícil se lembrar dos rostos de tanto tempo atrás. Achei que você fosse Hope, mas também pensei que se fosse mesmo ela, eu não duvidaria. Achava que, se a visse novamente algum dia, teria certeza de que era ela.

"Quando saí do mercado naquele dia, fui logo pesquisar na internet o nome que me deu. Não consegui descobrir nada a seu respeito, nem mesmo no Facebook. Passei uma hora inteira procurando e fiquei tão frustrado que fui correr para me acalmar. Quando dei a volta na esquina e a vi na frente da minha casa, não consegui respirar. Estava lá parada, exausta da corrida e... *meu Deus*, Sky. Estava tão linda. Ainda não sabia se era Hope ou não, mas naquele momento isso nem passou pela minha cabeça. Não me importava com *quem* você era; simplesmente precisava conhecê-la melhor.

"Depois de passar mais tempo com você naquela semana, não pude deixar de aparecer na sua casa naquela sexta à noite

Não fui com intenção de investigar seu passado nem com esperança de que algo acontecesse entre nós. Fui à sua casa porque queria que conhecesse quem realmente sou, não quem as pessoas pensam que sou. Depois de passar mais tempo com você naquela noite, não consegui pensar em mais nada, só no que fazer para passarmos mais tempo juntos. Nunca tinha conhecido ninguém que me entendia como você. Ainda me perguntava se era possível .. se era possível que fosse ela. Fiquei mais curioso ainda depois que me contou que era adotada, mas, de novo, achei que podia ser coincidência.

"Mas quando vi a pulseira..."

Ele para de falar e afasta a mão das minhas costas. Ele desliza o dedo por debaixo do meu queixo, afastando meu rosto dos joelhos e me fazendo olhar em seus olhos.

— Fiquei magoado, Sky. Não queria que você fosse ela. Queria que dissesse que ganhou a pulseira de uma amiga, que a encontrou ou que comprou. Depois de tantos anos a procurando em todos os rostos que via por aí, finalmente tinha encontrado você... e fiquei arrasado. Não queria que fosse Hope. Só queria que você fosse você.

Balanço a cabeça, ainda tão confusa quanto antes.

— Mas por que não me contou? Por que seria tão difícil admitir que a gente se conhecia? Não entendo por que tem mentido sobre isso.

Ele me olha por um instante enquanto procura uma resposta adequada e afasta o cabelo dos meus olhos.

— O que se lembra da sua adoção?

Balanço a cabeça.

— Pouca coisa. Sei que fiquei com uma família de acolhimento temporário depois que meu pai me entregou. Sei que Karen me adotou e que nos mudamos para cá de outro estado quando tinha 5 anos. Fora isso e algumas lembranças aleatórias, não sei de mais nada.

Ele fica com a postura igual à minha e põe as mãos nos meus ombros com firmeza, como se estivesse ficando frustrado.

— Tudo isso foi Karen que lhe contou. Quero saber do que você se lembra. Do que você se lembra, Sky?

Dessa vez, balanço a cabeça devagar.

— De nada. As lembranças mais antigas que tenho são com Karen. A única coisa que lembro antes de Karen é de ganhar a pulseira, mas isso é só porque ainda a tenho e a lembrança ficou grudada em minha cabeça. Nem sei quem foi que me deu.

Holder segura meu rosto e leva os lábios até minha testa. Ele mantém os lábios ali, segurando-me em sua boca como se estivesse com medo de se afastar por não querer mais falar. Ele não quer ter de contar o que quer que saiba.

— Diga logo — sussurro. — Diga o que é que preferia não ter de me contar.

Ele afasta a boca e pressiona a testa na minha. Os olhos estão fechados, e ele está segurando meu rosto com firmeza. Parece tão triste, o que me faz querer abraçá-lo apesar de eu estar tão frustrada com ele. Ponho os braços ao seu redor e o abraço. Ele retribui o abraço e me põe no colo. Coloco as pernas ao redor da sua cintura, e nossas testas continuam unidas. Ele está me segurando, mas dessa vez parece que está fazendo isso porque a Terra lhe saiu do eixo e eu sou seu *centro*.

— Conte logo, Holder.

Ele passa as mãos na minha lombar e abre os olhos, afastando a testa da minha para poder me olhar enquanto fala.

— No dia em que Less lhe deu a pulseira, você estava chorando. Eu me lembro de todos os detalhes como se tivesse sido ontem. Você estava no jardim, de costas para sua casa. Less e eu ficamos sentados com você por um bom tempo, mas você não parava de chorar. Ela voltou para nossa casa depois de lhe dar a pulseira, mas não consegui fazer isso. Eu me sentia mal em deixá-la sozinha, porque pensei que podia estar com raiva do seu pai de novo. Estava sempre chorando por causa dele, o que me fazia odiá-lo. Não me lembro de nada sobre ele, só que eu o odiava por fazer você se sentir daquele jeito. Eu só tinha 6 anos, então nunca sabia o que dizer quando você chorava. Acho que naquele dia eu disse algo como: "Não se preocupe..."

— Ele não vai viver para sempre — digo, terminando a frase. — Eu me lembro daquele dia. De Less me dando a pulseira e de você me dizendo que ele não viveria para sempre. São dessas duas coisas que sempre me lembrei. Só não sabia que era você.

— É, foi o que disse para você. — Ele leva as mãos até minhas bochechas e continua falando. — E depois fiz algo de que me arrependo diariamente.

Balanço a cabeça.

— Holder, você não fez nada. Só foi embora.

— Exatamente — diz ele. — Voltei para o jardim da minha casa apesar de saber que devia ter ficado ao seu lado na grama. Fiquei parado no jardim, observando você chorar apoiada nos próprios braços, quando devia estar chorando nos meus. Tudo o que fiz foi ficar parado... observando o carro estacionar. Vi abaixarem a janela do carona, e escutei alguém chamar seu nome. Vi você olhar para o carro e enxugar os olhos. Você se levantou, limpou o short e foi até o carro. Vi quando entrou e sabia que, o que quer que estivesse acontecendo, não devia simplesmente ficar parado. Mas tudo que fiz foi observar quando eu devia ter ficado do seu lado. Nunca teria acontecido se eu tivesse ficado do seu lado.

O medo e o arrependimento em sua voz fazem meu coração disparar no peito. De alguma maneira, encontro forças para falar, apesar do medo que me consome.

— Não devia ter acontecido *o quê*?

Ele beija minha testa de novo, e seus polegares alisam delicadamente as maçãs do meu rosto. Holder olha para mim como se estivesse com medo de me magoar.

— Eles levaram você. Quem quer que estivesse naquele carro levou você do seu pai, de mim, de Less. Está desaparecida há 13 anos, Hope.

Sábado, 27 de outubro de 2012
23h57

Uma das coisas que amo nos livros é que eles conseguem definir e condensar certos momentos da vida de um personagem em capítulos. É intrigante, pois na vida real é impossível fazer isso. Não dá para terminar um capítulo, pular as coisas pelas quais a pessoa não quer passar e simplesmente começar um capítulo que melhor se encaixa com sua vontade. A vida não pode ser dividida em capítulos... só em minutos. Os acontecimentos da vida de uma pessoa estão todos aglomerados um minuto após o outro, sem nenhum intervalo de tempo, páginas em branco ou pausas de capítulo, porque não importa o que aconteça, a vida simplesmente continua, segue em frente, as palavras são ditas, e as verdades sempre surgem, quer você queira ou não, e a vida nunca deixa você fazer uma pausa apenas para recuperar a porra do fôlego.

Preciso de uma dessas pausas de capítulo. Tudo que quero é recobrar o fôlego, mas não tenho ideia de como fazer isso.

— Diga alguma coisa — diz ele. Ainda estou sentada em seu colo, com as pernas ao seu redor. Minha cabeça está encostada no seu ombro, e meus olhos, fechados. Ele põe a mão na parte de trás da minha cabeça e leva a boca até meu ouvido, me abraçando mais. — *Por favor.* Diga algo.

Não sei o que quer que eu diga. Será que quer que eu demonstre surpresa? Choque? Quer que eu chore? Que grite? Não consigo fazer nada disso pois ainda estou tentando entender o que está dizendo.

"*Você está desaparecida há 13 anos, Hope.*"

As palavras se repetem na minha cabeça sem parar, como um disco arranhado.

"*Desaparecida.*"

Espero que esteja dizendo desaparecida no sentido figurado, que nem quando as pessoas dizem "quanto tempo não nos vemos, você desapareceu!". Mas duvido que seja isso. Vi a expressão em seus olhos quando falou aquelas palavras, aquelas que não queria dizer de maneira alguma. Sabia o que elas provocariam em mim.

Talvez ele queira mesmo dizer no sentido literal e esteja confuso. Éramos muito novos; é provável que não se lembre corretamente da sequência de acontecimentos. Mas os últimos dois meses se passaram rápido demais diante dos meus olhos, e tudo sobre ele... todas as personalidades, variações de humor e palavras crípticas posso finalmente compreender. Como a noite em que estava na minha porta e disse que passou a vida inteira me procurando. Estava falando no sentido literal.

Ou na nossa primeira noite bem aqui nesta pista, quando perguntou se minha vida tinha sido boa. Ele passou os últimos 13 anos preocupado com o que tinha acontecido comigo. Estava sendo bem literal naquele momento, querendo saber se tinha sido feliz onde tinha ido parar.

Ou quando se recusou a pedir desculpas pela maneira como agiu no refeitório, explicando que sabia o que o deixou chateado mas que não podia me contar ainda. Não questionei aquilo na hora, pois parecia ter sido sincero sobre querer me explicar algum dia. Nunca em um milhão de anos eu teria adivinhado o motivo que o deixou tão chateado ao me ver usando a pulseira. Ele não queria que eu fosse Hope por saber que a verdade me deixaria magoada.

E tinha razão.

"Você está desaparecida há 13 anos, Hope."

A última palavra me faz sentir um calafrio nas costas. Devagar, levanto o rosto, ficando longe de seu ombro, e olho para ele.

— Você me chamou de Hope. Não me chame assim. Esse não é meu nome.

Ele balança a cabeça.

— Desculpe, Sky.

A última palavra *dessa* frase também me faz sentir um calafrio nas costas. Saio de cima dele e me levanto.

— Também não me chame disso — digo com determinação.

Não quero ser chamada de *Hope*, de *Sky* ou de *princesa* nem de nada que me separe de qualquer outra parte de mim mesma. De repente me sinto como se fosse pessoas completamente diferentes aglomeradas numa só. Alguém que não sabe quem é nem onde é seu lugar, e isso é perturbador. Nunca me senti tão isolada na vida; como se não houvesse uma única pessoa no mundo inteiro em que pudesse confiar. Nem eu mesma. Não posso confiar nem nas minhas próprias lembranças.

Holder se levanta e segura minhas mãos, olhando para mim. Está me observando, esperando minha reação. Mas vai ficar desapontado, pois não vou reagir. Não aqui. Não agora. Parte de mim quer chorar enquanto ele me abraça e sussurra "não se preocupe" no meu ouvido. Parte de mim quer gritar, berrar e bater nele por ter me enganado. Parte de mim quer deixar que continue se culpando por não ter impedido o que afirma ter acontecido 13 anos antes. Mas a maior parte de mim só quer que tudo desapareça. Quero voltar a não sentir nada. Tenho saudade do entorpecimento.

Solto minhas mãos das dele e começo a andar em direção ao carro.

— Preciso da pausa de um capítulo — digo, mais para mim mesma.

Ele vem atrás de mim.

— Nem sei o que isso significa. — A voz dele soa frustrada e confusa.

Ele segura meu braço para me parar, e mais do que provavelmente para perguntar o que estou sentindo, mas eu o empurro para longe e me viro para ele mais uma vez. Não quero que me pergunte o que estou sentindo, pois não faço a menor ideia.

Estou atravessando uma gama inteira de sentimentos agora, alguns que nunca tive antes. Raiva, tristeza, medo e descrença acumulam-se dentro de mim, e quero que isso pare. Só quero parar de sentir tudo isso, então ergo o braço, seguro seu rosto e pressiono meus lábios nos dele. Beijo-o com força e rapidez, querendo que reaja, mas ele não faz isso. Não retribui o beijo. Ele se recusa a fazer minha dor desaparecer assim, e, então, minha raiva fala mais alto, me fazendo afastar meus lábios e lhe dar um tapa.

Ele mal se contorce, o que me deixa furiosa. Quero que ele sofra, assim como eu. Quero que sinta o que suas palavras fizeram comigo. Dou outro tapa, e ele permite. Quando vejo que continua não reagindo, empurro seu peito. Empurro várias vezes seguidas — tentando devolver cada grama de sofrimento que acabou de infiltrar na minha alma. Cerro os punhos, bato em seu peito e, quando vejo que isso não funciona, começo a gritar, a bater nele e a tentar me desvencilhar dos seus braços, pois agora estão em volta de mim. Ele me vira, para que minhas costas se apoiem em seu peito e nossos braços fiquem juntos, dobrados na minha barriga.

— Respire — sussurra ele no meu ouvido. — Acalme-se, Sky. Sei que está confusa e assustada, mas estou aqui. Estou bem aqui. Apenas respire.

A voz é calma e reconfortante, e fecho os olhos para assimilar tudo. Ele simula uma respiração funda, movendo o peito no mesmo ritmo do meu, me obrigando a inspirar e fazer o mesmo. Inspiro lenta e profundamente várias vezes, acompanhando-o. Quando paro de me debater em seus braços, ele me vira devagar e me puxa para seu peito.

— Não queria que você sofresse tanto assim — sussurra ele, balançando minha cabeça nas mãos. — Por isso não tinha contado nada.

Percebo agora que nem estou chorando. Não chorei desde que a verdade saiu de seus lábios, e faço questão de conter as lágrimas que estão querendo correr. Lágrimas não vão me ajudar nesse momento. Só vão me deixar mais fraca.

Coloco as palmas das mãos no peito dele e o empurro de leve. Sinto como se estivesse mais vulnerável às lágrimas enquanto ele me abraça porque sua presença é muito reconfortante. Não preciso que ninguém me conforte. Preciso aprender a depender somente de mim mesma para ser forte, porque sou a única pessoa em que posso confiar — mas não sei nem se *eu mesma* sou confiável. Tudo que eu achava que sabia era mentira. Não sei quem está por dentro disso nem quem sabe a verdade, e percebo que não sobrou mais confiança alguma em meu coração. Nem em Holder, ou em Karen... nem em mim mesma, na verdade.

Afasto-me e olho-o nos olhos.

— Você planejava me contar quem eu sou em algum momento? — pergunto, fulminando-o com o olhar. — E se nunca me lembrasse? Você teria me contado a verdade *alguma* hora? Tinha medo de que eu fosse abandoná-lo e que fosse perder a oportunidade de trepar comigo? É por isso que passou esse tempo inteiro mentindo para mim?

Ele fica bastante ofendido no instante em que as palavras saem dos meus lábios.

— Não. Não foi nada disso. Não *é* nada disso. Não contei porque tenho medo do que pode acontecer com você. Se eu denunciar para a polícia, vão tirar você de Karen. É mais do que provável que ela seja presa e que você seja obrigada a voltar a morar com seu pai até completar 18 anos. Quer que isso aconteça? Você ama Karen, e é feliz aqui. Não queria estragar tudo isso.

Solto uma breve gargalhada e balanço a cabeça. O raciocínio nem faz sentido. Nada disso faz sentido.

— Para começar — digo —, não prenderiam Karen porque garanto que ela não sabe nada sobre isso. Em segundo lugar, tenho 18 anos desde setembro. Se não estava sendo honesto comigo por causa da minha idade, devia ter me contado em algum momento depois do meu aniversário.

Ele aperta minha nuca e olha para o chão. Não gosto do nervosismo que está demonstrando Pela maneira como está reagindo, percebo que as confissões ainda não acabaram.

— Sky, tem tanta coisa que ainda preciso explicar. — Ele volta a me olhar nos olhos. — Seu aniversário não foi em setembro. Você faz aniversário dia 7 de maio. E só completa 18 anos daqui a seis meses. E Karen? — Ele dá um passo na minha direção, agarrando minhas mãos. — Ela tem de saber, Sky. Ela *tem* de saber. Pare para pensar. Quem mais poderia ter feito isso?

Imediatamente, solto minhas mãos e me afasto. Sei que é bem provável que guardar esse segredo tenha sido uma tortura para ele. Vejo em seus olhos que está sofrendo por me contar tudo isso. Mas tenho dado o benefício da dúvida a ele desde o instante em que nos conhecemos, e qualquer compaixão que sentia por ele acabou de desaparecer, porque agora está tentando me dizer que minha própria mãe estava envolvida nisso.

— Me leve para casa — exijo. — Não quero ouvir mais nada. Não quero descobrir mais nada hoje.

Ele tenta segurar minhas mãos outra vez, mas as afasto com tapas.

— ME LEVE PARA CASA! — grito.

Começo a voltar para o carro. Já ouvi o suficiente. Preciso de minha mãe. Tudo que preciso é vê-la, abraçá-la e saber que não estou totalmente sozinha, pois é bem assim que estou me sentindo.

Chego à grade antes de Holder e tento subi-la sozinha, mas não consigo. Minhas mãos e braços estão fracos e tremendo. Ainda estou tentando escalar sozinha quando ele se aproxima por trás de mim e me levanta. Salto para o outro lado e ando até o carro.

Ele se senta no banco do motorista e fecha a porta, mas não liga o carro. Fica encarando o volante com a mão imóvel na ignição. Observo suas mãos com emoções conflitantes, pois quero tanto senti-las ao meu redor. Quero essas mãos ao meu redor, massageando minhas costas e meu cabelo enquanto ele me diz que tudo vai ficar bem. Mas também as olho com nojo, pensando em todas as formas íntimas como ele me tocou e me abraçou, sabendo o tempo inteiro que estava me enganando. Como pôde ficar comigo, sabendo de tudo aquilo, e me deixar acreditar em todas as mentiras? Não sei se sou capaz de perdoá-lo por isso.

— Sei que é muita coisa para assimilar — diz ele baixinho. — *Sei* que é. Vou levá-la para casa, mas precisamos conversar sobre isso amanhã. — Ele se vira para mim com um olhar insensível. — Sky, você *não* pode contar isso a Karen. Está entendendo? Não até nós dois encontrarmos uma explicação para tudo.

Concordo com a cabeça, só para tranquilizá-lo. Não é possível que realmente ache que não vou falar com ela sobre isso.

Ele vira todo o corpo na minha direção e se inclina, colocando a mão no meu apoio de cabeça.

— Estou falando sério, linda. Sei que não acha que ela é capaz de fazer algo assim, mas até descobrirmos mais coisas, precisa guardar esse segredo. Se contar para alguém, sua vida inteira vai mudar. Dê um tempo para conseguir processar tudo. *Por favor*. Por favor, me prometa que vai esperar até depois de amanhã. Até depois de conversarmos outra vez.

O tom apavorado perfura meu coração e faço que sim com a cabeça de novo, mas desta vez estou sendo sincera.

Ele fica me observando por vários segundos, então, se vira devagar e liga o carro, seguindo para a rua. Ele dirige os 6 quilômetros até minha casa, e nada é dito até chegarmos. Uma das minhas mãos está na maçaneta da porta, e estou prestes a sair do carro quando ele segura a outra mão.

— Espere — diz ele. Faço isso, mas não me viro. Fico com um pé dentro do carro e o outro no jardim, olhando para a porta. Ele toca minha têmpora e põe um fio de cabelo atrás da minha orelha. — Vai ficar bem hoje?

Suspiro com a simplicidade da pergunta.

— *Como?* — Volto para o banco e me viro para ele. — Como posso ficar bem depois de hoje?

Ele fica me encarando e continua alisando meu cabelo.

— Está acabando comigo... ter de deixá-la ir embora. Não quero deixá-la sozinha. Posso voltar daqui a uma hora?

Sei que está pedindo para entrar pela minha janela e se deitar do meu lado, mas balanço a cabeça no mesmo instante.

— Não dá — digo, com a voz falhando. — Está sendo difícil demais ficar perto de você agora. Só preciso pensar. Podemos nos ver amanhã, está bom?

Ele concorda com a cabeça, leva a mão da minha bochecha para o volante e me observa sair do carro e me afastar.

Domingo, 28 de outubro de 2012
00h37

Ao passar pela porta e entrar na sala, espero ser englobada pela sensação de conforto de que estou precisando desesperadamente. A familiaridade e a sensação de pertencimento é algo de que necessito para me acalmar, para acabar com a vontade de chorar. Aqui é a casa onde moro com Karen... uma mulher que me ama e que faria qualquer coisa por mim, independentemente do que Holder acha.

Fico parada no meio da sala escura, esperando a sensação me envolver, mas isso não acontece. Fico olhando ao redor cheia de suspeita e dúvida, e odeio estar observando agora minha vida de uma perspectiva completamente diferente.

Atravesso a sala de estar e paro perto da porta do quarto de Karen. Penso em ir me deitar com ela, mas a luz lá dentro está apagada. Jamais precisei tanto estar com ela quanto agora, mas não sou capaz de abrir a porta do quarto. Talvez ainda não esteja pronta para enfrentá-la. Em vez disso, sigo pelo corredor em direção ao meu quarto.

Vejo que a luz do meu quarto está acesa por baixo da porta. Coloco a mão na maçaneta e a viro, abrindo a porta devagar. Karen está sentada na minha cama. Olha para mim quando ouve a porta se abrir e se levanta no mesmo instante.

— Onde você estava? — Ela parece preocupada, mas há uma certa raiva em sua voz. Ou talvez desapontamento.

— Com Holder. Você não falou a hora que eu precisava voltar.

Ela aponta para a cama.

— Sente-se. Precisamos conversar.

Tudo nela está parecendo diferente agora. Fico observando-a com cautela. Sinto como se estivesse fingindo ser a filha obediente enquanto concordo com a cabeça. É como se estivesse numa cena de um filme dramático do canal *Lifetime*. Vou até a cama e me sento, sem saber o que a deixou tão irritada. Estou torcendo um pouco para que tenha descoberto o que *eu* descobri esta noite. Assim seria muito mais fácil contar tudo.

Ela senta-se do meu lado e se vira para mim.

— Não pode mais sair com ele — diz ela com firmeza.

Pisco duas vezes, mais por estar chocada com o tema da conversa. Não imaginava que tinha a ver com Holder.

— O quê? — digo, confusa. — Por quê?

Ela põe a mão no bolso e tira meu celular.

— O que é isso? — pergunta ela rangendo os dentes.

Olho para meu telefone sendo segurado com firmeza pelas mãos de Karen. Ela aperta um botão e ergue a tela para que eu veja.

— E o que diabos são essas mensagens, Sky? Elas são péssimas. Ele diz coisas horríveis e malvadas para você. — Ela deixa o telefone na cama e estende o braço, segurando minhas mãos. — Por que você se permite ficar com alguém que a trata assim? Não a criei assim.

Ela não está mais erguendo o tom de voz. Agora está apenas fazendo o papel de mãe preocupada.

Aperto suas mãos para tranquilizá-la. Sei que é mais do que provável que eu esteja encrencada por causa do telefone, mas preciso que saiba que as mensagens não são nada do que está pensando. Na verdade, me sinto até um pouco boba por estarmos tendo essa conversa. Quando a comparo com os novos problemas da minha vida, isso fica parecendo um pouco infantil.

— Mãe, ele não está falando sério. Ele manda essas mensagens de brincadeira.

Ela solta uma risada desanimada e balança a cabeça, discordando.

— Há algo de errado com ele, Sky. Não gosto como olha para você. Não gosto como olha para *mim*. E o fato de ele ter comprado um telefone para você sem respeitar nem um pouco as minhas regras só mostra o tipo de respeito que ele tem pelas pessoas. Não importa se as mensagens são de brincadeira ou não, não confio nele. E acho que você também não devia confiar.

Fico encarando-a. Ela continua falando, mas os pensamentos na minha cabeça estão ficando cada vez mais barulhentos, bloqueando quaisquer que sejam as palavras que está tentando enfiar no meu cérebro. As palmas das minhas mãos começam a suar nesse instante, e sinto o batimento do meu coração nos tímpanos. Todas as crenças, escolhas e regras de Karen estão surgindo na minha mente e tento separá-las e colocá-las em seus devidos capítulos, mas está tudo misturado. Tiro o primeiro pensamento da pilha de perguntas e sou direta com ela.

— Por que não posso ter um celular? — sussurro. Não tenho nem certeza se perguntei alto o suficiente para que me escutasse, mas ela para de mexer a boca, então sei que deu para escutar. — E internet — acrescento. — Por que não quer que eu use a internet?

As questões passam a envenenar minha cabeça e sinto como se precisasse colocá-las para fora. Tudo está começando a se encaixar, mas espero que não passe de uma coincidência. Espero que ela tenha me isolado porque me ama e quer me proteger. Porém, lá no fundo, está ficando bem nítido que me excluiu durante toda minha vida porque estava me *escondendo*.

— Por que me fez estudar em casa? — pergunto, dessa vez bem mais alto.

Seus olhos estão arregalados, e é óbvio que ela não faz nem ideia do motivo que me levou a fazer essas perguntas agora. Ela se levanta e olha para mim.

— Não vai virar isso tudo contra mim, Sky. Você mora na minha casa e segue minhas regras. — Ela pega o telefone na cama e vai até a porta. — Está de castigo. O celular já era. Seu namorado já era. Amanhã conversamos sobre isso.

Ela bate a porta, e imediatamente me jogo na cama, me sentindo mais desesperada que antes de entrar em casa.

Não pode ser. É apenas uma coincidência. *Não* pode ser. Ela não seria capaz de fazer algo assim. Aperto os olhos para conter as lágrimas e me recuso a acreditar nisso. Precisa haver alguma outra explicação. Talvez Holder esteja confuso. Talvez *Karen* esteja confusa.

Sei que eu estou confusa.

Tiro o vestido, visto uma camisa, desligo a luz e vou para debaixo das cobertas. Estou torcendo para acordar amanhã e perceber que tudo não passou de um pesadelo. Se não for isso, não sei quanto mais vou aguentar antes que minhas forças se esgotem de vez. Fico encarando as estrelas brilhando acima da minha cabeça e começo a contá-las. Afasto tudo e todos da mente e me concentro cada vez mais nelas.

Treze anos antes

Dean volta para seu jardim e se vira para me olhar. Enterro a cabeça de novo no braço e tento parar de chorar. Sei que eles provavelmente querem brincar de pique esconde de novo antes que eu precise voltar para casa, então tenho de parar de ficar triste para podermos brincar.

— Hope!

Ergo o olhar para Dean, mas ele não está mais olhando para mim. Achei que tinha me chamado, mas está olhando para um carro, que está estacionado na frente da minha casa com a janela aberta.

— Venha aqui, Hope — diz a moça.

Está sorrindo e me pedindo para ir até a janela. Sinto como se a conhecesse, mas não sei seu nome. Eu me levanto para ver o que quer. Limpo a terra do short e ando até o carro. Ela ainda está sorrindo e parece bem legal. Quando chego ao carro, ela aperta o botão que destrava as portas.

— Está pronta para ir, querida? Seu pai quer que a gente vá logo.

Não sabia que eu devia ir a algum lugar. Papai não falou que a gente ia sair hoje.

— Para onde a gente vai? — pergunto para ela.

Ela sorri, põe a mão na maçaneta e abre a porta para mim.

— No caminho eu conto. Entre e ponha o cinto, não podemos nos atrasar.

Ela não quer mesmo chegar atrasada no lugar para onde estamos indo. Não quero que se atrase, então me sento no banco e fecho a porta. Ela sobe a janela e começa a dirigir para longe da casa.

Olha para mim, sorri e estica o braço para o banco de trás. Ela me entrega uma caixinha de suco, então pego e abro o canudo.

— Meu nome é Karen — diz ela. — E você vai ficar comigo por um tempinho. Vou contar tudo quando chegarmos lá.

Tomo um gole do meu suco. É de maçã. Adoro suco de maçã.

— Mas e meu papai? Ele também vai?

Karen balança a cabeça.

— Não, querida. Vamos ser só nós duas quando chegarmos lá.

Ponho o canudo de volta na boca pois não quero que ela me veja sorrindo. Não quero que saiba que estou contente porque papai não vai conosco.

Domingo, 28 de outubro de 2012
02h45

Eu me sento.

Foi um sonho.

Foi só um sonho.

Sinto meu coração batendo loucamente em todas as partes do meu corpo. Está batendo tão forte que consigo escutá-lo. Estou ofegante e toda suada.

Foi só um sonho.

Tento me convencer disso. Quero acreditar com todo o meu coração que a lembrança que acabei de ter não foi real. Não *pode* ser.

Mas é. Eu me lembro nitidamente, como se tivesse sido ontem. Toda vez que tenho me lembrado de alguma coisa nos últimos dias, uma nova memória aparece logo em seguida. Coisas que estava reprimindo, ou de que não me lembrava por ser nova demais, estão voltando com força total. Coisas que não quero lembrar. Coisas que preferia não saber.

Tiro as cobertas de cima de mim e estendo o braço para ligar o abajur. O quarto se acende, e dou um grito ao perceber que tem mais alguém na minha cama. Assim que o grito escapa, ele acorda e se levanta de repente.

— O que diabos está fazendo aqui? — sussurro alto.

Holder olha para o relógio e esfrega os olhos com as palmas das mãos. Quando ele acorda o suficiente para reagir, põe a mão no meu joelho.

— Não fui capaz de deixá-la sozinha. Precisava garantir que estava bem. — Ele encosta no meu pescoço, bem abaixo da orelha, e alisa meu queixo com o polegar. — Seu coração — diz ele, sentindo meu pulso com as pontas dos dedos. — Você está com medo.

Vê-lo na minha cama, cuidando de mim como está fazendo agora... não tenho como ter raiva dele. Não posso culpá-lo. Quero sentir raiva, mas não consigo. Se ele não estivesse aqui comigo agora para me consolar após o que acabei de perceber, não sei o que faria. Ele não fez nada além de culpar a si próprio por todas as coisas que aconteceram comigo. Estou começando a aceitar que talvez ele precise de tanto consolo quanto eu. Por isso, deixo ele roubar mais um pedaço do meu coração. Seguro a mão que está no meu pescoço e a aperto.

— Holder... eu me lembro. — Minha voz treme enquanto falo e sinto as lágrimas querendo cair. Engulo em seco e as contenho com toda a minha força.

Ele se aproxima de mim na cama e me vira para que eu fique totalmente de frente para ele. Ele põe as mãos no meu rosto e sustenta meu olhar.

— O que você lembra?

Sacudo a cabeça, sem querer contar. Ele não me solta e me convence com os olhos, balançando a cabeça com sutileza, garantindo que não tem problema algum eu contar. Sussurro o mais baixinho que posso, com medo de falar em voz alta.

— Era Karen no carro. Foi ela. Foi ela que me levou.

Suas feições são tomadas pela aflição e aceitação, e ele me puxa para perto do seu peito, me abraçando.

— Eu sei, linda — diz ele no meu cabelo. — Eu sei.

Agarro sua camisa e me seguro nele, querendo nadar no consolo que seus braços fornecem. Fecho os olhos, mas só por um segundo. Ele me afasta assim que Karen abre a porta do quarto.

— Sky?

Eu me viro na cama e a vejo na porta, fulminando Holder. Ela desvia o olhar para mim.

— Sky? O que... o que está fazendo? — Confusão e desapontamento lhe encobrem o rosto.

Lanço um rápido olhar para Holder.

— Me leve embora daqui — digo baixinho. — Por favor.

Ele concorda com a cabeça e vai até meu closet. Abre a porta enquanto me levanto, pego uma calça jeans na cômoda e a visto.

— Sky? — diz Karen, observando nós dois da porta. Não olho para ela. Não *consigo* olhar para ela.

Ela dá alguns passos para dentro do quarto no instante em que Holder abre uma bolsa de lona e a coloca na cama.

— Coloque algumas roupas aqui dentro. Vou pegar o que você precisa do banheiro. — O tom de voz está calmo e tranquilo, o que ameniza um pouco o pânico que percorre meu corpo. Vou até o closet e começo a puxar as camisas dos cabides.

— Você não vai a lugar algum com ele. Enlouqueceu? — A voz de Karen está quase em pânico, mas mesmo assim não olho para ela.

Continuo jogando roupas na bolsa. Vou até a cômoda, abro a gaveta de cima e pego um monte de meias e roupas íntimas. Vou até a cama, mas Karen me interrompe, pondo as mãos nos meus ombros e me forçando a olhar para ela.

— Sky — diz ela, atônita. — O que está fazendo? O que há de errado com você? Não vai embora com ele.

Holder volta para o quarto com a mão cheia de produtos de higiene, passa direto por Karen e coloca tudo na bolsa.

— Karen, sugiro que você a solte — diz ele com o máximo de calma cabível em uma ameaça.

Karen zomba de Holder e se vira em sua direção.

— Você *não* vai levá-la. Se sair dessa casa com ela, chamo a polícia.

Holder não responde. Olha para mim, pega as coisas na minha mão, vira-se e as coloca na bolsa antes de fechar o zíper.

— Está pronta? — pergunta ele, segurando minha mão.

Faço que sim com a cabeça.

— Não estou brincando! — grita Karen. Lágrimas começam a lhe escorrer pelo rosto, e ela está bem agitada, olhando para nós dois alternadamente. Ver seu sofrimento quebra meu coração, porque ela é minha mãe e eu a amo, mas não posso ignorar o quanto estou furiosa e me sinto enganada devido aos últimos 13 anos da minha vida. — Vou ligar para a polícia — grita ela. — Você não tem o direito de levá-la!

Ponho a mão no bolso de Holder, tiro o celular e dou um passo na direção de Karen. Fito os olhos dela com o máximo de calma possível e estendo o telefone.

— Tome — digo. — Ligue.

Ela olha para o telefone nas minhas mãos e depois para mim.

— Por que está fazendo isso, Sky? — Agora ela está aos prantos.

Seguro sua mão e coloco ali o telefone, mas ela se recusa a segurá-lo.

— Ligue! Ligue para a polícia, mãe! *Por favor.* — Agora estou implorando. Implorando para ela ligar para a polícia, para provar que estou errada, provar que não tem nada a esconder, provar que *eu* não sou o que ela tem a esconder. — Por favor — repito baixinho. Todo o meu coração e minha alma querem que ela pegue o telefone e ligue para a polícia, pois assim vou saber que estou errada.

Ela dá um passo para trás na mesma hora em que inspira. Depois, começa a balançar a cabeça, e tenho quase certeza de que sabe que eu sei, mas não vou ficar aqui tempo suficiente para descobrir. Holder segura minha mão e me leva até a janela aberta. Ele me deixa sair primeiro e depois me segue. Escuto Karen chamando meu nome, mas só paro de andar quando chego no carro dele. Nós dois entramos, e vou embora com Holder. Vou embora, deixando para trás a única família que conheci na vida.

Domingo, 28 de outubro de 2012
03h10

— Não podemos ficar aqui — diz ele, parando o carro em casa. — Karen pode aparecer atrás de você. Vou entrar rapidinho para pegar algumas coisas e já volto.

Ele se inclina e puxa meu rosto para perto de si. Ele me beija e sai do carro. O tempo inteiro que passa dentro de casa, eu fico com a cabeça encostada no apoio do assento, olhando pela janela. Hoje não tem uma única estrela no céu para eu contar. Apenas relâmpagos. Parece apropriado para a noite que tive.

Holder retorna ao carro vários minutos depois e joga a própria bolsa no banco de trás. Sua mãe está na entrada da casa, observando-o. Ele caminha até ela e segura seu rosto, assim como costuma fazer comigo, e diz alguma coisa, mas não sei o que é. Ela balança a cabeça e o abraça. Por fim, Holder volta para o carro e entra.

— O que disse a ela?

Ele segura minha mão.

— Disse que você e sua mãe brigaram e que vou levá-la para a casa de um parente seu em Austin. Avisei que ficaria com meu pai alguns dias e que logo estaria de volta. — Ele olha para mim e sorri. — Está tudo bem, infelizmente ela já se acostumou comigo partindo. Não está preocupada.

Eu me viro e olho pela janela enquanto ele sai com o carro bem no instante em que a chuva começa a bater no para-brisa.

— A gente vai mesmo ficar com seu pai?

— Podemos ir para onde você quiser. Mas duvido que queira ir para Austin.

Olho para ele.

— Por que eu não ia querer ir para lá?

Ele aperta os lábios e liga os limpadores do para-brisa. Depois, põe a mão no meu joelho e faz um carinho com o dedo.

— Você é de lá — diz ele baixinho.

Volto a olhar pela janela e suspiro. Tem tantas coisas que não sei. Tantas. Pressiono a testa no vidro frio e fecho os olhos, permitindo que todas as perguntas reprimidas voltem à tona.

— Meu pai ainda está vivo? — pergunto.

— Está, sim.

— E minha mãe? Morreu mesmo quando eu tinha 3 anos?

Ele limpa a garganta.

— Sim. Num acidente de carro alguns meses antes de a gente se mudar para a casa ao lado da sua.

— Ele ainda mora na mesma casa?

— Mora.

— Quero ver essa casa. Quero ir até lá.

Ele não responde de imediato. Em vez disso, inspira lentamente e expira.

— Não acho uma boa ideia.

Eu me viro para ele.

— Por que não? É provável que eu pertença a essa casa mais que a qualquer outro lugar. Ele precisa saber que estou bem.

Holder para o carro no acostamento. Ele se vira para mim com uma expressão não muito boa.

— Linda, não é uma boa ideia porque faz só algumas horas que você descobriu isso tudo. É muita coisa para você assimilar, e é melhor não tomar decisões precipitadas. Se seu pai a vir e a reconhecer, Karen vai ser presa. Precisa pensar bastante nisso. Pense na mídia. Nos repórteres. Acredite em mim, Sky. Quando você desapareceu, ficaram instalados no seu jardim por meses. A polícia me entrevistou mais de vinte vezes no período de dois meses. Sua vida inteira está prestes a mudar independentemente do que decidir. Mas quero que decida sozinha o que achar melhor. Respondo qualquer pergunta que tiver. Levo-a para onde quiser daqui a alguns dias. Se quiser ver seu pai, é para lá que iremos. Se quiser ir à polícia, é isso que vamos fazer. Se preferir apenas fugir de tudo, é o que faremos. Mas, por enquanto, quero apenas que você comece a assimilar isso tudo. Essa é sua vida. O resto da sua *vida*.

Suas palavras me fazem sentir um aperto no peito como se fossem um torno. Não sei o que estava pensando. Não sei *se* estava pensando. Ele analisou a situação de várias perspectivas diferentes e não tenho ideia do que fazer. Não tenho nenhuma ideia, porra.

Escancaro a porta e saio para o acostamento, no meio da chuva. Fico andando de um lado para o outro, tentando me concentrar em alguma coisa para evitar a hiperventilação. Está frio, e o que cai do céu não é mais uma chuva qualquer, é um *aguaceiro*. Gotas enormes golpeiam minha pele, e não consigo manter os olhos abertos por causa do impacto. Assim que Holder dá a volta no carro, vou depressa até ele e jogo os braços ao redor de seu pescoço, enterrando o rosto na sua camisa já encharcada.

— Não consigo fazer isso! — grito por cima do barulho da chuva atingindo o pavimento. — Não quero que minha vida seja assim!

Ele beija o topo da minha cabeça e se abaixa para falar ao meu ouvido.

— Também não quero que sua vida seja assim — diz ele. — Desculpe. Desculpe por ter deixado isso acontecer com você.

Ele desliza o dedo para baixo do meu queixo e me faz olhar para ele. Sua altura impede a chuva de atingir meus olhos, mas as gotas estão escorrendo pelo rosto dele, passando por cima dos lábios e descendo pelo pescoço. O cabelo está encharcado e grudado na testa, então afasto um fio dos olhos dele. Já está precisando de um novo corte.

— Não vamos deixar que essa seja sua vida hoje — diz ele. — Vamos voltar para o carro e fingir que estamos indo embora porque *queremos*... não porque *precisamos*. Podemos fingir que estou levando você a um lugar incrível... um lugar que sempre quis conhecer. Pode se aconchegar em mim e vamos conversando sobre o quanto estamos animados, falando sobre tudo que faremos quando chegarmos lá. Podemos deixar as coisas importantes para depois. Mas hoje... não vamos deixar que essa seja sua vida.

Puxo sua boca para a minha e o beijo. Eu o beijo por sempre saber exatamente o que dizer. Eu o beijo por sempre estar ao meu lado. Eu o beijo por apoiar qualquer que seja a decisão que eu talvez tenha de tomar. Eu o beijo por ser tão paciente comigo enquanto tento entender tudo. Eu o beijo porque não consigo pensar em nada melhor para fazer que voltar para dentro do carro com ele e conversar sobre tudo o que faremos quando chegarmos ao Havaí.

Separo minha boca da dele e, de alguma maneira, no meio do pior dia da minha vida, encontro forças para sorrir.

— Obrigada, Holder. *Mesmo*. Não conseguiria passar por isso sem você.

Ele beija minha boca delicadamente mais uma vez e sorri de volta.

— Sim. Conseguiria, *sim*.

Domingo, 28 de outubro de 2012
07h50

Os dedos dele têm mexido lentamente no meu cabelo. Apoiei a cabeça em seu colo, e estamos dirigindo há mais de quatro horas. Ele desligou o telefone em Waco após receber mensagens desesperadas de Karen, usando meu telefone, querendo que me levasse de volta para casa. O problema disso é o seguinte: nem sei mais onde é minha casa.

Por mais que eu ame Karen, não faço ideia de como posso compreender o que fez. Não existe nenhuma situação no mundo que justifique o roubo de uma criança, então talvez jamais queira voltar para ela. Planejo descobrir o máximo possível sobre o que aconteceu antes de tomar qualquer decisão sobre o que fazer. Sei que a coisa certa seria ligar para a polícia imediatamente, mas nem sempre o correto é a melhor solução.

— Acho que a gente não devia ficar na casa do meu pai — diz Holder. Tinha presumido que ele achava que eu estava dormindo, mas é óbvio que sabe que estou bem acordada. — Vamos ficar num hotel hoje e amanhã vemos o que fazer. Não saí da casa dele de maneira muito pacífica no verão, e não queremos mais drama.

Concordo com a cabeça apoiada em seu colo.

— Faça o que quiser. Só sei que preciso de uma cama, estou exausta. Nem sei como ainda consegue ficar acordado. — Eu me sento e estendo os braços na minha frente enquanto Holder entra no estacionamento de um hotel.

Depois de fazer nosso check-in, ele me dá a chave do quarto e, em seguida, vai estacionar o carro e pegar nossas coisas. Deslizo a chave na fechadura eletrônica, abro a porta e entro no quarto. Só tem uma cama, como presumi. Já dormimos na mesma cama várias vezes, então seria bem mais estranho se tivesse pedido camas separadas.

Ele chega no quarto alguns minutos mais tarde e põe nossas bolsas no chão. Remexo na minha procurando alguma roupa para dormir. Infelizmente, não trouxe nenhum pijama, então pego uma camiseta comprida e roupas íntimas.

— Preciso de uma ducha.

Pego os poucos itens de higiene que trouxe, os levo para o banheiro e tomo um banho extremamente longo. Quando termino, tento secar o cabelo, mas estou cansada demais. Em vez disso, prendo-o num rabo de cavalo molhado e escovo os dentes. Quando saio do banheiro, Holder está tirando as coisas de nossas malas e pendurando nossas camisas no armário. Ao olhar para mim, se espanta ao ver que estou só de camiseta e roupa íntima. Ele me observa por um segundo e desvia o olhar, constrangido. Está tentando me respeitar, considerando o dia que tive. Não quero que me trate como se eu fosse frágil. Em qualquer outro dia, ele faria algum comentário sobre o que estou vestindo, e suas mãos não levariam dois segundos para agarrar minha bunda. Mas ele vira de costas para mim e tira as últimas coisas de dentro da bolsa.

— Vou tomar uma ducha rápida — avisa ele. — Enchi o balde de gelo e comprei algumas bebidas. Não sabia se ia preferir refrigerante ou água, então trouxe os dois. — Ele pega uma cueca boxer e passa por mim na direção do banheiro, tomando cuidado para não me olhar. Assim que passa ao meu lado, seguro seu pulso. Ele para e se vira, olhando-me cuidadosamente nos olhos, e em nenhum outro lugar.

— Pode me fazer um favor?

— Claro, linda — diz ele, com sinceridade.

Deslizo a mão na dele e a levo até a boca. Dou um leve beijo na palma e a encosto na minha bochecha.

— Sei que está preocupado comigo. Mas, se o que está acontecendo em minha vida faz com que se sinta constrangido com a atração por mim a ponto de não conseguir me olhar quando estou seminua, vai me magoar. Você é a única pessoa que sobrou em minha vida, Holder. Por favor, não me trate de um jeito diferente.

Ele olha para mim propositadamente e afasta a mão de meu rosto. Seu olhar desce até meus lábios, e um pequeno sorriso se insinua no canto de sua boca.

— Está me dando permissão para admitir que continuo a desejando mesmo depois que sua vida virou uma merda?

Faço que sim com a cabeça.

— Saber que me deseja é mais necessário agora que *antes* de minha vida virar uma merda.

Ele sorri, leva os lábios até os meus, e sua mão acaricia minha cintura, chegando até a lombar. A outra mão está firme na parte de trás de minha cabeça, guiando-a enquanto me beija com intensidade. O beijo é justamente o que eu estava precisando. É a única coisa que me faria sentir algum bem num mundo onde só há coisas ruins.

— Preciso mesmo tomar uma ducha — diz ele entre nossos beijos. — Mas agora que tenho permissão para tratá-la do mesmo jeito... — Ele agarra minha bunda e me puxa para perto. — Não caia no sono enquanto eu estiver lá dentro, pois, quando sair, vou demonstrar o quanto a estou achando linda.

— Ótimo — sussurro na sua boca. Ele me solta e vai até o banheiro. Eu me deito na cama no instante em que escuto a água correr.

Tento ver televisão por um tempo, pois nunca tive a oportunidade de fazer isso, mas nada consegue prender minha atenção. Essas 24 horas foram bem desgastantes, o sol já nasceu, e nós ainda nem fomos dormir. Fecho as cortinas e as persianas, volto para a cama e tapo os olhos com um travesseiro. Assim que começo a pegar no sono, sinto Holder se deitar ao meu lado. Ele desliza um braço por baixo do meu travesseiro e um por cima do meu corpo. Consigo sentir o peito quente em minhas costas e a força dos seus braços ao meu redor. Ele desliza as mãos entre as minhas e dá um beijo suave na parte de trás de minha cabeça.

— Eu gamo você — sussurro para ele.

Ele beija minha cabeça outra vez e suspira no meu cabelo.

— Acho que não gamo mais você. Tenho quase certeza de que já passei dessa fase. Na verdade, tenho certeza absoluta de que já passei dessa fase, mas ainda não estou pronto para dizer o que sinto. Quando eu disser, quero que seja em outro dia, não hoje. Não vou querer que você associe a lembrança ao dia de hoje.

Puxo a mão dele até minha boca e a beijo de leve.

— Nem eu.

E mais uma vez, no meu novo mundo cheio de mágoas e mentiras, esse caso perdido encontra uma maneira de me fazer sorrir.

Domingo, 28 de outubro de 2012
17h15

Dormimos durante o período do café da manhã e do almoço. De tarde, Holder aparece com comida, e estou faminta. Faz mais de 24 horas que não como. Ele puxa duas cadeiras para perto da mesa e tira as comidas e bebidas das sacolas. Comprou exatamente o que eu disse que queria depois da exposição de ontem, quando não chegamos a comer. Tiro a tampa do milk-shake de chocolate e dou um grande gole, em seguida tiro a embalagem do cheeseburger. Ao fazer isso, um pequeno pedaço de papel cai em cima da mesa. Eu o pego e leio.

> *Só porque você não tem mais um telefone e sua vida é o maior drama não significa que eu queira que seu ego exploda. Você estava totalmente sem graça de camiseta e calcinha. Espero mesmo que compre um pijama de pezinho hoje, para que eu não precise mais passar a noite inteira vendo suas pernas de galinha.*

Quando coloco o papel na mesa e olho para ele, vejo que está sorrindo para mim. Suas covinhas são tão encantadoras que dessa vez eu realmente me inclino e lambo uma delas.

— O que foi isso? — diz ele, rindo.

Mordo um pedaço do sanduíche e dou de ombros.

— Estava querendo fazer isso desde o dia em que o vi no mercado.

Ele abre um sorriso convencido e se encosta na cadeira.

— Você queria lamber meu rosto desde a primeira vez que me viu? É isso que costuma fazer quando está atraída por alguém?

Balanço a cabeça.

— Seu rosto, não, sua covinha. E não. Você é o único garoto que já tive vontade de lamber.

Ele sorri para mim com confiança.

— Ótimo. Pois você é a única garota que já tive vontade de amar.

Puta merda. Ele não disse que me amava diretamente, mas escutar essa palavra sair de sua boca faz meu coração se expandir dentro do peito. Dou uma mordida no cheeseburger para disfarçar meu sorriso e deixo a frase no ar. Não quero que desapareça ainda.

Terminamos de comer em silêncio. Eu me levanto, tiro as coisas da mesa, vou até a cama e calço os sapatos.

— Aonde você vai?

Ele está me observando amarrar os cadarços. Não respondo de imediato, pois não tenho certeza do local aonde vou. Só quero sair desse quarto de hotel. Depois de amarrar os sapatos, me levanto, vou até ele e lhe dou um abraço.

— Quero dar uma caminhada — digo. — E quero que vá comigo. Estou pronta para começar a fazer perguntas.

Ele beija minha testa, estende o braço e pega a chave do quarto na mesa.

— Então vamos. — Ele abaixa o braço esticado e entrelaça meus dedos nos dele.

Nosso hotel não fica perto de nenhum parque ou trilha, então acabamos indo para o pátio. Há vários lugares para nos sentarmos ao redor da piscina, todos vazios, e ele me leva para um deles. Nós nos sentamos e encosto a cabeça no ombro dele, olhando para a piscina. Estamos em outubro, mas o clima está bem ameno. Puxo os braços pelas mangas da camisa e me abraço, aconchegando-me nele.

— Quer que eu conte o que lembro? — pergunta ele. — Ou tem perguntas específicas?

— Os dois. Mas primeiro quero ouvir sua história.

Seu braço está por cima dos meus ombros. Os dedos acariciam a parte superior do meu braço, e ele beija minha têmpora. Não importa quantas vezes faça isso, sempre parece que é a primeira.

— Você tem de entender o quanto isso é surreal pra mim, Sky. Pensei no que aconteceu com você todos os dias dos últimos 13 anos. E quando penso que estava morando a 3 quilômetros de distância há sete anos? Eu mesmo ainda acho difícil assimilar isso tudo. E agora, finalmente posso ter você ao meu lado e contar tudo o que aconteceu...

Ele suspira, e sinto sua cabeça se encostar na cadeira. Holder para por um breve momento e então prossegue:

— Depois que o carro foi embora, entrei em casa e contei para Less que a vi indo embora com alguma pessoa. Ela ficou me perguntando com quem, mas eu não sabia responder. Minha mãe estava na cozinha, então fui até ela e contei. Ela não prestou muita atenção em mim. Estava fazendo o jantar, e éramos apenas crianças. Minha mãe tinha aprendido a não prestar muita atenção em nós. Além disso, eu ainda não sabia se tinha mesmo acontecido alguma coisa que não devia, então não estava em pânico nem nada. Ela só me mandou ir lá fora brincar com Less. Sua tranquilidade me fez pensar que estava tudo bem. Com 6 anos, tinha certeza de que os adultos sabiam de tudo, então não toquei mais no assunto. Less e eu fomos brincar do lado de fora, e mais algumas horas se passaram até seu pai sair de casa, chamando você. Assim que o ouvi chaman do seu nome, fiquei paralisado. Parei no meio do jardim e fiquei observando-o no pórtico, chamando você. Foi naquele instante que percebi que ele não fazia ideia de que você tinha ido embora com outra pessoa. Percebi que tinha feito algo de errado.

— Holder — interrompo. — Você era apenas um garotinho.

Ele ignora meu comentário e continua:

— Seu pai veio até nosso jardim e me perguntou se eu sabia onde você estava.

275

Ele faz uma pausa e limpa a garganta. Espero pacientemente que prossiga, mas parece que ele precisa se concentrar. Ouvi-lo contar o que aconteceu naquele dia parece mais como se escutasse uma história. Não parece de jeito nenhum que o que ele está dizendo tem a ver com minha vida ou comigo.

— Sky, você precisa entender uma coisa. Eu tinha medo do seu pai. Mal completara 6 anos, mas sabia que tinha feito algo terrivelmente errado ao deixá-la sozinha. Então seu pai chefe de polícia estava em pé ao meu lado, com a arma aparecendo por cima da farda. Entrei em pânico. Corri para dentro de casa, direto para meu quarto e tranquei a porta. Ele e minha mãe passaram meia hora batendo, mas estava assustado demais para abri-la e admitir que sabia o que tinha acontecido. Minha reação deixou os dois preocupados, então na mesma hora ele chamou reforços pelo rádio. Quando escutei as viaturas chegando, achei que tinham ido me buscar. Ainda não conseguia entender o que tinha acontecido com você. Quando minha mãe conseguiu me tirar do quarto, três horas já haviam se passado desde que você fora embora no carro.

Ele ainda está massageando meu ombro, mas agora com mais firmeza. Passo os braços pelas mangas da camisa para poder segurar sua mão.

— Fui levado para a delegacia e ficaram me interrogando durante horas. Queriam saber se tinha reparado na placa, no modelo do carro, como era a pessoa, o que tinha dito a você. Sky, eu não sabia de *nada*. Não conseguia me lembrar nem da cor do carro. Tudo que soube dizer com precisão era o que você estava vestindo, pois a única coisa que conseguia visualizar era você. Seu pai ficou furioso comigo. Escutei seus gritos no corredor da delegacia, dizendo que, se eu tivesse avisado alguém imediatamente do que tinha acontecido, eles a teriam encontrado. Ele me culpou. Quando um policial culpa alguém pelo desaparecimento da filha, a pessoa tende a acreditar que ele sabe do que está falando. Less também escutou os gritos, então também ficou achando que a culpa era minha. Passou dias sem nem falar comigo. Nós dois estávamos tentando entender o que tinha acontecido. Por seis anos tínhamos vivido num mundo perfeito, onde os adultos sempre tinham razão e onde coisas ruins não aconteciam com pessoas boas. Então, num único minuto, você foi levada, e tudo que achávamos que sabíamos acabou se transformando numa imagem falsa da vida que nossos pais tinham construído para nós. Percebemos naquele dia que até os adultos fazem coisas terríveis. Crianças desaparecem. Melhores amigas são levadas embora, e quem fica para trás não sabe nem se continua viva.

"Nós ficávamos vendo o noticiário o tempo inteiro, esperando informações. Sua foto ficou aparecendo na televisão por semanas. A foto mais recente que tinham de você era de logo antes de sua mãe morrer, quando tinha apenas 3 anos. Eu me lembro de ficar furioso com aquilo, me perguntando como é que quase dois anos tinham se passado sem que alguém tirasse uma foto sua. Eles mostravam fotos da sua casa e, às vezes, da nossa também. De vez em quando, mencionavam o garoto que era seu vizinho e tinha visto o que aconteceu, mas que não se lembrava de nenhum detalhe. Eu me lembro de uma noite... a última noite em que minha mãe deixou a gente ver a cobertura na televisão... um dos repórteres mostrou nossas casas. Eles mencionaram a única testemunha, mas se referiram a mim como "*O garoto que perdeu Hope*". Aquilo deixou minha mãe tão brava, que a fez correr lá para fora e começou a berrar com os repórteres, gritando para que nos deixassem em paz. Para que *me* deixassem em paz. Meu pai precisou arrastá-la para dentro de casa.

"Meus pais fizeram o possível para nossas vidas voltarem ao normal. Após alguns meses, os repórteres pararam de aparecer. As várias idas à delegacia para mais perguntas finalmente acabaram. Aos poucos, as coisas começaram a voltar ao normal para toda a vizinhança. Para todo mundo, menos Less e eu.

Era como se toda nossa esperança tivesse sido levada junto com nossa Hope."

Escutar as palavras e a desolação em sua voz me fazem sentir culpada. Seria de se esperar que o trauma do que aconteceu comigo afetasse mais a mim mesma que as pessoas ao meu redor. No entanto, mal consigo me lembrar daquilo. Na minha vida não foi um acontecimento muito especial, mas foi algo que praticamente arruinou Holder e Lesslie. Karen era calma e agradável, e encheu minha cabeça com mentiras sobre adoção e famílias de acolhimento, coisas que nunca questionei. Como Holder disse, com aquela idade a criança acredita que os adultos são tão honestos e confiáveis que questioná-los nem passa pela cabeça.

— Passei tantos anos odiando meu pai por ter desistido de mim — digo baixinho. — Não acredito que ela simplesmente me tirou dele. Como foi capaz de fazer isso? Como é que *alguém* pode ser capaz de fazer isso?

— Não sei, linda.

Endireito a postura e me viro para encará-lo nos olhos.

— Preciso ver a casa — digo. — Quero mais lembranças, mas não tenho nenhuma porque agora está difícil de lembrar. Não consigo me lembrar de quase nada, muito menos dele. Só quero passar por lá de carro. Preciso vê-la.

Ele massageia meu braço e concorda com a cabeça.

— Agora?

— Sim. Quero ir antes que escureça.

Passo o caminho inteiro em silêncio. Minha garganta está seca e sinto o maior frio na barriga. Estou com medo. Com medo de ver a casa. Com medo de que ele esteja lá e eu acabe vendo meu pai. Não quero vê-lo ainda; só quero ver meu primeiro lar. Não sei se isso vai me ajudar a lembrar, mas sei que preciso fazer isso.

Ele desacelera o carro e para no meio-fio. Fico observando a fileira de casas do outro lado da rua, com medo de desviar o olhar da minha janela, pois é tão difícil me virar e encarar.

— Chegamos — diz ele baixinho. — Parece que não tem ninguém em casa.

Viro a cabeça devagar e olho pela janela para a primeira casa onde morei. É tarde, e o dia está sendo engolido pela noite, mas o céu continua claro o suficiente para eu poder enxergar a casa. Parece familiar, mas vê-la não traz nenhuma lembrança de imediato. A casa é marrom-claro, com detalhes mais escuros, mas as cores não me parecem nada familiares. Como se Holder tivesse lido minha mente, diz:

— Antes era branca.

Eu me viro no banco e fico de frente para a casa, tentando me lembrar de alguma coisa. Tento me imaginar entrando pela porta e vendo a sala, mas não consigo. É como se tudo sobre aquela casa e aquela vida tivesse sido apagado da minha mente por alguma razão.

— Como consigo me lembrar da sua sala e da sua cozinha e das minhas não?

Ele não me responde, pois é mais do que provável que ele saiba que não estou querendo uma resposta. Ele só coloca a mão em cima da minha, segurando-a enquanto ficamos olhando para as casas que alteraram os rumos das nossas vidas para sempre.

Treze anos antes

— Seu papai vai dar uma festa de aniversário para você? — pergunta Lesslie.

Balanço a cabeça.

— Não tenho festas de aniversário.

Lesslie franze o rosto, senta-se na minha cama e pega uma caixa desembrulhada que está no meu travesseiro.

— Este é seu presente de aniversário? — pergunta ela.

Pego a caixa da mão dela e a coloco de volta no travesseiro.

— Não. Meu papai compra presentes para mim o tempo inteiro.

— Você vai abrir? — pergunta ela.

Balanço a cabeça novamente.

— Não. Não quero.

Ela une as mãos no colo, suspira e dá uma olhada no quarto.

— Você tem vários brinquedos. Por que a gente nunca vem brincar aqui? A gente sempre vai para minha casa, e lá é chato.

Eu me sento no chão e pego meus tênis para calçá-los. Não conto que odeio meu quarto. Não conto que odeio minha casa. Não conto que sempre vamos para a casa dela porque lá me sinto mais segura. Enrosco o cadarço entre os dedos e me aproximo dela na cama.

— Você sabe amarrar?

Ela pega meu pé e o apoia em cima do joelho.

— Hope, você precisa aprender a amarrar seus sapatos. Eu e Dean aprendemos a amarrar quando tínhamos 5 anos. — Ela se acomoda no chão e se senta na minha frente. — Preste atenção — diz ela. — Está vendo esse cordão? Estenda-o assim.

Ela põe os cordões nas minhas mãos e me mostra como mexê-los e puxá-los até que fiquem amarrados como deveriam. Após *me ajudar a amarrar os dois, ela os desamarra e diz para eu fazer tudo de novo sozinha. Tento me lembrar do que ela ensinou. Ela se levanta e vai até a cômoda enquanto faço meu melhor para formar um laço com o cadarço.*

— Essa era sua mãe? — pergunta ela, me mostrando uma foto. Olho para a foto e depois volto o olhar para meus sapatos.

— Era.

— Você tem saudades dela?

Faço sim que com a cabeça e continuo tentando amarrar o sapato e não pensar no quanto sinto falta dela. Sinto muitas saudades.

— Hope, você conseguiu! — grita Lesslie. Ela se senta outra vez no chão na minha frente e me abraça. — Você conseguiu sozinha. Agora já sabe amarrar os sapatos.

Olho para meus sapatos e sorrio.

Domingo, 28 de outubro de 2012
19h10

— Lesslie me ensinou a amarrar os sapatos — digo baixinho, ainda encarando a casa.

Holder olha para mim e sorri.

— Você se lembra que ela lhe ensinou isso?

— Lembro.

— Ela ficou tão orgulhosa — diz ele, direcionando o olhar para o outro lado da rua.

Ponho a mão na maçaneta da porta, abro-a e saio do carro. O ar está ficando mais frio, então estendo o braço para o banco, pego meu moletom e o visto pela cabeça.

— O que está fazendo? — pergunta Holder.

Sei que ele não vai entender e realmente não quero que tente me convencer do contrário, então fecho a porta e atravesso a rua sem responder. Ele vem logo atrás de mim, chamando meu nome assim que piso na grama.

— Preciso ver meu quarto, Holder. — Continuo andando e, de alguma maneira, sei para que lado da casa ir, mesmo sem ter nenhuma memória concreta do interior.

— Sky, não pode fazer isso. Não tem ninguém aqui. É muito arriscado.

Acelero até começar a correr. Vou fazer isso quer ele aprove ou não. Quando chego à janela que com certeza é a janela de onde antes ficava meu quarto, me viro e olho para ele.

— Preciso fazer isso. Há coisas da minha mãe lá dentro que eu quero, Holder. Sei que prefere que não faça isso, mas preciso fazer.

Ele põe as mãos nos meus ombros, e seu olhar demonstra preocupação.

— Você não pode invadir a casa, Sky. Ele é policial. O que vai fazer, quebrar a porcaria da janela?

— Tecnicamente essa casa ainda é minha. Não vou estar invadindo — respondo. Mas o argumento dele é bom. Como é que vou entrar? Aperto os lábios, penso e estalo os dedos. — A casa de passarinho! Tem uma casa de passarinho no pórtico de trás com uma chave dentro.

Eu me viro, corro até o quintal e fico chocada ao ver que lá tem mesmo uma casa de passarinho. Enfio os dedos dentro dela e, lógico, encontro uma chave. Como nossa mente é maluca.

— Sky, não faça isso. — Ele está praticamente implorando para eu não seguir em frente.

— Vou entrar sozinha — afirmo. — Sabe onde é meu quarto. Fique esperando perto da janela e me avise se vir alguém chegando.

Ele solta um suspiro pesado e segura meu braço assim que coloco a chave na fechadura da porta dos fundos.

— Por favor, não deixe muito óbvio que esteve aqui. E seja rápida — diz ele. Depois me abraça e fica esperando eu entrar. Viro a chave e confiro se a porta foi destrancada.

A maçaneta vira.

Entro e fecho a porta. A casa está escura e um pouco aterrorizante. Viro à esquerda e atravesso a cozinha, sabendo, de alguma maneira, exatamente onde é a porta do meu quarto. Prendo a respiração e tento não pensar na seriedade nem nas consequências do que estou fazendo. A ideia de ser pega em flagrante é assustadora, pois ainda não tenho certeza se quero ser encontrada. Faço o que Holder pede e ando com cautela, sem querer deixar nenhum sinal de que estive aqui. Ao chegar à minha porta, respiro fundo, ponho a mão na maçaneta, girando-a. Quando a porta se abre e o quarto se torna visível, acendo a luz para enxergar melhor.

Com a exceção de algumas caixas empilhadas num canto, tudo me parece familiar. Ainda parece o quarto de uma criança, intocado por 13 anos. Isso me faz lembrar do quarto de Lesslie e de como ninguém encostou nele desde que morreu. Deve ser difícil deixar para trás as lembranças físicas das pessoas que amamos.

Passo os dedos pela cômoda e deixo uma linha no meio da poeira. Ao ver o rastro do meu dedo, de repente me lembro de que não quero deixar nenhuma evidência de que estive aqui, então ergo a mão, abaixo-a ao lado do corpo e apago o rastro com a camisa.

A foto da minha mãe biológica não está na cômoda como eu me lembrava. Dou uma olhada no quarto, esperando encontrar algo que tenha sido dela e que eu possa levar. Não tenho nenhuma lembrança, então uma foto é mais do que eu poderia pedir. Só quero algo capaz de ligar nós duas. Preciso ver como ela era, e espero que isso me faça lembrar de coisas às quais possa me ater.

Vou até a cama e me sento. O tema do quarto é o céu, o que é irônico, considerando o nome que Karen me deu. Há nuvens e luas nas cortinas e nas paredes, e o edredom é coberto de estrelas. Há estrelas por todo canto. Daquelas grandonas de plástico que grudam nas paredes e nos tetos, e que brilham no escuro. O quarto está coberto delas, assim como o teto do meu quarto na casa de Karen. Eu me lembro de implorar para Karen comprá-las quando as vi numa loja alguns anos atrás. Ela as considerava infantis, mas eu precisava tê-las. Não sabia nem por que eu queria tanto comprá-las, mas agora está ficando claro. Eu devia adorar estrelas quando era Hope.

O nervosismo em minha barriga se intensifica quando me deito no travesseiro e olho para o teto. Uma onda familiar de medo toma conta de mim, e eu me viro para a porta do quarto. É a mesma maçaneta que eu estava rezando para não girar no pesadelo que tive na outra noite.

Inspiro e aperto os olhos, querendo que a lembrança desapareça. De alguma maneira, consegui mantê-la escondida por 13 anos, mas ao me deitar aqui nessa cama... não dá mais para escondê-la. A lembrança me agarra como uma teia, e não consigo me soltar. Uma lágrima quente escorre pelo meu rosto, e eu me arrependo de não ter escutado Holder. Nunca devia ter voltado aqui. Se nunca tivesse voltado, nunca teria me lembrado.

Treze anos antes

Antes, prendia a respiração para que ele pensasse que eu estava dormindo. Mas não funciona, pois ele não se importa se estou dormindo ou não. Uma vez, tentei prender a respiração, na esperança de que achasse que eu estava morta. Também não funcionou, pois ele nem sequer percebeu que estava prendendo a respiração.

A maçaneta se vira, mas não tenho mais nenhum truque e tento pensar em algum outro bem depressa, mas não consigo. Ele fecha a porta após entrar, e escuto seus passos se aproximando. Ele se senta do meu lado na cama, mas prendo a respiração mesmo assim. Não porque ache que dessa vez vai funcionar, mas porque isso me ajuda a não perceber o tamanho do meu medo.

— *Oi, Princesa* — *diz ele, pondo meu cabelo atrás da orelha.*
— *Trouxe um presente para você.*

Aperto os olhos porque quero um presente. Amo presentes, e ele sempre compra os melhores presentes porque me ama. Mas odeio quando me entrega os presentes durante a noite, pois nunca os recebo na hora. Ele sempre me faz agradecer primeiro.

Não quero esse presente. Não quero.

— *Princesa?*

A voz do meu papai sempre faz minha barriga doer. Ele sempre fala comigo de uma maneira tão meiga, que me faz sentir falta de minha mamãe. Não me lembro de como era a voz dela, mas papai diz que se parecia com a minha. Papai também diz que mamãe ficaria triste se eu parasse de aceitar os presentes dele, porque ela não está mais aqui para receber seus presentes. Isso me deixa triste e fico me sentindo muito mal, então rolo para o lado e olho para ele.

— Posso ganhar o presente amanhã, papai? — Não quero que ele fique triste, mas não quero receber a caixa essa noite. Não quero.

Papai sorri para mim e afasta meu cabelo.

— Claro que pode ganhar amanhã. Mas não quer agradecer ao papai por ter comprado este presente?

Meu coração começa a bater bem alto e odeio quando isso acontece. Não gosto do que estou sentindo no coração e nem da sensação assustadora em minha barriga. Paro de olhar para meu papai e, em vez disso, encaro as estrelas, esperando que consiga ficar pensando no quanto são bonitas. Se eu continuar pensando nas estrelas e no céu, talvez isso ajude meu coração a não bater tão rápido e a minha barriga a parar de doer tanto.

Tento contá-las, mas toda vez paro no número 5. Não lembro que número vem depois do 5, então tenho de começar de novo. Tenho de contar as estrelas várias vezes seguidas, e somente 5 de cada vez, pois não quero sentir meu papai agora. Não quero senti-lo, cheirá-lo nem escutá-lo e tenho de contá-las e contá-las e contá-las e contá-las até não conseguir mais senti-lo, escutá-lo nem cheirá-lo.

Então, quando papai finalmente para de me obrigar a agradecer, ele puxa minha camisola para baixo e sussurra:

— Boa noite, Princesa.

Rolo para o lado, puxo as cobertas por cima da cabeça, aperto os olhos e tento não chorar outra vez, mas acabo chorando. Choro e é o que faço toda vez que papai me traz um presente à noite.

Odeio ganhar presentes.

Domingo, 28 de outubro de 2012
19h29

Levanto e olho para a cama, prendendo a respiração com medo dos sons que estão surgindo do fundo de minha garganta.

Não vou chorar.

Não vou chorar.

Ajoelhando-me lentamente, apoio as mãos na beirada da cama e passo os dedos nas estrelas amarelas espalhadas pelo azul-escuro do edredom. Fico encarando as estrelas até começarem a desfocar por causa das lágrimas que embaçam minha visão.

Aperto os olhos e afundo a cabeça na cama, agarrando o cobertor. Meus ombros começam a tremer enquanto os soluços que tentava conter irrompem de mim violentamente. Com um movimento rápido, eu me levanto, grito e arranco o cobertor da cama, jogando-o do outro lado do quarto.

Cerro os punhos e olho ao redor freneticamente, procurando mais alguma outra coisa para atirar. Pego os travesseiros da cama e os arremesso no reflexo do espelho, na garota que não conheço mais. Fico observando a menina do espelho me encarar de volta, soluçando de forma patética. A fraqueza de suas lágrimas me deixa furiosa. Começamos a correr uma em direção à outra até nossos punhos colidirem no vidro, quebrando o espelho. Vejo-a se desfazer em um milhão de pedacinhos brilhantes sobre o carpete.

Agarro as bordas da cômoda e a empurro para o lado, soltando outro grito que estava preso há muito tempo. Após o móvel cair, abro uma das gavetas e arremesso o conteúdo pelo quarto, rodopiando, jogando e chutando tudo o que encontro pela frente. Agarro as cortinas azuis e as puxo até o suporte quebrar e estas caírem ao meu redor. Estendo o braço para as caixas empilhadas no canto do quarto e, sem nem saber o que tem dentro delas, pego a que está no topo e a lanço na parede com tanta força quanto meu corpo de 1,60m consegue reunir.

— Odeio você! — grito. — Odeio você, odeio você, odeio você!

Estou jogando tudo o que encontro pela frente em cima de tudo o que está na minha frente. Toda vez que abro a boca para gritar, sinto o gosto de sal das lágrimas que me escorrem pelas bochechas.

De repente, os braços de Holder me seguram por trás e me prendem com tamanha firmeza que fico imobilizada. Eu me balanço, me viro e grito mais ainda até parar de pensar no que estou fazendo. Passo a reagir apenas.

— Pare — diz ele calmamente em meu ouvido, sem querer me soltar. Escuto o que ele diz, mas finjo que não ouvi. Ou simplesmente não me importo. Continuo me debatendo em seus braços, que me apertam mais.

— Não encoste em mim! — grito o mais alto que posso, arranhando seus braços. Mas Holder não liga para isso.

Não encoste em mim. Por favor, por favor, por favor.

A pequena voz ecoa na minha cabeça, e imediatamente amoleço o corpo em seu abraço. Fico mais fraca conforme minhas lágrimas se fortalecem e me consomem. Eu me transformo num mero recipiente para as lágrimas que não param de cair.

Sou fraca e estou deixando *ele* vencer.

O aperto de Holder fica mais fraco, e ele põe as mãos nos meus ombros. Em seguida, me vira para ele. Não consigo nem sequer encará-lo. Eu me derreto em seu peito de tanta exaustão e frustração, agarrando sua camisa enquanto soluço, a bochecha encostada em seu coração. Sua mão toca a parte de trás de minha cabeça, e ele leva a boca até meu ouvido.

— Sky. — A voz dele está calma, inabalada. — Você precisa sair daqui. Agora.

Não consigo me mexer. Meu corpo está tremendo tanto que tenho medo de não conseguir mover as pernas quando quiser. Como se soubesse disso, ele me põe nos braços e me tira do quarto. Holder me carrega para o outro lado da rua e me acomoda no banco do carona. Ele segura minha mão, olha para ela e pega a jaqueta no banco de trás.

— Tome. Use isso para limpar o sangue. Vou voltar lá dentro e ajeitar o que conseguir.

A porta se fecha, e ele atravessa a rua correndo. Olho para minha mão e fico surpresa ao notar que está ferida. Não consigo nem sentir. Enrolo a manga da jaqueta de Holder na mão, puxo os joelhos para cima do banco e os abraço enquanto choro.

Não olho para ele quando volta ao carro. Meu corpo inteiro está tremendo por causa dos soluços que ainda saem aos montes de dentro de mim. Ele liga o motor, sai dirigindo e põe a mão na parte de trás da minha cabeça, alisando meu cabelo em silêncio durante todo o caminho de volta ao hotel.

Ele me ajuda a sair do carro e me acompanha até o quarto do hotel, sem perguntar nenhuma vez se estou bem. Sabe que não estou; nem adianta perguntar. Quando a porta do quarto se fecha atrás de nós, ele me acompanha até a cama, e eu me sento. Em seguida, empurra meus ombros para trás, até eu ficar deitada, e tira meus sapatos. Depois, vai até o banheiro, volta com um pano molhado e ergue minha mão para limpá-la. Ele confere para ver se tem algum caco de vidro, leva minha mão até a boca e a beija.

— Foram só alguns arranhões — diz ele. — Nada muito profundo.

Ele me ajeita no travesseiro, tira os próprios sapatos e se deita ao meu lado. Ele estica a coberta por cima de nós e me puxa para perto, acomodando minha cabeça em seu peito. Depois, me abraça e não pergunta nenhuma vez por que estou chorando. Exatamente como fazia quando éramos crianças.

Tento tirar as imagens da minha cabeça, as lembranças do que acontecia comigo à noite no meu quarto, mas não somem de jeito nenhum. Como um pai é capaz de fazer isso com a própria filhinha... é algo além de minha compreensão. Fico repetindo para mim mesma que nada disso aconteceu, que é apenas minha imaginação, mas cada parte de mim sabe que é verdade. Cada parte de mim lembra por que fiquei feliz ao entrar no carro com Karen. Cada parte de mim se lembra de todas as noites em que fiquei com garotos na minha cama sem sentir absolutamente nada enquanto fitava as estrelas. Cada parte de mim que teve aquele ataque de pânico na noite em que Holder e eu quase transamos. Cada pequena parte de mim se lembra, e eu faria de tudo para esquecer. Não quero me lembrar de como era escutar ou sentir meu pai à noite, mas, a cada segundo que passa, as lembranças ficam cada vez mais nítidas, fazendo com que parar de chorar se torne cada vez mais difícil.

Holder beija minha têmpora, dizendo-me mais uma vez que tudo vai ficar bem, que eu não devia me preocupar. Mas ele não faz ideia. Não faz ideia do quanto lembro e de como isso está afetando meu coração, minha alma, minha mente e minha fé na humanidade em geral.

Saber que essas coisas foram feitas comigo pelas mãos do único adulto que eu tinha na vida... Não é de espantar que estivesse bloqueando tudo. Não tenho quase lembrança alguma do dia em que fui levada por Karen, e agora entendo o motivo. Não senti que estava no meio de um período terrível no instante em que me roubou da minha vida. Para uma garotinha que tinha pavor da própria vida, tenho certeza de que pareceu mais que Karen estava me salvando.

Olho para Holder, que está me encarando de volta. Está sofrendo por mim; dá para ver em seus olhos. Ele enxuga minhas lágrimas com o dedo e me beija delicadamente nos lábios.

— Desculpe. Nunca devia tê-la deixado entrar lá.

Ele está se culpando mais uma vez. Sempre acha que fez algo terrível, quando na verdade sinto como se ele fosse meu herói. Esteve ao meu lado durante tudo isso, sempre ficando do meu lado durante meus ataques de pânico e surtos até que eu me acalmasse. Não fez nada além de ficar comigo, mas, por alguma razão, continua achando que é culpa dele.

— Holder, você não fez nada de errado. Pare de pedir desculpas — digo entre as lágrimas. Ele balança a cabeça e põe um fio de cabelo atrás da minha orelha.

— Eu não devia ter levado você até lá. É muita coisa para assimilar depois de ter descoberto tudo.

Eu me apoio no cotovelo e olho para ele.

— Não foi só porque estar lá dentro era demais para assimilar. O que lembrei era demais para assimilar. Você não tinha nenhum controle das coisas que meu pai fazia comigo. Pare de se culpar por tudo de ruim que acontece com as pessoas ao seu redor.

Ele desliza a mão pelo meu cabelo com um olhar de preocupação.

— Do que está falando? Que coisas ele fazia com você? — As palavras saem de sua boca com muita relutância, pois é mais do que provável que já saiba. Acho que nós dois sabíamos o que acontecia comigo quando era criança, só que estávamos em negação.

Abaixo o braço, apoio a cabeça no peito dele e não respondo. As lágrimas voltam com tudo, e ele põe um dos braços ao redor das minhas costas com firmeza, segurando a parte de trás da minha cabeça com o outro. E pressiona a bochecha no topo da minha cabeça.

— Não, Sky — sussurra ele. — Não — diz ele outra vez, sem querer acreditar no que nem sequer estou dizendo.

Agarro sua camisa com ambas as mãos e só consigo chorar enquanto ele me abraça com tanta convicção, me fazendo amá-lo por odiar meu pai tanto quanto eu.

Ele beija o topo da minha cabeça e continua me abraçando. Ele não diz que lamenta nem pergunta como pode consertar isso, pois nós dois sabemos que é perda de tempo. Não temos ideia do que fazer em seguida. Tudo que sei a essa altura é que não tenho nenhum lugar para ir. Não posso voltar para o pai que tem minha custódia legal. Não posso voltar para a mulher que me sequestrou indevidamente. E, após descobrir mais sobre meu passado e que na verdade ainda sou menor de idade, não posso nem sequer ser independente. Holder é a única coisa na minha vida que não me faz perder todas as esperanças.

E, apesar de me sentir protegida nos seus braços, as imagens e as lembranças não escapam de minha cabeça, e não consigo parar de chorar de maneira alguma, não importa o que eu faça ou o quanto me esforce. Ele me abraça silenciosamente, e não consigo parar de pensar que preciso que isso pare. Preciso que Holder faça todos esses sentimentos e emoções desaparecerem por um tempinho porque não aguento mais. Não gosto de me lembrar do que acontecia todas as noites que meu pai entrava no meu quarto. Eu o odeio. Odeio aquele homem com todas as minhas forças por ter roubado essa minha primeira vez.

Eu ergo o corpo, apoiando o rosto em cima de Holder. Ele põe a mão em minha têmpora, e seus olhos procuram os meus, querendo saber se estou bem.

Não estou.

Deslizo o corpo para cima do dele e o beijo, querendo que ele faça meus sentimentos desaparecerem. Prefiro não sentir nada que o ódio e a tristeza que estão me consumindo. Agarro sua camisa e tento tirá-la por cima de sua cabeça, mas Holder me faz sair de cima dele e me deitar. Ele se apoia no braço e olha para mim.

— O que está fazendo? — pergunta.

Deslizo a mão por sua nuca e puxo seu rosto para perto de mim, pressionando meus lábios nos seus. Se eu o beijar bastante, ele vai ceder e retribuir o beijo. E, assim, tudo vai desaparecer.

Ele põe a mão na minha bochecha e retribui o beijo momentaneamente. Solto sua cabeça e começo a tirar minha camisa, mas ele me faz afastar as mãos e volta a abaixar minha camisa.

— Pare. Por que está fazendo isso?

Seus olhos estão cheios de confusão e preocupação. Não consigo responder por que estou fazendo isso, pois não sei direito. Sei que quero que o sentimento desapareça, só que é mais que isso. É muito mais que isso, porque sei que se ele não for capaz de sumir com o que aquele homem fez comigo, tenho a sensação de que nunca mais vou ser capaz de rir, sorrir ou respirar outra vez.

Só preciso que Holder faça isso desaparecer.

Inspiro fundo e olho bem nos olhos dele.

— Transe comigo.

Sua expressão continua inflexível, e ele está me encarando com bastante intensidade agora. Ele se ergue, sai da cama e fica andando de um lado para o outro. Depois, passa as mãos no cabelo, nervoso, e volta para perto da cama, parando em pé perto da beirada.

— Sky, não posso fazer isso. Não sei nem por que está me pedindo isso.

Eu me sento na cama, sentindo um medo repentino de que ele não vá topar. Vou até a beirada da cama onde ele está, e me sento em cima dos joelhos, agarrando-lhe a camisa.

— Por favor — imploro. — Por favor, Holder, preciso disso.

Ele afasta minhas mãos da camisa e dá dois passos para trás. Depois, balança a cabeça, ainda totalmente confuso.

— Não vou fazer isso, Sky. *Nós* não vamos fazer isso. Você está em choque ou algo assim... não sei. Não sei nem o que dizer agora.

Eu me afundo na cama de novo, frustrada. As lágrimas voltam a escorrer, e olho para ele em completo desespero.

— *Por favor.* — Olho para as minhas mãos e as coloco no colo, incapaz de olhar para ele enquanto falo. — Holder... ele é o único que já fez isso comigo. — Devagar, ergo os olhos outra vez e encontro os dele. — Preciso que você tire isso dele. *Por favor*.

Se palavras fossem capazes de partir almas, acho que as minhas acabaram de partir a dele ao meio. Seu rosto fica sério, e seus olhos se enchem de lágrimas. Sei o que estou pedindo e odeio estar fazendo isso com ele, mas é algo de que preciso. Preciso fazer o que puder para minimizar o sofrimento e o ódio dentro de mim.

— *Por favor*, Holder.

Ele não quer que nossa primeira vez seja assim. Eu preferia que não fosse, mas, às vezes, outros fatores além do amor acabam decidindo *pela* pessoa. Fatores como o ódio. Às vezes, para se livrar do ódio, a pessoa fica desesperada. Ele conhece o ódio e o sofrimento, e sabe o quanto estou precisando disso agora, independentemente de concordar ou não.

Ele volta para perto da cama e se ajoelha no chão à minha frente, o olhar nivelado ao meu. Segura minha cintura, me puxa para a beirada da cama, desliza as mãos para a parte de trás dos meus joelhos e põe minhas pernas ao seu redor. Tira minha camisa por cima da cabeça, sem desviar o olhar do meu nenhuma vez. Após tirar minha camisa, tira a dele. Põe os braços ao meu redor e se levanta, me erguendo junto com ele e indo até a lateral da cama. Ele me deita delicadamente e se abaixa em cima de mim, colocando as palmas da mão no colchão nas laterais da minha cabeça e olhando para mim com incerteza. Seu dedo enxuga uma lágrima que escorre pela minha têmpora.

— Tudo bem — diz ele com firmeza, apesar de seus olhos não refletirem isso.

Ele fica de joelhos e alcança a carteira na mesinha de cabeceira. Pega uma camisinha e tira a calça, sem desviar o olhar do meu. Fica me observando como se estivesse esperando ver algum sinal de que mudei de ideia. Ou talvez me observe por estar com medo de que eu vá ter outro ataque de pânico. Nem sei se isso vai acontecer, mas preciso ir em frente. Não posso deixar meu pai ser dono dessa parte de mim nem por mais um segundo.

Os dedos de Holder seguram o botão da minha calça jeans, desabotoando-a para, em seguida, tirá-la de vez. Ergo o olhar para o teto, me sentindo ficar cada vez mais distante a cada passo.

Fico me perguntando se estou arruinada. Se algum dia serei capaz de sentir prazer ao ficar com ele dessa maneira.

Ele não pergunta se tenho certeza de que é isso que quero. Sabe que já me decidi, então essa pergunta não é feita. Ele abaixa os lábios até os meus e me beija enquanto tira meu sutiã e minha calcinha. Fico contente por estar me beijando, pois assim tenho uma desculpa para fechar os olhos. Não gosto da maneira como está olhando para mim... parece que preferia estar em qualquer outro lugar que não ali. Continuo de olhos fechados quando seus lábios se separam dos meus para que possa colocar a camisinha. Quando volta para cima de mim, eu o puxo para meu corpo, querendo que faça isso antes que mude de ideia.

— Sky.

Abro os olhos e vejo dúvida em seu rosto, então balanço a cabeça.

— Não, não pense. Só faça, Holder.

Ele fecha os olhos e enterra a cabeça no meu pescoço, incapaz de olhar para mim.

— É que não sei lidar com tudo isso. Não sei se isso é errado ou se é mesmo o que está precisando. Tenho medo de seguir em frente e piorar ainda mais as coisas para você.

As palavras vão direto ao meu coração, pois sei exatamente o que ele quer dizer. Não sei se é disso que preciso. Não sei se vai arruinar as coisas entre nós. Mas agora estou tão desesperada para tirar isso do meu pai que sou capaz de arriscar tudo. Meus braços, que estão firmes ao redor dele, começam a tremer, e eu choro. Ele mantém a cabeça enterrada no meu pescoço e balança meu rosto na sua mão, mas assim que escuta minhas lágrimas não consegue mais conter as próprias. O fato de isso o estar deixando tão aflito quanto eu me faz perceber que ele entende. Encosto a cabeça em seu pescoço e me levanto, apoiando-me em seu corpo, implorando em silêncio para que faça exatamente o que estou pedindo.

E ele faz. Holder se posiciona, apoiando-se em mim, beija minha têmpora e me penetra devagar.

Não solto um pio, apesar da dor.

Nem sequer respiro, apesar de precisar de ar.

Nem sequer penso no que está acontecendo entre nós agora, pois não estou pensando em nada. Só consigo imaginar as estrelas no meu teto. Se arrancar aquelas porcarias, será que nunca mais vou precisar contá-las?

Consigo me manter distante do que está fazendo até ele parar de repente em cima de mim, com a cabeça ainda enterrada em meu pescoço. Está ofegante e, após um instante, suspira e se separa totalmente de mim. Ele me olha, fecha os olhos e se vira para o lado, sentando-se na beirada da cama de costas para mim.

— Não consigo — diz ele. — Não parece certo, Sky. Não parece certo porque é tão bom sentir você, mas não tem um segundo que se passe sem que me arrependa do que estou fazendo. — Ele se levanta, veste a calça, pega a camisa e a chave do quarto em cima da cômoda. Nem olha para mim e sai do quarto do hotel sem dizer nada.

Imediatamente levanto da cama e entro no banho porque me sinto suja. Eu me sinto culpada por tê-lo obrigado a fazer o que acabou de fazer, e espero que de alguma maneira a água consiga levar embora a minha culpa. Esfrego cada centímetro do corpo com o sabonete até machucar a pele, mas não adianta. Consegui estragar mais um momento íntimo nosso. Vi a vergonha em seu rosto ao sair. Quando passou pela porta, se recusando a olhar para mim.

Desligo o chuveiro e, após me secar, pego o roupão atrás da porta do banheiro e o visto. Escovo o cabelo e coloco meus itens de higiene na nécessaire. Não quero ir embora sem avisar a Holder, mas não posso ficar aqui. Também não quero que se sinta na obrigação de lidar comigo depois do que acabou de acontecer. Posso chamar um táxi para me levar até a estação de ônibus e não estar mais aqui quando ele voltar.

Se é que planeja voltar.

Abro a porta do banheiro e volto para o quarto, mas não esperava encontrá-lo sentado na cama com as mãos entre os joelhos. Ele ergue o olhar de encontro ao meu assim que vê a porta do banheiro se abrir. Paro e o fico encarando. Seus olhos estão vermelhos, e ele improvisou um curativo com a camisa, já ensanguentado, ao redor da mão. Corro até ele e seguro sua mão, desenrolando a camisa para ver o machucado.

— Holder, o que foi que você fez? — Viro a mão dele de um lado para o outro e observo o corte que atravessa as juntas de seus dedos. Ele afasta a mão e a envolve outra vez com uma parte da camisa.

— Estou bem — afirma ele, acenando desdenhosamente.

Ele se levanta, e dou um passo para trás, imaginando que ele vai sair do quarto de novo. Em vez disso, ele fica parado na minha frente, olhando para mim.

— Mil desculpas — sussurro, olhando para ele. — Não devia ter pedido para você fazer aquilo. Eu só precisava...

Ele segura meu rosto e pressiona os lábios nos meus, interrompendo meu pedido de desculpas.

— Cale a boca — diz ele, olhando-me nos olhos. — Não tem nenhum motivo para pedir desculpas. Não saí do quarto porque estava com raiva de você. Saí porque estava com raiva de mim mesmo.

Eu me afasto de Holder e me viro para a cama, sem querer ficar observando ele se culpar mais ainda.

— Tudo bem. — Volto para a cama e ergo as cobertas. — Não posso esperar que me deseje agora. Foi errado, egoísta e totalmente inapropriado implorar que você fizesse isso, e peço desculpas. — Eu me deito na cama e me viro de costas para ele, pois não quero que veja minhas lágrimas. — Vamos só dormir, está bem?

Minha voz está bem mais calma do que eu esperava. Não quero que ele se sinta mal, pois não fez nada além de ficar ao meu lado durante tudo isso, e não fiz nada em troca. A melhor coisa que posso fazer a essa altura é acabar tudo para que ele não se sinta obrigado a ficar comigo durante essa situação. Não me deve nada.

— Acha que não consegui porque não a *desejo*? — Ele se aproxima do lado da cama para o qual estou virada e se ajoelha. — Sky, não consegui porque tudo que aconteceu com você está acabando comigo, porra, e não faço ideia de como ajudá-la. Quero ficar ao seu lado e ajudá-la a passar por isso tudo, mas todas as palavras que saem da minha boca estão erradas. Toda vez que encosto em você ou a beijo, tenho medo de que você não queira que eu faça isso. E agora está pedindo para eu transar com você porque quer tirar isso dele, e eu entendo. Entendo totalmente, mas não dá para fazer amor com você quando nem sequer consegue olhar nos meus olhos. Eu sofro com isso porque você não merece que as coisas sejam assim. Não merece essa vida, e não posso fazer porra nenhuma para melhorar a situação. Quero melhorar a situação, mas não consigo e me sinto tão inútil.

De alguma maneira, enquanto falava, ele conseguiu se sentar na cama e me puxar para perto sem que eu percebesse, de tão atenta que estava às suas palavras. Ele me abraça, me põe no colo e coloca minhas pernas ao seu redor. Em seguida, segura meu rosto e me olha nos olhos.

— E, embora eu tenha parado, não devia nem ter começado sem antes dizer o quanto amo você. Eu amo tanto você. Não mereço tocar em você até que tenha certeza absoluta de que estou fazendo isso porque a amo e não por nenhuma outra razão.

Ele pressiona os lábios nos meus, sem me dar a oportunidade de dizer que também o amo. Eu o amo tanto que chega a doer. Agora só consigo pensar no quanto amo esse garoto, no quanto ele me ama e em como, apesar de tudo que está acontecendo na minha vida, eu não queria estar em nenhum outro lugar nem com nenhuma outra pessoa, que não ele.

Tento demonstrar tudo que sinto pelo meu beijo, mas não é suficiente. Eu me afasto e beijo o queixo dele, depois o nariz, a testa e, em seguida, beijo a lágrima que escorre por sua bochecha.

— Também amo você. Não sei o que faria agora se não tivesse você, Holder. Amo tanto você e peço mil desculpas. Queria que minha primeira vez fosse com você e lamento que ele tenha impedido isso.

Holder balança a cabeça com firmeza e me cala com um beijo rápido.

— Nunca mais diga isso. Nunca mais *pense* isso. Seu pai tirou essa sua primeira vez de uma maneira inimaginável, mas posso garantir que foi só isso e nada mais. Porque você é forte, Sky. Você é incrível, engraçada, inteligente e tão cheia de força e coragem. O que ele fez não anula suas melhores qualidades. Você sobreviveu a ele uma vez e vai sobreviver de novo. Sei que vai.

Ele põe a palma da mão no meu coração e leva a minha até o dele. Abaixa os olhos até os meus, para garantir que estou ali com ele, prestando total atenção.

— Fodam-se todas as primeiras vezes, Sky. A única coisa que importa para mim com você são os para sempre.

Dou um beijo nele. Puta *merda*, como poderia não fazer isso. Eu o beijo com cada pingo de emoção que está passando por mim. Ele balança minha cabeça com a mão, me faz deitar novamente e vem para cima de mim.

— Amo você — diz ele. — Amo você há tanto tempo, só não podia dizer ainda. Não parecia correto permitir que você retribuísse esse amor enquanto eu estava escondendo tanta coisa.

As lágrimas estão mais uma vez escorrendo pela minha bochecha e, apesar de serem as mesmas lágrimas saindo dos mesmos olhos, para mim são totalmente novas. Não são lágrimas de mágoa nem de raiva... são lágrimas provocadas pela sensação incrível que está me dominando agora, após ouvi-lo dizer o quanto me ama.

— Não acho que você podia ter escolhido um momento melhor para dizer que me ama. Fico contente por ter esperado.

Ele sorri, olhando fascinado para mim. Ele abaixa a cabeça e me beija, enchendo minha boca com seu gosto. Ele me beija suave e carinhosamente, deslizando a boca por cima da minha com delicadeza enquanto desamarra meu roupão. Arquejo quando sua mão vai para baixo do meu roupão, alisando minha barriga com as pontas dos dedos. Agora estou sentindo seu toque de uma maneira bastante diferente comparado a quinze minutos atrás. Essa é uma sensação que *quero* sentir.

— *Meu Deus*, eu amo você — diz ele, movendo a mão da minha barriga para minha cintura. Devagar, ele desce os dedos pela minha coxa, e eu gemo na sua boca, fazendo o beijo ficar ainda mais determinado. Ele põe a palma da mão na parte interna da minha coxa e faz uma pequena pressão, querendo pressionar seu corpo no meu, mas eu me contorço e fico tensa. Ele é capaz de sentir meu momento involuntário de hesitação, por isso afasta os lábios dos meus e olha para mim. — Lembre-se... estou tocando em você porque a amo. Não é por nenhum outro motivo.

Balanço a cabeça e fecho os olhos, ainda temendo que o mesmo medo e entorpecimento estejam prestes a me consumir mais uma vez. Holder beija minha bochecha e fecha meu roupão.

— Abra os olhos — diz ele, com gentileza. Quando abro, ele estende a mão e seu dedo acompanha uma lágrima minha.

— Você está chorando.

Sorrio para tranquilizá-lo.

— Está tudo bem. Essas lágrimas são boas.

Ele concorda com a cabeça, mas não sorri. Fica me observando por um instante, segura minha mão e entrelaça nossos dedos.

— Quero fazer amor com você, Sky. E acho que você também quer. Mas primeiro preciso que entenda uma coisa. — Ele aperta minha mão e se curva para beijar mais uma lágrima que escapa dos meus olhos. — Sei que é difícil para você se permitir sentir isso. Passou tanto tempo se treinando para bloquear os sentimentos e as emoções toda vez que alguém encostava em você. Mas quero que saiba que o que seu pai fez com você fisicamente não era a razão do seu sofrimento quando era criança. Foi o que ele fez com sua fé nele que a magoou. Você passou por uma das piores coisas pelas quais uma criança pode passar, e quem fez isso foi seu herói... a pessoa que idolatrava... não consigo nem imaginar como deve ter sido isso. Mas lembre que as coisas que ele fez com você não têm *nada* a ver com nós dois quando estamos juntos assim. Quando toco em você, estou fazendo isso porque quero vê-la feliz. Quando a beijo, faço isso porque tem a boca mais incrível que já vi e não consigo deixar de beijá-la. E quando faço amor com você... estou fazendo exatamente isso. Estou fazendo amor com você porque estou apaixonado. O sentimento negativo que você tem associado ao toque durante toda a sua vida não se aplica a mim. Não se aplica a *nós*. Estou tocando você porque estou apaixonado, não por nenhum outro motivo.

Suas meigas palavras inundam meu coração e me acalmam. Ele me dá um beijo delicado, e eu relaxo debaixo de sua mão — mão que está tocando em mim por puro amor. Reajo me dissolvendo por completo dentro dele, deixando meus lábios se moverem com os dele, minhas mãos se entrelaçarem às dele, meu ritmo acompanhar o seu. Eu me envolvo depressa, ficando pronta para senti-lo porque *quero*, não por nenhum outro motivo.

— Amo você — sussurra ele.

Durante todo o tempo em que toca em mim, investigando meu corpo com as mãos, lábios e olhos, ele não para de dizer o quanto me ama. E, dessa vez, fico completamente presente no momento, querendo sentir todos os detalhes do que está fazendo e dizendo. Por fim, após jogar a embalagem para longe e se acomodar em mim, ele me olha, sorri e depois alisa a lateral do meu rosto com as pontas dos dedos.

— Diga que me ama — pede ele.

Olho nos olhos dele com uma confiança inabalável, querendo que ele sinta a sinceridade de minhas palavras.

— Eu amo você, Holder. *Tanto*. E só para constar... Hope também amava.

Suas sobrancelhas se afastam, e ele solta o ar depressa, como se estivesse guardando aquilo há 13 anos, esperando ouvir exatamente essas palavras.

— Queria que você pudesse sentir o que acabou de provocar em mim.

Imediatamente, cobre meus lábios com os dele, e sua mistura familiar e doce se infiltra na minha boca no mesmo instante em que ele entra em mim, e não é só ele que vem para dentro de mim. É sua sinceridade, o amor que sente por mim e, por um instante... é uma parte dos nossos para sempre. Agarro seus ombros e me movo com ele, sentindo tudo. Sentindo todas as coisas mais belas.

Segunda-feira, 29 de outubro de 2012
09h50

Rolo para o lado, e Holder está sentado ao meu lado na cama, encarando o celular. Ele volta a atenção para mim quando me espreguiço, abaixa-se para me beijar, mas eu movo a cabeça rapidamente.

— Hálito matinal — murmuro, saindo da cama.

Holder ri e volta a prestar atenção no telefone. Vesti minha camisa durante a noite, mas nem lembro quando isso aconteceu. Eu a tiro e entro no banheiro para tomar banho. Após terminar, volto para o quarto e vejo que ele está guardando nossas coisas.

— O que está fazendo? — pergunto, observando-o dobrar minha camisa e colocá-la dentro da bolsa. Ele lança um breve olhar para mim e depois volta a se concentrar nas roupas espalhadas pela cama.

— Não podemos ficar aqui para sempre, Sky. Precisamos resolver o que quer fazer.

Dou alguns passos em sua direção, o coração acelerando no peito.

— Mas... mas não sei ainda. Eu nem tenho um lugar para ir.

Ele percebe o pânico na minha voz, dá a volta na cama e põe os braços ao meu redor.

— Você tem a mim, Sky. Acalme-se. Podemos voltar para minha casa até decidirmos o que fazer. Além disso, ainda estamos no colégio. Não podemos simplesmente parar de frequentar as aulas e, com certeza, não podemos morar num hotel para sempre.

A ideia de voltar para aquele lugar, a apenas 3 quilômetros de Karen, me deixa apreensiva. Tenho medo de que a proximidade me deixe com vontade de confrontá-la, e ainda não estou pronta para isso. Só quero mais um dia. Quero ver minha antiga casa uma última vez na esperança de que isso me faça recuperar mais lembranças. Não quero depender de Karen para saber da verdade. Quero descobrir o máximo possível sozinha.

— Só mais um dia — peço. — Por favor, vamos ficar só mais um dia, depois a gente volta. Preciso tentar entender as coisas e, para isso, vou precisar ir até lá mais uma vez.

Holder se separa de mim e fica me olhando, balançando a cabeça.

— De jeito nenhum — diz ele com firmeza. — Não vou fazê-la passar por isso de novo.

Ponho as mãos em suas bochechas para tranquilizá-lo.

— Eu preciso, Holder. Juro que não vou sair do carro dessa vez. Juro. Mas preciso ver a casa mais uma vez antes de irmos embora. Eu me lembrei de tanta coisa enquanto estava lá. Só quero mais algumas lembranças antes de me levar de volta e eu decidir o que fazer.

Ele suspira e fica andando de um lado para o outro, sem querer concordar com minha súplica desesperada.

— Por favor — imploro, sabendo que ele não será capaz de dizer não se eu continuar insistindo. Ele vira-se para a cama lentamente, pega as bolsas que trouxemos e as joga no closet.

— Está bem. Eu disse que faria qualquer coisa que você achasse necessária. Mas não vou pendurar todas as roupas de novo — diz ele, apontando para as bolsas.

Eu rio e corro até ele, jogando os braços ao redor do seu pescoço.

— Você é o melhor namorado de todos e o mais compreensivo do mundo inteiro.

Ele suspira e retribui meu abraço.

— Não, não sou — diz ele, pressionando os lábios em minha têmpora. — Sou o namorado mais *domesticado* do mundo inteiro.

Segunda-feira, 29 de outubro de 2012
16h15

De todos os minutos do dia, *é óbvio* que escolhemos os mesmos dez para ficarmos parados na frente da minha casa que meu pai escolhe para chegar de carro. Assim que ele estaciona na garagem, Holder leva a mão à ignição.

Estendo a mão, trêmula, e a coloco em cima da dele.

— Não vá embora — digo. — Preciso ver como ele é.

Holder suspira e força a cabeça no apoio, sabendo muito bem que devíamos ir embora, mas sabendo também que eu nunca o deixaria fazer isso.

Paro de encarar Holder e olho para a viatura estacionada na frente da casa do outro lado da rua. A porta se abre, e um homem sai, de farda. Está de costas para nós, segurando um celular no ouvido. Está no meio de uma ligação, por isso para no jardim e continua conversando, sem entrar na casa. Vê-lo não causa a menor reação em mim. Não sinto absolutamente nada até o instante em que se vira, e vejo seu rosto.

— Ai, meu Deus — sussurro alto. Holder olha para mim sem entender, e eu só consigo balançar a cabeça. — Não é nada — digo. — É que ele parece... familiar. Eu não tinha nenhuma imagem na cabeça, mas, se o visse na rua, o reconheceria.

Nós dois continuamos o observando. As mãos de Holder seguram o volante, e os nós de seus dedos estão brancos. Olho para minhas próprias mãos e percebo que estou segurando o cinto de segurança da mesma maneira.

Meu pai acabou afastando o telefone da orelha e o guardando no bolso. Começa a vir na nossa direção, e as mãos de Holder voltam imediatamente para a ignição. Solto o ar baixinho, esperando que ele não tenha percebido de alguma maneira que o estamos observando. Ao mesmo tempo notamos que ele está apenas indo até a caixa de correspondência no início do jardim e relaxamos na mesma hora.

— Já basta? — pergunta Holder, rangendo os dentes. — Pois não consigo ficar aqui mais um segundo sequer sem sair desse carro e enchê-lo de porrada.

— Quase — respondo, sem querer que ele faça alguma idiotice, mas também não quero ir embora ainda. Fico observando meu pai conferir as cartas que recebeu enquanto volta para casa e, então, pela primeira vez, penso em uma coisa.

E se ele tiver se casado de novo?
E se tiver outros filhos?
E se estiver fazendo aquilo com outra pessoa?

Minhas palmas começam a suar no material escorregadio do cinto, então eu o solto e esfrego as mãos na calça. Elas começam a tremer ainda mais. De repente, só consigo pensar que ele não pode se safar. Não posso deixá-lo ir embora sabendo que pode estar fazendo isso com outra pessoa. Preciso saber. Preciso garantir que não é mais o monstro malvado das minhas lembranças, pois devo isso a mim mesma e a todas as outras crianças com quem ele mantém contato. Para ter certeza disso, sei que preciso vê-lo. Preciso falar com ele. Preciso saber por que fez tudo aquilo comigo.

Depois que meu pai destranca a porta da casa e entra, Holder exala fundo.

— Agora? — diz ele, virando-se para mim.

Não tenho nenhuma dúvida de que ele se jogaria em cima de mim agora mesmo se soubesse o que estou prestes a fazer. Então não dou pista alguma, forço um sorriso e concordo com a cabeça.

— Sim, agora podemos ir.

Ele põe a mão na ignição. No mesmo instante em que gira o pulso, solto o cinto, escancaro a porta e saio correndo. Corro pela rua e atravesso o jardim do meu pai, chegando até o pórtico. Nem escuto Holder vindo atrás de mim. Ele não faz o menor ruído enquanto põe os braços ao meu redor e me ergue, carregando-me e descendo os degraus. Ele ainda está me carregando, e eu o chuto, tentando tirar seus braços da minha barriga.

— O que diabos acha que está *fazendo*? — Ele não me põe no chão, simplesmente continua me segurando e me carregando pelo jardim.

— Me solte agora mesmo, Holder, ou vou gritar! Juro por Deus que vou gritar!

Com a ameaça, ele me vira em sua direção e balança meus ombros, fulminando-me com um olhar bastante desapontado.

— Não *faça* isso, Sky. Não precisa lidar com isso de novo, não depois do que ele fez. Quero que dê mais tempo para si mesma.

Encaro-o com uma mágoa no coração que, com certeza, é capaz de ver em meus olhos.

— Preciso saber se ele está fazendo isso com alguma outra pessoa. Tenho de saber se tem outros filhos. Não posso deixar isso de lado sabendo do que ele é capaz. Preciso vê-lo. Preciso falar com ele. Para saber que não é mais aquele homem antes de voltar ao carro e ir embora.

Holder balança a cabeça.

— Não faça isso. Ainda não. Podemos fazer algumas ligações. Vamos descobrir mais coisas sobre ele na internet primeiro. Por favor, Sky.

Holder desliza as mãos dos meus ombros até meus braços e tenta me fazer ir até o carro. Hesito, ainda certa de que preciso ficar cara a cara com ele. Nada que eu possa descobrir na internet vai me dizer o que posso captar por sua voz ou olhar.

— Tem alguma coisa de errado acontecendo aqui?

Holder e eu viramos as cabeças bruscamente na direção da voz. Meu pai surge na base dos degraus do pórtico. Está olhando para Holder, que continua segurando meus braços com firmeza.

— Jovem, esse homem está machucando você?

Só o som de sua voz é o suficiente para fazer meus joelhos cederem. Holder sente que estou ficando mais fraca e me puxa para perto do peito.

— Vamos embora — sussurra ele, pondo o braço ao meu redor e me conduzindo para a frente, de volta para o carro dele.

— Não se mexam!

Paro na mesma hora, mas Holder continua tentando me empurrar para a frente com mais urgência.

— Virem-se! — Desta vez a voz de meu pai soa mais autoritária Agora Holder para junto comigo, pois sabemos as consequências de se ignorar as ordens de um policial.

— Tente disfarçar — diz Holder no meu ouvido. — Talvez ele não a reconheça.

Balanço a cabeça e inspiro fundo. Nós nos viramos bem devagar. Meu pai está a vários metros da casa, aproximando-se de nós. Está me olhando atentamente, vindo para perto de mim com a mão no coldre. Baixo os olhos para o chão, porque seu rosto está indicando um certo reconhecimento e isso me deixa apavorada. Ele para a vários metros de nós e hesita. Holder me segura com mais força, e continuo olhando para o chão com tanto medo que nem consigo respirar.

— *Princesa?*

Segunda-feira, 29 de outubro de 2012
16h35

— Não se atreva a encostar nela, porra!

Holder está gritando e fazendo pressão nos meus braços. A voz está bem perto, então sei que está me segurando. Solto as mãos nas laterais do corpo e sinto a grama entre os dedos.

— Linda, abra os olhos. Por favor. — A mão de Holder está acariciando meu rosto. Lentamente, abro os olhos e ergo o olhar. Ele está olhando para mim, com meu pai em pé bem ao seu lado. — Está tudo bem, você acabou de desmaiar. Preciso que se levante. Temos de ir embora.

Ele me ajuda a me levantar e não tira o braço da minha cintura, praticamente segurando todo o meu peso.

Agora meu pai está bem na minha frente, me encarando.

— É *mesmo* você — diz ele, olhando para Holder e depois para mim. — Hope? Se lembra de mim? — Seus olhos estão cheios de água.

Os meus não.

— Vamos — diz Holder mais uma vez.

Eu resisto à sua força e me solto. Olho para meu pai... um homem que agora está demonstrando emoções como se tivesse me amado um dia. Deixe de mentira, porra.

— Você se lembra? — repete ele, dando mais um passo para perto de mim. Holder me puxa um pouco para trás a cada passo que meu pai dá. — Hope, você se lembra de mim?

— Como eu poderia *esquecer*?

A ironia é que eu o esqueci, sim. Completamente. Esqueci de tudo sobre ele, das coisas que fez comigo e da vida que tive aqui. Mas não quero que saiba disso. Quero que saiba que eu me lembro dele e de todas as coisas que fez comigo.

— É você — diz ele, mexendo a mão nervosamente ao lado do corpo. — Você está viva. Você está bem.

Ele pega o rádio, para relatar o caso, presumo. Mas antes que seu dedo pressione o botão, Holder estende o braço e derruba o rádio da mão dele. O aparelho cai no chão, meu pai se abaixa, o pega e dá um passo defensivo para trás, apoiando a mão no coldre mais uma vez.

— Se fosse você, não avisaria a ninguém que ela está aqui — diz Holder. — Duvido que queira ver o fato de que não passa de um pervertido filho da puta estampado nas primeiras páginas dos jornais.

Meu pai fica completamente pálido de repente e olha para mim com medo nos olhos.

— *O quê?* — Ele olha para mim sem acreditar. — Hope, quem quer que tenha levado você... essa pessoa mentiu. Disse coisas sobre mim que não eram verdade. — Agora ele está mais perto, os olhos desesperados e suplicantes. — Quem foi que a levou, Hope? Quem foi?

Dou um passo confiante em sua direção.

— Eu me lembro de tudo o que você fez comigo. E, se me der o que quero, juro que vou embora e nunca mais vai ouvir falar de mim.

Ele continua balançando a cabeça, sem acreditar que a própria filha está bem diante dele. Tenho certeza de que também está tentando processar que agora sua vida está correndo risco. A carreira, a reputação, a liberdade. Como se fosse possível, seu rosto fica ainda mais pálido no instante em que percebe que não é possível continuar negando. Ele sabe que eu sei.

— O que você quer?

Olho para a casa e depois para ele mais uma vez.

— Respostas — digo. — E quero tudo que ainda tem de minha mãe.

Holder está segurando firme minha cintura mais uma vez. Estendo o braço e seguro sua mão, precisando me assegurar de que não estou sozinha nesse momento. Minha confiança se esvaece depressa a cada minuto que passo na presença do meu pai. Tudo a respeito dele — a voz, as expressões faciais, os movimentos — faz meu estômago doer.

Meu pai lança um breve olhar para Holder e se vira outra vez para mim.

— Podemos conversar lá dentro — afirma ele baixinho, olhando rapidamente para as casas ao redor. O fato de estar demonstrando nervosismo só prova que analisou suas opções e percebeu que não tem muita escolha. Ele inclina a cabeça para a porta e começa a subir os degraus.

— Deixe a arma — diz Holder.

Meu pai para, mas não se vira. Devagar, põe a mão ao lado do corpo e retira a arma do coldre. Ele a coloca nos degraus do pórtico e começa a subi-los.

— As duas — exige Holder.

Meu pai para novamente antes de chegar à porta. Ele se curva até o tornozelo, levanta a perna da calça e pega a outra arma. Depois que as duas estão fora do seu alcance, entra em casa e deixa a porta aberta para nós. Antes de eu entrar, Holder me vira para si.

— Vou ficar bem aqui, com a porta aberta. Não confio nele. Só vá até a sala.

Balanço a cabeça e lhe dou um beijo rápido e forte antes que ele me solte. Entro na sala, e meu pai está sentado no sofá, as mãos na frente do corpo. Está encarando o chão. Vou até o sofá mais próximo e me sento na beirada, me recusando a relaxar. Estar dentro dessa casa, na presença dele, deixa minha mente confusa e meu peito apertado. Respiro fundo várias vezes, tentando acalmar o medo.

Uso o momento de silêncio entre nós para encontrar algo em suas feições que pareça com as minhas. A cor do cabelo, talvez? Ele é bem mais alto que eu, e, quando ele consegue olhar para mim, vejo que seus olhos são verde-escuros, diferente dos meus. Tirando a cor caramelo do cabelo, não me pareço em nada com ele. Sorrio com essa constatação.

Meu pai ergue os olhos até os meus e suspira, mudando de posição, constrangido.

— Antes que diga qualquer coisa — começa ele —, precisa saber que eu a amava e que me arrependo do que fiz cada segundo da minha vida.

Não respondo verbalmente ao que ele diz, mas preciso me conter para não reagir fisicamente a tanta merda. Ele poderia passar o resto da vida pedindo desculpas, mas nunca será o suficiente para apagar nenhuma das noites em que a maçaneta girou.

— Quero saber por que fez aquilo — digo com a voz trêmula. Odeio estar soando tão ridiculamente fraca. Pareço mais a garotinha que implorava para ele parar. Não sou mais aquela garotinha e não quero de jeito algum parecer fraca na frente dele.

Ele se encosta no assento e esfrega as mãos nos olhos.

— Não sei — diz ele, irritado. — Depois que sua mãe morreu, voltei a beber muito. Só foi acontecer um ano depois, quando bebi demais numa noite e acordei no dia seguinte sabendo que tinha feito algo terrível. Estava esperando que tivesse sido apenas um sonho horroroso, mas, quando fui acordá-la naquela manhã, você estava... diferente. Não era mais a garotinha feliz de antes. Da noite para o dia, se tornou alguém que morria de medo de mim. Passei a me odiar. Nem sabia ao certo o que tinha feito, pois estava bêbado demais para lembrar. Mas sabia que tinha sido algo horrendo e peço mil desculpas. Isso nunca se repetiu e fiz de tudo para compensar. Passei a comprar presentes o tempo inteiro e dava tudo o que você desejava. Não queria que se lembrasse daquela noite.

Seguro meus joelhos numa tentativa de não pular até o outro lado da sala e estrangulá-lo. O fato de estar tentando fingir que só aconteceu uma vez me faz odiá-lo mais que antes, se é que isso é possível. Está tratando aquilo como se tivesse sido um acidente. Como se tivesse quebrado uma caneca ou arranhado a porra do carro.

— Era noite... após noite... após noite — digo. Estou tendo de juntar todo o controle que tenho para não gritar do fundo do peito. — Eu tinha medo de me deitar, medo de acordar, medo de ir tomar banho e medo de falar com você. Eu não era uma garotinha com medo de monstros dentro do armário ou debaixo da cama. Morria de medo do monstro que devia me amar! Enquanto você devia estar me *protegendo* de pessoas como você!

Agora Holder está do meu lado, segurando meu braço enquanto grito com o homem do outro lado da sala. Todo o meu corpo está tremendo, e eu me inclino para perto de Holder, pois preciso sentir sua calma. Ele massageia meu braço e beija meu ombro, me deixando colocar para fora as coisas que preciso dizer, sem tentar me impedir nenhuma vez.

Meu pai afunda mais no sofá, e lágrimas começam a escorrer-lhe dos olhos. Ele não se defende, pois sabe que tenho razão. Não tem absolutamente nada para me dizer. Só é capaz de cobrir o rosto com as mãos e chorar, lamentando por estar, enfim, sendo confrontado, mas sem se lamentar de nada do que fez.

— Você tem outros filhos? — pergunto, fulminando aqueles olhos tão envergonhados que nem conseguem se virar para mim. Ele abaixa a cabeça e pressiona a mão na testa, mas não me responde. — *Tem?* — grito. Preciso saber se não fez isso com mais ninguém. Se ele não *continua* fazendo isso.

Ele balança a cabeça.

— Não. Não me casei de novo. — Sua voz parece devastada, e, pelo jeito, ele também está se sentindo assim.

— Só fez aquilo comigo?

Ele mantém os olhos fixos no chão, evitando minhas perguntas com pausas longas.

— Você me deve a verdade — digo com calma. — Fez aquilo com alguém antes de mim?

Percebo-o ficar inexpressivo. A insensibilidade em seus olhos deixa nítido que não tem nenhuma intenção de revelar mais nada. Apoio a cabeça nas mãos, sem saber o que fazer em seguida. Parece tão errado ir embora e deixá-lo viver sua vida, mas também tenho muito medo do que pode acontecer se eu o denunciar. Tenho medo do quanto minha vida pode mudar, de que ninguém acredite em mim, pois já faz tantos anos. No entanto, o que me deixa mais apavorada é o medo de que eu o ame demais para querer arruinar o resto da sua vida. Estar com ele não me faz lembrar apenas de todas as coisas terríveis que fez comigo, mas também do pai que era, fora tudo isso. Ficar dentro dessa casa está fazendo um furacão de emoções rodopiar dentro de mim. Olho para a mesa da cozinha e começo a me lembrar das coisas boas, de conversas que tivemos sentados ali. Vejo a porta dos fundos e me lembro de correr até lá fora para ver o trem passar no campo atrás da nossa casa. Tudo ao meu redor está me enchendo de memórias conflitantes, e não gosto de amá-lo tanto quanto o odeio.

Enxugo as lágrimas dos olhos e fixo o olhar nele mais uma vez, que está encarando o chão silenciosamente. E, por mais que não queira, começo a enxergar vislumbres do meu papai. Vejo o homem que me amava da maneira como me amava... bem antes de eu começar a ter medo da maçaneta girar.

Catorze anos antes

— Shh — diz ela, pondo o cabelo atrás das minhas orelhas.

Nós duas estamos deitadas na cama, e ela está atrás de mim, me aconchegando em seu peito. Passei a noite inteira acordada por estar doente. Não gosto de ficar doente, mas adoro como minha mamãe toma conta de mim quando fico assim.

Fecho os olhos e tento dormir para me sentir melhor. Estou quase pegando no sono quando escuto a maçaneta virar, então abro os olhos. Meu papai entra e sorri para mamãe e para mim. No entanto, seu sorriso some ao me ver, pois ele percebe que não estou me sentindo bem. Meu papai não gosta quando fico doente porque ele me ama, então fica triste.

Ele se senta nos joelhos ao meu lado e toca meu rosto.

— Como está minha garotinha? — pergunta ele.

— Não me sinto bem, papai — sussurro. Ele franze a testa quando digo isso. Devia ter dito que me sentia bem para ele não franzir a testa.

Ele olha para minha mamãe, deitada atrás de mim, e sorri para ela. Ele toca o rosto dela da mesma forma como tocou o meu.

— Como está minha outra garota?

Sinto ela tocando a mão dele enquanto fala com ela.

— Cansada — diz ela. — Passei a noite acordada com ela.

Ele se levanta e puxa sua mão até ela também se levantar. Fico observando-o pôr os braços ao redor dela e abraçá-la, e depois a beija na bochecha.

— Eu assumo a partir de agora — diz ele, passando a mão no cabelo dela. — Vá descansar um pouco, está bem?

Minha mamãe concorda com a cabeça, dá outro beijo nele e sai do quarto. Meu papai dá a volta na cama e deita na mesma *posição em que mamãe estava. Põe os braços ao meu redor assim como ela e começa a cantar sua música preferida. Ele diz que é sua música preferida porque é sobre mim.*

"Já perdi muito na minha longa vida.
Sim, já vi sofrimento e já vi conflitos.
Mas nunca vou desistir; nunca vou me entregar.
Porque sempre terei meu raio de esperança"

Sorrio, apesar de não estar me sentindo bem. Meu papai continua cantando para mim até eu fechar os olhos e pegar no sono.

Segunda-feira, 29 de outubro de 2012
16h57

É a primeira lembrança que tenho de antes de todas as coisas ruins começarem. Minha única lembrança de antes de minha mãe morrer. Mas não consigo me lembrar da aparência dela porque a lembrança era mais um borrão, mas me lembro do que senti. Eu os amava. Os *dois*.

Meu pai ergue o olhar para mim agora com o rosto tomado pelo sofrimento. Não sinto a mínima pena dele agora porque... quando foi que ele sentiu pena de *mim*? Sei que está numa posição vulnerável, e, se eu puder usar isso para conseguir arrancar mais coisa dele, então é o que vou fazer.

Eu me levanto, e Holder tenta segurar meu braço, então olho para ele e balanço a cabeça.

— Está tudo bem — asseguro-lhe.

Ele balança a cabeça e me solta relutantemente, deixando que me aproxime do meu pai. Quando chego perto dele, me ajoelho e olho em seus olhos cheios de arrependimento. Ficar tão próxima dele está fazendo meu corpo se retesar e a raiva se acumular dentro do meu coração, mas sei que preciso fazer isso para ele me dar as respostas de que preciso. Ele tem de acreditar que estou me compadecendo.

— Eu estava doente — digo, com calma. — Minha mãe e eu... nós estávamos na cama, e você chegou do trabalho. Ela havia passado a noite toda acordada comigo e estava cansada, então você disse que ela podia ir descansar.

Uma lágrima escorre pela bochecha do meu pai, e ele faz que sim com a cabeça sutilmente.

— Você ficou me abraçando naquela noite como um pai deve abraçar a filha. E cantou para mim. Lembro que costumava cantar uma música para mim sobre seu raio de esperança.

— Enxugo as lágrimas dos meus olhos e continuo olhando para ele. — Antes de minha mãe morrer... antes de você ter de enfrentar todo aquele sofrimento... nem sempre fez aquelas coisas comigo, não é?

Ele balança a cabeça e toca meu rosto.

— Não, Hope. Eu amava tanto você. Ainda amo. Amava você e sua mãe mais que minha própria vida, mas quando ela morreu... o melhor de mim morreu com ela.

Cerro os punhos, recuando de leve ao sentir as pontas dos seus dedos na minha bochecha. Mas consigo aguentar e, de alguma maneira, mantenho a calma.

— Lamento que tenha passado por isso — digo com firmeza. E lamento *mesmo* por ele. Eu me lembro do quanto amava minha mãe e, independentemente de como ele lidou com o luto, meu desejo é que nunca tivesse precisado lidar com a perda dela. — Sei que a amava. Eu me lembro. Mas saber disso não faz com que seja mais fácil perdoá-lo pelo que fez. Não sei por que o que tem dentro de você é tão diferente do que existe nas outras pessoas... a ponto de se permitir fazer aquelas coisas comigo. Mas, apesar disso, sei que me ama. E por mais que seja difícil admitir... eu também amava você. Amava todo o seu lado bom.

Eu me levanto e dou um passo para trás, ainda fitando seus olhos.

— Sei que não é totalmente mau. Eu *sei* disso. Mas se me ama como diz que ama... se *realmente* amava minha mãe... então vai fazer tudo que puder para me ajudar a superar isso. Você me deve isso. Tudo que quero é que seja sincero para que eu possa ir embora daqui com um pouco de paz. É só por isso que estou aqui, OK? Só quero paz.

Agora ele está aos prantos, balançando a cabeça que está coberta pelas mãos. Volto para o sofá, e Holder me abraça forte, ainda ajoelhado ao meu lado. Os tremores continuam se espalhando pelo meu corpo, então coloco os braços ao redor de mim mesma. Holder está sentindo como tudo isso está me afetando, então desliza os dedos por baixo do meu braço até encontrar meu dedo mindinho e enroscar o dele ao redor do meu. É um gesto bem pequeno, mas não podia ter decidido fazer nada mais perfeito para me encher com uma sensação de segurança, pois é exatamente disso que estou precisando.

Meu pai suspira fundo e abaixa as mãos.

— Quando comecei a beber... foi apenas uma vez. Fiz algo com minha irmã mais nova... mas foi só uma vez. — Ele fixa o olhar em mim, e seus olhos continuam cheios de vergonha. — Foi anos antes de eu conhecer sua mãe.

Sinto um aperto no coração com sua honestidade brutal, mas sinto um aperto ainda maior por ele achar que não tem problema já que foi somente uma vez. Engulo o nó da minha garganta e continuo com as perguntas.

— E *depois* de mim? Fez aquilo com alguém depois que fui levada?

Seus olhos se fixam no chão, e ver a culpa que ele está demonstrando é como levar um murro bem na barriga. Solto o ar, contendo as lágrimas.

— Quem? Quantas?

Ele balança a cabeça sutilmente.

— Foi só mais uma. Parei de beber há alguns anos e não encostei em ninguém depois disso. — Ele olha para mim, os olhos desesperados e esperançosos. — Juro. Só foram três e nos piores momentos da minha vida. Quando estou sóbrio, consigo controlar minhas vontades. Por isso não bebo mais.

— Quem era ela? — pergunto, querendo que lide com a verdade por mais alguns minutos antes que eu saia da sua vida para sempre.

Ele aponta a cabeça para a direita.

— Ela morava na casa aqui ao lado. Eles se mudaram quando ela estava com uns 10 anos, então nem sei o que aconteceu com a menina. Foi anos atrás, Hope. Não faço isso há anos, e essa é a verdade. Juro.

De repente meu coração passa a pesar uma tonelada. Não sinto mais o aperto no meu braço e vejo Holder ficar devastado diante dos meus próprios olhos.

Seu rosto revela uma quantidade insuportável de sofrimento, e ele se vira de costas para mim, pondo as mãos no cabelo.

— Less — sussurra ele aflito. — Ah, meu Deus, não. — Ele pressiona a cabeça no batente, segurando firme a nuca com ambas as mãos.

Na mesma hora, me levanto, vou até ele e coloco as mãos em seus ombros, com medo de que ele vá explodir. Holder começa a tremer e a chorar, sem fazer barulho algum. Não sei o que fazer nem o que dizer. Ele só fica repetindo "não" várias vezes seguidas, balançando a cabeça. Meu coração está sofrendo por ele, mas não faço ideia de como ajudá-lo. Entendo agora o que quis dizer quando comentou que só fala as coisas erradas para mim, pois agora não tem absolutamente nada que posso dizer para ajudá-lo. Em vez disso, pressiono a cabeça na dele. Holder se vira e fica me balançando com o braço.

Pela maneira como seu peito está agitado, percebo que está tentando conter a raiva. Ele passa a inspirar e expirar com certa intensidade, tentando ficar mais calmo. Eu o seguro com mais força, na esperança de que ele consiga não liberar sua raiva. Por mais que eu queira que faça isso... por mais que eu queira que seja capaz de retaliar fisicamente o que meu pai fez com Less e comigo, temo que nesse momento Holder esteja sentindo ódio demais e não consiga parar depois que começar.

Ele me solta e leva as mãos até meus ombros, afastando-me dele. A expressão em seus olhos é tão sombria que me sinto na defensiva de imediato. Dou um passo para ficar entre ele e meu pai, sem saber o que mais posso fazer para impedi-lo de atacar, mas é como se eu nem estivesse aqui. Quando Holder olha para mim, é como se nem estivesse me vendo. Escuto meu pai se levantar atrás de mim e vejo os olhos de Holder acompanhá-lo. Eu me viro, preparando-me para dizer ao meu pai que saia imediatamente da sala, mas Holder segura meus braços e me empurra, me tirando do caminho.

Tropeço e caio no chão, vendo em câmera lenta meu pai alcançar algo atrás do sofá e se virar com uma arma na mão, apontando-a para Holder. Não consigo falar. Não consigo gritar. Não consigo me mover. Não consigo nem fechar os olhos. Sou obrigada a ficar observando.

Meu pai leva o rádio até a boca, segurando com firmeza a arma, com uma expressão fria nos olhos. Ele pressiona o botão sem desviar os olhos de Holder e fala:

— Policial caído em Oak Street trinta e cinco vinte e dois.

Meus olhos imediatamente se direcionam para Holder e depois voltam para meu pai. O rádio cai das mãos dele e para no chão à minha frente. Eu me levanto, ainda sem conseguir gritar. Os olhos arrasados do meu pai encontram os meus enquanto ele vira a arma devagar.

— Me desculpe mesmo, Princesa.

O som explode, enchendo a sala inteira. É tão alto. Aperto os olhos e tapo os ouvidos, sem saber nem de onde o ruído vem. É um barulho agudo, como um grito. Parece uma garota berrando.

Sou eu.

Eu que estou berrando.

Abro os olhos e vejo o corpo sem vida do meu pai a alguns metros de mim. As mãos de Holder tapam minha boca, ele me ergue e me leva para fora da casa. Ele nem está tentando me carregar. Meus calcanhares se arrastam pela grama, e ele tapa minha boca com uma das mãos e segura minha cintura com o outro braço. Ao chegarmos no carro, mantém a mão firme tapando minha boca, abafando meu grito. Ele olha ao redor freneticamente, para garantir que ninguém está testemunhando o caos se desenrolando. Meus olhos estão arregalados, e balanço a cabeça, esperando que o último minuto da minha vida simplesmente desapareça se eu me recusar a acreditar nele.

— Pare. Preciso que pare de gritar. Agora.

Balanço a cabeça com firmeza, conseguindo silenciar o som involuntário que estava saindo da minha boca. Tento respirar e consigo ouvir o ar entrando e saindo depressa pelo meu nariz. Meu peito está agitado e, quando vejo o sangue espalhado na lateral do rosto de Holder, tento não gritar outra vez.

— Está escutando? — pergunta Holder. — São sirenes, Sky. Eles vão chegar aqui em menos de um minuto. Vou tirar minha mão da sua boca e preciso que entre no carro e fique o mais calma possível porque a gente precisa sair daqui.

Faço que sim com a cabeça mais uma vez, ele tira a mão da minha boca e me empurra para dentro do carro. Ele corre até o lado do motorista, entra depressa, liga o carro e segue pela rua. Nós viramos a esquina bem no instante em que duas viaturas aparecem na esquina na outra extremidade da rua, atrás de nós. Vamos embora, e eu coloco a cabeça entre os joelhos, tentando respirar. Nem sequer penso no que acabou de acontecer. Não consigo. Não aconteceu. Não pode ter acontecido. Eu me concentro no fato de que isso tudo não passa de um pesadelo terrível e em respirar. Respiro para garantir que ainda estou viva, pois de forma alguma isso se parece com minha vida.

segunda-feira, 29 de outubro de 2012
17h29

Entramos no quarto de hotel como zumbis. Nem me lembro de sair do carro e entrar no quarto. Ao alcançar a cama, Holder se senta e tira os sapatos. Só consegui andar alguns metros, parando na porta do quarto. Minhas mãos estão ao lado do corpo, e minha cabeça está inclinada. Fico olhando para a janela do outro lado do quarto. As cortinas estão abertas, deixando à mostra apenas a paisagem deprimente de um prédio de tijolos que fica a alguns metros do hotel. Só uma parede inteira feita de tijolos, sem janelas ou portas. Apenas tijolos.

Olhar pela janela e ver a parede de tijolos é como me sinto em relação à minha vida. Tento enxergar o futuro, mas não consigo ver mais nada depois desse momento. Não faço ideia do que está por vir, com quem vou morar, do que vai ser de Karen, se vou contar para a polícia o que acabou de acontecer. Não consigo nem dar um palpite. Há apenas uma parede entre esse momento e o seguinte, não existe sequer uma pista pichada de spray.

Nos últimos 13 anos, minha vida não passou de uma parede de tijolos que dividia os primeiros anos do restante. Uma barreira sólida, separando minha vida como Sky de minha vida como Hope. Já ouvi falar de pessoas que bloqueiam lembranças traumáticas, mas sempre achei que isso era mais uma escolha. Nos últimos 13 anos, não tinha mesmo a mínima ideia de quem eu era antes. Sabia que era nova quando me tiraram daquela vida, mas mesmo assim era de se esperar que guardasse algumas lembranças. Acho que, no instante em que fui embora com Karen, de alguma maneira tomei uma decisão consciente, mesmo sendo tão nova, de nunca me lembrar daquelas coisas. Depois que Karen começou a me contar histórias da minha "adoção", deve ter sido mais fácil para minha mente aceitar as mentiras indefesas do que se lembrar da verdade terrível.

Sei que na época eu não era capaz de explicar o que meu pai estava fazendo comigo, pois eu não tinha certeza. Só sabia que odiava aquilo. Quando não se tem certeza do que é aquilo que você odeia ou por que sequer odeia alguma coisa, é difícil se ater aos detalhes... a pessoa se prende somente aos sentimentos. Sei que nunca tive muita curiosidade de investigar meu passado. Nunca tive muita curiosidade de descobrir quem era meu pai ou por que ele "me colocou para adoção". Agora sei que é porque, em algum canto da minha mente, eu ainda guardava ódio e medo daquele homem, então era mais fácil erguer a parede de tijolos e nunca mais olhar para trás.

Continuo sentindo ódio e medo dele, mesmo sabendo que não pode mais encostar em mim. Ainda o odeio e ainda morro de medo dele e, mesmo assim, estou arrasada por ele ter morrido. Eu o odeio por inserir acontecimentos tão terríveis na minha memória e ainda assim conseguir fazer com que eu sofra sua perda no meio de todas essas coisas ruins. Não quero sofrer a perda. Quero ficar alegre com isso, mas não consigo.

Meu casaco está sendo removido. Desvio o olhar da parede de tijolos que me provoca do lado de fora da janela, viro a cabeça e vejo Holder atrás de mim. Ele deixa meu casaco na cadeira e tira minha camisa manchada de sangue. Uma tristeza intensa me consome ao perceber que tenho os mesmos genes do sangue sem vida que cobre meu rosto e minhas roupas. Holder vem para minha frente, encosta no botão da minha calça e a desabotoa.

Está de cueca boxer. Nem percebi que tirou a roupa. Meus olhos se erguem até seu rosto, que tem pequenas manchas de sangue na bochecha direita, a que estava virada para meu pai no momento de seu ato covarde. Os olhos estão tristes, focados na calça enquanto ele a desce pelas minhas pernas.

— Preciso que você dê um passo para fora delas, linda — diz ele baixinho ao chegar aos meus pés.

Eu me seguro nos ombros dele e tiro um pé de dentro da calça, depois o outro. Mantenho as mãos nos seus ombros e os olhos fixos no sangue espalhado por seu cabelo. Mecanicamente, estendo o braço e passo os dedos por uma mecha de cabelo, em seguida aproximo a mão para analisá-la. Esfrego o sangue entre as pontas dos dedos, mas agora está grosso. Está mais grosso do que sangue deveria ser.

É porque não é apenas o *sangue* do meu pai que está nos cobrindo.

Começo a passar os dedos na barriga, tentando desesperadamente tirar isso de mim, mas acabo espalhando mais. Minha garganta se fecha e não consigo gritar. É como os sonhos que tive em que uma coisa era tão apavorante que eu perdia toda minha capacidade de emitir sons. Holder ergue o olhar, e eu quero gritar, berrar e chorar, mas só consigo arregalar os olhos, balançar a cabeça e continuar limpando as mãos no meu corpo. Ao me ver em pânico, ele se levanta, me ergue e me carrega depressa até o chuveiro. Ele me deixa do lado oposto do boxe, entra comigo e abre a torneira. Depois, fecha a cortina quando a água fica quente, vira-se para mim e segura meus pulsos que continuam tentando limpar as manchas vermelhas. Ele me puxa para perto de si e nos vira na direção do jato quente de água. Quando a água bate nos meus olhos, solto o ar, inspirando fundo depois.

Holder estende o braço para a lateral da banheira e pega o sabonete, rasgando a embalagem de papel encharcada. Ele se inclina para fora da banheira e volta para dentro segurando uma pequena toalha. Meu corpo inteiro está tremendo, mesmo com a água quente. Ele passa sabão e água na toalha e depois a pressiona na minha bochecha.

— Shh — sussurra ele, encarando meus olhos cheios de pânico. — Vou tirar isso de você, está bem?

Ele começa a limpar meu rosto com delicadeza, e aperto os olhos, fazendo que sim com a cabeça. Fico de olhos fechados, pois não quero ver a toalha manchada de sangue quando ele a afastar do meu rosto. Coloco os braços ao redor do meu corpo e fico o mais imóvel possível, mas os tremores ainda se espalham pelo meu corpo. Ele leva vários minutos para limpar o sangue do meu rosto, dos meus braços e da minha barriga. Quando termina, põe a mão atrás da minha cabeça e tira meu elástico de cabelo.

— Olhe para mim, Sky. — Eu obedeço e ele põe os dedos de leve no meu ombro. — Vou tirar seu sutiã agora, está bem? Preciso lavar seu cabelo e não quero que nada o deixe sujo.

Que nada o deixe sujo?

Quando percebo que ele está se referindo ao que provavelmente está espalhado pelo meu cabelo, começo a ficar em pânico outra vez, abaixo as alças do sutiã e acabo tirando-o por cima da cabeça.

— Tire logo — digo baixinho e depressa, inclinando a cabeça na direção da água, tentando encharcar meu cabelo passando os dedos nele debaixo da água. — Tire *logo* isso de mim. — Minha voz soa mais em pânico dessa vez.

Ele segura meus pulsos de novo, afasta-os do meu cabelo e os coloca ao redor de sua cintura.

— Vou tirar. Segure-se em mim e tente relaxar. Já vou tirar.

Pressiono a cabeça em seu peito e me seguro com mais firmeza. Consigo sentir o cheiro do shampoo enquanto ele o coloca na mão e leva o líquido até meu cabelo, espalhando-o com as pontas dos dedos. Ele nos aproxima um pouco mais da água até esta cair na minha cabeça, que está pressionando seu ombro. Holder massageia e esfrega meu couro cabeludo, enxaguando-o várias vezes seguidas. Nem pergunto por que ele o enxágua tantas vezes; só permito que enxágue quantas vezes precisar.

Quando termina, nos vira para ficarmos debaixo da água e passar shampoo no próprio cabelo. Solto sua cintura e me afasto para evitar sentir outras coisas em cima de mim. Baixo o olhar para minha barriga e para minhas mãos, e não vejo resquício algum do meu pai em mim. Olho de novo para Holder, que está esfregando o rosto e o pescoço com uma toalha limpa. Fico parada, observando-o limpar os indícios do que aconteceu com a gente há menos de uma hora.

Ao terminar, ele abre os olhos tristes e focaliza-os em mim.

— Sky, preciso que confira se tirei tudo, OK? Preciso que você me limpe se tiver alguma coisa que eu não tenha visto.

Está falando comigo com tanta calma; parece que está tentando evitar que me descontrole. É sua voz que me faz perceber que é isso que está tentando fazer. Ele tem medo de que eu esteja prestes a perder o controle, surtar ou entrar em pânico.

Temo que possa estar certo, então pego a toalha das suas mãos e me obrigo a ser forte e investigar-lhe o corpo. Ainda tem um pouco de sangue acima da orelha direita, então pego a toalha e limpo. Afasto-a e olho para a última mancha de sangue que sobrou em nós dois, passo-a debaixo da água e vejo-a desaparecer.

— Foi tudo embora — sussurro. Nem sei se estou me referindo ao sangue.

Holder pega a toalha da minha mão e a joga na beirada da banheira. Olho para ele, que está com os olhos mais vermelhos que antes, mas não sei se está chorando, pois a água escorre por seu rosto da mesma maneira que lágrimas escorreriam. É nesse momento então, após todos os vestígios físicos do meu passado terem sido levados pela água, que me lembro de Lesslie.

Meu coração se parte completamente de novo, dessa vez por Holder. Um soluço sai de mim, e cubro a boca com a mão, mas os ombros continuam tremendo. Ele me puxa para perto de seu peito e pressiona os lábios no meu cabelo.

— Holder, sinto muito. Meu Deus, sinto muito mesmo.

Estou chorando e me abraçando a ele, desejando que a falta de esperança pudesse ser levada pela água assim como o sangue. Ele me abraça tão forte que mal consigo respirar. Mas ele precisa disso. Precisa que eu sinta seu sofrimento agora, da mesma forma preciso que sinta o meu.

Penso em todas as palavras que meu pai me disse hoje e tento chorar para que saiam de mim. Não quero me lembrar do seu rosto. Não quero me lembrar da sua voz. Não quero lembrar o quanto eu o odeio e, mais que tudo, do quanto eu o amava. Não existe nada como a culpa que sentimos quando percebemos que nosso próprio coração é capaz de amar o mal.

Holder leva a mão até a parte de trás da minha cabeça e puxa meu rosto de encontro ao ombro. Sua bochecha pressiona o topo da minha cabeça, e agora consigo escutar seu choro. É baixinho, e ele está se esforçando muito para contê-lo. Holder está sofrendo tanto por causa do que meu pai fez com Lesslie, e não consigo evitar um pequeno sentimento de culpa. Se eu estivesse por perto, ele nunca teria encostado em Lesslie e ela nunca teria sofrido. Se eu nunca tivesse entrado naquele carro com Karen, Lesslie talvez ainda estivesse viva.

Curvo as mãos atrás dos braços de Holder e seguro seus ombros. Ergo a bochecha e viro a boca na direção do seu ombro, beijando-o suavemente.

— Desculpe. Ele nunca teria tocado nela se eu...

Holder segura meus braços e me afasta com tanta força que meus olhos ficam arregalados, e eu me contorço quando ele fala:

— Nem se atreva a dizer isso. — Ele me solta e, depressa, leva as mãos até meu rosto, segurando-me com firmeza. — Não quero nunca que peça desculpas pelo que aquele homem fez. Está me escutando? Não é culpa sua, Sky. Prometa que nunca mais vai deixar esse pensamento passar pela cabeça. — Seus olhos estão desesperados e cheios de lágrimas.

Concordo com a cabeça.

— Juro — digo com sinceridade.

Ele não desvia o olhar e fica investigando meus olhos para tentar descobrir se estou dizendo a verdade. Sua reação fez meu coração acelerar de tão chocada que fiquei ao ver a rapidez com que descartou a possibilidade de que eu pudesse ter qualquer culpa. Queria que descartasse a culpa que acha que tem com a mesma rapidez, mas isso ele não faz.

Não posso tirar a culpa em seu olhar, então jogo os braços ao redor de seu pescoço e o abraço. Ele retribui meu abraço com mais força, com um desespero sofrido. A verdade sobre Lesslie e a realidade do que acabamos de testemunhar atingem nós dois, e ficamos nos abraçando com todas as forças que temos. Ele não está mais tentando ser forte por mim. O amor que tinha por Lesslie e a raiva que está sentindo por causa do que aconteceu emanam dele com intensidade.

Sei que Lesslie precisaria que ele sentisse o sofrimento dela, então nem tento consolá-lo com palavras. Nós dois choramos por ela agora, pois naquela época Less não tinha ninguém para chorar por ela. Beijo sua têmpora, minhas mãos segurando seu pescoço. Cada vez que meus lábios encostam nele, ele me aperta com um pouco mais de força. Sua boca roça pelo meu ombro, e logo estamos nos beijando para tentar nos livrar de todo esse sofrimento que nenhum de nós merece. Sinto a determinação de seus lábios enquanto beija meu pescoço com mais força e mais velocidade, tentando desesperadamente encontrar alguma forma de escapismo. Ele se afasta e me olha nos olhos, os ombros subindo e descendo a cada vez que respira com dificuldade.

Em um rápido movimento, ele leva os lábios para cima dos meus com uma urgência intensa, agarrando meu cabelo e minhas costas com mãos trêmulas. Ele empurra minhas costas na parede do banheiro enquanto desliza as mãos pelas minhas coxas. Posso sentir seu desespero ao me erguer e colocar minhas pernas ao redor da sua cintura. Ele quer que essa dor desapareça e precisa da minha ajuda para isso. Assim como precisei dele ontem.

Coloco os braços ao redor do seu pescoço, puxando-o para mim e deixando-o me consumir para que passe um tempo sem sentir aquela mágoa. Permito isso, pois sei que preciso desse tempo tanto quanto ele. Quero esquecer de todo o resto.

Não quero que essa seja nossa vida hoje.

Com seu corpo me pressionando na parede do banheiro, ele agarra as laterais do meu rosto, segurando-me, enquanto nossas bocas procuram desesperadamente na outra qualquer consolo para nossa realidade. Estou segurando suas costas enquanto sua boca desce empolgada pelo meu pescoço.

— Me diga que não tem problema — diz ele, ofegando na minha pele. Ele ergue o rosto para o meu, procurando, nervoso, por meus olhos enquanto fala. — Me diga que não tem problema querer ficar dentro de você agora... porque, depois de tudo que passamos hoje, parece errado desejá-la como estou fazendo agora.

Agarro seu cabelo e o puxo mais para perto de mim, cobrindo sua boca com a minha, beijando-o com tanta convicção que nem preciso dizer nada. Ele geme, me afasta da parede do banheiro, me leva para a cama, e vou enroscada nele durante todo o caminho. Ele não está sendo nada delicado ao arrancar as duas peças de roupa que sobraram nos nossos corpos e ao se apoderar da minha boca com a dele, mas, para ser sincera, não sei se meu coração seria capaz de aceitar delicadeza nesse momento.

Ele está em pé na beirada da cama, com a boca grudada na minha. Ele se separa por um instante para colocar a camisinha, agarra minha cintura e me empurra para a beirada da cama junto a ele. Ergue minha perna por trás do joelho e a leva para o lado, em seguida, desliza a mão por baixo do meu braço e agarra meu ombro. Assim que seus olhos encontram os meus, ele me penetra sem nenhuma hesitação. Solto o ar ao sentir sua repentina força, chocada com o prazer intenso que substitui a dor momentânea. Coloco os braços ao seu redor e me mexo com ele enquanto aperta minha perna com mais força e cobre minha boca com a sua. Fecho os olhos e deixo minha cabeça se afundar mais no colchão enquanto usamos nosso amor para amenizar temporariamente a angústia.

As mãos dele alcançam minha cintura, e ele me puxa para ele, enfiando os dedos no meu quadril a cada movimento frenético e ritmado. Seguro seus braços e relaxo o corpo, permitindo que me guie da maneira que for ajudá-lo. Sua boca se separa da minha, e ele abre os olhos no mesmo instante em que abro os meus. Os olhos ainda estão lacrimosos, então o solto e levo as mãos até seu rosto, tentando amenizar o sofrimento em suas feições com meu toque. Ele continua olhando para mim, mas vira a cabeça para beijar a palma da minha mão e sai de cima de mim, parando de repente.

Estamos ofegantes, e consigo senti-lo dentro de mim, ainda precisando de mim. Ele mantém os olhos fixos nos meus enquanto passa os braços por baixo das minhas costas e me puxa para perto, erguendo nós dois. Não nos separamos enquanto nos vira e desliza até o chão encostando-se à cama, comigo por cima. Ele me puxa para perto e me beija. Um beijo delicado dessa vez.

A maneira como está me abraçando, de forma protetora agora, beijando meus lábios e queixo — é quase como se fosse um Holder diferente daquele que estava comigo trinta segundos atrás, mas igualmente apaixonado. Num minuto, é alvoroçado e intenso... no outro, carinhoso e lisonjeador. Estou começando a apreciar e a amar sua imprevisibilidade.

Consigo sentir que quer que eu assuma o controle agora, mas estou nervosa. Nem tenho certeza se sei fazer isso. Ele sente meu constrangimento e leva as mãos à minha cintura, guiando-me devagar, movendo-me de maneira bem sutil em cima dele. Fica me observando atentamente, conferindo se ainda estou aqui com ele.

E *estou*. Estou totalmente presente neste momento e não consigo pensar em mais nada.

Ele leva a mão para meu rosto, ainda me guiando com a outra mão na minha cintura.

— Sabe o que sinto por você — diz ele. — Sabe o quanto a amo. Sabe que eu faria de tudo para acabar com seu sofrimento, não é?

Faço que sim com a cabeça, pois sei, sim. E, ao olhar nos olhos dele agora, ao ver a honestidade intensa que há neles, sei que sentia isso por mim há muito tempo.

— Estou precisando tanto disso, Sky. Preciso saber que você também me ama assim.

Tudo a respeito dele, desde a voz até a expressão em seu rosto, é tomado pela aflição. Eu faria qualquer coisa que pudesse para tirar isso de dentro dele. Entrelaço nossos dedos e cubro nossos corações com nossas mãos, reunindo coragem para mostrar o tamanho incrível do amor que sinto por ele. Fico olhando-o bem nos olhos enquanto me levanto um pouco, voltando a me abaixar depois em cima dele.

Ele geme profundamente, fecha os olhos e inclina a cabeça para trás, deixando-a encostar no colchão atrás dele.

— Abra os olhos — sussurro. — Quero que fique me olhando.

Ele levanta a cabeça e me observa com os olhos semicerrados. Continuo a assumir o controle devagar, querendo mais que tudo que ele escute, sinta e veja o quanto é importante para mim. Estar no controle é uma sensação completamente diferente, mas não deixa de ser boa. A maneira como está me observando me faz sentir que ele precisa de mim de tal forma que nunca senti antes com ninguém. De certa maneira, me faz sentir *necessária*. Como se só minha existência fosse necessária para sua sobrevivência.

— Não desvie o olhar de novo — digo, me erguendo. Quando me abaixo outra vez em cima dele, sua cabeça se vira sutilmente por causa da intensidade da sensação e deixo um gemido escapar, mas ele mantém os olhos aflitos bem fixos nos meus. Não estou mais precisando de sua orientação, e meu corpo se transforma num reflexo ritmado do dele. — Sabe a primeira vez que me beijou? — pergunto. — Aquele instante em que seus lábios encostaram nos meus? Você roubou um pedaço do meu coração naquela noite. — Mantenho o ritmo enquanto ele me observa ardentemente. — Na primeira vez que disse que me gamava porque ainda não estava pronto para dizer que me amava? — Pressiono minha mão com mais força no peito dele e me aproximo, querendo que sinta todas as partes do meu corpo. — Aquelas palavras roubaram mais um pedaço do meu coração.

Ele abre a mão que está tocando meu peito até a palma estar toda encostada na minha pele. Faço o mesmo com ele.

— Na noite em que descobri que era Hope? Disse que queria ficar sozinha no meu quarto e, quando acordei e vi que você estava lá comigo na cama, tive vontade de chorar, Holder. Queria chorar porque precisava tanto de você ali. Foi naquele momento que percebi que estava apaixonada por você. Estava apaixonada pela maneira como você me amava. Quando pôs os braços ao meu redor e me abraçou, soube que, independentemente do que acontecesse com minha vida, meu lar era você. Você roubou a maior parte do meu coração naquela noite.

Abaixo a boca até a dele e beijo-o delicadamente. Ele fecha os olhos e começa a encostar a cabeça na cama outra vez.

— Fique com eles abertos — sussurro, afastando-me dos lábios dele. — Ele os abre, olhando-me com uma intensidade que bate direto no centro do meu ser. — Quero que fique de olhos abertos... porque preciso que veja eu lhe entregar a última parte do meu coração.

Ele exala fundo, e é quase como se eu pudesse literalmente ver a dor escapar dele. Suas mãos apertam mais as minhas enquanto a expressão em seus olhos muda imediatamente de um desespero intenso para um desejo ardente. Ele começa a se mover junto comigo, e nos olhamos. Aos poucos, viramos um só ao expressarmos em silêncio com nossos corpos, mãos e olhos o que palavras são incapazes de demonstrar.

Continuamos numa cadência sintonizada até o último instante, quando os olhos dele ficam sérios. Ele joga a cabeça para trás, consumido por tremores que dominam sua ejaculação. Quando seu coração começa a se acalmar, ainda encostado na minha palma, ele consegue me olhar nos olhos de novo, então afasta as mãos das minhas, segura a parte de trás da minha cabeça e me beija com uma paixão implacável. Ele se inclina para a frente enquanto me deita no chão, passando a assumir o controle outra vez e me beijando, completamente entregue ao momento.

Passamos o resto da noite alternando nossas expressões de amor sem dizer uma única palavra. Quando enfim ficamos exaustos, abraçados, começo a pegar no sono, sendo dominada por uma onda de incredulidade. Acabamos de nos entregar completamente um ao outro, de coração e alma. Jamais achei que seria capaz de confiar em um homem a ponto de compartilhar meu coração, muito menos de entregá-lo por completo.

segunda-feira, 29 de outubro de 2012
23h35

Holder não está do meu lado quando rolo para o lado e tateio em busca dele. Eu me sento na cama, e está escuro lá fora, então estendo o braço para acender o abajur. Seus sapatos não estão onde os deixou após tirá-los, então me visto e saio atrás dele.

Passo pelo pátio, sem avistá-lo em nenhuma das cadeiras. Estou prestes a me virar e voltar para o quarto quando o vejo deitado no concreto ao lado da piscina, com as mãos atrás da cabeça, encarando as estrelas. Parece estar tão em paz que prefiro ficar numa das cadeiras e não atrapalhar o momento.

Eu me sento e coloco os braços dentro do moletom, jogando a cabeça para trás enquanto o observo. A lua está cheia, então ele está sendo iluminado pelo suave luar, que o deixa com uma aparência quase angelical. Ele está concentrado no céu com uma expressão de serenidade no rosto, me fazendo sentir gratidão por ele ter encontrado um pouco de paz dentro de si para superar o dia de hoje. Sei o quanto Lesslie era importante para ele e sei pelo que seu coração está passando nesse dia. Sei exatamente o que está sentindo porque agora nosso sofrimento é compartilhado. Tudo pelo que ele passar vou sentir. Tudo pelo que eu passar ele vai sentir. É o que acontece quando duas pessoas viram uma só: elas passam a compartilhar mais do que amor. Também compartilham todo o sofrimento, mágoa, dor e aflição.

Apesar da calamidade que está minha vida neste momento, há uma sensação cálida de conforto me cercando após ter ficado com ele há pouco. Não importa o que acontecer, tenho certeza de que Holder estará do meu lado durante cada segundo, talvez até me ajudando a seguir em frente de vez em quando. Ele provou que nunca mais vou sentir que minha esperança se esgotou enquanto ele estiver na minha vida.

— Venha deitar comigo — diz ele, sem desviar os olhos do céu.

Sorrio, me levanto e vou até ele. Ao chegar perto, Holder tira o casaco e o coloca por cima de mim enquanto me deito no concreto frio e me aconchego em seu peito. Ele alisa meu cabelo enquanto ficamos encarando o céu, observando em silêncio as estrelas.

Partes de uma memória começam a surgir em minha mente, então fecho os olhos, querendo mesmo me lembrar dessa vez. Parece ser uma memória feliz, e essas sempre vou aceitar. Abraço-o com firmeza e me entrego completamente a ela.

Treze anos antes

— Por que você não tem televisão? — pergunto para ela.

Já faz vários dias que estamos juntas. Ela é bem legal, e eu gosto daqui, mas sinto falta de ver televisão. Mas sinto mais falta ainda de Dean e Lesslie.

— Não tenho televisão porque as pessoas acabaram ficando dependentes da tecnologia e se tornaram preguiçosas — diz Karen.

Não sei o que ela quer dizer, mas finjo que sei. Gosto muito de sua casa e não quero dizer nada que possa fazer com que ela queira me levar de volta para minha casa e para meu papai. Ainda não estou pronta para voltar para lá.

— Hope, você se lembra de que uns dias atrás eu disse que tinha algo bem importante para lhe falar?

Não lembro, mas faço que sim com a cabeça e finjo que não esqueci. Ela aproxima a cadeira da minha na mesa, chegando mais perto de mim.

— Quero que preste atenção em mim, está certo? Isso é muito importante.

Balanço a cabeça. Espero que não me diga que vai me levar para casa. Não estou pronta para isso. Estou com saudade de Dean e Lesslie, mas não quero de jeito nenhum voltar para casa e para meu papai.

— Você sabe o que adoção significa? — pergunta ela.

Nego com a cabeça porque nunca ouvi essa palavra.

— Adoção é quando alguém ama tanto uma criança que quer que ela seja seu filho ou filha. Então a pessoa adota essa criança para virar sua mamãe ou seu papai. — Ela segura minha mão e a *aperta.* — *Amo tanto você que vou adotá-la para que seja minha filha.*

Sorrio para ela mas na verdade não entendo o que está dizendo.

— *Você vai morar comigo e com papai?*

Ela balança a cabeça.

— *Não, querida. Seu papai a ama muito mesmo, mas ele não pode mais cuidar de você. Ele precisa que eu cuide de você de agora em diante, pois quer ter certeza de que você será feliz. Então, em vez de morar com seu papai, você vai morar comigo e eu vou ser sua mamãe.*

Acho que estou com vontade de chorar, mas não sei o motivo. Gosto muito de Karen, mas também amo meu papai. Gosto da casa dela, gosto da comida dela e gosto do meu quarto. Quero muito mesmo ficar aqui, mas não consigo sorrir porque minha barriga está doendo. Começou a doer quando ela disse que meu papai não podia mais cuidar de mim. Será que ele ficou bravo comigo? Mas não pergunto se ele ficou bravo comigo. Fico com medo de que pense que ainda quero morar com meu papai, que ela me leve de volta para morar com ele. Eu o amo de verdade, mas morro de medo de voltar a ter de morar com ele.

— *Está feliz porque vou adotá-la? Quer morar comigo?*

Quero morar com ela, mas estou triste porque demorou muitos minutos ou horas para chegarmos até aqui. O que significa que estamos longe de Dean e Lesslie.

— *E meus amigos? Vou ver meus amigos de novo?*

Karen inclina a cabeça para o lado, sorri para mim e põe meu cabelo atrás da orelha.

— *Querida, você vai fazer muitos outros amigos.*

Sorrio para ela, mas minha barriga dói. Não quero novos amigos. Quero Dean e Lesslie. Estou com saudade deles. Sinto meus olhos ardendo e tento não chorar. Não quero que ela ache que não estou feliz com ela me adotando, pois estou.

Karen se aproxima e me abraça.

— Querida, não se preocupe. Um dia você vai voltar a ver seus amigos. Mas agora não podemos voltar, então vamos fazer novos amigos aqui, está bem?

Concordo, e Karen beija o topo da minha cabeça enquanto olha para a pulseira na minha mão. Toco o coração na pulseira e espero que Lesslie saiba onde estou. Espero que saibam que estou bem, pois não quero que se preocupem comigo.

— Tem mais uma coisa — diz ela. — Você vai adorar.

Karen se encosta na cadeira e coloca um pedaço de papel e um lápis bem na frente dela.

— A melhor parte de ser adotada é que pode escolher seu próprio nome. Sabia disso?

Balanço a cabeça. Não sabia que as pessoas podiam escolher os próprios nomes.

— Antes de escolhermos seu nome, precisamos saber quais nomes não podemos usar. Não podemos usar o nome que você tinha antes nem apelidos. Você tem algum apelido? Seu pai chama você de alguma coisa?

Faço que sim com a cabeça, mas não falo nada.

— Ele a chama de quê?

Olho para as mãos e limpo a garganta.

— Princesa — digo baixinho. — Mas não gosto desse apelido.

Ela parece ficar triste quando digo isso.

— Bem, então a gente nunca mais vai chamar você de Princesa, está certo?

Concordo com a cabeça. Fico feliz por ela também não gostar do apelido.

— Quero que me diga algumas coisas que a deixam contente. Coisas bonitas e que você ama. Talvez a gente possa escolher um nome entre essas coisas.

Nem preciso que ela anote, pois só me sinto assim em relação a uma coisa.

— Amo o céu — digo, pensando no que Dean falou que eu devia lembrar para sempre.

— Então você vai se chamar Sky — diz ela, sorrindo. — Adorei esse nome. Acho perfeito. Agora vamos pensar em mais um nome, pois todo mundo precisa de dois. O que mais você ama?

Fecho os olhos e tento pensar em alguma outra coisa, mas não consigo. O céu é a única coisa que amo que é bonita e que me alegra. Abro os olhos e a encaro.

— O que você ama, Karen?

Ela sorri e segura o queixo com a mão, apoiando o cotovelo na mesa.

— Amo muitas coisas. Mas o que mais amo é pizza. Podemos chamá-la de Sky Pizza?

Eu rio e balanço a cabeça.

— Esse nome é bobo.

— Está bem, me deixe pensar — diz ela. — Que tal ursinhos de pelúcia? Podemos chamá-la de Ursinho de Pelúcia Sky?

Rio e balanço a cabeça novamente.

Ela tira o queixo da mão e se inclina para perto de mim.

— Quer saber o que eu amo de verdade?

— Quero — respondo.

— Amo ervas. Ervas são plantas medicinais, e eu amo cultivá-las para encontrar maneiras de fazer as pessoas se sentirem melhor. Um dia quero poder vender minhas próprias ervas. Talvez, para dar sorte, a gente possa escolher o nome de uma erva. Há centenas delas, e algumas têm nomes bem bonitos. — Ela se levanta, vai até a sala, pega um livro e o traz até a mesa. Ela o abre, aponta para uma das páginas e pergunta, dando uma piscadela. — Que tal tomilho?

Eu rio e balanço a cabeça.

— E... calêndula?

Balanço a cabeça de novo.

— Nem consigo dizer essa palavra.

Ela enruga o nariz.

— Bem lembrado. Você precisa ser capaz de dizer o próprio nome. — Ela olha mais uma vez para a página e lê mais alguns *nomes em voz alta, mas não gosto deles. Ela vira a página de novo e diz:* — *Que tal Linden [tília]? É mais uma árvore do que uma erva, mas as folhas têm formato de coração. Gosta de corações?*

Faço que sim com a cabeça.

— *Linden* — *digo.* — *Gostei desse nome.*

Ela sorri, fecha o livro e se aproxima de mim.

— *Bem, então vai ser Linden Sky Davis. E acho que devia saber que agora tem o nome mais bonito do mundo. Não vamos pensar nunca mais nos seus nomes antigos, está bem? Me prometa que, de agora em diante, só vai pensar no seu belo nome novo e na sua bela vida nova.*

— *Prometo* — *digo. E prometo mesmo. Não quero pensar nos meus nomes antigos, nem no meu quarto antigo nem em todas as coisas que meu papai fazia comigo quando eu era a princesa dele. Amo meu novo nome. Amo meu quarto novo, onde não tenho de me preocupar se a maçaneta vai girar.*

Estendo o braço para cima, dando um abraço em Karen, e ela retribui. Sorrio, pois é exatamente assim que eu achava que ia me sentir toda vez que desejava que minha mamãe estivesse viva para me abraçar.

Terça-feira, 30 de outubro de 2012
12h10

Estendo a mão até o rosto e enxugo uma lágrima. Nem sei por que elas estão escorrendo; a memória na verdade não foi triste. Acho que é porque foi um dos primeiros momentos em que comecei a amar Karen. Pensar no quanto a amo me faz sofrer por causa do que ela fez. Sofro porque parece que nem a conheço. Parece que tem um lado dela que eu nem sequer sabia que existia.

No entanto, não é isso o que mais me assusta. O que mais me assusta é o meu medo de que o único lado dela que eu *realmente* conheço... talvez *nem* exista.

— Posso perguntar uma coisa? — diz Holder, quebrando o silêncio.

Faço que sim com a cabeça apoiada no peito dele, enxugando a última lágrima da bochecha. Ele põe ambos os braços ao meu redor, tentando me manter aquecida ao sentir que estou tremendo no seu peito. Ele massageia meu ombro e beija minha cabeça.

— Você acha que vai ficar bem, Sky?

Não é uma pergunta incomum. É uma pergunta bem simples e direta, mas mesmo assim acho que é a pergunta mais difícil que já precisei responder.

Dou de ombros.

— Não sei — respondo com sinceridade. Quero pensar que vou ficar bem, especialmente sabendo que Holder estará do meu lado. Mas, para falar a verdade, não sei se vou.

— O que a deixa com medo?

— Tudo — respondo depressa. — Morro de medo do passado. Morro de medo das memórias que surgem na minha mente toda vez que fecho os olhos. Estou assustada com o que vi hoje e com a forma que isso vai me afetar nas noites em que você não estiver comigo para distrair meus pensamentos. Tenho medo de não ter capacidade emocional de lidar com o que pode acontecer com Karen. Receio pensar que não faço mais ideia de quem ela é. — Levanto a cabeça do seu peito e olho nos seus olhos. — Mas quer saber o que mais me deixa com medo?

Ele passa a mão no meu cabelo e mantém o olhar fixo no meu, querendo demonstrar que está prestando atenção.

— O quê? — pergunta ele, com a voz sinceramente preocupada.

— Tenho medo do quanto me sinto desconectada de Hope. Sei que somos a mesma pessoa, mas sinto como se o que aconteceu com ela não tivesse acontecido comigo de verdade. Sinto como se a tivesse abandonado. Como se a tivesse deixado lá, chorando naquela casa, apavorada por toda a eternidade, enquanto eu simplesmente entrava no carro e ia embora. Agora sou duas pessoas muito distintas. Sou essa garotinha que está sempre apavorada... mas também sou a garota que a abandonou. Eu me sinto tão culpada por erguer essa parede entre as duas vidas e tenho medo de que nenhuma dessas vidas ou dessas garotas possa voltar a se sentir completa.

Enterro a cabeça no peito dele, sabendo que é bem provável que eu não esteja fazendo o menor sentido. Ele beija o topo da minha cabeça, e eu ergo o olhar para o céu, perguntando-me se algum dia serei capaz de me sentir normal outra vez. Era tão mais fácil não saber a verdade.

— Depois que meus pais se divorciaram — diz ele —, minha mãe ficou preocupada conosco, então colocou Less e eu na terapia. Só durou uns seis meses... mas lembro que sempre fui muito rigoroso comigo mesmo, achando que tinham se divorciado por minha causa. Sentia como se o que eu não fiz no dia em que a levaram tivesse deixado eles dois muito estressados. Agora sei que a maior parte das coisas pela qual me culpava naquela época estava fora do meu controle. Mas meu terapeuta fez uma coisa uma vez que me ajudou um pouco. Na hora foi meio constrangedor, mas de vez em quando percebo que estou fazendo aquilo novamente em certas situações. Ele me fez visualizar a mim mesmo no passado, conversar com a versão mais nova de mim e dizer tudo que eu precisava. — Ele levanta meu rosto me fazendo olhar para ele. — Acho que você devia tentar isso. Sei que parece bobagem, mas é sério. Acho que pode ajudá-la. Acho que precisa voltar no tempo e dizer para Hope tudo que queria ter sido capaz de dizer no dia em que a abandonou.

Apoio o queixo no seu peito.

— Como assim? Está dizendo para me imaginar falando com ela?

— Exatamente — diz ele. — Apenas faça isso. Feche os olhos.

Obedeço. Não sei direito o que estou fazendo, mas faço mesmo assim.

— Eles estão fechados?

— Estão. — Ponho a mão em cima de seu coração e pressiono a têmpora em seu peito. — Mas não tenho certeza do que fazer.

— Imagine você mesma como é agora. Imagine-se dirigindo até a casa do seu pai e estacionando do outro lado da rua. Mas imagine a casa como era naquela época — diz ele. — Pense em como ela era quando você era Hope. Consegue lembrar que a casa era branca?

Aperto os olhos mais ainda, recuperando vagamente a lembrança da casa branca em algum lugar no fundo da minha mente.

— Consigo.

— Ótimo. Agora precisa encontrá-la. Converse com ela. Conte o quanto ela é forte. Diga o quanto é bonita. Diga tudo que ela precisa ouvir de você, Sky. Tudo que você queria ter sido capaz de dizer para *si mesma* naquele dia.

Esvazio a mente e faço o que ele sugeriu. Eu me imagino como sou agora e o que aconteceria se eu de fato fosse dirigindo até aquela casa. É bem provável que estivesse com meu vestido de alcinha e com o cabelo preso num rabo de cavalo por causa do calor. Quase consigo sentir o sol atravessando o para-brisa, aquecendo minha pele.

Eu me obrigo a sair do carro e atravessar a rua, apesar de hesitar em me aproximar da casa. Meu coração fica imediatamente acelerado. Não tenho certeza se *quero* vê-la, mas faço o que Holder sugeriu e continuo andando. Assim que me viro para o lado da casa, eu a vejo. Hope está sentada na grama, com os braços dobrados por cima dos joelhos. Está chorando em cima deles, e a cena despedaça completamente meu coração.

Me aproximo devagar, paro e me abaixo com relutância, sem conseguir desviar o olhar dessa garotinha tão frágil. Depois que me sento na grama bem na frente dela, a menina ergue a cabeça dos braços cruzados e olha para mim. Ao fazer isso, minha alma desmorona porque não há nenhuma vida em seus olhos castanho-escuros. Não tem a menor alegria neles. No entanto, tento sorrir para ela, pois não quero que saiba o quanto ver seu sofrimento está me afligindo.

Estendo a mão para ela, mas paro a alguns centímetros antes. Seus olhos castanhos e tristes se focam nos meus dedos e os encaram. Minhas mãos começam a tremer, e ela percebe. Talvez por ela perceber que também estou com medo fique mais fácil conquistar sua confiança, pois ela ergue mais ainda a cabeça, descruza os braços e põe a mão pequenina em cima da minha.

Estou olhando para a mão da minha infância segurando a mão do meu presente, mas tudo que quero é segurar mais que a mão dela. Quero agarrar todo seu sofrimento e medo, e arrancá-los dela.

Ao me lembrar das coisas que Holder disse que eu devia falar, olho para ela e limpo a garganta, apertando sua mão com firmeza.

— Hope. — Ela continua olhando para mim pacientemente enquanto arranjo coragem lá no fundo para poder falar com ela... para dizer tudo que precisa saber. — Sabia que você é uma das garotinhas mais corajosas que conheci?

Ela balança a cabeça e baixa o olhar para a grama.

— Não, não sou — diz ela baixinho, acreditando no que diz.

Estendo o braço, seguro a outra mão dela e a encaro bem nos olhos.

— Sim, é sim. Você é *incrivelmente* corajosa. E vai conseguir superar isso, pois tem um coração muito forte. Um coração capaz de amar tantas coisas da vida e das pessoas de uma maneira que jamais imaginou que um coração fosse capaz. E você é linda. — Pressiono a mão no seu coração. — Aqui dentro. Seu coração é tão bonito, e um dia alguém vai amá-lo do jeito que ele merece.

Ela afasta uma das mãos e enxuga os olhos.

— Como sabe disso tudo?

Eu me inclino para a frente e ponho os braços totalmente ao redor dela. Ela retribui colocando seus braços ao meu redor e permitindo que eu a abrace. Abaixo a cabeça e sussurro em seu ouvido:

— Eu sei porque já passei exatamente pelo que você está passando. Sei o quanto seu coração dói por causa do que seu papai faz com você porque ele também fez isso comigo. Sei o quanto o odeia por causa disso, mas também sei o quanto o ama por ele ser seu papai. E não tem problema, Hope. Não tem problema amar as partes boas, porque ele não é de todo mau. Também não tem problema odiar as partes ruins que a deixam tão triste. Tudo bem você sentir *seja o que for* que precisar sentir. Só me prometa que nunca, jamais vai se sentir culpada. Prometa para mim que nunca vai se culpar. Não é culpa sua. Você é apenas uma garotinha, e não é culpa sua se sua vida é bem mais difícil do que devia ser. E por mais que queira esquecer que tudo isso aconteceu com você, e por mais que queira esquecer que essa parte da sua vida existiu, preciso que se lembre dela.

Sinto seus braços tremendo, e ela está chorando em silêncio encostada no meu peito. Suas lágrimas fazem as minhas próprias escaparem.

— Quero que lembre quem você é, apesar de todas as coisas ruins que estão acontecendo com você. Porque essas coisas ruins não são *você*. São apenas coisas que *aconteceram* com você. Precisa aceitar que quem é e o que acontece com você são duas coisas diferentes.

Levanto a cabeça do meu peito com gentileza e vejo seus olhos castanhos e chorosos.

— Prometa para mim que, não importa o que aconteça, nunca terá vergonha de ser quem é, independentemente do quanto queira sentir essa vergonha. E talvez isso não faça sentido para você agora, mas quero que me prometa que nunca vai deixar que as coisas que seu papai faz com você definam quem você é e a separem da pessoa que é. Me prometa que nunca vai perder a Hope.

Ela faz que sim com a cabeça enquanto enxugo suas lágrimas com os dedos.

— Prometo — diz ela.

Ela sorri para mim, e, pela primeira vez desde que vi seus grandes olhos castanhos, há um certo ânimo neles. Eu a puxo para o meu colo, e ela põe os braços ao redor do meu pescoço enquanto a abraço, a balanço, e nós duas choramos nos braços uma da outra.

— Hope, prometo que daqui para a frente nunca vou deixá-la para trás. Vou levá-la comigo no meu coração para sempre. Nunca mais terá de ficar sozinha.

Choro no cabelo de Hope, mas ao abrir os olhos vejo que estou chorando nos braços de Holder.

— Falou com ela? — pergunta ele.

Faço que sim com a cabeça.

— Falei. — Nem estou tentando conter as lágrimas. — Disse tudo a ela.

Holder começa a se sentar, então faço o mesmo. Ele se vira para mim e segura meu rosto.

— Não, Sky. Você não disse tudo a *ela*... você disse tudo para *si* mesma. Essas coisas aconteceram com *você*, não com outra pessoa. Elas aconteceram com Hope. Aconteceram com Sky. Aconteceram com a melhor amiga que eu amava tantos anos atrás, e aconteceram com a melhor amiga que eu amo e que está olhando para mim nesse exato momento. — Ele pressiona os lábios nos meus, me beija e se afasta. É só quando olho para ele que percebo que está chorando comigo. — Você precisa ter orgulho de ter sobrevivido a tudo pelo que passou quando criança. Não se afaste daquela vida. Aceite-a, pois tenho um orgulho do cacete de você. Todo sorriso que vejo no seu rosto me deixa embasbacado, pois sei de quanta coragem e força você precisou quando criança para garantir que essa sua parte permanecesse viva. E sua risada? Meu *Deus*, Sky. Pense no tanto de coragem foi preciso para voltar a rir depois de tudo que lhe aconteceu. E seu coração... — diz ele, balançando a cabeça, incrédulo. — O fato de seu coração conseguir encontrar uma maneira de amar e confiar num homem novamente prova que eu me apaixonei pela mulher mais corajosa que já conheci. Sei de quanta coragem precisou para deixar eu me aproximar de você depois do que seu pai fez. E juro que até meu último suspiro vou agradecer a você por se permitir me amar. *Muito* obrigado por me amar, Linden Sky Hope.

Ele pronuncia cada um dos meus nomes lentamente, sem nem tentar enxugar minhas lágrimas, pois são muitas. Jogo os braços ao redor de seu pescoço e deixo ele me abraçar — abraçar todos os meus 17 anos.

Terça-feira, 30 de outubro de 2012
09h05

O sol está brilhando tanto que atravessa o cobertor que puxei para cima dos olhos. No entanto, não foi o sol que me acordou. Foi a voz de Holder.

— Olhe, você não faz ideia do que ela passou nos últimos dois dias — diz Holder. Ele está tentando falar baixinho, ou para não me acordar ou para que eu não escute a conversa. Não escuto ninguém respondendo, então deve estar ao telefone. Mas com quem diabos está falando? — Entendo que precisa defendê-la. Acredite em mim, entendo mesmo. Mas vocês sabem que ela não vai entrar naquela casa sozinha.

Há uma longa pausa antes de ele suspirar pesadamente no telefone.

— Preciso garantir que ela coma alguma coisa, então dê um tempo para nós. Sim, prometo. Vou acordá-la assim que desligar. Sairemos daqui a uma hora no máximo.

Ele não se despede, mas escuto quando coloca o telefone na mesa. Após alguns segundos, a cama se afunda um pouco e ele desliza o braço ao meu redor.

— Acorde — diz ele no meu ouvido.

Não me mexo.

— Estou acordada — digo por debaixo das cobertas. Sinto sua cabeça pressionar meu ombro.

— Então você escutou? — pergunta ele baixinho.

— Quem era?

Ele muda de posição na cama e puxa as cobertas que cobrem minha cabeça.

— Era Jack. Ele está alegando que Karen confessou tudo para ele ontem. E está preocupado. Quer que você vá conversar com ela.

Meu coração para imediatamente.

— Ela confessou? — pergunto com certa cautela, me sentando na cama.

Ele confirma com a cabeça.

— Não entramos em detalhes, mas ele parece saber o que está acontecendo. Mas contei sobre seu pai... só porque Karen queria saber se você tinha se encontrado com ele. Quando acordei hoje, o assunto estava sendo noticiado. Concluíram que foi suicídio, porque foi ele mesmo quem telefonou para a viatura. Nem vai ter investigação. — Ele segura minha mão e a acaricia com o polegar. — Sky, Jack me pareceu desesperado para você voltar. Acho que tem razão... precisamos voltar e resolver isso. Você não vai estar sozinha. Vou estar lá e Jack também. E, pelo jeito, Karen está cooperando. Sei que é difícil, mas não temos escolha.

Está falando comigo como se precisasse me convencer, mas, na verdade, já me sinto pronta. Preciso estar cara a cara com ela para conseguir respostas para minhas últimas perguntas. Saio de baixo das cobertas, me levanto da cama e me espreguiço.

— Antes preciso escovar os dentes e trocar de roupa. E depois podemos ir. — Vou até o banheiro e não me viro, mas sinto certo orgulho emanar dele. Está orgulhoso de mim.

✤

Holder me entrega o celular quando estamos na estrada.

— Tome. Breckin e Six estão preocupados com você. Karen pegou os números dos dois no seu celular e ficou ligando o fim de semana inteiro tentando descobrir onde você estava.

— Falou com algum deles?

Ele faz que sim com a cabeça.

— Falei com Breckin agora de manhã, logo antes de Jack ligar. Disse que você e sua mãe tinham brigado e que você queria passar alguns dias fora. Ele aceitou a explicação.

— E Six?

Ele olha para mim e abre um meio sorriso.

— Talvez seja bom você mesma falar com ela. Trocamos alguns e-mails e tentei usar a mesma explicação que dei para Breckin, mas Six não acreditou. Disse que você e Karen nunca brigam e que eu preciso contar a verdade antes que ela tenha que pegar um avião de volta ao Texas para me encher de porrada.

Estremeço, sabendo que Six deve estar louca de preocupação comigo. Não mando mensagem alguma para ela há dias, então decido adiar a ligação para Breckin e mandar logo um e-mail para ela.

— Como se manda um e-mail para alguém? — pergunto. Holder ri, pega o telefone e aperta alguns botões. Ele me devolve e aponta para a tela.

— É só digitar aí o que precisa dizer, depois me devolva que envio para ela.

Digito um e-mail curto, dizendo que descobri algumas coisas sobre meu passado e que precisava passar alguns dias fora. Prometo que vou ligar sem falta para explicar tudo nos próximos dias, mas ainda não tenho certeza se vou contar a verdade para ela. A essa altura, não sei se quero que mais alguém saiba da minha situação. Pelo menos não até que eu tenha todas as respostas.

Holder envia o e-mail e entrelaça os dedos com os meus. Fixo o olhar na janela e fico encarando o céu.

— Está com fome? — pergunta ele após dirigir em silêncio por mais de uma hora. Balanço a cabeça. Estou nervosa demais para comer qualquer coisa, pois sei que logo mais vou confrontar Karen. Estou nervosa demais até para conseguir manter uma conversa normal. Estou nervosa demais para fazer qualquer coisa que não seja ficar olhando pela janela e me perguntando onde vou estar quando acordar amanhã. — Você precisa se alimentar, Sky. Mal comeu nos últimos três dias, e, com essa sua tendência a desmaiar, acho que uma comida agora não seria uma má ideia.

Ele não vai desistir até eu comer, então cedo.

— Está bem — murmuro.

Ele acaba escolhendo um restaurante mexicano na beira da estrada depois que não decidi sozinha onde comer. Peço algo do menu de almoço só para agradá-lo. É mais que provável que não consiga comer nada.

— Quer brincar de Questionário do Jantar? — diz ele, mergulhando um nacho no molho.

Dou de ombros. Não quero imaginar o que terei de lidar daqui a cinco horas, então talvez isso me ajude a não pensar nessas coisas.

— Acho que sim. Mas com uma condição. Não quero falar sobre nada que tenha a ver com os primeiros anos da minha vida, com os últimos três dias nem com as próximas 24 horas.

Ele sorri, parecendo estar aliviado. Talvez Holder também não queira pensar em nada disso.

— Primeiro as damas — diz ele.

— Então abaixe o nacho — digo, olhando para a comida que ele está prestes a colocar na boca.

Ele olha para o nacho e franze a testa, como se estivesse sofrendo com isso.

— Então faça uma pergunta rápida, estou faminto.

Aproveito que é minha vez para dar um gole no refrigerante e morder o nacho que acabei de tirar das mãos dele.

— Por que gosta tanto de correr? — pergunto.

— Não sei — responde ele, recostando-se. — Comecei a correr quando tinha 13 anos. No início era uma forma de fugir de Less e de suas amigas irritantes. Às vezes, tudo que precisava era dar uma saída de casa. Os gritinhos e risadinhas de meninas de 13 anos podem ser extremamente dolorosos. Gostava do silêncio da corrida. Caso não tenha percebido ainda, meio que gosto de ficar refletindo sobre as coisas, pois assim elas ficam mais claras na minha cabeça.

Eu rio.

— Já percebi sim — digo. — Foi sempre assim?

Ele sorri e balança a cabeça.

— Essa já é outra pergunta. Minha vez. — Ele tira da minha mão o nacho que eu estava prestes a comer, coloca-o na boca e toma um gole de refrigerante. — Por que você não fez o teste para entrar na equipe de atletismo?

Ergo a sobrancelha e rio.

— Que pergunta estranha de se fazer agora. Isso já faz dois meses.

Ele balança a cabeça e aponta um nacho para mim.

— Não pode julgar minhas perguntas.

— Tudo bem. — Dou uma risada. — Na verdade, não sei. O colégio não estava sendo como eu imaginava. Não esperava que as outras garotas fossem tão malvadas. Todas elas só falavam comigo para me dizer que eu era a maior vadia. Breckin foi a única pessoa em toda a escola que fez algum esforço para se aproximar de mim.

— Não é verdade — diz Holder. — Está se esquecendo de Shayla.

Eu rio.

— Não quer dizer Shayna?

— Tanto faz — diz ele, balançando a cabeça. — Sua vez. — Ele enfia outro nacho depressa na boca e sorri para mim.

— Por que seus pais se divorciaram?

Ele abre um sorriso tenso e tamborila de leve os dedos na mesa antes de dar de ombros.

— Acho que tinha chegado a hora deles — diz ele, de maneira indiferente.

— Tinha chegado a hora? — pergunto, confusa com a resposta vaga. — E hoje em dia os casamentos têm prazo de validade, é?

Ele dá de ombros.

— Para algumas pessoas, sim.

Fico interessada no raciocínio. Espero que ele não diga que minha pergunta já foi feita, pois quero mesmo saber o que pensa sobre isso. Não que eu esteja planejando me casar num futuro próximo. Mas é por ele que estou apaixonada, então não vai fazer mal saber sua opinião para eu não ficar tão chocada daqui a alguns anos.

— Por que acha que o casamento deles tinha um limite de tempo? — pergunto.

— Todos os casamentos têm limite de tempo se as pessoas se casam pelos motivos errados. O casamento não vai ficando mais fácil com o tempo... só fica mais difícil. Se decidir se casar com alguém na esperança de melhorar as coisas, é melhor marcar logo o timer no segundo em que disser "sim".

— E quais foram os motivos errados para se casarem?

— Eu e Less — diz ele, sendo direto. — Eles se conheciam há menos de um mês quando minha mãe engravidou. Meu pai se casou com ela achando que era a coisa certa a fazer, quando talvez a coisa certa fosse não engravidá-la, em primeiro lugar.

— Acidentes acontecem — digo.

— Eu sei. E é por isso que agora eles estão divorciados.

Balanço a cabeça, triste por estar falando tão casualmente sobre a falta de amor entre os pais. Mas isso já tem oito anos. O Holder de 10 anos talvez não tenha aceitado tão casualmente o divórcio enquanto este se desenrolava.

— Mas não acha que o divórcio é inevitável para todos os casamentos?

Ele cruza os braços por cima da mesa e inclina-se para a frente, estreitando os olhos.

— Sky, se está se perguntando se tenho problemas em me comprometer com alguém, a resposta é não. Algum dia, num futuro muito, muito, muito distante... tipo num futuro depois da universidade... quando eu for pedir você em casamento... algo que vou *mesmo* fazer um dia, pois não vai se livrar de mim... não vou me casar com você na esperança de que nosso casamento dê certo. Quando você for minha, vai ser para sempre. Já lhe disse que a única coisa que importa para mim em relação a você são os para sempre, e estava falando sério.

Sorrio para ele, pois, de alguma maneira, consigo ficar um pouco mais apaixonada do que há trinta segundos.

— Uau. Não precisou de muito tempo para pensar *nessas* palavras.

Ele balança a cabeça.

— É porque tenho pensado no para sempre com você desde que a vi no mercado.

Nossa comida não poderia ter chegado num momento mais perfeito, pois não faço ideia de como reagir a isso. Ergo o garfo para pegar um pedaço, mas ele estende o braço por cima da mesa e o tira rapidamente da minha mão.

— Não vale trapacear — diz ele. — Não terminamos ainda, e estou prestes a fazer uma pergunta bastante pessoal.

Ele come um pouco da comida e a mastiga devagar enquanto espero que faça sua pergunta "bastante pessoal". Após tomar um gole da bebida, ele dá mais uma mordida e sorri para mim, prolongando sua vez de propósito para poder comer.

— Faça logo a maldita pergunta — digo com falsa irritação.

Ele ri, limpa a boca com o guardanapo e se inclina para a frente.

— Você usa algum método contraceptivo? — pergunta ele baixinho.

A pergunta dele me faz rir, pois não é nada pessoal quando é feita para a garota com quem se está transando.

— Não, não uso — admito. — Nunca tive razão para usar antes de você entrar na minha vida sem pedir licença.

— Pois bem, quero que use — diz ele com determinação. — Marque uma consulta essa semana.

Fico frustrada com o quanto ele foi rude.

— Podia ter pedido isso com um pouco mais de educação, sabe?

Ele arqueia a sobrancelha enquanto toma um gole da bebida e a coloca de volta na mesa com calma.

— Foi mal. — Ele sorri e mostra as covinhas para mim. — Me deixe dizer de outra maneira então. — Ele transforma a voz num sussurro rouco. — Pretendo fazer amor com você, Sky. *Muito*. Praticamente em todas as oportunidades que tivermos, porque curti muito você nesse fim de semana, apesar das circunstâncias. Então, para continuarmos fazendo amor, eu ficaria muito grato se você usasse algum outro método contraceptivo para que não acabemos nos metendo em um casamento com data de validade por causa de uma gravidez. Acha que pode fazer isso por mim? Para que a gente possa continuar transando muitas, muitas e muitas vezes?

Continuo com o olhar fixo no dele enquanto deslizo o copo vazio para a garçonete que agora está encarando Holder boquiaberta. Mantenho uma expressão séria enquanto respondo.

— Bem melhor — digo. — E sim. Acho que posso providenciar isso.

Ele balança a cabeça uma vez e desliza o copo para perto do meu, encarando a garçonete. Ela finalmente sai do transe, enche nossos copos e vai embora. Assim que ela vai embora, fulmino Holder com o olhar e mexo a cabeça.

— Como você é malvado, Dean Holder. — Eu rio.

— *O quê?* — diz ele de maneira inocente.

— Devia ser ilegal as palavras "fazer amor" e "transar" saírem dos seus lábios na presença de alguma outra mulher que não seja aquela que faz essas coisas com você. Acho que não percebe o efeito que causa nas mulheres.

Ele balança a cabeça e tenta ignorar meu comentário.

— Estou falando sério, Holder. Não quero que seu ego exploda, mas devia saber que quase todas as mulheres com sinais vitais o acham incrivelmente atraente. Quero dizer, pense só numa coisa. Não consigo nem contar o número de garotos que conheci na vida, mas você foi o único por quem me senti atraída. Explique isso.

Ele ri.

— Essa é fácil.

— Por quê?

— Porque — começa ele, olhando para mim de propósito — você já me amava antes de me ver no mercado naquele dia. Só porque me bloqueou das suas memórias não quer dizer que tenha me bloqueado do seu coração. — Ele leva o garfo cheio até a boca, mas faz uma pausa antes de comer. — Mas talvez tenha razão. Pode ter dado certo só porque você queria lamber minhas covinhas — diz ele, enfiando o garfo na boca.

— Com certeza foram as covinhas — afirmo, sorrindo.

Não consigo nem contar quantas vezes ele me fez sorrir nessa meia hora que estamos aqui, e, de alguma maneira, consegui comer metade da comida no meu prato. Só a presença dele já faz maravilhas para uma alma sofrida.

Terça-feira, 30 de outubro de 2012
19h20

Estamos a uma quadra da casa de Karen quando peço que pare o carro. A ansiedade durante a viagem já foi tortura suficiente, mas estar de fato chegando é absolutamente apavorante. Não faço ideia do que dizer para ela nem de como reagir quando entrar na casa.

Holder vai para a lateral da rua e estaciona o carro. Ele se vira para mim com um olhar preocupado.

— Está precisando da pausa de um capítulo? — pergunta ele.

Faço que sim com a cabeça, inspirando fundo. Ele estende o braço por cima do banco e segura minha mão.

— O que mais a assusta em vê-la outra vez?

Mudo de posição no banco para ficar de frente para ele.

— Tenho medo de nunca ser capaz de perdoá-la, independentemente do que disser para mim hoje. Sei que minha vida acabou sendo melhor com ela do que teria sido se eu tivesse ficado com meu pai, mas ela não tinha como saber disso quando me roubou. Saber do que ela é capaz torna ainda mais impossível perdoá-la. Se não consegui perdoar meu pai pelo que ele fez comigo... acho que também não serei capaz de perdoá-la.

Ele acaricia a parte de cima da minha mão com o polegar.

— Talvez você nunca a perdoe pelo que fez, mas *pode* apreciar a vida que ela lhe proporcionou depois disso. Ela tem sido uma boa mãe, Sky. Lembre-se disso quando estiver conversando com ela, está bem?

Exalo, nervosa.

— É isso que não consigo deixar de lado — digo. — O fato de ela *realmente* ter sido uma boa mãe, e eu a amo por isso. Eu a amo tanto e estou morrendo de medo de perdê-la depois de hoje.

Holder me puxa para perto e me abraça.

— Também estou com medo por você, linda — diz ele, sem a ter a intenção de fingir que tudo vai ficar bem quando isso não é possível. É o medo do desconhecido. Nenhum de nós faz ideia do rumo que minha vida vai tomar depois que eu passar por aquela porta, nem se nós dois poderemos tomar juntos esse rumo.

Eu me afasto dele e ponho as mãos nos joelhos, juntando coragem para resolver logo isso.

— Estou pronta — digo. Ele balança a cabeça, manobra o carro de volta para a rua e vira na esquina, parando na frente da minha casa.

Ver a casa faz minhas mãos começarem a tremer ainda mais. Holder abre a porta do motorista quando Jack sai da casa e depois se vira para mim.

— Fique aqui — diz ele. — Quero falar com Jack primeiro.

Holder sai do carro e fecha a porta. Fico parada como ele pediu porque, sinceramente, não estou com a mínima pressa de sair desse carro. Fico observando Holder e Jack conversarem por vários minutos. Como Jack ainda está aqui apoiando Karen, me pergunto se ela contou mesmo toda a verdade sobre o que fez. Duvido que ele fosse continuar aqui se soubesse a verdade.

Holder volta para o carro, dessa vez para a porta do carona, onde estou. Ele abre a porta e se ajoelha ao meu lado. Acaricia minha bochecha com a mão e alisa meu rosto com o dorso dos dedos.

— Está pronta? — pergunta ele.

Sinto minha cabeça balançando como se concordasse, mas não sinto que estou controlando o movimento. Vejo meus pés saírem do carro e minha mão se estendendo para a de Holder, mas não sei como sou capaz de me mexer se estou conscientemente me esforçando para continuar sentada no carro. Não estou pronta para entrar, mas me afasto do carro nos braços de Holder de todo jeito, e seguimos em direção à casa. Quando me aproximo de Jack, ele estende os braços para me abraçar. Assim que seus braços familiares me cercam, me recupero e respiro fundo.

— Obrigado por voltar — diz ele. — Ela precisa dessa oportunidade para explicar tudo. Me prometa que vai deixá-la fazer isso.

Eu me afasto e olho-o nos olhos.

— Sabe o que ela fez, Jack? Ela lhe contou?

Ele faz que sim com a cabeça, aflito.

— Eu sei e sei que é difícil para você. Mas agora precisa deixar que ela lhe conte o lado dela da história.

Ele vira-se para a casa e mantém o braço ao redor dos meus ombros. Holder segura minha mão, e os dois me acompanham até a porta como se eu fosse uma criança frágil.

Eu *não* sou uma criança frágil.

Paro nos degraus e me viro para eles.

— Preciso conversar com ela a sós.

Pensei que ia querer Holder ao meu lado, mas preciso ser forte por mim mesma. Amo a maneira como ele me protege, mas essa é a coisa mais difícil que já tive de fazer e quero ser capaz de dizer que a fiz sozinha. Se eu conseguir enfrentar isso sozinha, sei que terei coragem para enfrentar qualquer coisa.

Nenhum dos dois se opõe, e me sinto muito grata ao ver que têm fé em mim. Holder aperta minha mão e me incentiva a seguir em frente com um olhar confiante.

— Vou ficar bem aqui — diz ele.

Respiro fundo e abro a porta da casa.

Entro na sala, e Karen para de andar e se vira, assimilando o fato de estar me vendo. Assim que fazemos contato visual, ela perde o controle e vem correndo na minha direção. Não sei que expressão eu esperava ver no seu rosto ao entrar por aquela porta, mas de jeito algum era uma expressão de alívio.

— Você está bem — diz ela, jogando os braços ao redor do meu pescoço. Ela pressiona a mão na parte de trás da minha cabeça e me puxa para perto enquanto chora. — Sinto muito mesmo, Sky. Sinto muito mesmo por você ter descoberto antes que eu tivesse a chance de lhe contar. — Ela está tentando falar, mas começou a soluçar com força total. Ver o quanto ela está sofrendo me dá um aperto no coração. Saber que mentiu para mim não apaga imediatamente os 13 anos em que a amei, então vê-la sofrendo só me faz sofrer também.

Ela segura meu rosto e me olha nos olhos.

— Juro que ia contar tudo assim que fizesse 18 anos. Não fiquei feliz por você ter descoberto tudo sozinha. Fiz tudo que podia para evitar que isso acontecesse.

Seguro suas mãos, afasto-as do meu rosto e passo por ela.

— Não faço ideia de como reagir ao que está dizendo agora, mãe. — Eu me viro e a olho nos olhos. — Quero saber tanta coisa, mas estou morrendo de medo de perguntar. Se você responder, como vou saber que está me dizendo a verdade? Como vou saber que não vai mentir para mim como fez nos últimos 13 anos?

Karen vai até a cozinha e pega um guardanapo para enxugar os olhos. Ela inspira tremulamente algumas vezes, tentando se controlar.

— Sente-se aqui comigo, querida — diz ela, passando por mim para chegar ao sofá. Continuo em pé enquanto a vejo se sentar na beirada. Ela ergue o olhar para mim com uma expressão de mágoa espalhada no rosto inteiro. — Por favor — pede ela. — Sei que não confia em mim, e você tem todo o direito de não confiar depois do que fiz, mas, se for capaz de reconhecer que eu a amo mais que a própria vida, vai me dar a oportunidade de me explicar.

Em seu olhar não havia nada além da verdade. Por causa disso, vou até o sofá e me sento do outro lado. Ela respira fundo e exala, controlando-se o suficiente para começar a explicação.

— Para eu poder contar a verdade sobre o que aconteceu com você... primeiro preciso explicar a verdade sobre o que aconteceu comigo. — Ela faz uma pausa de alguns minutos, segurando-se para não começar a chorar de novo. Vejo em seus olhos que seja lá o que esteja prestes a me dizer é quase insuportável para ela. Quero me aproximar e abraçá-la, mas não posso. Por mais que a ame, simplesmente não consigo consolá-la.

"Tive uma mãe maravilhosa, Sky. Você a teria amado tanto. Seu nome era Dawn, e ela amava muito meu irmão e eu. Meu irmão, John, era dez anos mais velho, então nunca tivemos nenhuma rivalidade enquanto crescíamos. Meu pai morreu quando eu tinha 9 anos, então John foi mais uma figura paterna que um irmão para mim. Era meu protetor. Ele era um irmão tão bom, e ela, uma mãe tão boa. Infelizmente, quando fiz 13 anos, o fato de John ser como um pai para mim tornou-se a realidade dele no dia em que minha mãe faleceu.

"John só tinha 23 anos e havia acabado de se formar na universidade. Eu não tinha nenhuma outra família disposta a me acolher, então ele fez o que precisava ser feito. No início, não tivemos problema algum. Eu sentia falta da minha mãe mais do que devia, e, para ser sincera, John estava achando bem difícil lidar com tudo isso. Tinha acabado de começar a trabalhar logo após se formar, e as coisas estavam complicadas para ele. Para nós dois. Quando completei 14 anos, o estresse do trabalho já o estava afetando. Ele começou a beber, e eu passei a me rebelar, ficando na rua até mais tarde do que devia em várias ocasiões.

"Uma noite, quando voltei para casa, ele estava com muita raiva de mim. Nossa discussão logo se transformou numa luta física, e ele bateu em mim várias vezes. Ele jamais tinha batido em mim, então fiquei apavorada. Corri para meu quarto, e, alguns minutos depois, ele apareceu para pedir desculpas. Seu comportamento nos meses anteriores, devido ao excesso de bebida, já estava me deixando com medo. E quando esse comportamento ficou tão grave a ponto de ele me bater... me fez ficar apavorada."

Karen muda de posição no sofá e estende o braço para tomar um gole de água. Observo sua mão enquanto ela leva o copo à boca, e percebo que seus dedos estão tremendo.

— Ele tentou pedir desculpas, mas me recusei a escutá-lo. Minha teimosia o deixou com mais raiva ainda, então me empurrou na cama e começou a gritar comigo. Ele não parava de gritar, dizendo que eu tinha arruinado a vida dele. Disse que eu devia era agradecer por tudo que ele estava fazendo por mim... que tinha uma dívida com ele, que trabalhava tanto para cuidar de mim.

Karen limpa a garganta e novas lágrimas brotam em seus olhos enquanto se esforça para continuar contando a verdade dolorosa de seu passado. Ela encontra meu olhar, e percebo que as palavras na ponta de sua língua são quase difíceis demais para serem ditas.

— Sky... — diz ela, sofrendo. — Meu irmão me estuprou naquela noite. Não somente naquela noite; ele continuou fazendo aquilo comigo quase todas as noites durante dois anos inteiros.

Levo as mãos até a boca e solto o ar. O sangue se esvai da minha cabeça, mas sinto como se também estivesse se esvaindo do resto do meu corpo. Eu me sinto completamente vazia ao escutar aquelas palavras, pois estou morrendo de medo do que acho que ela está prestes a me contar. O vazio em seu olhar é ainda maior que aquilo que estou sentindo. Em vez de esperar ela me contar, pergunto logo.

— Mãe... John... ele era meu pai, não era?

Ela não demora em concordar com a cabeça enquanto lágrimas escorrem por seu rosto.

— Sim, querida. Era. Lamento muito.

Meu corpo inteiro treme com o soluço que sai de mim, e os braços de Karen me cercam assim que as primeiras lágrimas escapam dos meus olhos. Jogo os braços ao seu redor e agarro sua camisa.

— Sinto muito por ele ter feito isso com você — digo, chorando. Karen se senta ao meu lado, e nós ficamos abraçadas enquanto choramos por causa das coisas que um homem que amávamos com todo o nosso coração fez conosco.

— Tem mais — diz ela. — Quero contar tudo, está certo?

Faço que sim com a cabeça enquanto ela se afasta de mim e segura minhas mãos.

— Quando fiz 16 anos, contei para uma amiga o que ele estava fazendo comigo. Ela contou para a mãe, que o denunciou à polícia. Naquela época, John trabalhava para a polícia há três anos e o respeitavam. Quando foi questionado sobre a denúncia, alegou que era invenção minha porque não me deixava ver meu namorado. Ele acabou sendo inocentado, e o caso foi encerrado, mas eu sabia que não conseguiria mais morar com ele. Fiquei morando com alguns amigos até terminar o colégio dois anos depois. Nunca mais falei com ele.

"Seis anos se passaram antes que eu o visse novamente. Eu tinha 21 anos e estava na faculdade. Dentro de um mercado, escutei a voz dele no corredor ao lado. Fiquei paralisada, sem conseguir respirar enquanto ouvia a conversa. Eu teria sido capaz de lhe reconhecer a voz em qualquer canto. Há algo na voz dele que me deixa apavorada, que a torna inesquecível.

"Mas naquele dia não foi a voz dele que me deixou paralisada... foi a sua. Eu o escutei conversando com uma garotinha e imediatamente me lembrei de todas as noites em que ele me machucou. Eu me senti enjoada, pois sabia do que ele era capaz. Fiquei seguindo vocês a uma certa distância, observando-os interagirem. Num dado momento, ele se afastou alguns metros do carrinho de compras, e você me viu. Ficou me encarando por um bom tempo e era a garotinha mais linda que eu tinha visto. Mas também era a garotinha mais triste que eu tinha visto. Soube, assim que olhei nos seus olhos, que ele estava fazendo com você exatamente o que tinha feito comigo. Eu vi o desespero e o medo nos seus olhos quando você me olhou

"Passei os próximos dias tentando descobrir tudo sobre você e sobre seu relacionamento com ele. Descobri o que tinha acontecido com sua mãe e que ele estava criando você sozinho. Por fim, criei coragem para fazer uma denúncia anônima, na esperança de que ele finalmente fosse ter o que merecia. Uma semana depois, fiquei sabendo que após a entrevistarem, o caso foi arquivado na mesma hora pelo Serviço de Proteção à Criança. Não sei ao certo se foi por ele ter um cargo alto na polícia, mas tenho quase certeza de que sim. Independentemente disso, era a segunda vez que ele se safava. Não suportava a ideia de deixá-la ficar com ele sabendo o que estava acontecendo com você. Tenho certeza de que havia outras maneiras de lidar com isso, mas eu era jovem e estava morrendo de medo por você. Não sabia mais o que fazer, pois a lei já tinha falhado com nós duas.

"Alguns dias depois, tinha tomado minha decisão. Se ninguém mais ia ajudá-la a se afastar dele... então eu ia. No dia em que parei o carro na sua casa, nunca vou me esquecer daquela garotinha triste chorando nos próprios braços, sentada sozinha na grama. Quando a chamei e você se aproximou de mim e entrou no meu carro... nós fomos embora e eu nunca olhei para trás."

Karen aperta minhas mãos e olha séria para mim.

— Sky, juro do fundo do meu coração que tudo que queria era proteger você. Fiz tudo que podia para evitar que ele a encontrasse. Que você *o* encontrasse. Nunca mais falamos sobre ele, e fiz o que pude para você superar o que tinha acontecido e ter uma vida normal. Sabia que não conseguiria escondê-la para sempre. Sabia que chegaria o dia em que eu precisaria lidar com o que fiz... mas nada disso importava para mim. Nada disso importa para mim ainda hoje. Só queria que ficasse em segurança até ser maior de idade e nunca mais tivesse que voltar para ele.

"Na véspera de eu levá-la, fui até sua casa e não havia ninguém ali. Entrei porque queria encontrar algumas coisas que pudessem confortá-la quando estivesse em segurança comigo. Algo como um cobertor preferido ou um ursinho de pelúcia. Quando entrei no seu quarto, percebi que nada naquela casa seria capaz de trazer algum conforto para você. Se você fosse como eu, tudo que tivesse a ver com seu pai a lembraria do que ele fez com você. Então não peguei nada, pois não queria que se lembrasse do que ele tinha feito".

Ela se levanta, sai do cômodo em silêncio e volta com uma pequena caixa de madeira, que coloca em minhas mãos.

— Não consegui sair de lá sem isso. Sabia que, quando chegasse o dia de lhe contar a verdade, você também ia querer saber tudo sobre sua mãe. Não consegui encontrar muita coisa, mas eu guardei o que achei.

Lágrimas enchem meus olhos enquanto passo os dedos pela caixa de madeira que contém as únicas memórias de uma mulher de quem eu achava que nunca teria a oportunidade de me lembrar. Não a abro. Não consigo. Preciso abri-la sozinha.

Karen põe uma mecha do meu cabelo para trás da orelha, e eu ergo o olhar para ela.

— Sei que o que fiz foi errado, mas não me arrependo. Se eu tivesse de fazer tudo de novo só para garantir sua segurança, nem pensaria duas vezes. Também sei que você provavelmente me odeia por ter mentido. E aceito isso, Sky, pois sei que a amo o bastante por nós duas. Nunca se sinta culpada pelo que fiz com você. Tenho planejado essa conversa e esse momento há 13 anos, então estou preparada para qualquer coisa que fizer e qualquer decisão que tomar. Quero que faça o que for melhor para você. Ligo para a polícia agora mesmo se for o que você quiser que eu faça. Estou mais que disposta a contar a eles tudo que acabei de contar para você se isso for ajudá-la a ficar em paz. Se precisar que eu espere até seu verdadeiro aniversário de 18 anos para poder continuar morando aqui enquanto isso, farei isso. Eu me entrego no instante em que você puder cuidar de si mesma legalmente e nunca vou questionar sua decisão.

Mas o que quer que escolha, Sky. O que quer que decida, não se preocupe comigo. Saber que agora você está segura é tudo que eu poderia pedir. O que quer que venha acontecer comigo agora valeu todos os segundos desses 13 anos que passei com você.

Olho para a caixa e continuo chorando, sem ter a mínima ideia do que fazer. Não sei o que é certo e errado, e nem sei se o certo *é* errado nessa situação. Só sei que não posso responder agora. Com todas as coisas que ela acabou de me contar, sinto como se tudo que soubesse sobre justiça tivesse me dado uma grande tapa na cara.

Olho para ela e balanço a cabeça.

— Não sei — sussurro. — Não sei o que quero que aconteça. — Eu *não* sei o que quero, mas sei do que estou precisando. Estou precisando da pausa de um capítulo.

Eu me levanto, e ela continua sentada, me observando enquanto vou até a porta. Não consigo olhá-la nos olhos ao abrir a porta.

— Preciso pensar um pouco — digo baixinho, ao sair. Assim que a porta se fecha, os braços de Holder me envolvem. Balanço a caixa de madeira na mão e ponho o outro braço ao redor do pescoço dele, enterrando minha cabeça em seu ombro. Choro na sua camisa, sem saber como começar a processar tudo que acabei de descobrir. — O céu — digo. — Preciso olhar para o céu.

Ele não faz nenhuma pergunta, pois sabe exatamente a que estou me referindo, então segura minha mão e me leva para o carro. Jack volta para dentro de casa enquanto Holder e eu vamos embora.

Terça-feira, 30 de outubro de 2012
20h45

Em momento algum Holder me perguntou o que Karen disse enquanto eu estava dentro de casa com ela. Sabe que vou contar quando estiver pronta, mas agora, nesse momento, acho que não consigo. Só estarei pronta depois que souber o que quero fazer.

Ele estaciona quando chegamos ao aeroporto, só que num local mais longe que de costume. Quando andamos até o portão, fico surpresa ao ver que está destrancado. Holder levanta o trinco e o abre, gesticulando para que eu passe.

— Existe um portão? — pergunto, confusa. — Por que a gente sempre teve de passar pela grade?

Ele lança um sorriso malicioso para mim.

— Você estava de vestido nas duas vezes em que viemos aqui. Passar por um portão não tem a mínima graça.

De alguma maneira, não sei como, encontro forças para rir. Passo pelo portão, e ele o fecha atrás de mim, mas fica do outro lado. Paro e estendo a mão.

— Quero que venha comigo — digo.

— Tem certeza? Imaginei que fosse querer pensar sozinha hoje.

Nego com a cabeça.

— Gosto de ficar ao seu lado aqui. Ficaria faltando alguma coisa se estivesse sozinha.

Ele abre o portão e segura minha mão. Vamos até a pista e ocupamos nosso lugar de sempre debaixo das estrelas. Coloco a caixa de madeira do meu lado, ainda sem saber se tenho coragem suficiente para abri-la. Nesse momento, não tenho certeza de nada. Fico deitada por mais de meia hora, pensando silenciosamente na minha vida... na vida de Karen... na vida de Lesslie... e sinto que a decisão que tenho de tomar precisa ser em nome de nós três.

— Karen é minha tia — digo em voz alta. — Minha tia biológica. — Não sei se estou dizendo em voz alta por causa de Holder ou se é só porque quero dizer isso em voz alta para mim mesma.

Holder enrosca o dedo mindinho ao redor do meu e vira a cabeça para mim.

— Ela é irmã do seu pai? — pergunta ele, hesitante. Faço que sim com a cabeça, e ele fecha os olhos, entendendo o que isso significa em relação ao passado de Karen. — É por isso que ela a pegou — diz ele, entendendo tudo. Ele fala como se fizesse todo o sentido. — Ela sabia o que ele estava fazendo com você.

Confirmo o que ele disse balançando a cabeça.

— Ela quer que eu decida, Holder. Quer que eu decida o que vai acontecer em seguida. O problema é que eu não sei qual é a escolha certa a fazer.

Ele segura minha mão inteira, entrelaçando nossos dedos.

— É porque não existe escolha certa — diz ele. — Às vezes, precisamos escolher entre um monte de escolhas erradas, sem a possibilidade de nenhuma certa. Você simplesmente tem de decidir pela escolha errada que parece menos errada.

Fazer Karen pagar por algo que fez por puro altruísmo é com certeza a *pior* escolha errada. Sei isso do fundo do meu coração, mas ainda é difícil aceitar que o que ela fez não devia ter nenhuma consequência. Sei que não sabia disso na época, mas Karen ter me levado do meu pai acabou provocando o que aconteceu com Lesslie. É complicado ignorar que Karen ter me levado causou indiretamente o que aconteceu com minha melhor amiga — com a única outra garota na vida de Holder que ele acha que desapontou.

— Preciso perguntar uma coisa — digo para ele. Ele fica em silêncio me esperando falar, então me sento e olho para ele. — Não quero que me interrompa, está bem? Deixe só eu falar logo.

Ele toca na minha mão e concorda com a cabeça, então prossigo.

— Sei que Karen apenas fez tudo aquilo porque estava tentando me salvar. A decisão que ela tomou foi por amor... e não por ódio. Mas tenho medo de que se eu não disser nada... se nós guardarmos isso... vai acabar afetando *você*. Porque sei que meu pai só fez aquilo com Less porque eu não estava lá para ocupar o lugar dela. E sei que Karen não tinha mesmo como prever o que ele ia fazer. Sei que ela tentou fazer a coisa certa e o denunciou antes de ficar tão desesperada. Mas então o que acontece com a gente? Com nós dois, quando tentarmos voltar a viver da mesma forma que antes? Tenho medo de que você odeie Karen para sempre... ou que um dia comece a se ressentir de mim por causa da escolha que vou fazer hoje, qualquer que seja ela. E não estou dizendo que não quero que você sinta seja o que for que precise sentir. Se tiver de odiar Karen pelo que aconteceu com Less, eu entendo. Acho que só preciso saber que, independentemente da minha escolha... só preciso saber...

Tento encontrar a maneira mais eloquente de dizer o que quero, mas não consigo. Às vezes, as perguntas mais simples são as mais difíceis de fazer. Aperto sua mão e olho nos seus olhos.

— Holder... você vai ficar bem?

Não consigo interpretar sua expressão enquanto ele me observa. Ele entrelaça os dedos nos meus e volta a prestar atenção no céu acima de nós.

— Esse tempo inteiro... — diz ele baixinho. — No último ano, tudo que fiz foi odiar e me ressentir de Less pelo que ela fez. Eu a odiava porque tínhamos exatamente a mesma vida. Tínhamos os mesmos pais que enfrentaram o mesmo divórcio. Tínhamos exatamente a mesma melhor amiga que foi arrancada de nossas vidas. Compartilhamos exatamente o mesmo luto pelo que aconteceu com você, Sky. Nós nos mudamos para a mesma cidade com a mesma mãe e estudamos no mesmo colégio. As coisas que aconteciam na vida dela eram exatamente as mesmas que aconteciam na minha. Mas, às vezes, ela era muito mais afetada do que eu. De vez em quando, eu a escutava chorando à noite. Sempre ia me deitar ao lado dela e abraçá-la, mas várias vezes tudo que eu queria era gritar com minha irmã por ser tão mais fraca que eu.

"Então naquela noite... quando descobri o que tinha feito... passei a odiá-la. Eu a odiava por ter desistido tão facilmente. Odiava o fato de ela achar que a vida dela era tão mais difícil que a minha, quando na verdade nossas vidas eram iguais."

Ele se senta e se vira para mim, segurando minhas mãos.

— Agora eu sei a verdade. Sei que a vida dela foi um *milhão* de vezes mais difícil que a minha. E ela ainda ser capaz de sorrir e de dar risada todos os dias nunca me deu pista alguma do tipo de merda pelo qual passou... Finalmente estou percebendo o quanto ela foi corajosa. E não foi culpa dela não ter conseguido lidar com tudo aquilo. Eu queria que tivesse pedido ajuda ou contado a alguém o que aconteceu, mas cada pessoa lida com essas coisas de maneira diferente, especialmente quando acha que está sozinha no mundo. Você conseguiu bloquear as lembranças e foi assim que lidou com a situação. Acho que ela tentou fazer isso, mas era bem mais velha quando tudo aconteceu, então era impossível. Em vez de bloquear as lembranças e nunca mais pensar nisso, sei que fez exatamente o oposto. Sei que aquilo consumiu todas as partes da vida dela até não aguentar mais.

"E você não pode afirmar que a escolha de Karen tem relação direta com o que seu pai fez com Less. Se Karen nunca tivesse levado você, é mais que provável que ele tivesse feito aquelas coisas com Less mesmo assim, quer você estivesse lá ou não. Ele era desse jeito. É o que ele fazia. Então se está me perguntando se culpo Karen pelo que aconteceu, a resposta é não. A única coisa que queria que Karen tivesse feito diferente... é que eu queria que ela tivesse levado Less também."

Ele põe os braços ao meu redor e leva a boca até meu ouvido.

— O que você decidir... O que você achar que vai fazer seu coração se curar mais depressa... é o que quero para você. É o que Less quer para você também.

Retribuo o abraço e enterro a cabeça em seu ombro.

— Obrigada, Holder.

Ele me abraça em silêncio enquanto fico pensando na decisão que nem é mais tanto uma decisão. Após um tempo, afasto-me dele e ponho a caixa no colo. Passo os dedos no topo e vacilo antes de encostar no trinco. Pressiono-o e lentamente levanto a tampa enquanto fecho os olhos, hesitando ver o que tem dentro. Respiro fundo após a tampa estar levantada e abro os olhos para encontrar o olhar da minha mãe. Pego a foto entre os dedos trêmulos, vendo a mulher que com certeza foi a que me gerou. Minha boca, meus olhos, minhas maçãs do rosto... eu sou ela. Cada parte de mim é ela.

Coloco a foto de volta na caixa e pego a que está embaixo. Essa traz ainda mais emoções à tona, pois é uma foto de nós duas. Eu não devia ter mais que 2 anos e estou sentada no colo dela com os braços ao redor de seu pescoço. Ela está me dando um beijo na bochecha, e estou olhando para a câmera com um sorriso gigantesco. Lágrimas caem na foto que estou segurando, então as enxugo e passo as fotos para a mão de Holder. Preciso que veja o motivo pelo qual eu tinha de voltar à casa do meu pai.

Tem mais um item na caixa. Eu o pego e passo o colar entre os dedos. É um medalhão de prata em forma de estrela. Eu o abro e vejo uma foto minha de quando era bebê. Dentro do medalhão, do lado oposto da foto, está escrito: "Meu raio de esperança — Hope."

Abro o fecho do colar e o levo até a nuca. Holder estende a mão e segura o fecho enquanto levanto o cabelo. Ele o prende, eu solto meu cabelo, e ele beija minha têmpora.

— Ela é linda. Assim como a filha. — Ele me devolve as fotos e me beija com carinho. Olha para o medalhão, abre-o e fica o encarando por vários instantes, sorrindo. Depois o fecha e olha nos meus olhos. — Está pronta?

Coloco as fotos de volta na caixa, fecho a tampa, olho para ele confiante e respondo:

— Estou.

Terça-feira, 30 de outubro de 2012
22h25

Dessa vez, Holder entra na casa comigo. Karen e Jack estão sentados no sofá, e ele apoia o braço ao redor dela, segurando sua mão. Ela olha para mim enquanto passo pela porta, e Jack se levanta, preparando-se para nos deixar a sós mais uma vez.

— Está tudo bem — digo para ele. — Não precisa ir. Não vou demorar.

Minhas palavras o deixam preocupado, mas não responde nada. Ele se afasta alguns metros de Karen para que eu possa me sentar ao lado dela no sofá. Coloco a caixa na mesa na frente dela e me sento. Viro-me em sua direção, sabendo que ela não faz ideia de como será seu futuro. Apesar de não ter ideia da escolha que fiz e do que vai acontecer com sua vida, ainda sorri para mim de maneira tranquilizadora. Quer que eu saiba que vai aceitar qualquer escolha que eu fizer.

Seguro suas mãos e a olho bem nos olhos. Quero que ela sinta as palavras que estou prestes a dizer e que acredite nelas, pois entre nós duas não quero que exista nada além da verdade.

— Mãe — digo, olhando-a com o máximo de confiança possível. — Quando me tirou do meu pai, você sabia as possíveis consequências da sua decisão e fez aquilo mesmo assim. Arriscou toda a sua vida só para salvar a minha, e eu nunca seria capaz de desejar que você sofra por causa dessa escolha. Abrir mão da sua vida por mim é mais do que eu jamais poderia pedir. Não vou julgá-la pelo que fez. A única coisa apropriada que posso fazer a essa altura... é agradecer. Então, obrigada. Muito obrigada por ter salvado minha vida, mãe.

No seu rosto escorrem mais lágrimas que no meu. Nós nos abraçamos e choramos. Choramos de mãe para filha. Choramos de tia para sobrinha. Choramos de vítima para vítima. Choramos de sobrevivente para sobrevivente.

Não consigo imaginar a vida que Karen levou nos últimos 13 anos. Toda escolha que fez foi apenas para meu próprio bem. Ela presumiu que, quando eu fizesse 18 anos, confessaria o que tinha feito e se entregaria para a polícia para arcar com as consequências. Saber que me ama tanto a ponto de estar disposta a desistir de toda a sua vida por mim quase me faz sentir como se eu não merecesse isso tudo, agora que sei que existem duas pessoas no mundo que me amam desse jeito. É quase demais para que possa aceitar.

No fim das contas, Karen quer mesmo dar o próximo passo em seu relacionamento com Jack, mas estava hesitante porque sabia que o magoaria quando contasse a verdade. O que ela não esperava é que Jack a amasse incondicionalmente... da mesma maneira como ela me ama. Escutar suas confissões do passado e as escolhas que fez só o deixou mais certo sobre o amor que sente por ela. Aposto que ele vai trazer todas as suas coisas para nossa casa até o próximo fim de semana.

Karen passa a noite inteira respondendo pacientemente todas as minhas perguntas. Minha dúvida principal era como eu tinha um nome legal e documentos que provavam isso. Karen ri e explica que, com dinheiro suficiente e os contatos certos, fui convenientemente "adotada" de outro país e obtive minha cidadania quando tinha 7 anos. Nem peço para saber mais detalhes porque tenho medo da resposta.

A outra pergunta cuja resposta eu precisava saber era a mais óbvia... agora a gente pode ter uma televisão? E a verdade é que ela não odeia tanto tecnologia quanto deu a entender durante todos esses anos. Tenho a sensação de que amanhã vamos fazer algumas comprinhas no departamento de eletrônicos.

Holder e eu explicamos para Karen como ele descobriu quem eu era. No início ela não conseguiu entender como podíamos ter tido uma ligação tão forte quando éramos tão pequenos... tão forte a ponto de ele se lembrar de mim. Mas depois de nos ver interagindo por mais um tempo, acho que se convenceu de que o que nós temos é verdadeiro. Infelizmente, também consigo ver preocupação nos olhos dela toda vez que ele se inclina para me beijar ou põe a mão na minha perna. Afinal, ela é minha mãe.

Após várias horas se passarem e todos nós termos o momento de maior paz possível depois do fim de semana como esse, encerramos a noite. Holder e Jack despedem-se de nós, e Holder garante a Karen que nunca mais vai me mandar mensagens que diminuam meu ego. Mas, ao dizer isso, pisca para mim por cima do ombro dela.

Karen me abraça mais do que já fui abraçada em um único dia. Depois do seu abraço final da noite, vou para meu quarto e me deito. Puxo as cobertas e ponho as mãos por trás da cabeça, encarando as estrelas no meu teto. Pensei em arrancá-las de lá, achando que só serviriam para me lembrar de mais coisas ruins. Mas acabei não tirando. Vou deixá-las porque agora, quando olho para elas, me lembro de Hope. Eu me lembro de *mim* e de tudo que precisei superar para chegar a esse momento da minha vida. E, por mais que eu pudesse ficar aqui sentada, sentindo pena de mim mesma e me perguntando por que tudo isso aconteceu comigo... não vou fazer isso. Não vou ficar desejando uma vida perfeita. As coisas que nos derrubam na vida são testes, e esses testes nos forçam a escolher entre desistir, ficar caída no chão ou sacudir a poeira e se levantar com *ainda mais* firmeza que antes. Estou escolhendo me levantar com mais firmeza. Provavelmente vou ser derrubada mais algumas vezes antes da vida se cansar de mim, mas garanto que nunca vou ficar caída no chão.

Escuto uma leve batida na janela do quarto antes de a levantarem. Sorrio e chego mais para o lado na cama, esperando que ele se junte a mim.

— Não vou ser recebido na janela hoje? — pergunta ele baixinho, puxando a janela para baixo. Ele vai até o lado dele da cama, puxa as cobertas e se aproxima de mim.

— Você está congelando — digo, aconchegando-me em seus braços. — Veio andando até aqui?

Ele balança a cabeça, me aperta e beija minha testa.

— Não, vim correndo. — Ele desliza a mão até minha bunda. — Já faz mais de uma semana que nenhum de nós faz exercícios. Sua bunda está começando a ficar gigante.

Dou risada e bato no seu braço.

— Tente se lembrar de que os insultos só são engraçados em mensagens.

— Por falar nisso... quer dizer que vai poder ficar com o celular?

Dou de ombros.

— Não quero aquele celular de volta. Tenho esperanças de que meu namorado domesticado me dê um iPhone de Natal.

Ele ri e rola para cima de mim, encostando os lábios gélidos nos meus. As temperaturas contrastantes das nossas bocas o fazem gemer. Ele me beija até seu corpo inteiro esquentar outra vez.

— Sabe de uma coisa? — Ele se apoia nos cotovelos e olha para mim com suas covinhas encantadoras.

— O quê?

Sua voz volta a ficar naquela oitava lírica e divina mais uma vez.

— Nunca vamos transar na sua cama.

Penso nisso por meio segundo, balanço a cabeça e o faço se deitar de costas.

— E vai ser assim enquanto minha mãe estiver do outro lado do corredor.

Ele ri, me segura pela cintura e me puxa para cima dele. Apoio a cabeça em seu peito, e ele coloca os braços ao meu redor com firmeza.

— Sky?
— Holder? — imito-o.
— Quero que saiba de uma coisa — diz ele. — E não vou dizer isso como seu namorado nem como seu amigo. Vou dizer porque isso precisa ser dito por alguém. — Ele para de alisar meu braço e deixa a mão no meio das minhas costas. — Estou tão orgulhoso de você.

Aperto os olhos e sorvo suas palavras, enviando-as diretamente para meu coração. Ele leva os lábios até meu cabelo e me beija pela primeira vez ou pela vigésima vez ou pela milionésima vez. Mas quem é que está contando?

Eu o abraço com mais força e solto o ar.

— Obrigada. — Levanto a cabeça e apoio o queixo em seu peito, erguendo o olhar para ele, que está sorrindo para mim. — E não é só pelo que você disse agora que estou agradecendo, Holder. Preciso agradecer por tudo. Obrigada por me dar coragem para sempre fazer minhas perguntas, mesmo quando não queria saber as respostas. Obrigada por me amar desse jeito. Obrigada por me mostrar que não precisamos ser fortes o tempo inteiro para ajudar um ao outro... não tem problema sermos fracos, contanto que estejamos *juntos*. E obrigada por finalmente me encontrar depois de todos esses anos. — Passo os dedos no seu peito até alcançar seu braço. Percorro com eles cada letra da sua tatuagem, inclino-me para a frente, pressiono nela os lábios e a beijo. — E, acima de tudo, obrigada por ter me perdido tantos anos atrás... porque minha vida não teria sido a mesma se não tivesse me deixado sozinha.

Meu corpo sobe e desce, pois ele está respirando fundo. Ele segura meu rosto e tenta sorrir, mas seus olhos continuam aflitos.

— Todas as vezes que imaginei como seria encontrá-la um dia... nunca pensei que fosse acabar com você me agradecendo por tê-la perdido.

— *Acabar?* — pergunto, não gostando da palavra que ele escolheu. Eu me levanto, dou um beijo rápido em seus lábios e me afasto. — Espero que esse não seja nosso fim.

— De jeito nenhum que esse é nosso fim — afirma ele. Ele põe uma mecha do meu cabelo para trás da orelha e fica com a mão ali. — E queria poder dizer que vamos viver felizes para sempre, mas não posso. Nós dois ainda temos muita coisa para resolver. Com tudo que aconteceu com você, comigo, com sua mãe, com seu pai e com o que sei que aconteceu com Less... em alguns dias acho que não vamos saber como sobreviver. Mas vamos sobreviver. Vamos, sim, porque temos um ao outro. Então não estou preocupado conosco, linda. Não estou nem um pouco preocupado.

Beijo sua covinha e sorrio.

— Também não estou preocupada com a gente. E, só para constar, não acredito nisso de felizes para sempre.

Ele ri.

— Ótimo, porque você não vai ter nada disso. Tudo que vai ter sou eu.

— É tudo de que preciso — digo. — Bem... preciso do abajur. E do cinzeiro. E do controle remoto. E da raquete. E de você, Dean Holder. Mas isso é *tudo* de que preciso.

Treze anos antes

— *O que ele está fazendo ali?* — *pergunto para Lesslie, olhando para Dean pela janela da sala. Ele está deitado no jardim, olhando para o céu.*
— *Ele está encarando as estrelas* — *diz ela.* — *Faz isso o tempo inteiro.*
Eu me viro e olho para ela.
— *Como assim?*
Ela dá de ombros.
— *Não sei. Ele fica lá deitado, olhando um tempão para o céu.*

Olho pela janela outra vez e o fico observando por mais um tempinho. Não entendo tão bem isso, mas parece algo de que eu ia gostar. Adoro estrelas. Sei que minha mãe também gostava delas, pois encheu meu quarto de estrelas.

— *Quero fazer isso* — *digo.* — *A gente pode ir lá fazer também?* — *Olho para ela, que está tirando os sapatos.*
— *Não quero. Mas pode ir, vou ajudar minha mãe a preparar a pipoca e o filme.*

Gosto dos dias em que durmo na casa de Lesslie. Gosto de qualquer dia em que não preciso ficar em casa. Saio do sofá, vou até a porta para calçar os sapatos e saio da casa para me deitar ao lado de Dean no jardim. Ele nem olha para mim quando eu me deito ao lado dele. Tudo que faz é continuar olhando para o céu, então faço o mesmo.

Hoje as estrelas estão bem brilhantes. Nunca havia olhado para elas assim. São tão mais bonitas que as estrelas do meu teto.
— *Uau. Isso é tão bonito.*
— *Eu sei, Hope* — *diz ele.* — *Eu sei.*

Ficamos em silêncio por um bom tempo. Não sei se ficamos observando as estrelas por muitos minutos ou horas, mas continuamos as observando e não dizemos nada. Dean não é de falar muito. Ele é bem mais quieto que Lesslie.

— Hope? Você me promete uma coisa?

Viro a cabeça e olho para ele, que ainda está encarando as estrelas. Nunca prometi nada para ninguém antes, a não ser para meu papai. Tive de prometer para ele que não contaria a ninguém como ele me faz agradecer e não quebrei a promessa, por mais que às vezes queira poder fazer isso. Se um dia eu quebrar a promessa que fiz para meu papai, iria contar para Dean, porque sei que ele nunca falaria para ninguém.

— Prometo — *digo para ele.*

Ele vira a cabeça e olha para mim, mas seus olhos parecem tristes.

— Sabe como às vezes seu papai faz você chorar?

Faço que sim com a cabeça e tento não chorar só de pensar nisso. Não sei como Dean sabe que é por causa do meu papai que sempre estou chorando, mas ele sabe.

— Promete que vai pensar no céu quando ele deixar você triste?

Não sei por que ele quer que eu prometa isso, mas concordo com a cabeça mesmo assim.

— Mas por quê?

— Porque sim. — *Ele vira o rosto para as estrelas novamente.* — O céu sempre é bonito. Mesmo quando está escuro, chuvoso ou nublado, ele sempre é bonito de se olhar. É minha coisa preferida porque sei que, se um dia eu me sentir perdido, sozinho ou assustado, é só olhar para ele, pois sempre estará lá, não importa o que aconteça... e sei que sempre estará bonito. Você pode pensar nisso quando seu pai deixar você triste, assim não precisa pensar nele.

Sorrio, apesar de o assunto da nossa conversa estar me deixando triste. Só quero continuar olhando para o céu como Dean, pensando no que ele me disse. Meu coração fica feliz por agora ter um lugar para ir quando não quiser continuar no lugar onde estou. Agora, quando estiver assustada, vou simplesmente pensar no céu e isso talvez me ajude a sorrir, pois sei que ele sempre estará bonito, não importa o que aconteça.

— Prometo — sussurro.

— Ótimo — diz ele, estendendo a mão e enroscando o dedo mindinho no meu.

Agradecimentos

Quando escrevi meus primeiros dois livros, não usei nenhum *beta reader* nem blogueiros. (Por ignorância, não por escolha.) Eu nem sabia o que era um ARC.

Ah, como teria sido bom saber.

Obrigada a TODOS os blogueiros que se esforçam tanto para compartilhar seu amor pela leitura. Vocês com certeza são a salvação dos escritores, e agradecemos por tudo que fazem.

Um obrigada muito especial a Maryse, Tammara Webber, Jenny e Gitte do totallybookedblog.com, Tina Reber, Tracey Garvis-Graves, Abbi Glines, Karly Blakemore-Mowle, Autumn do autumnreview.com, Madison do madisonsays.com, Molly Harper do toughcriticbookreviews.com, Rebecca Donovan, Nichole Chase, Angie Stanton, Sarah Ross, Lisa Kane, Gloria Green, Cheri Lambert, Trisha Rai, Katy Perez, Stephanie Cohen e Tonya Killian por terem tido tempo de me dar um feedback tão detalhado e incrivelmente útil. Sei que passei dezembro inteiro irritando para cacete a maioria de vocês, então obrigada por terem aturado meus muitos, muitos e muitos arquivos "atualizados".

E ERMAGHERD! Não tenho como agradecê-la o suficiente, Sarah Augustus Hansen. Não apenas por fazer a capa mais bonita de todas, mas por atender aos meus milhões de pedidos de mudanças para acabarmos usando sua capa original. Sua paciência comigo não tem limites. E, por isso, declaro que Holder é seu. Tudo bem.

Agradeço ao meu marido, que insiste que deve ser mencionado nos agradecimentos deste livro por ter sugerido uma palavra que me ajudou a escrever uma frase naquele único parágrafo naquela única cena. Sem aquela palavra (que era *diques*, pessoal), acho que não teria terminado este livro. Ele pediu que eu dissesse isso. Mas, de certa maneira, ele tem razão. Sem a palavra que ele sugeriu, é mais do que provável que o livro tivesse seguido em frente sem problema algum. Só que sem o apoio, entusiasmo e incentivo dele, eu nunca teria escrito uma palavra sequer.

Agradeço a minha família (especialmente Lin, pois ela precisa de mim mais que qualquer outra pessoa). Não me lembro muito bem da aparência de todo mundo e está sendo difícil lembrar a maioria dos nomes de vocês, mas, agora que este livro está completo, juro que vou atender as ligações, responder as mensagens, olhá-los nos olhos enquanto falam comigo (em vez de me distrair e entrar no mundo da ficção), ir para a cama antes das quatro da manhã e nunca, nunca mais, conferir meus e-mails enquanto estou no telefone com vocês. Pelo menos não até eu começar a escrever meu próximo livro.

E agradeço aos três melhores filhos do mundo inteiro. Sinto uma saudade do cacete de vocês. E, sim, meninos... mamãe acabou de falar coisa feia. *De novo.*

Este livro foi composto na tipologia Simoncini Garamond Std,
em corpo 11/14,7, e impresso em papel off-white
no Sistema Cameron da Divisão Gráfica
da Distribuidora Record.